“两弹一艇”那些事

——一位亲历见证者的记述

李鹰翔 ◎著

中国原子能出版社

图书在版编目（CIP）数据

“两弹一艇”那些事 / 李鹰翔著 .—北京：中国原子能出版社，2019.5（2019.12 重印）
（核铸强国梦系列丛书）
ISBN 978-7-5022-9805-0

Ⅰ . ①两… Ⅱ . ①李… Ⅲ . ①纪实文学 — 中国 — 当代 Ⅳ . ① I25

中国版本图书馆 CIP 数据核字（2019）第 097269 号

“两弹一艇”那些事——一位亲历见证者的记述

出版发行	中国原子能出版社（北京市海淀区阜成路 43 号 100048）
责任编辑	刘 岩 张书玉
装帧设计	谢定莹
责任校对	宋 巍
责任印制	潘玉玲
印 刷	河北文盛印刷有限公司
经 销	全国新华书店
开 本	787 mm × 1092 mm 1/16
印 张	33.5
字 数	318 千字
版 次	2019 年 5 月第 1 版 2019 年 12 月第 2 次印刷
书 号	ISBN 978-7-5022-9805-0 定 价 66.00 元

传播科技 传承文化
中国原子能出版社

网址：http://www.aep.com.cn
E-mail:atomep123@126.com
发行电话：010-68452845

序

我和李鹰翔同志相识于核工业建设的初创时期，50 多年来我们从相识、相知，直到成为一生的挚友。2012 年 12 月，承他将《见证辉煌——我国核工业的创建与发展》(编者注：现名《“两弹一艇”那些事》）一书的书稿给我，我认真拜读后，深感振奋。它把我带进了远去的历史，一幕幕生动的往日场景又重新展现在眼前。鹰翔同志数十年来，在紧张工作的同时仍笔耕不辍，为核工业建设和发展积累了丰富的资料，其勤奋的工作与付出令人敬佩。

我国核工业的创建和原子弹、氢弹技术的突破，是毛主席、党中央高瞻远瞩的英明决策和坚强领导结出的硕果。在我国经济、技术还很不发达的情况下，核工业人以比世界先进国家更快的速度、花费最少的代价，研制成功原子弹、氢弹和核潜艇，走出了一条具有中国特色的核工业发展道路，为强国之路和中华民族伟大复兴奠定了坚实基础。本书以翔实的历史事实，生动地阐述了探索和实践这条道路之艰辛，从中得出的经验发人深省，对当今我国现代化建设仍有借鉴和指导意义。

党的十一届三中全会以后，我国进入改革开放的新的历史时期，核工业贯彻军民结合的方针，实行保军转民，开始了第二次创业的战略转变。《“两弹一艇”那些事》还记述了我国自行设计建造第一座核电站——秦山核电站的艰辛历程，它成为中国核电发展历史上的重要里程碑，为我国持续发展核能开辟了新路。书中内容更展望了在新的历史时期，核工业既为国防又为国民经济现代化服务的广阔前景。

历史奇迹是领袖人物和人民群众相结合而创造的，我国核工业建设发展的伟业是党和国家领导人、广大干部和科技人员齐心协力，共同努力，艰苦奋斗的产物。本书记述了其中的代表人物为核工业发展所作出的历史贡献和伟大风范，值得我们永远铭记和怀念。

这是一部内容丰富、史料翔实、视野开阔的著作，它的出版发行，定会给广大读者带来深刻的启示和教益。

原国防科工委副主任　中将

前　言

本书作者李鹰翔是在20世纪50年代我国“两弹一艇”事业刚起步的时候进入核工业部门工作的。他亲身经历和见证了我国第一颗原子弹、第一颗氢弹、第一艘核潜艇动力装置研制和第一代核燃料工业体系建立的决策和实施的全过程。他在领导者身边和决策辅助部门工作多年，接触和参与了许多当时严格保密的文件资料、文稿起草、会议会务、机关事务；与很多领导者、科学家、工程专家打过交道，到过不少核工程、核设施、核基地、核研究机构和核工厂矿山。他在1994年离休前后，应一些报刊邀约，在已经解密的范围内，以他所见、所闻、所知，陆续撰写了多篇介绍核工业建设和核武器研制的历史和人物的文章，颇受读者关注和欢迎。现在我们选取其中56篇汇集成册，以飨国内外关注和希望深入了解中国核事业创建与发展历史的读者、学者和有关人士。

中国核事业的兴起与发展，是中国社会主义现代化建设伟大成就的重要标志，是追逐中华民族伟大复兴的“中国梦”的成功实践，也是世界现代历史发展的重大事件。邓小平同志曾经深刻地指出：“如果60年代以来中国没有原子弹、氢弹，没有发射卫星，中国就不能叫有重要影响的大国，就没有现在这样的国际地位。这些东西反映一个民族的能力，也是一个民族、一个国家兴旺发达的标志。”可见“两弹一星”事业成功的重大而深远的意义。本书作者的文章虽然许多是应时之作，散见于各报纸杂志，发表时间跨度也比较大，然而现在汇编在一起[①]，便形成一定的历史脉络，反映出我国核工业建设和核武器研制发展的大概全貌。不同于现在已见诸于市的相关图书和影视作品，本书的史料真实、可靠、权威、有深度。诚如一位评审者指出的：“书稿简明扼要，高度概括地记述了中国核工业发展的历史进程，既有史实，又有恰当的评述，以及深刻的思考，可谓独树一帜。非亲历者，不能有此佳作；非长期积累，不能有此丰富的内容。”

《“两弹一艇”那些事》出版于2013年7月，颇受读者欢迎，很快销售告缺，加印了一次，仍不能满足需求，出版社决定再出一版，作者根据读者意见，又做了修订和补充，

① 在汇编过程中，对原载于其他媒体的文章有个别删改。

形成目前的新版。新版在文章编排上有些调整，文章标题也有些修改，还补充了一些新的内容，从目录上便可窥见核工业发展的历史脉络和文章之间的内在联系。文章各有主题，评述某段历史的人和事，既有史实，又有综合分析和适当评论。编在一起，可以从多角度、多层面，更加深入、全面、系统地了解核工业创建与发展的历史进程和情节。

《“两弹一艇”那些事》是一本很有特色的专业史书，诚如国史学会会长朱佳木同志在“再版祝辞”中指出的：“这本书虽然是一本专史类史料性的书，但内容并不枯燥，是一本有故事、有情节、可读性很强的书。”但愿读者能够喜欢，读之有益，有所玩味。

在本书[②]即将付梓之际，作者与编辑诚挚地恳求读者、特别是知情的读者，在阅读过程中发现有史实不准确或提法不恰当的地方，请予批评指正。

② 书名原定为《见证辉煌》，后改为《“两弹一艇”那些事》。

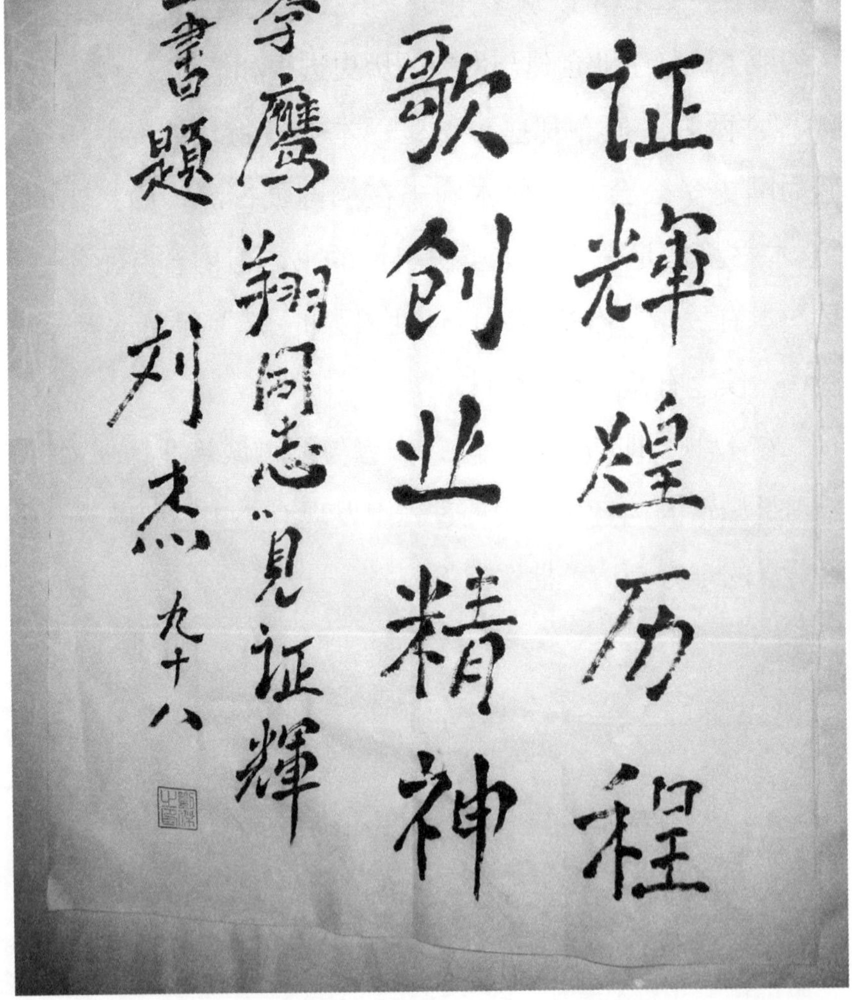

题词作者刘杰：原中顾委委员、二机部部长

目 录

第一编

『两弹一艇』从无到有

我国核工业创始于 1955 年。在中央做出战略决策后，便开始建立机构，集结队伍，争取外援，自主建设，攻关研制，用了不到 15 年的时间，建成了核燃料循环工业体系，爆炸成功了原子弹、核航弹、核导弹、氢弹和研制成功了潜艇核动力，从而成为震惊全球的世界核大国。本编各篇从各个角度记述了我国核工业、核武器从无到有的创业史实。

中国核奇迹是怎样诞生的?

20世纪50年代初，刚刚诞生的中华人民共和国，面临着帝国主义的经济封锁和军事威胁。这使中国人民懂得，中国需要和平，但和平需要实力的支撑。国际和平战士、法国杰出的物理学家约里奥－居里向中国毛泽东主席进言："你们要反对原子弹，你们自己就必须要有原子弹。""中国要有原子弹"的命题，就这样提到了新中国领袖们的面前。

中南海的决策和方针

1955年1月15日下午，毛泽东同志在中南海主持召开中共中央书记处扩大会议，讨论中国发展原子能事业问题。在这以前，周恩来总理已为此做了大量调查研究和实际推动工作。会上，毛泽东、刘少奇、周恩来、朱德、陈云等五位中央书记，以及彭德怀、彭真、邓小平、李富春、薄一波等同志，怀着浓厚的兴趣听取了李四光、刘杰、钱三强的汇报，观看了用仪器探测铀矿石的操作表演，并分析研究了开展原子能科学研究和实际利用的主客观条件，一致认为，中国有铀矿，科学研究也有一定基础，只要排上日程认真抓，就一定能够抓上去。会议做出了中国一定要发展原子能事业的战略决策。一年后，毛泽东同志在《论十大关系》的讲话中信心十足地指出："我们现在已经比过去强，以后还要比现在强，不但要有更多的飞机和大炮，而且还要有原子弹。在今天的世界上，我们要不受人家欺负，就不能没有这个东西。"

我国原子能事业起步的时候，曾经得到过苏联的技术援助。从1955年到1958年，在核科技和核工业领域，中苏两国政府先后共签订了6个协定。许多苏联科学工作者和工程技术人员，远离家乡，来到中国，积极热情地帮助工作。然而，中国共产党人一向认为，外因要通过内因才能起作用，内因是发展的依据。在发展原子能事业上，一开始就明确制定了"自力更生为主，争取外援为辅"的指导方针，强调把立足点主要放在自己力量的基础上，通过自己的科学研究和建设实践，培养人才，掌握技术。历史证明，这是一条正确的方针，从而使中国核工业建设在险恶的国际环境中能够立于不败之地。当后来中苏关系发生急剧变化时，核工业建设工作不但没有因此出现混乱和停顿下来，相反，在党中央和国务院的坚强领导下，加快了自力更生的步伐，完全依靠自己的力量，攻破了原子弹的秘密。

从无到有的历史性突破

原子弹是第二次世界大战末期出现的新式武器。由于它威力空前巨大，一经使用就震撼了世界。从那时起，原子弹就成为了超级大国称霸世界的工具。超级大国为了维持自己的核垄断地位，对原子弹制造技术绝对保密。中国要研制原子弹，一无模型，二无图纸，三无资料。原子弹到底是个什么样，全靠自己从头摸起。

原子弹能否研制成功，关键在于有没有一支在政治上和技术上都过得硬的专业队伍。20世纪50年代末、60年代初，在中央的支持下，核工业部门从全国四面八方选调了一批优秀的科学技术人员和技术工人，逐步形成了这样一支专业队伍。其中有像王淦昌、彭桓武、郭永怀、姜圣阶这些在学术上造诣高深、成就卓著、蜚声国内外的老科学家、老专家；有像朱光亚、邓稼先、陈能宽、周光召、于敏、胡仁宇、胡思得这些在科学技术上受过严格训练、成绩突出、思维敏捷、年富力强的中年科技人员；还有一大批在生产上技艺高超、经验丰富的老技师、老工人和聪明勇敢、技术熟练的青年技工。他们虽然没有从事过原子弹的研制工作，但是为了祖国的国防现代化事业和打破超级大国的核垄断和核讹诈，他们都能听从组织调动，怀着为国争光、以身许国的壮志豪情，毅然放弃自己熟悉的专业工作和优越的城市生活，有的从国外回归祖国，有的从大城市走向戈壁荒漠和草原深处，为探索原子弹的秘密而忘我地奋力拼搏。

研制原子弹是一项庞大的系统工程，涉及许多技术领域和生产部门。比如，原子弹的巨大威力源于核裂变反应，核裂变反应需要核裂变材料，这种材料主要是铀和钚。铀 –235 在天然铀中只占 0.714%，钚 –239 是人造放射性元素。为了获取这种材料，就需要建立从铀矿普查勘探到开采水冶，从铀精制氟化到铀同位素分离，从核燃料元件制造到反应堆生产钚以及化工后处理等的一整套工业体系。没有这样一个工业体系，制造原子弹也就无从谈起。因此，研制原子弹不仅是一种新式武器的研究设计和加工制造，而且还是一门新兴工业和生产能力的建立。我国从 20 世纪 50 年代开始，经过十年左右的努力，克服了许多艰难险阻，终于建立起自己的核燃料工业体系，为核武器的发展和核能的和平利用奠定了物质技术基础。

研制原子弹要克服许多技术难关。首先是理论设计关。原子弹有“枪法”和“内爆法”两种方法使核装料达到超临界状态，从而实现核爆炸。“枪法”技术上比较容易做到，但耗费核材料多；“内爆法”技术先进，耗核材料少，精度高，但难度大。为了使我国原子弹技术起点高，理论研究人员选定了“内爆法”作为自己的主攻方向。当时，国内还没有高速计算机，研究人员硬是用手摇计算机和电动台式计算机，日夜三班倒地进行计算、分析和验证，摸清了“内爆法”核材料压紧过程的规律，为理论设计提供了可靠依据。

其次是爆轰试验关。理论设计选定“内爆法”之后，能否获得符合“内爆”所需的波形，便成为实现这一方案的关键。爆轰物理研究人员围绕波形问题，开展了起爆元件的设计和波形会聚流体力学过程的研究，进行了上千次的爆轰试验，并相应地研究和掌握了各种测试技术，满足了理论设计的需要。而在理论设计完成后，爆轰物理研究人员又配合原子弹的技术设计，开展了大型爆轰试验，验证理论设计，并同时解决相应的测试技术问题。

再次是技术设计和制造关。当原子弹所需的雷管、炸药、核部件、中子源、引爆控制装置等技术问题陆续解决后，如何把这些元器件、部件、组件按照一定结构组合起来，使其成为一种可用的武器，又成为原子弹研制的关键环节。工程技术设计人员根据爆轰试验的需要，进行了各种不同试验装置的结构设计，并结合以后武器化的要求，开展了原子弹的装置结构设计和武器总体布局设计，以及制造工艺的研究设计，为最后突破原子弹的制造技术创造了必要的条件。

这样，经过 1960—1962 年这三年艰苦工作的积累，研制原子弹的一系列关键技术开始被突破和掌握，整个研制工作由量变开始转向质变，通往胜利的道路已经看得比较清

1964 年 10 月 16 日，我国第一颗原子弹爆炸成功

楚。当时负责研制任务的第二机械工业部（简称二机部）经反复研究和仔细推敲，并最后经国防工业办公室主任罗瑞卿审定，于1962年9月11日向中共中央呈报了关于争取1964年、最迟1965年爆炸我国第一颗原子弹的报告。尔后，中共中央政治局听取了国防工业办公室的汇报，毛泽东主席于11月3日在罗瑞卿《关于加强原子能工业领导问题的报告》上批示："很好，照办。要大力协同做好这件工作。"为了加强领导，组织实施，中央成立了以周恩来总理为首的15人专门委员会。从此，原子弹研制进入了一个决战阶段。二机部各研究所、设计院和厂矿企业都争分夺秒，紧张工作；各有关部门和有关地方大力协同，积极配合，使整个工作出现了势如破竹、节节胜利的局面。1964年1月，兰州浓缩铀厂取得了高浓铀合格产品；5月，酒泉核部件厂生产出第一套合格的铀部件；6月，青海核武器研制基地完成了1：1的模型爆轰试验；8月，试验装置及备品备件全部加工、装配、验收完毕，陆续运往新疆罗布泊试验现场；9月，试验现场完成了单项演练和综合预演。10月16日15时，这个将永远载入中华民族史册的时刻终于来到了：在试验现场总指挥张爱萍将军的指挥下，随着主控制站发出的"起爆"指令，一声惊天动地的巨响和冲天而起的蘑菇云，向全世界宣告：中国第一颗原子弹爆炸成功了！

核发展史上的奇迹

首次核试验圆满成功，标志着中国开始掌握了核武器技术，从而成为一个拥有核武器和比较完整的核科技工业体系的国家。然而，这毕竟只是零的突破，是迈进原子时代大门的第一步。周恩来总理在研究了美国、日本、西欧一些观察家、科学家对我国首次核试验的观察和评论后，向二机部领导提出，我们的氢弹研制能否加快一些？毛泽东主席审时度势，进一步明确指示："原子弹要有，氢弹也要快。"于是，加快研制氢弹的任务又提到了从事核武器研制的广大科技人员和组织管理者的面前。

从原子弹到氢弹，是一个质的飞跃。实现这个飞跃，美国用了 7 年 3 个月；苏联用了 6 年 3 个月；英国用了 4 年 7 个月；法国当时也还正在研制，后来实际用了 8 年 6 个月。中国能不能比他们搞得快一些呢？二机部领导和科研人员认真分析了主客观条件，认为氢弹研制虽然难度很大，但我们也有不少有利条件：通过原子弹的研制实践，已经系统掌握了有关的基本理论和关键技术，摸清了各种物理现象和运动规律，为氢弹研制打下了坚实的基础；国产每秒 5 万次的电子管计算机已经开机，使计算手段有了一定改善；氢弹必需的热核材料氘化锂，生产线将要建成，对热核材料性能和热核反应机理的研究也已取得了相当的进展。所有这些有利条件如果运用得当，加快氢弹研制速度是有可能的。

原子弹和氢弹同是核武器，两者的区别在于爆炸原理不同。前者是核裂变反应；后者是核聚变反应。所以，研制氢弹的关键，仍然在于首先要从理论上突破。早在1960年12月，二机部领导就颇有远见地开始组织力量，进行热核材料性能和热核反应机制的基础研究，而当原子弹爆炸成功后，又立即把先期进行基础研究的科研人员，与核武器研究所的科技人员组织在一起，形成拳头，全力以赴地开展氢弹的理论研究。鉴于有核国家对氢弹技术的保密更加严格，在公开文献资料上几乎只字不露。因此，在我国氢弹理论的研究中，特别提倡学术民主，开阔思路，集思广益。广大科研人员充分发挥了自己的聪明才智，提出了许多富有创造性的设想，然后经过计算、分析、论证、比较，反复多次，几易方案，最后终于找到了一条实现热核材料点燃和自持燃烧的理想途径，确定了采取利用原子弹来引爆氢弹的理论方案。

理论方案确定之后，理论、实验、设计、试制等四个方面的科技人员，又互相配合，密切协作，进一步解决了热核材料部件制造、爆轰试验、数据测量、装置结构设计，以及各种机械加工等一系列技术问题。经过1966年5月含有热核材料的探索性试验，12月的氢弹原理试验和1967年6月的氢弹空爆试验等三次大型核爆炸试验，全面完成了氢弹的研制任务。从1964年10月第一颗原子弹爆炸成功，到1967年6月第一颗氢弹空爆试验成功，其间只用了2年8个月时间，这在世界核武器发展史上是空前的高速度，被许多国家的同行称赞为奇迹。18年后，一位法国著名的核科

1967年6月17日，我国第一颗氢弹爆炸形成的蘑菇云

学家来到中国访问，在会见钱三强时，还特地询问了其中的奥秘，并赞叹不已。

核潜艇一万年也要搞出来

研制成原子弹、氢弹后，这种威力巨大的核武器如何使用，采用什么运载工具？一种是同导弹结合，成为核导弹，1966 年 10 月 27 日，我国进行了这种核弹头与导弹结合的核试验；一种是同核潜艇结合，成为核潜艇的武器装备。核潜艇与常规潜艇的主要区别在于核潜艇采用了核动力装置，因而它的续航能力大、航速高、机动性和隐蔽性更好，是现代海军的一种主力战舰。早在 1958 年，我国就决定要研制核潜艇，当时曾希望得到苏联的技术援助，但是被苏联以中国不具备条件为理由而断然拒绝了。毛泽东同志坚信，中国人民是有志气、有能力的，他愤然表示："核潜艇，一万年也要搞出来！"这一宣示，极大地激励了各有关部门和广大工程技术人员。在核潜艇工程领导小组的组织领导下，海军、船舶制造和核工业部门通力合作，开展方案研究工作，迅速确定了核动力装置反应堆的主方案和主参数，并于 1960 年 6 月正式上报了核潜艇动力方案设计（草案）。后来，由于缩短基建战线，集中力量搞原子弹、氢弹，曾经停缓了几年，到 1964 年，原子弹爆炸成功后，才决定重新上马，加快了研制工作。

开展核潜艇的研制工作，首先要研制出能够长期在狭小的空间内安全、可靠地发出很大功率的核动力装置；同时还要研制解决其他许多项目，诸如研究选择水下阻力小、操作性好的艇体线型；研制出能在水下辨别航向和准确定位的导航系统和作为潜艇耳目的声纳系统，鱼雷和导弹的发射指挥系统，以及能够保证艇员在密闭舱内长时间正常生活的空调和造水系统，等等。研制工作每前进一步，都会遇到许多技术难关，其中最复杂、最困难的，还是核动力装置。当时，世界上只有美国和苏联有核潜艇，他们对核潜艇的制造技术都严格保密。我们的研制人员，只有在能够收集到的极为

1971 年 8 月，我国第一艘核潜艇开始首次航行试验

有限的公开报道资料中寻找线索，加以研究。凭借自己的刻苦钻研，大胆设想，反复试验，并通过实践逐步解决了反应堆物理计算问题，确立了反应堆设计的各种参数，选定了核燃料组件的材料和形状以及生产的工艺技术。经过五年多的艰苦奋斗，1970 年 7 月终于胜利建成了陆上模式堆。试验结果证明，各项性能都达到设计要求。随后，开始了安装潜艇上的反应堆，并于 1971 年 6 月达到热态临界；建成的核潜艇又经过码头、水面、浅水、深水几个阶段的反复试验，于 1974 年 8 月正式交付海军服役，游弋在湛蓝的大海之中，保卫着祖国的海疆。

国庆 35 周年战略核导弹通过天安门广场

原子弹、氢弹、核潜艇研制成功，并生产装备部队，标志着我国的科学技术和国防力量有了很大的发展，中国的国防现代化进入了一个新的阶段。中国研制和发展核武器完全是被迫的，是为了防御，最终目的是为了消灭核武器。我国政府曾多次郑重宣布，在任何时候、任何情况下，中国都不会首先使用核武器。中国共产党十一届三中全会以后，根据世界形势的发展和变化，我国对国防建设做了战略调整，核工业的发展方针，从过去以军为主转到军民结合，重点为国民经济服务上来。核技术也正在国民经济的各个领域得到应用，日益显示出它在技术改造和技术进步中的重大意义。可以预期，核能和核技术，必将在中国的四化建设中蓬勃发展，大放异彩！

【原载《现代化》杂志，1989年第1期，获《建国40周年全国国防现代化征文》三等奖】

开创中国核事业的一次绝密会议

1955 年 1 月 15 日，是中华人民共和国历史上具有特殊意义的一天。这天下午，毛泽东主席在中南海颐年堂主持召开中共中央书记处扩大会议，做出了建立和发展我国原子能事业的战略决策。这是一个历史起点的标志，从此开始了我国核工业建设和核武器研制的艰巨而伟大的秘密历程。

这是一次绝密会议。会议没有文字记录，也没有拍摄照片，目前唯一可资佐证的是 1955 年 1 月 14 日周恩来总理在约见李四光、钱三强谈话后写给毛主席的报告（见影印件），以及 20 世纪 80 年代中期编写《当代中国的核工业》一书时，亲身经历这次会议前后过程的刘杰和钱三强同志共同所作的回忆。

这是中央专门讨论创建我国原子能事业的一次历史性重要会议。周总理为开好这次会议做了精心准备。会议前一天下午，总理邀地质学家李四光和核物理学家钱三强到中南海西花厅——他的办公室谈话，向李和钱详细询问了我国铀矿资源勘查情况和核科学技术研究情况、核反应堆和原子弹的基本原理，以及发展原子能事业所必须具备的条件。谈话时间较长，涉及内容很多。谈话间，总理发现李四光精神不好，面部有痛苦表情，说话不甚灵便，便问李是否病了，李答是牙痛。总理当即要李讲完意见后先走，抓紧去医院治疗。李四光当年 66 岁，钱三强 42 岁，相比之下，钱三强显得年富力强，精力充沛，对总理所提问题都能从容不迫地侃侃而答。薄一波、刘杰参加了那次谈话。刘杰还准备了一些相关的文件资料，呈请总理审阅。谈话结束时，总理告诉刘杰和钱三强，毛主席要召开中央书记处扩大会议，讨论我国发展原子能事业问题，要他们进一步做好汇报准备，到时还可带上铀矿石标本和探测仪器，以便现场演示。

薄一波、刘杰、钱三强离开西花厅后，总理当即亲自执笔向毛主席写了报告，附上有关文件，建议第二天（即 1 月 15 日）下午 3 时后开会，请李四光、钱三强来谈。对参加会议人员列了名单，除书记处外（当时书记处成员有毛泽东、朱德、刘少奇、周恩来、陈云等五人，朱德、陈云在外地视察，未参加此会），还建议彭真、彭德怀（未在北京，实际未参加）、邓小平、李富春、薄一波、刘杰参加。那个时候，按照毛主席的工作习惯，中央书记处经常安排在晚间开会，考虑到李四光年事已高，下午 3 时前要午睡，晚间身体支持不了，所以这次特意定在下午 3 时后。总理为此还对时间安排特地作了说明。从总理这份给主席的短短报告中，我们可以看到，总理对中央书记处扩大会议的安排是何等细致周到，对老科学家又是何等关切体贴。

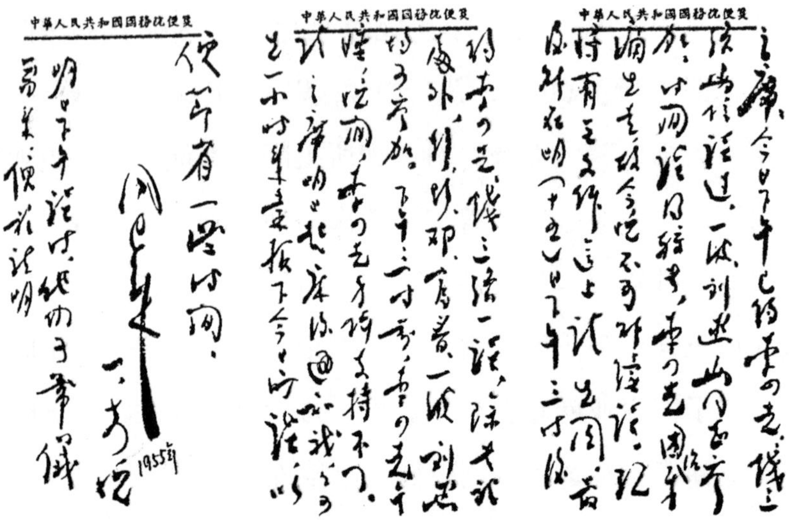

1955 年 1 月 14 日，周恩来写给毛泽东为发展原子能事业召开中央书记处扩大会议的信

中央书记处扩大会议按时召开，毛主席亲自主持，在与会人员到齐后，即开宗明义地对两位科学家说："今天，我们这些人当小学生，就原子能有关问题，请你们来上课。"李四光首先表示赞同我国发展原子能事业，接着讲了铀矿资源与发展原子能事业的密切关系，分析中国有利于铀矿成矿的地质条件，并预测了中国的铀矿资源。按周总理提示，时任地质部党组书记、常务副部长的刘杰作了些补充，主要介绍了在广西地区发现铀矿的经过，并向在场的领导展示了从广西采来的矿石标本。当听到用于探测放射性的盖革计数器

发出“嘎嘎”的响声时，与会领导都感到十分新奇和兴奋。在一阵惊叹和欢欣之后，钱三强介绍了世界几个主要发达国家原子能发展的概况，和我国近几年开展原子能科学研究，聚集、培养科学技术人才的情况。他特别谈到，在原子能科学技术方面，目前我们虽然还很落后，但是有党和国家的支持和强有力的领导，有苏联的援助，我们有决心和信心赶上去。

与会的领导同志提了一些问题，李四光和钱三强分别做了回答。最后，毛主席作了总结性讲话。他说：“我们国家，现在已经知道有铀矿，进一步勘探一定会找出更多的铀矿来。解放以来，我们也训练了一些人，科学研究也有了一定的基础，创造了一定的条件。过去几年其他事情很多，还来不及抓这件事。这件事总是要抓的。现在到时候了，该抓了。只要排上日程，认真抓一下，一定可以搞起来。”毛主席看了看大家，问：“你们看怎么样？”然后，他又满怀信心地强调说：“现在苏联对我们援助，我们一定要搞好！我们自己干，也一定能干好！我们只要有人，又有资源，什么奇迹都可以创造出来！”

毛主席的讲话分析了我国发展原子能事业的物质技术条件，表达了中央抓这件事掌握的时机和干这件事的战略决心。

毛主席还同钱三强交谈了有关原子的内部结构问题，指出从哲学观点看，物质是无限可分的。质子、中子、电子也应该是可分的。一分为二，对立统一嘛！他鼓励科学家们进一步开展这方面的科学研究。

会议开了 3 个多小时，结束时毛主席请大家到餐厅吃晚饭。上的是豆豉腊肉等 6 样湖南风味菜，荤素兼有；主食是大米饭加小米粥。毛主席平时不喝酒，那天格外高兴，准备了红葡萄酒，特意举杯向大家祝酒，站起来大声说："为发展我国原子能事业干杯！"席间，他询问李四光牙痛治好了没有，还同钱三强谈到了他父亲钱玄同的《〈新学伪经考〉序》，称赞钱玄同敢于批评老师章太炎的创新精神。

一个创建我国原子能事业的战略决策就这样定了下来。当时抗美援朝战争刚刚结束，大规模经济建设刚刚开始，我国经济力量还十分薄弱，科学技术和工业基础还十分落后，在这样的历史背景下，毛泽东、周恩来等老一辈无产阶级革命家，高瞻远瞩，审时度势，以最大的魄力，毅然做出了创建我国原子能事业的战略决策，是很不容易的。历史证明，这个决策极其英明、无比正确。诚如 1988 年邓小平同志在谈到我国必须发展自己的高科技，在世界高科技领域占有一席之地时所特别指出的："如果 60 年代以来中国没有原子弹、氢弹，没有发射卫星，中国就不能叫有重要影响的大国，就没有现在这样的国际地位。"此话意味深长。

【原载《中国核工业报》，2004 年 3 月 3 日】

中国核工业机构的建立与沿革

1982年以前，统管原子能事业的政府机构是第二机械工业部，简称二机部。二机部这个名称是为了保密需要而采用的。它是一个军事工业部门，统一领导和管理核科学技术研究、铀资源勘查、铀矿开采与水冶、铀转化、铀同位素分离、核燃料元件制造、核乏燃料后处理、核武器研制、核工程研究与设计和建筑安装施工、核专用设备仪器制造、核安全防护和医疗保健、核废物处置与管理等各个方面。

二机部的成立经历了一番酝酿和探索的过程。1955年1月，毛主席主持召开中共中央书记处扩大会议，作出创建中国原子能事业的战略决策。为了实施这一战略决策，中央指定国务院第一副总理陈云、中央军委副主席聂荣臻、国务院第三办公室（简称三办）主任薄一波组成三人小组，负责指导原子能事业的发展工作。5月5日，中央决定调地质部党组书记、常务副部长刘杰任三办副主任，负责组织原子能事业的筹建工作。7月4日，中央批示进一步指出："除中央指定的三人小组对原子能工作进行指导外，其具体业务统由国务院第三办公室薄一波同志领导，并设专门工作小组办理具体事务。”

在此期间，随着中苏两国政府关于原子能的“地质协定”和“科研协定”的签订和相关工作的开展，经国务院批准，先后成立了地质部三局和国家建委建筑技术局，分别负责铀资源勘查和以苏联提供的实验堆、加速器为主要装备的科研基地建设。地质部三局和国家建委建筑技术局也是掩护名称，实际工作都归属于国务院第三办公室领导。

随着原子能建设事业的逐步全面展开，对原子能事业整体怎么管理？采取怎样的管理体制？建立怎样的管理机构？这些问题就提到了中央领导的议事日程上。

二机部办公大楼

1955年5月7日，刘杰和钱三强同志在向薄一波并中央呈报关于与苏联谈判签订原子能科研协定的情况时，建议："为了更有效地组织原子能事业的建立和发展，最好在国务院领导下成立原子能委员会或类似的机构，指定科学院、高教部、一机部、二机部（这时的二机部是国务院统管军事工业的部门——笔者注）、重工业部、地质部、公安部、总参谋部等派人参加，对上述各项工作，统一规划，分工进行，密切配合协作。负责具体工作的各部门应设立专门机构或指定专人进行工作。委员会下设办事机构，除直接管理原子堆和加速器的建设和使用外，并与科学院共同管理物理研究工作；配合高教部进行建立核专业与训练人才的工作；与各有关部门进行协作工业的筹划；组织科技干部归队和有关人员调配等工作；并统一进行保卫工作，制定保密条例等。"周恩来总理在考虑了刘杰和钱三强的意见后，于1956年4月11日致信毛主席并党中央。中央政治局12日讨论批准成立和平利用原子能委员会，直属国务院，主任陈云，副主任郭沫若、李富春、李四光、宋任穷，秘书长刘杰，随即以原委会名义开展业务活动，具体工作仍由国务院三办专门工作小组办理。5月19日，三办正式通知："总理指示：宋任穷担任和平利用原子能委员会副主任先行到职。关于国务院设立和平利用原子能委员会的事，另将提交全国人民代表大会常务委员会决定。”

此时，刘杰率领中国代表团正在莫斯科同苏联代表团进行工业援助的谈判，也向苏方征询了对原子能工业组织管理的意见，苏方介绍了苏联和平利用原子能总局的管理体制和机构设置情况。刘杰回国后向周总理作了汇报，并进一步提出在原子能委员会下设原子能事业部的建议。周总理征求了薄一波、宋任穷、张劲夫等人的意见，最后一致赞同为了减少层次，提高效率，还是成立原子能事业部为好，而不再设原子能委员会。7 月 28 日，周总理向毛主席并党中央报告，根据中国的国情，参照苏联的经验，建议成立原子能事业部。经毛主席同意，当年 11 月 16 日，这个方案提请第一届全国人大常委会第 51 次会议审议通过，但为保密起见，定名为第三机械工业部（1958 年 2 月改为第二机械工业部，简称二机部）。当时考虑管理不能过分集中，三机部主要管铀地质勘查、铀浓缩厂、反应堆和后处理厂等工作，其他工作如铀矿开采与选冶、天然金属铀生产、核专用设备仪器制造、工业设计与建筑安装等相关协作工业，采取“统一规划、分散经营、密切协作、加快速度”的原则，分别由煤炭部、冶金部、化工部、建工部、一机部等设立专门机构，按照机密单位进行管理。后来在实践中各部门都深感工作不便，经国务院同意，1958 年以后又将有关部门的机构、人员、职能陆续归到二机部，二机部就成为全国原子能事业的统管部门，这个名称一直沿用到 1982 年改为核工业部时为止。

党的十一届三中全会以后，全党全国工作重点转移到社会主义现代化建设上来。1981 年 3 月，国务院总理在国防科委《关于调整原子能工业发展方针的请示》上批示："同意原子能工业逐步转到为国民经济建设服务的方针。"从此核工业发展进入了新的历史时期，开始以和平利用核能与核技术为主导的第二次创业。1982 年，国务院机构改革时，决定将二机部性质公开，并将二机部改名为核工业部。

之后，随着我国社会主义市场经济体制的建立和完善，政府转变职能，企业转换经营机制。1988 年，核工业部改名为中国核工业总公司，向企业化经济实体过渡。1999 年，国防科技工业进行重大调整，国务院批准 5 个军工总公司改组为 10 个企业集团。7 月，国防科技工业十大集团公司在京宣告成立。中国核工业总公司改组为中国核工业集团公司和中国核工业建设集团公司，完全按企业化经营。与此同时，1990 年 2 月，国务院、中央军委决定调整核武器研制管理体制，正式成立中国工程物理研究院。核电建设发展，又先后成立了中国广东核电集团公司和国家核电技术公司，形成中国核电主体多元的格局。

【原载《中国核工业报》，2004 年 5 月 19 日】

核工业队伍来自全国五湖四海

1988年，美国斯坦福国际战略研究所的一位专家在《中国原子弹的制造》一书的前言中特别提到："中国的核武器计划之所以取得成功，重要的是领导人长期以来放手使用本国科技人才，发挥他们的潜能。"这话道出了事物的真谛。几十年来，我国核工业披荆斩棘，艰苦奋斗，闯过了一道又一道难关，取得了一个又一个胜利，靠的就是一支来自五湖四海、忠于祖国和人民、政治素质好、业务能力强、特别能吃苦和敢于攻关的科技人员、各级干部和广大工人组成的核工业队伍。

精英荟萃的科技队伍

1955年1月，中央作出了创建中国原子能事业的战略决策，但实施这一决策当时最大的难题是缺乏原子能专业科技人才。新中国成立时，全国原子能科技人员只有10来个人。中国科学院近代物理所（原子能研究所的前身）成立一年后，才聚集了30多人，大都是从欧美等国家留学归来的博士、硕士等研究人员。

怎么办？当时采取了三条措施。一是继续吸收国外留学人员回国工作。经过中美两国政府多次谈判，美国终于取消了不准中国留学生离开的禁令。1955 年后，又有几十名留学美国的核科技人员满怀报效祖国的激情，陆续回国投身于核科学研究事业。二是由中央下令从国内各部门、各省市的领导机关、研究所、工厂和高等院校抽调一批专业相近、水平较高的科技人员，改行参加原子能事业建设。三是由高教部负责抽调 230 多名留苏学生改学核科学与核工程专业知识；从国内各大学物理系抽调 100 名品学兼优的三年级学生，集中到北京大学改学核物理和放射化学专业知识。与此同时，把 1955 年接收的 20 多个专业 104 名大学生，安排到中科院物理所等 10 多个研究单位实习培训。1956 年又吸收应届大学毕业生 196 人，在分配工作之前，组成北京大学技术干部训练班，补学原子能专业知识。

这三部分科技力量加上近代物理所的研究人员，构成了我国原子能事业创建初期的科技队伍。他们中有学术造诣高深、蜚声国内外的老科学家，有科技知识渊博、工程经验丰富的老专家，有品学兼优、勤奋肯干、年富力强的新中国自己培养的青年科技人员。1960 年，苏联撤走专家前后，在中央的支持下，又从各部门和各地方抽调了两批中高级科技骨干，并逐年接收应届大学毕业生，进一步壮大了原子能科技队伍，适应了核工业自力更生发展的需要。这些科技人员中的许多人后来成为核工业各单位的科技领导骨干和卓有成就的科技专家，据不完全统计有 70 多人被选为科学院和工程院院士。

忠诚坚强的干部队伍

为了加强核工业建设的领导和管理，在组建科技队伍的同时，中央还多次下通知从部队、机关、工厂、学校抽调党政领导干部和业务管理干部，到二机部机关和基层单位工作。在选拔干部时，首要条件是政治可靠、身体健康、初中以上文化水平。对担任领导岗位的干部还有级别的要求，处级干部要求 13 级以上，年龄在 35 岁以下；科级干部要求 17 级以上，年龄在 30 岁以下。按当时党政干部级别配置，17 级以上干部相当于县委书记或县长，而核工业一个大型企业就要配置几十名 17 级以上的干部，可见核工业干部队伍的层次之高、阵营之强。

干部队伍建设最重要的是领导班子建设。我国核工业创建初期的各级领导干部，无论是从部队调入的还是从地方来的，大多数经历过抗日战争和解放战争的严峻考验，是无产阶级的忠诚战士。其中，从部队调入的领导干部包括将军、校官、尉官，他们中间有相当一部分人也是学生出身。国难当头时期，为了抗日救国，他们投笔从戎，义无反顾，上战

一批批来自全国各地的建设精英汇聚到大西北

场拼杀。如今，为了强国、振兴民族，他们又放下枪杆子，投身到核科技工业战线来冲锋陷阵。他们发扬战争年代那种“从战争学习战争”的革命精神，边干边学，刻苦钻研，逐步掌握了核科技工业的基本知识和发展规律，在实践中增长了领导才干，卓有成效地领导了核工业建设和发展，为党和国家立了新功。

整装待发

技艺高超的工人队伍

核工业队伍中人数最多、比例最大的是工人队伍。按当时的要求，调来的工人 70% 以上是党、团员，而且都是 4 级以上技工，有好几位是全国或地方的劳动模范。他们不仅政治素质好，而且技艺高超，经验丰富，在研制、试验和技术攻关中起到了重要作用。如车制我国第一颗原子弹核心部件的车工原公浦，就是从上海调来的年轻高级技工。另外，还有两部分工人，一部分是成建制划拨过来的，如建筑安装和机械制造工人；另一部分是吸收部队复员义务兵和民工，他们也都是核工业建设和发展中的重要力量。

核工业队伍来自全国各行各业、五湖四海。组建这样一支队伍，从中央到各部门、各地方都十分重视。1955 年 1 月 31 日，周恩来总理在国务院全体会议上就特别指出："办原子能事业，没有足够数量的人是不成的。"而要把这支队伍建设好，凝聚成一支不可战胜的力量，关键是要做好思想政治工作。对此，二机部领导十分重视。部长宋任穷、常务副部长刘杰都亲自做干部的思想工作。有一次，宋任穷对新来的干部们说："我叫任穷，到二机部上任，还带一个'穷'字，请大家和我一道过穷日子，咱们艰苦奋斗拿出成果是国家的光荣，民族的光荣，也是我们自己的光荣。"一席话使大家更加坚定了为原子能事业献身的决心。当时有些科技干部对放弃自己熟悉的专业，改行搞原子能思想上有些想不通。钱三强副部长就给大家讲“原子能与人和改行问题”，他以自己学生时代放弃报考上海交通大学电机工程专业，转而考取清华大学物理系的亲身体会，说明改行搞原子能的重大意义。大家听后心悦诚服，进一步安定下来，专心钻研原子能，为发展原子能事业做出了贡献。

抚今追昔，深感核工业创建初期，组建这样一支强大的队伍很不容易。这支队伍历经艰辛铸就的核工业辉煌业绩将永远留在中华人民共和国史册上。

【原载《中国核工业报》，2004 年 5 月 12 日】

我国核工业初创时期的苏援与自主

众所周知，我国核工业创建初期，曾得到苏联的技术援助，20 世纪 50 年代，中苏两国政府先后签订了 6 个协定，对于我国核工业建设的起步和迅速全面展开，起到了重要的作用。但是，时过不久，赫鲁晓夫集团就单方面撕毁协议，于 1960 年全面中止了对中国的援助，全部撤走了在中国工作的专家，给我国的建设，包括核工业在内，造成了巨大损失和困难。然而，由于我国核工业建设从开始就贯彻执行了中央确定的“自力更生为主，争取外援为辅”方针，苏联的毁约停援并没有阻止我国核工业前进的步伐。相反，激起了广大科技人员和全体职工的义愤，在党和政府的领导下，加速了全面自力更生的进程，创造了比发达国家更快更好地研制成功原子弹、氢弹和核潜艇的辉煌业绩，成为震撼世界的重大历史事件。

发展原子能需要争取外援

20 世纪 50 年代，新中国成立不久，面对强大帝国主义的经济封锁和军事威胁，尤其是美国的核讹诈和核威胁，为了保卫国家的独立与安全，不得不加强国防建设。毛泽东主席指出:“我们不但要有更多的飞机和大炮，而且还要有原子弹。在今天的世界上，我们要不受人家欺负，就不能没有这个东西。”然而，当时我国科学技术落后，工业基础薄弱，原子能方面几乎完全是个空白，在这样的条件下研制原子弹，建设核工业，显然是很困难的。因此，必须争取外援。外援从哪里来？当时西方国家对我国严加封锁和禁运，根本不可能从他们那里得到技术和设备，唯一可指望能得到援助的是苏联。但是苏联援助也不是那么容易得到。1954年，新中国成立五周年，赫鲁晓夫来北京参加庆典活动。毛主席曾向赫鲁晓夫表示，中国现在的国防还很落后，我们对原子能、核武器有点兴趣，希望你们在这方面对我们有一点帮助。赫鲁晓夫愣了一下，随即表示：搞原子武器，中国现在的条件恐怕还有困难。那个东西太费钱了！社会主义大家庭，有一把核保护伞就行了，不需要大家都搞。第一次试探争取苏援就这样被婉拒了，看来还需要等待时机。

1953 年 12 月，美国总统艾森豪威尔在联合国大会上提出了“和平利用原子能”的建议，得到世界各国的热烈反响。赫鲁晓夫的“三和”政策，也要抓“和平利用原子能”的旗帜。1955 年 1 月，苏联政府发表了关于在和平利用原子能方面给予其他国家以科学技术和工业援助的声明。同时，苏联发展核工业需要更多的铀资源储备，希望在帮助中国寻找铀矿中得到铀的回报。在这个背景下，中苏两国为了各自的利益和需要，于1955年1月和4月，先后签订了苏联帮助中国进行铀矿地质勘查和开展核物理科学研究的两个协定。对于中国来说，这是一个突破，从此拉开了中苏两国在原子能方面合作的序幕。

1955年12月，联合国在日内瓦召开了第一次和平利用原子能会议，世界各国共有1500多名科技专家参加，并向大会提交了1000多份报告材料，其中有苏联第一座核电站的建造经验，美国发展核电计划，法国提取放射性元素钚的方法等，从而揭开了许多核技术秘密。中国由于尚未恢复在联合国的席位，没有参加这次会议。会后，苏联派出以莫斯科工程物理学院院长诺维科夫为团长的科学家代表团来北京，介绍日内瓦会议的情况和相关文件资料。时任国务院第三办公室副主任刘杰，始终陪同他们参观访问，从中摸清了他们的来意和想法，认为应该抓住时机向苏联提出工业援助。经薄一波报告周恩来总理，周总理两次会见苏联科学家代表团成员，特别与团长诺维科夫讨论了中国发展原子能的规划设想和争取苏联援助的可能性。随后，中央正式致函苏联，赫鲁晓夫回复毛泽东，表示“苏联可以在建立原子能工业方面同中国共享自己的经验”，建议中国派遣一个全权代表团到莫斯科商谈。

1956年4月，中国派出了原子能代表团赴莫斯科，刘杰任团长，团员有刘伟、钱三强、白文治和冯麟，另外还有20多人作为顾问，其中包括王淦昌、胡济民、朱光亚、杨承宗等科学家。代表团出发前，整理了一份《供讨论用的提纲》，经中央批准并由毛泽东写信送给赫鲁晓夫。这份提纲所列的工业项目，基本涵盖了核燃料循环体系，但没有铀浓缩厂。因为原来了解建铀浓缩厂，需要投资和电力特别大，中国还没有这个条件。而且原来以为铀-235与钚-239是两条平行的生产线。在与苏方谈判中，从苏联专家介绍核燃料循环的流程，得知天然铀经反应堆照射生成钚-239后，剩下的堆后铀可作为铀浓缩厂的原料，生产富集的铀-235。也就是说，一种原料可以生产两种产品。铀浓缩厂是核燃料循环的核心组成部分。加上刘杰出发前，得到一份资料，说美国建设一个小规模的、日产5千克铀-235的铀浓缩厂，投资只需5亿美元。于是，我方坚持也要建铀浓缩厂。开始苏方不同意，强调我方《提纲》上没有这个项目，不能谈。后来承认我方的要求是合乎逻辑的，才同意帮助我方建铀浓缩厂，并提出他们有部分多余的旧小机器，可用来节省建厂时间。经电话请示周总理，同意先接受下来，回来再研究。1956年8月，两国政府代表在莫斯科正式签署了关于苏联援助中国建设原子能工业的协定，这标志着中苏两国在原子能方面的合作向前推进了一步。

然而，有了核燃料循环工业体系干什么？当时中央确定的首要任务是研制原子弹，打破超级大国的核垄断，建立我国独立的核威慑力。而苏联此时却热衷于与英美讨论防止核扩散，停止核试验，遏制其他国家追求和掌握核武器，显然不利于我国想在核武器研制方面争取苏联的援助。1956 年 8 月，我国曾正式函请苏联“在建立和发展导弹制造事业方面给我们以全面的援助”，苏联却答复“对中国的援助只能限于培养干部”，就是例证。但是，形势的发展又出现了一个机遇。由于赫鲁晓夫批判斯大林的秘密报告，在世界范围

空气动力学家、“两弹一星功勋奖章”获得者郭永怀（右二）与苏联专家

掀起了反苏反共的浪潮，苏共党内斗争也进一步激化，赫鲁晓夫非常需要中共的支持，对中国新技术援助方面的态度有所松动。聂荣臻元帅看到这一形势，经周恩来总理同意，于1957年7月，通过当时苏联驻中国经济技术总顾问阿尔希波夫，向苏联政府试探提出国防新技术援助的问题。结果很快得到答复，苏联政府对中国政府的要求表示支持。阿尔希波夫授权宣布："苏联政府同意在适当的时候，由中国派政府代表团去苏联谈判。"

1957年9月7日，一个以"中国政府工业代表团"名义的代表团来到了莫斯科。团长聂荣臻，副团长宋任穷、陈赓，成员有：钱学森、李强、刘杰、万毅、王诤、张连奎、刘寅。另外还有13名火箭、原子能、飞机、电子等方面的专家作为顾问。代表团的整个行动是保密的。谈判共进行了35天，进展顺利，气氛出人意料的好。苏共主席团委员、部长会议第一副主席米高扬，一见面就表示认同："中国必须掌握原子弹和导弹武器，否则就不能成为真正的大国。"10月15日，聂荣臻代表中国政府，别尔乌辛代表苏联政府，分别在两国政府《关于生产新式武器和军事技术装备以及在中国建立综合性原子能工业的协定》上签了字。这就是中苏两国历史上有名的"国防新技术协定"，其中就有苏方承诺"为中国提供原子弹教学模型和图纸资料"的内容。随后，于1958年9月29日，中苏双方又签署了《关于苏联为中国原子能工业方面提供技术援助的补充协议》，对各个项目的建设规模与交付设计和设备的期限等，都进一步作了具体规定。

1958年，时任二机部常务副部长的刘杰（右一）与苏联专家在一起

处理好争取外援与坚持独立自主、自力更生的关系

我国的国情表明，在核工业建设初创时期，争取外援特别是苏联的援助是非常必要的，但是，当时中央领导的指导思想很明确，发展原子能这样的国防尖端科学技术，绝不能

把希望完全寄托在外国援助上，而必须始终坚持独立自主、自力更生的原则。早在1955年1月15日，中共中央书记处扩大会议作出发展原子能事业的战略决策时，毛泽东就强调指出："现在苏联对我们援助，我们一定要搞好！我们自己干，也一定能干好！我们只要有人，又有资源，什么奇迹都可以创造出来！"随后就明确规定核工业建设应坚持"自力更生为主，争取外援为辅"的方针。这就揭示了外援与自主的关系：争取苏联的援助，但不依赖苏联的援助，把整个事业放在自己力量的基点上，独立自主地培养自己的科技队伍，建立自己的科研基地，开展自己的工业建设和生产，争取苏援的目的也是为了壮大和加强自己的力量。

因此，从与苏方谈判开始，我们就贯彻了上述原则和方针。在项目选择上，苏方提出项目建议，我方审核确定；在工程设计上，苏方负责总体设计、主工艺设计和初步设计，并在其国内完成提交我方，我方配合进行技术设计和施工设计，在苏联专家指导下，以我方工程技术人员为主，在中国国内进行；在设计标准上，主厂房、主工艺、主设备完全按照苏联标准，辅助设施和厂房则根据中国国情采用中国标准。整个工程建设由中方党政领导组织指挥，聘请高级苏联专家作为顾问，参与指导和咨询。对苏联提供的各项技术和计算资料，都要经过仔细复核和验证，尽量做到不但知其然而且知其所以然。这样就把工程命运牢牢掌握在自己手中，始终处于主动地位。

在与苏联专家合作中，由于历史背景、思想政治、文化传统、工作和生活方式的差异，难免产生一些矛盾和误会。如何把苏联专家与我方人员两股力量拧成一股劲，使他们更好地为我国原子能建设服务？当时二机部党组，除了注意在生活上照顾专家，尽量满足他们的要求；在工作上要求我国科技人员认真向苏联专家学习，真正把技术学到手；还特别注意在思想上与苏联专家沟通和交流。各级领导亲自与苏联专家交朋友，介绍中国的历史和国情，讲解中国党的社会主义建设路线和政策，从而使苏联专家进一步理解我国在原子能事业建设中某些主张和做法。如当时我国正处于“大跃进”时期，要求解放思想，打破常规，发动群众，技术革新，多快好省地建设社会主义。从国民经济全局来看，其结果是负面的。原子能事业也受到了影响，提出“大家办原子能科学”和“全民办铀矿”两个口号，显然是不切实际的。但从核工业建设总体来看，还是应该实事求是地肯定起了很大的促进作用。有些老的苏联专家，实际上也接受了我们的思想，支持我们一些做法。他们表示，苏联卫国战争后各方面很困难，原子能建设起步时也是因陋就简，迎难而上，抢时间，争速度，从而打破了美国的核垄断。二机部党组将这些与苏联专家拧成一股劲的做法和效果报告中央，立即受到毛泽东主席的重视，将二机部报告批给出席中共八大二次会议全体代表，批文指出："就共产主义者队伍说来，四海之内皆兄弟，一定要把苏联同志看作自己人……尊重苏联同志，刻苦虚心学习。但又一定要破除迷信，打倒贾桂！贾桂（即奴才）是谁也看不起的。"

苏联毁约停援更加快了我国自力更生进程

1959年6月20日，苏共中央致信中共中央，以苏联正在日内瓦与美、英等西方国家进行部分禁止核试验的谈判为由，拒绝按原中苏协议规定时间向中国提供原子弹教学模型和图纸资料。这是一个危险的信号，二机部党组敏感地意识到，苏联有可能毁约中止对中国的援助。党组书记、部长宋任穷就指出："天要下雨，娘要嫁人，我们要有思想准备，完全、彻底自己干。"在请示周恩来总理对苏方来信要不要答复时，总理说："中央研究过了，我们不理他那一套。他不给，我们就自己动手，从头摸起，准备用8年时间搞出原子弹。"根据中央指示精神，二机部于当年12月制定了原子能事业8年规划纲要，提出"三年突破，五年掌握，八年适当储备"的奋斗目标，动员干部和群众发愤图强，埋头苦干，把全部建设工作逐步转移到完全、彻底自力更生的轨道上来。

当时，苏共中央毁约停援的图谋尚未下达，与我对口的苏联下属部门和苏联专家都还不知情，我们就抓住这个时间差，采取了两项措施：一是缩短基建战线，把在建项目分成铀和钚两条线。铀生产线，优先安排，以铀浓缩厂为中心，集中力量抢建主工艺厂房，搞好设备安装条件，紧逼苏方履行合同，交付主工艺设备，保证铀浓缩厂顺利建成。二是组织科技人员与苏联专家结成对子，大搞友好活动和对口学习，像挤牛奶那样，千方百计把苏联专家的技术学到手。

与此同时，组织和加强自己的科研技术队伍。调王淦昌、彭桓武、郭永怀、程开甲等一批资深的老科学家，到核武器研究所担任科技领导。由中央通知从科学院和工业部门抽调一大批高中级科技骨干，到核武器研究所和重点工厂工作，独立地进行理论研究和科学实验，集中力量攻克技术难关。宋任穷、刘杰等领导还亲自到核武器研究所第一线进行动员，他们对科研人员说“人家不给我们，预言我们搞不成，我们就要争口气。你们都是搞流体力学和空气动力学的，你们的任务就是要把这口气变成动力，坚决把我们的事业搞成。”

随后不久，赫鲁晓夫终于摊牌了。1960 年 7 月 16 日，苏联政府突然照会中国政府，决定自 7 月 23 日至 9 月 1 日撤走全部在华工作专家，同时停止一切设备和技术的供应。

这对中国核工业建设无疑是一个沉重的打击。然而，由于我们早有所准备，很快组织了应变，整个事业不但没有出现建设停顿和工作混乱的情况，相反，加快了全面、彻底自力更生的进程。1967 年，毛泽东主席曾幽默地指出："新式武器，导弹、原子弹搞得很快，两年零八个月搞出氢弹，我们的速度超过了美国、英国、苏联、法国，现在在世界上是第四位。导弹、原子弹有很大成绩，这是赫鲁晓夫帮忙的结果，撤走专家逼着我们走自己的路，要给他一吨重的勋章。"

奋战在风雪高原的广大职工居住的工棚

其实，许多苏联专家对他们政府的决定，也是不理解、不满意的。他们得到命令后，开始普遍表现沉默，各自清理资料，焚烧保密本。后来觉得中方对他们一如既往，热情友好。领导都亲自出面与他们座谈，请他们吃饭，感谢他们的帮助，使他们很受感动。于是纷纷表示，他们也很不愿意。工程搞得半拉子，就这样不负责任地走了，于心不安。一些专家临行前，拉住我方技术人员口述手写关键技术，采用各种不同方式留下重要技术资料。当然，也有少数苏联专家表现不友好，有些应该给我们的资料也不给，或者把它烧了。他们说，“这是对你们的毁灭性打击”，“再过两三年你们只好卖废铜烂铁了”，“估计你们20年也搞不成原子弹”。

最重要的，是苏联毁约停援，激起我国广大干部群众的极大义愤，决心要为国争光，与民争气，以百倍的热情和干劲，投身于自力更生的奋斗中。研究所、设计院、建设工地出现了风雨兼程、夜以继日、发愤图强、大干苦干的场面。办公室的工作人员夜以继日地工作，往往要领导动员催促才下班休息。在技术攻关现场，攻关人员连续奋战，往往吃在现场、住在现场。大家心往一处想、劲往一处使，全力以赴，一定要自力更生造出“争气弹”。

这样，经过两年的艰苦积累，工程建设、技术攻关、科学实验都有了相当进展。1962年9月，二机部党组提出争取1964年最迟在1965年上半年爆炸第一颗原子弹为目标的两年规划。毛主席欣然批示：“很好，照办。要大力协同做好这件工作。”中央成立了由周恩来总理任主任的15人专门委员会，集中统一领导两年规划的实施。在全国范围开展了大协作，20多个省市自治区，900多个研制生产单位，协同二机部进行新技术材料和专用设备的研制，核武器关键技术和核燃料生产工艺的攻关，充分体现了社会主义集中力量办大事的优越性。结果我们比先前几个核大国以少得多的资金投入，快得多的研制速度，自力更生地研制成功了核武器。1964年10月16日爆炸了第一颗原子弹，1967年6月17日爆炸了第一颗氢弹，1971年8月建成第一艘核潜艇并开始试航。这在世界上引起了极大的震撼和轰动。世界从此对中国刮目相看，认为中国创造了核技术史的奇迹，中国改变了世界战略平衡格局，极大地改善了中国国际安全环境，世界和平更有保障了。

历史告诉我们只有独立自主、自力更生才能立于不败之地

我国核工业的起步，得益于苏联的援助；而苏联的毁约停援，也给我国核工业造成了困难。但是，由于我国始终坚持独立自主、自力更生的原则，从一开始就贯彻执行了“自力更生为主，争取外援为辅”的方针，我们不但研制成功了原子弹、氢弹、核潜艇，建设了一个规模小而门类齐全的核科技工业体系，而且还在苏联断绝援助后在三线地区建成了第二套核工业和核武器研制基地。第二套核工业基地完全是

自己设计、自己建设，设备材料也全部是国产的。这个历史过程说明，无论革命还是建设，都必须坚持独立自主、自力更生，才能立于不败之地。历史经验值得总结，历史经验应该借鉴。任何时候、任何情况下，我们都不能放弃独立自主，自力更生的原则，这就是我国核工业创业成功的历史结论。

【原载《中国核工业》杂志，2009 年第 10 期】

决定命运的铀矿找矿行动

这是决定命运的

1954年秋，在著名地质学家、地质部部长李四光的办公室，李部长正在同常务副部长刘杰和苏联专家研究工作，突然普查二办技术负责人高之杕兴冲冲走进办公室，大声报告说“好消息呀！”接着从黄色帆布地质包里拿出一块铀矿石，请几位领导端详，李、刘部长和苏联专家几乎不约而同兴奋地喊道：“是铀矿！”

铀是实现核裂变反应的主要元素，是制造原子弹的核心材料。有没有铀资源，是能不能自力更生发展核工业的重要物质前提。如今摆在桌子上的虽然只是一块次生铀矿石，但它带来一个重要信息：证明在我国地下埋藏有铀矿。

信息迅速传递到中南海，毛泽东主席、周恩来总理立即要听取汇报。刘杰提着铀矿石和探测仪器到毛主席会客的菊香书屋，报告发现这块铀矿石的来历。毛主席问：“你怎么证明它是铀矿石？”刘杰解释铀矿具有放射性的特点，并手持盖革计数器进行探测演示，当毛主席和周总理听到放射性在仪器中发出“嘎嘎”的响声时，都会心地笑了。

接着，毛主席询问了下一步对铀矿勘查的打算。刘杰回答：“据专家们的初步考察，在我国南方有可能找到有工业价值的铀矿床，如广西的富钟、江西的上饶和湖南的衡阳、郴县、汝城等地。我们准备组织力量在这些地区进行勘查。”毛主席点头赞许，满怀信心地说：“我们的矿产还有很多没被发现嘛！要找，一定会发现大量铀矿。”并说：“我们有丰富的矿物资源，我们国家也要发展原子能。”

在汇报结束后，刘杰离开菊香书屋时，毛主席握着刘杰的手，特别叮嘱说：“刘杰，这是决定命运的，你要好好抓哟！”

新中国要建立强大的国防，要有原子弹，毛主席早有这个战略设想。1950年年初，毛主席在莫斯科观看了苏联核试验的纪录片，对原子弹的巨大爆炸威力有了具体印象，回来就曾对身边工作人员说，“看来原子弹能吓唬不少人，美国有了，苏联也有了，我们也可以搞一点嘛！”但是，鉴于当时的科技力量和经济基础，特别是还不知道中国有没有铀矿，因此并没有立即作出决策。直到1955年1月，也就是科学研究和人才培养有了点眉目，特别是确认中国有铀矿后，才召开中央书记处扩大会议，正式作出了战略决策，并由此演绎出一系列惊天动地的故事。

我国发现的第一块铀矿石标本

没有500吨铀金属储量就不能设计矿山和水冶厂

中国有铀矿，但铀矿埋藏在地底下，有多深？分布在哪些地质构造里？品位规模又怎样？这些都还是个谜，需要地质科学研究和勘探技术手段才能解开。于是，1955年，新疆519队和中南309队两支铀矿专业地质勘探队伍在中国悄然兴起，同时成立了一个专门管理机构——地质部第三局，首任局长雷荣天。1956年国家设立专管原子能事业的第三机械工业部（1958年改名为第二机械工业部，简称二机部），三局即归属于二机部。又先后组建了西北182队、西南209队、东北406队、华东608队，在北京还成立了铀矿地质研究所。

中国铀矿勘探开发初始是在苏联专家指导下进行的。1957 年年初，按照当时中苏协议，苏方应帮助我们设计矿山和水冶厂。可是苏方表示：必须有 500 吨铀金属储量，才能进行矿山和水冶厂的设计。因为他们有过教训，矿山建起来了，储量只有几吨，矿山只好关闭。

这 500 吨铀金属储量从哪里来？当时勘探程度较好的是湖南郴州金银寨矿床，二机部党组和三局领导、技术骨干研究决定，重点加快这个矿的勘探工作。于是，紧急动员，三局副局长张华带领有两名苏联专家参加的工作组，坐镇金银寨，帮助担负这个基地勘探任务的 309 队 10 分队，解决了炸药、电缆、发电机、空压机等紧缺物资，组织开展劳动竞赛，激发了广大职工的干劲，出现了快干、苦干的热火朝天场面，大大加快了钻探和坑道掘进的速度。结果于 1957 年 6 月底，提交了铀金属勘察级储量，并于 11 月提交了正式储量报告，为顺利地启动矿山和水冶厂的设计工作创造了条件，为地质勘探支持矿山建设打胜了第一仗。

突破“无希望”地区，在花岗岩体内找到铀矿

铀矿蕴藏在各种地质构造中，有许多种类型，我国就相继找到过十多种类型的铀矿床，其中以花岗岩、火山岩、砂

岩、碳硅泥岩四种类型最为重要。但是苏联在花岗岩里未找到过铀矿，因此苏联专家便把花岗岩划为无希望地区，在指导我们地质工作时，不准普查人员进入花岗岩地区。当时309队1分队技术负责人刘兴忠不赞成苏联专家的主张，说“我们总不能见红（花岗岩体在地质地图上以红色表示）就离开。”

1956年11月，309队2分队在广东省贵东地区进行普查，找矿员误把花岗岩当砂岩，进入花岗岩体找矿，结果发现了新桥和下庄两个异常点，但规模不大。尔后309队11分队在揭露这两个异常点的同时，又在贵东花岗岩体内找到了含铀硅化带，通过系统的深部揭露，发展成为有工业价值的铀矿床。这是一个找矿类型的突破，“无希望”变为“有希望”，大家（包括苏联专家在内）都很高兴，便把这个矿命名为“希望”矿。刘兴忠等人进行了科学总结，确认在我国花岗岩体内找铀矿具有良好前景，在铀矿地质理论上有所突破和创新，后来也确实在全国很多地方找到了花岗岩型铀矿床。据1987年统计，花岗岩型铀矿占我国找到的各类铀矿储量总数的41%，名列第一。

铀资源保证了我国核事业的不断发展

铀矿地质勘探队伍是核工业建设的先行官。由于铀矿形成条件比较复杂，分布很不均匀，规模、品位变化很大，从而给铀矿普查勘探工作带来很大困难。60多年来，铀矿地质勘探队伍，克服工作和生活上各种困难，长年在野外深山秃岭，跋山涉水，风餐露宿，辛苦地找矿探矿，并在地质科学研究和技术手段方面不断深化和提高，经过细致的勘查和揭露评价，交出一批又一批铀金属储量，为核工业发展和核武器研制提供了资源保障。

铀矿冶建设和简法生产立了头功

美国人编著的《中国原子弹的制造》一书中，有这么一段话："罗伯特·奥本海默（有'原子弹之父'美誉的美国理论物理学家）曾经说过：制造原子弹只要 1% 的天才就够了，但却需要 99% 的汗水。在中国，为了建设这些矿山，汗水又何止 99%。"这里作者说的"这些矿山"，即：湖南郴州铀矿、衡山大浦铀矿、江西上饶铀矿和湖南衡阳铀水冶厂，简称"三矿一厂"，他们为中国核事业建设和发展立了头功，50 年过去了，回顾铀矿冶三矿一厂的艰苦创业历程，让人更加敬佩和怀念当年的创业者、建设者。

搞原子弹得从工业基础抓起

研制原子弹需要核燃料，铀矿冶是核燃料循环的前端，是核工业的基础工业。1955 年 3 月 16 日，在党中央作出建立我国原子能事业的战略决策不久，当时负责筹备工作的原地质部党组书记、常务副部长刘杰和部长助理兼三局局长雷荣天，在给国务院三办主任薄一波并周恩来总理的报告中提出："1956 年，除为了求得储量继续进行普查勘探工作外，应立即开始准备矿石加工试验和选矿厂的设计和筹建工作。”1956年8月，我国与苏联签订的工业援助协定中有建设铀矿井、铀矿精选和铀盐生产厂以及铀化学冶金科学研究实验室等项目，具体内容包括：由苏方提供初步设计、技术资料和部分设备材料、仪器仪表等，并派专家前来指导，为中国培训专业技术人员。

当时，我国组建原子能工业体系，采取“统一规划，分散经营，密切协作，加快速度”的方针。按分工，铀矿冶部分由冶金部负责。1958年1月，冶金部以有色金属局四处为基础，组建了第三司作为铀矿冶工业的专管机构，任命冶金专家孙艳清为副司长，主持全面工作。后来为了原子能工业集中统一管理，国务院于当年8月决定，冶金部三司及所辖企事业单位划归二机部，改称二机部十二局。1959年12月，中央军委总干部部预备役处处长、动员部副部长苏华调任该局局长兼党委书记。在此期间，经国务院和中央军委决定，从冶金、煤炭、化工等系统和人民解放军部队选调1万多名干部和工人，其中包括近千名工程技术人员，组成了铀矿冶基建生产队伍，开始了铀矿冶工业的创业历程。

首批工程选在中南地区

为了开展铀资源的勘查和开发工作，起初根据中苏两国政府协定，采取联合找矿模式，成立了新疆519和中南309两个地质大队。出于苏方的考虑，以新疆地区为重点。1956年新的地质协定签订后，我国铀矿事业由中苏合营改为中国自营，中方抓住时机，重新调整部署，把工作重点转向中南地区。1956年8月和1957年1月，副部长刘杰、袁成隆带领三局副局长张华、高之杕等人，与苏联专家格里波、马里采夫、克利也夫等两次赴湖南、新疆进行考察和选址，取得对建设条件和矿点选择的基本共识。首批矿冶工程定在湖南郴州、衡山大浦、江西上饶等三矿和湖南衡阳铀水冶厂，后来又考虑到上饶的铀矿石含磷高，不适应衡阳厂的工艺流程，而且远距离运输容易造成环境污染和金属流失等，决定

20世纪50年代，铀矿地质队员在树皮房前研究地质勘探地图

在上饶就地建厂，制成重铀酸铵，再送衡阳厂精制。为了加快这批厂矿的建设，在湖南衡阳设立中南矿业公司，任命郭士民为经理。

然而，1957 年 2 月，当我们按协议提请苏方帮助为三矿一厂进行设计时，苏方却答复，按规定必须拥有 500 吨以上的铀金属储量，才能进行设计。并且说，他们过去有过这样的教训，由于资源勘探未到位，矿山建起来了，而金属储量只有几吨，最后矿山只能关闭。这个答复当然值得我们严肃对待，关键是要尽快探明拥有 500 吨以上的铀金属储量，争取苏方早日启动设计工作。于是，经部党组和三局领导研究，选定以勘探程度较高的郴州金银寨为突破口，派三局副局长张华率领工作组到现场办公，帮助调集力量，解决炸药、电缆、发电机等紧缺物资的调运工作，且每 3 天向部里汇报一次进展情况。直接承担勘探任务的是 309 队 10 分队。队员们争分夺秒，日夜苦战，经过 3 个月的艰苦奋斗，终于提交了金属储量，满足了设计的要求，推进了铀矿冶建设。

苦干巧干力争速度

1958 年 5 月 31 日，中共中央总书记邓小平批准了包括铀矿冶三矿一厂在内的核工业选厂报告，9 月初步确定了三矿一厂的建设规模，12 月又根据核燃料生产发展的需要和中南地区铀矿探明储量增加等情况，确定衡阳水冶厂作为区域性矿石处理加工厂，生产规模在原设计基础上扩大一倍。

三矿一厂陆续开工建设，上万名的建设者满怀激情从国外、城市、大学以及煤炭、化工等战线，来到偏远山寨，投身于铀矿冶工业建设。第一个开工的就是金银寨矿。金银寨在历史上曾是农民起义首领黄巢安营扎寨的地方，千年来空有“金银”的虚名。“船到郴州止，马到郴州死，人到郴州打摆子”，这就是过去金银寨的真实写照。建设者们不嫌环境艰苦，不怕任务繁重，放下行李就动手大干。当时的施工进度按天计算，工地上到处贴着“抓晴天、抢阴天、战雨天”“争分夺秒、向时间宣战”“早上班晚下班、不完成任务不下火线”等标语口号，现场是一派热火朝天、紧张繁忙的景象。

为了抢时间、争速度，尽快把第一批铀矿山建设起来，当时采取了边勘探、边设计、边施工，三者适当交叉的“三边”政策。也就是不等地质勘探结束，只要有一定的可靠储量，或提出中间报告就开始设计；做出部分施工图纸就开始施工。这样做虽然不够规范，有时会给设计和施工带来一定的困难，甚至会造成一些返工现象，但是争取了时间。在这种“三边”政策的情况下，为了保证工程顺利进行，十二局机关加强了计划和调度，及时协调解决矛盾，积极帮助基层克服困难。有一次，上饶铀矿建设中急需一批钢管，但当时钢管还在北京车站，一时找不到装卸工，十二局就组织机关职工到车站装车，保证了钢管按时运到上饶。

创业初期的“土法”炼铀现场

三矿一厂建设同样受到党和国家的高度重视和亲切关怀。1960 年的一天，湖南鲤鱼江电厂突然停电，郴州铀矿（湖南二矿）的井下生产和排水无法进行。周恩来总理得知后，立即电告湖南省委：“马上解决湖南二矿供电问题。”省委接到指示后立即做出决定，将鲤许输电线路移交鲤鱼江电厂，优先保证二矿用电。

三矿一厂建设初期，有苏联专家的指导和帮助。我国工程技术人员在向苏联专家学习的同时，也充分发挥自己独立思考、自主创新的能力。如：郴州铀矿金银寨1号井，在掘进中出现涌水，水量每小时300多立方米，水温高达40多摄氏度，用普通方法再也掘不下去。苏联专家建议，在吊盘上安装卧泵，强行排水继续下掘。矿里老工程师姚君哲和年轻技术员张桂芝等人，边查资料边反复研究，提出用注浆法掘进，并在煤炭部韩础石工程师的指导下，又从河南焦作借来技术工人和注浆设备，对工作面进行超前预注浆，顺利地通过了富水区，掘进至设计的位置。这种在承压富水区采取预注浆掘进方法获得成功，为同类情况掘进工程提供了重要经验。

铀水冶厂大型磨矿车间

简法生产功不可没

经过广大职工的艰苦努力，三矿一厂建设取得了很大进展。1960 年 9 月 1 日，郴州铀矿一期工程建成投产，当电机车牵引着长长一列装满矿石的小车驶出坑道时，全矿职工欢呼雀跃。

在此之前的 1960 年 7 月 16 日，苏联政府已照会中国政府，决定自7月28日至9月1日，撤走全部在华工作的专家。这对正在建设中的我国原子能工业造成了严重损失和巨大困难。当时，部里特别关注衡阳铀水冶厂的建设进度和技术过关，因为这个厂如果不能按时建成和技术过关，生产不出二氧化铀，后面一系列工厂就会陷于“无米之炊”的境地。刘杰、刘伟、雷荣天等部领导，先后 6 次到现场检查帮助工作，苏华局长带领工作组到工地现场办公，钱三强副部长还组织部外科研机构进行科技协作，邀请中国科学院有关研究所的专家，就衡阳铀水冶厂生产准备中存在的 148 个技术问题进行“群医会诊”，提出解决方案，重点为纯化系统试生产做好技术准备。

水冶厂厂长刘坤更是感到身负千斤重担，他表示“若完不成任务，杀掉我的头也不足以谢天下！”他把纯化系统各项任务和必须完成的时间反复倒排、顺排，确定计划、落实措施。经过 9 个月的苦战，1962 年 9 月按计划建成纯化系统，开始进行第一次投料试车。其间，遇到了关键设备煅烧炉氨气泄漏问题，以厂总工程师杜宝德为首的技术攻关小组，大胆改变了原设计结构，增加了一个控制器，并对接触高温的部件增设了保护措施，终于使物料顺利通过，产品基本合格。接着，刘坤又带领科技人员和职工，发扬连续作战精神，先后8次试生产，进一步解决了工艺、设备、操作等方面的问题，各项技术经济指标不断提高，有些甚至比设计要求还要好。

铀矿冶首批工程建设进度虽然一赶再赶，但仍然不能满足铀浓缩厂对六氟化铀的迫切需要。这个矛盾早在1960年就已显现。原来设想可由苏联援助解决，但1959年6月苏联的来信，毁约停援趋势已露端倪。部党组决定在抓紧三矿一厂建设的同时，在北京铀矿选冶研究所和原子能研究所筹建若干简法生产装置，争取在大厂建成之前，利用1958年以来地质系统“土法炼铀”获得的重铀酸铵，生产出二氧化铀、四氟化铀和六氟化铀，以备铀浓缩厂投产所需。两个研究所的领导和科技人员都积极支持部党组的决定，邓佐卿、郑群英、黄昌庆等技术负责人分别提出了具体方案。方案一确定，他们立即调动所里员工日夜奋战，自已动手盖厂房、设计工艺流程、设计制造设备。经过两三个月的努力，生产二氧化铀的“2号厂”、生产四氟化铀的“4号厂”和生产六氟化铀的“615乙”先后建成并生产出了合格产品。简法生产其实并不简单，也不简陋，设备同样要求耐高温、耐低温、耐腐蚀、耐辐射、高真空度、高清洁度；操作要求也非常严格，尤其是必须保证安全；产品质量更是不能含糊，必须百分之百地符合标准。简法生产的重要意义在于争取了时间。实际上，它不仅提前生产出了铀浓缩厂需要的原料，而且也验证了生产工艺流程，培训了生产操作人员，积累了生产运行经验。虽然，以后过渡到了大厂生产铀产品，简法生产完成了自己的历史使命，但它对保证我国1964年爆炸第一颗原子弹起到了重大作用，功不可没，历史将永远不会忘记。

【原载《中国核工业》杂志，2008年第8期】

一波三折的铀浓缩厂创业艰难历程

兰州铀浓缩厂迎来了创建和发展50年的厂庆。忆往昔，峥嵘岁月稠。不禁让我想到这个厂建厂一波三折的艰难历程，觉得应该写出来以供读者了解和研究。

讨论提纲上没有这个项目

时间回到20世纪50年代。1956年4月，原国务院第三办公室副主任（后任三机部副部长、二机部副部长、部长）刘杰率领中国原子能代表团，赴莫斯科与苏联政府进行帮助中国建立原子能工业的秘密谈判。代表团成员有：刘伟、钱三强、白文治、冯麟；顾问有：王淦昌、胡济民、朱光亚、杨承宗等科技专家。代表团出发之前，2月28日，毛泽东主席给赫鲁晓夫的复信中附了一个请苏联提供帮助的项目清单《供讨论用的提纲》。代表团成员分批到达莫斯科，苏方先是安排代表团在莫斯科、列宁格勒、基辅等地，到与原子能有关的研究所、高等院校和工厂参观学习，然后开始正式谈判。应中方要求，谈判采取的方式是边介绍边谈判，即在谈判一个项目前，先由苏方说明项目的性质、产品、原料、设备、生产原理、工艺流程、建设条件和需要资金，然后双方进行讨论，直到达成共识，取得一致意见。

在谈到核燃料循环时，苏方介绍：生产浓缩铀-235的原料可以用天然铀，也可以用经反应堆辐照过的乏燃料，提取钚的同时回收的堆后铀。也就是说，一种铀原料可以生产出钚-239和铀-235两种产品。这使刘杰等意识到，对核燃料循环流程原先了解不够，国内确定的我国原子能工业技术路线，只搞钚-239，虽然是因为专家们认为（包括苏联专家来华介绍日内瓦第一次国际和平利用原子能会议情况时也这么说），搞浓缩铀-235工厂，用电量很大，投资也很大，当时中国没有这个条件。所以，在提交苏联的《供讨论用的提纲》上没有铀浓缩厂这个项目。但缺了这个环节，将造成铀资源的很大浪费。同时，刘杰还联想到，出国前刚得到一份简要资料说：美国建一座小规模的、日产5千克铀-235的工厂，只需投资5亿美元。如果真是这样，那么我们也是可以做到的。

于是，刘杰在第二天与苏方谈判时，就提出我们也要建铀浓缩厂。这使苏方感到惊讶，一时气氛显得有点紧张。他们立即表示："你们清单上没有这个项目，我们没有权力来同你们讨论这个问题。"又夸张地说："这个项目需要很大的投资，需要很大的电力，甚至把你们中国全部的电力用上都不够。”然而我方仍然坚持请他们考虑。这样，又过了两天，苏方主持人改了口气，说你们提出的要求是合乎逻辑的，我们可以考虑帮助中国建铀浓缩厂。并且介绍了几个规模不同的建设方案。其中说到，配置的小机器，正好他们有一批刚换下来的，略加修理便可使用。否则制造新的，还要两年时间。谈判争取到这样的结果，大家都很兴奋。刘杰、钱三强、刘允斌（刘少奇的长子，在莫斯科大学获副博士学位，代表团临时请来帮助翻译）3人，顾不上吃饭就到我国大使馆打电话，向周恩来总理汇报请示，总理表示：“可先接受下来，回国再研究。”

1956年8月17日，国务院副总理李富春作为中华人民共和国全权代表，与扎维年科作为苏维埃社会主义共和国联盟全权代表，在莫斯科正式签署了《关于苏联为中国在建立原子能工业方面提供技术援助的协定》，其中就包括了铀浓缩厂这个项目。这是来之不易的。就在这之前不久，法国与英国谈判，为法国建立一座铀同位素分离工厂，正要签署协定时，美国却横插一杆，以美英间订有保密协定为借口，明确反对法英这一合作计划，以后法国自己建厂，直到1967年才建成投产，比我国铀浓缩厂晚了3年。

建设规模压了又压

我国与苏联的工业援助协定签署之后，就开始调集科技人员、技术工人和干部，进行建厂筹备工作；同时苏方也表示，铀浓缩厂的设备可在 1957 至 1959 年 3 年内全部交付。但这时我们国内经济出现了一些问题。主要由于 1956 年基本建设规模盲目扩大，引起财力、物力的全面紧张，信贷突破计划，财政赤字加大。周总理和陈云副总理及时发现这些情况，采取果断而稳妥的措施，制止经济工作中的急躁冒进的倾向。提出 1957 年计划要适当压缩基建规模，合理调整经济比例关系。在这一背景下，原子能工业建设怎么办？

当时，有一种意见，主要考虑铀浓缩厂这个项目投资大，耗电大，倾向于不建或缓建，推迟到第三个五年计划再来考虑。为此，1956 年 11 月 30 日致函苏方："如果在 1957—1959 年内供应全部设备，由于在这个时间内投资太集中，我们在财政支付方面存在困难，建议 1957 年不供应设备，何时开始供应设备，以后另行商定。"

建设方案不定，筹备工作就难以展开。二机部上下都很焦虑。一位局领导干部以对弈为喻说，宋部长、刘部长作风稳健，摆了棋子，进攻不快。有的领导干部就直截了当地问：浓缩铀究竟还搞不搞？总之，大家的心情七上八下，浮躁不安。

面对这样的情况，部党组连续开会，反复研究。宋任穷、刘杰向李富春、聂荣臻副总理做了汇报，考虑了三种方案：①基本维持中苏协定的框架，对某些工业项目的规模和进度做必要的调整和修订；②也可以考虑，只搞到氧化铀，矿砂拿到苏联去加工，他们给我们成品；③“二五”计划期间，连氧化铀也不搞，只搞科学研究和铀矿勘查。二机部认为，核工业不搞则已，要搞，还是第一方案最为合适。特别是铀浓缩项目，争取来很不容易，规模可以缩小，项目必须保留。在二机部工作的苏联专家总顾问也认为，第一方案最好，可以建成一个完整的核工业体系。通过反应堆取得钚是重要的，但没有铀浓缩厂就取不到铀 -235。好比做衣服，做了上衣，还要做裤子，这才是完整的一套。

本着能够保持完整的核工业体系，经过反复测算，把铀浓缩厂的建设规模压了又压，压缩到最小的程度，投资减少 60% 左右。二机部于 1957 年 3 月 11 日，向周总理并党中央呈送了《关于第二个五年计划期间我国原子能事业建设方案的请示报告》，周总理表示同意，并说：中国原子能工业要有完整的一套，能够形成独立的核力量，主要解决有无问题，规模不宜过大。这样，铀浓缩厂虽然规模缩小了，但项目终于保留了。众所周知，铀 -235 是原子弹的核心装料，有没有铀 -235 对于核武器的发展具有特别重要的意义。

再难也要把铀浓缩厂建设好

铀浓缩厂项目保留了，建设工作就全面展开。来自全国各省市自治区和各部队的许多优秀人才，陆续汇集到建设工地，建筑施工队伍更是全力投入，干得热火朝天。宋任穷部长亲自挑选了刚从匈牙利回国的原我国驻匈牙利大使馆政务参赞王介福，担任该厂第一任厂长；原二野十三军政治部主任张丕绪，担任该厂第一任党委书记。王、张二位坚强有力地带领全体职工英勇奋战，迅速把工程建设推向了高潮。

但是，天有不测风雨，这时候一股政治寒流，正向刚刚兴起的中国核事业袭来，苏联赫鲁晓夫要全面毁约停援了。二机部决定把在建的工业项目分为一线、二线，重点是首先要把一线工程抢建出来。一线是铀生产线，又把铀浓缩厂作为全线的重中之重，以铀浓缩厂为中心，前后左右向它看齐，与它连接。1959 年年底，宋任穷、刘杰把王介福、张丕绪召到北京，就中苏关系问题，专门给他们打了招呼，让他们心里有底，建厂各项工作都要抓紧进行。尤其要在 1959 年年底把主工艺厂房抢建出来，具备安装主机的条件。同时，催促苏方尽早交付主机，并派专人长驻满洲里接运设备。

铀浓缩厂决定成立以负责基建、生产的副厂长王中蕃为总指挥的现场指挥部，组织建筑、安装、设计、生产几方面力量，拧成一股劲，实行总体战，提出的口号是："一切为了安装主机，一切为安装主机让路"，迅速掀起抢建主工艺厂房的施工高潮。12 月初苏联专家到现场观察，认为最快也要到1960年年初才能建成。可是，到12月18日厂房就建成了，但苏联专家认为厂房清洁度不够，至少还要1个月才能安装主机。厂里立即由厂党委副书记刘喆组织动员全厂职工，男女老少齐上阵，到厂房搞卫生，机座、平台、墙角、地沟，都擦得干干净净，光洁明亮。随后厂领导再次邀请苏联专家到现场检查，专家戴着白手套擦摸都不脏，竖起大拇指，信服地称赞道："你们简直是变戏法，真是奇迹，不可思议！"于是他就立即派分管设备专家专程回国催将主机全部发来。

气体扩散法分离铀同位素的机群

1960年6月22日，苏共中央向参加布加勒斯特会议的各国代表团散发并宣读了致中共中央的《公开信》，发起了对中国共产党的突然袭击，中苏关系进一步恶化。部领导要求厂里立即做好应变工作。首先要抓紧有限时间，采取各种办法，把苏联专家技术学到手。王介福提出："对苏联专家的撤走，要做细致的工作。对专家不能冷淡，更不能敌对。要采取热情、友好的态度，采取'一对一''二对一'和相互印证的措施，尽量与专家合作，把技术学到手！"有的专家开始很害怕，不知道中国政府和人民怎样对待他们。后来觉得中国人对他们一如既往，热情友好，就逐步轻松起来，而对他们政府的决定十分不满，说"活才干了一半，怎么就扔下走了呢？""这是违背我们自己许下的诺言，以后中国人会怎么说我们？"在最后时刻，他们尽量帮助我们掌握技术，提供经验，对我们后来全面建成工厂，顺利启动运行，起到了一定的作用。

与此同时，遵照部领导的指示，对苏联专家撤走后，如何实现全面彻底自力更生的转变，作出了全面部署。王介福亲自起草了九条应变措施，称为"约法九章"，在苏联专家全部撤走的当天下午，就召集全厂科级以上干部会议宣布实施。接着又召开了全厂职工大会，王介福动情地讲述："苏联政府撕毁合同，撤走专家，停止援助，给正在建设中的我厂，乃至整个中国原子能工业，造成了很大的损失和困难。但是我们应该有信心，我们完全有能力自力更生把工厂建成！没有专家靠大家，靠集体的智慧和力量，攻克技术难关，粉碎核断援！”全厂职工群情振奋，纷纷以实际行动响应厂党委的号召，夜以继日，大干苦干，自力更生把工厂建设推向前进。

可是屋漏偏逢连阴雨，由于连年自然灾害，这时我国经济出现严重困难，粮食、副食供应紧张，全厂职工营养不良，许多人患了浮肿病，体力下降，形势严峻。当时有人提出，是否把队伍撤出去避一避。王介福和厂党委认为，要千方百计解决职工生活困难，保人保机器，队伍不能撤，建设

（右一为厂党委书记张丕绪，右二为厂长王介福，左一为副厂长王中蕃）

不能停，事业不能垮，再难也要把铀浓缩厂建设好。刘杰、刘伟等部领导多次向中央反映情况，中央十分关心核工业西北三厂的职工生活，周总理和聂副总理都亲自打电话，指示粮食部、商业部和军队调拨黄豆、鱼肉和其他副食品给予支援。党和国家关心核工业职工，核工业职工当以十倍努力、百倍干劲回报党和国家。在那生活极其艰苦的日子里，铀浓缩厂职工不畏难，不退缩，勒紧裤带，志气昂扬，奋勇战斗，为国家创立了功勋。厂房建成了，机器安装了，生产启动了，终于在1964年1月14日中午，开始取得合格的高浓铀-235产品，为第一颗原子弹提供了核装料。全厂欢欣鼓舞，欣喜若狂。二机部报告送到中南海，毛泽东主席欣然命笔批上两个大字："很好！"

如今历史翻到了新的一页，铀浓缩厂迎来了核工业发展的春天，搭乘浓缩铀高速发展的列车，向着建设一流铀浓缩基地的目标高歌猛进。我记录上述这段一波三折铀浓缩创业的艰难历程，旨在不忘创业者的艰难，弘扬核工业自力更生、艰苦奋斗精神，祝愿铀浓缩厂不断取得新的胜利，再创历史辉煌！

【原载《中国核工业》杂志，2008年第7期】

原子弹研制与铀浓缩机组启动的创新

胡锦涛同志在党的十七大报告中指出："提高自主创新能力，建设创新型国家。这是国家发展战略的核心，是提高综合国力的关键。要坚持走中国特色自主创新道路，把增强自主创新能力贯彻到现代化建设各个方面。"学习胡锦涛同志报告，回顾核工业发展历史，感到特别亲切。20世纪60年代，处境极端困难的我国核工业，正是依靠党的英明领导和全体职工的艰苦努力，通过自主创新，才逐步走出困境，争得主动，从而实现中国从"无核"到"有核"的突破，并闯出一条具有中国特色的核武器研制道路。

抓住"牛鼻子"带动全局

1960年7月16日，苏联政府突然照会我国政府，决定撤走全部在华工作的专家，并随后停止了一切技术设备材料的供应，这给我国刚刚起步的核事业造成了很大的困难。一大批在建的"半拉子"工程如何继续完成？许多不完整、不齐全的设备仪器如何配套补齐？已经安装起来的机器怎么调试启动？还有许多工程设计没有完成，或者已经做了，但文件资料不全，技术存疑，图纸差错，这些又怎么做全、查清、纠正？在这样的情况下，我国第一颗原子弹怎么研制？既定的战略目标又如何实现？当时的二机部党组认真分析形势，研究对策，认为面临的困难和矛盾很多。要从战略全局上突出重点，必须明确两个急需解决的关键问题：一是如何尽快把原子弹的理论设计搞出来；二是如何尽快把高浓铀-235生产出来。抓住这两个关键，如同抓住了“牛鼻子”，就能把全局带动起来。

创造性地采取“内爆法”铀弹方案

按照1957年10月15日中苏签订的《国防新技术协定》，苏联曾派来3名核武器专家，在二机部高层领导和技术专家的极小范围内，从教学的角度讲过一次原子弹的原理和大体结构。但这毕竟只是一种教学概念，不是工程设计，而且有的数据根本不对。我们科技人员用了两年左右的时间，经过反复计算才完全弄清楚。特别是他们讲的是钚弹，而当时我们生产钚的反应堆还没有建起来，根本没有这种钚材料。那么，我们的原子弹理论设计怎么搞呢？

原子弹的基本结构有两种：一种是“枪法”，又称“压拢型”。它是将2～3块处于次临界状态的裂变核材料，在化学炸药爆炸产生的高压力推动下迅速合拢成为超临界状态，从而引起核爆炸。美国投在日本广岛上空代号为“小男孩”的原子弹，就是这种“枪法”铀原子弹。“枪法”原子弹，结构比较简单，技术容易掌握；缺点是爆炸效率低，使用核材料多，而且不能用钚-239。另一种是“内爆法”，又称“压紧型”。它是用炸药产生的巨大向心力，将处于次临界状态的核材料压紧变成高密度的超临界核材料，从而产生核爆炸。美国投在日本长崎上空代号为“胖子”的原子弹，就是采用“内爆法”的钚原子弹。“内爆法”原子弹，技术先进，爆炸效率高，消耗核材料少，而且铀和钚都可以用。但是，结构比较复杂，技术难度大。

原子弹的两种技术路线和结构类型，我们采取哪一种？我国的核武器研制人员，经过深入地分析、比较和研究，从当时我国还没有钚的国情和技术发展方向考虑，决定既不采取“枪法”铀弹，也不采取“内爆法”钚弹路线，而是创造性地采取了“内爆法”铀弹方案。这一技术决策，起点较高并适应国情，使我国第一颗原子弹的理论设计得以顺利进行，因而在爆炸试验成功后，在美国和世界的核科技界引起了很大的震惊。

“宝中宝”提前113天诞生

高浓铀-235是保证我国第一颗原子弹研制的物质基础，

如果没有高浓铀 -235，又没有钚 -239，我们的原子弹就根本造不出来。1960 年三四月间，二机部领导意识到苏联有毁约停援的可能。经过研究，部党组作出了应变的战略决策：把在建的核燃料生产线分为铀、钚两条线，把铀浓缩厂列为铀线的重中之重，以该厂为中心，集中力量抢建铀燃料生产线。这样，迫使苏联不得不按中苏两国协定，在毁约停援之前，提供了铀浓缩厂的主要设备。

但是，苏联专家撤走之后，这几千台机器怎么安装上去？安装好后又如何进行氟化处理和启动投产，如何尽快产出高浓铀产品？国际上有人认为，苏联毁约停援，“这是对中国的毁灭性打击，中国从此将陷入核技术真空状态，20 年也搞不成原子弹”。有人更是幸灾乐祸，说：“你们机器启动不起来，过两年就要卖废铜烂铁了。”但铀浓缩厂广大工程技术人员和工人，坚决贯彻自力更生的方针，猛攻技术关，经过一年多的紧张工作，到 1962 年完成了设备配套并安装就绪，紧接着就开始了氟化处理和启动投产。

氟化处理是机组启动前的关键工序。为了安全起见，先做了试验性的氟化和启动并获得成功。这样不仅摸清了各种工艺数据，取得了实际操作经验，而且还发现和消除了许多设备缺陷，为成批机组氟化和启动铺平了道路。

扩散机启动投产是一个极为细致和复杂的过程。首先要进行精确的理论计算，然后在此基础上做出实施启动方案。苏联专家走后，留下的9批启动7批取产品的方案，从第1批到第7批启动，需要337天，显然不能满足1964年内进行首次核试验的要求。我方级联理论计算人员，又一次投入到各种方案的选择比较和计算分析中，最后提出相当原分9批启动方案中的第5批出高浓铀产品的新方案，出产品时间可比原方案提前113天。这个方案经原子能研究所扩散实验室专家论证，并利用小机器短级联做了工艺试验，测取了大量数据，最后认为方案可行。部领导亲自到现场参加方案审查，从经济和政治两方面加以比较，决定批准实施。

1964年1月14日，被称为“宝中宝”的丰度为90%以上的铀-235产品，终于生产出来了，人们奔走相告。二机部党组致电祝贺，称“这是我部事业发展的一个重要里程碑，为我部事业的成功创造了必要的条件”。报告送到中南海，毛泽东主席立即欣然批上“很好”两个大字。

美国总统的前言不搭后语

在实施首次核试验的两年规划中，原子弹理论设计和高浓铀生产两个关键问题解决后，我国核事业发展就出现了节节胜利的局面，各项工作都按规划如期或提前完成。1964年10月16日下午3时，我国自主研制的第一颗原子弹在新疆罗布泊核试验场爆炸成功，立即在全世界引起了巨大的反响。一切反对帝国主义、爱好和平的人民，特别是亚洲、非洲、拉丁美洲的革命人民，都欢欣鼓舞，热烈赞扬我国人民的这个重大成就，坚决支持我国人民为反对核讹诈和核威胁而采取的正当措施和正义行动。

当时的美国总统约翰逊，为了平息内部的恐慌，安抚盟国的惊惧，在我国原子弹爆炸不到3个小时之内，就慌忙发表声明，除了表示反对以外，还说“中国的原子弹只是一个粗糙拙劣的装置，没有多大军事意义”。言外之意就是我国原子弹爆炸成功不足以动摇美国的核霸权地位。而在第3天，当美国原子能委员会对我国空中放射性烟云进行取样分析后，惊奇地发现我国爆炸的是一个铀-235向心爆炸装置，技术相当先进。这使得约翰逊在18日的电视演说中不得不改口承认这一严峻的事实，并特别警告美国人“不应该把中国核爆炸这件事等闲视之”。美国总统这种罕见的慌乱和前言不搭后语的表现，反映了美国政府高层的心理状态，说明了中国原子弹的爆炸是对核霸权主义的当头一棒。从此美国对中国刮目相看，极大地改变了世界的战略格局。

我国第一颗原子弹理论设计创新和铀浓缩机组启动方案创新的历史经验告诉我们：凡是影响国家发展和安全战略的尖端技术，花钱是买不来的，依靠别人也是靠不住的。唯有依靠自己的努力，突破技术难关，自主创新，才能占领科技制高点，才能赢得世界的认同和尊重，才能自立于世界民族之林。

【原载《中国核工业》杂志，2008 年第 1 期】

自力更生的关键在于掌握技术

我国核事业是靠科学技术起家的。科学技术的掌握和创新既是新时期推进核工业加速发展的关键所在，也是50多年来核工业发展的历史经验总结。

自力更生的根本问题是要切实掌握技术

核科学技术兴起于20世纪三四十年代。50年代前后，美国、苏联、英国先后成功爆炸原子弹、氢弹，并成功建造核潜艇、核电站，标志着核技术开始趋于成熟。由于核技术首先用于核武器制造，有核国家对此都严格保密，绝对封锁。我国核事业起步的时候，最大的困难就是未掌握核技术，对核事业的特点和规律缺乏认识，上下都不懂。一些核科学家和工程专家也都没有实际做过，缺乏感性知识和实践经验。而苏联的技术援助又十分有限，对一些现成的设计和设备，我们只知其然而不知其所以然。苏联毁约停援，撤走专家后，按西方一些人的说法，“从此中国将陷入技术真空”，这给我们造成了更大的困难。

面对这样一个未知的高新技术领域，时任二机部部长刘杰深刻地指出：“我们的工作带有很大的探索性，我们不仅是一个工业部，而且是一个科学研究部。”正因如此，二机部在整个工作部署和把握上，始终把科学研究和技术攻关作为战略重点，摆在突出的位置。在有苏联援助时，强调一个“学”字，要求学“全”、学“尖”。学“全”就是要成套、成系统地掌握。在基本建设方面，要学设计、设备制造、施工、安装及调试运行；在地质勘查方面，要学普查、勘探、评价计算、交出储量，并逐步掌握中国地质和区域地质的成矿规律；在生产准备方面，要学工艺原理、设备、流程、参数、操作规程以及检测分析方法。学“尖”，就是要学各方

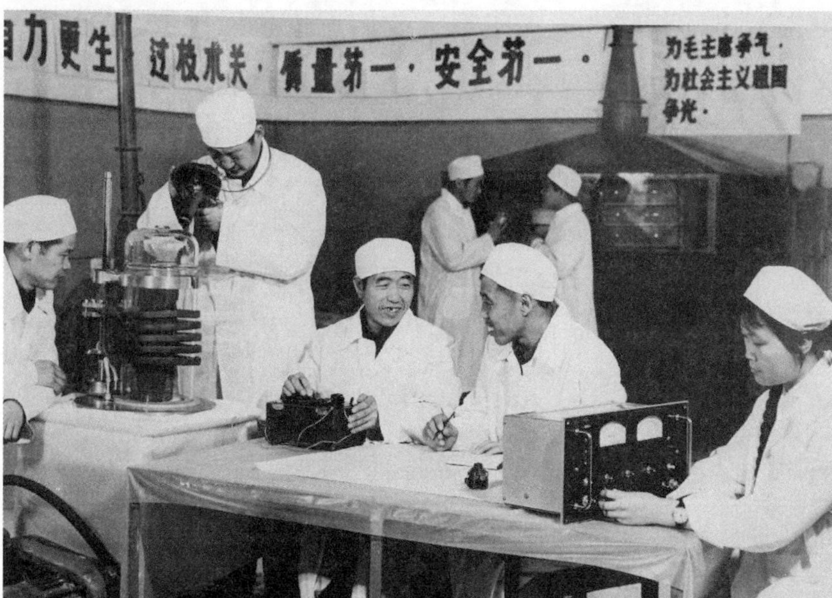

群策群力攻克技术难关

面最关键的核心技术和世界上与此有关的最先进的科学技术。总之，不能长期依赖苏联专家，必须采取自力更生的方针，猛攻科学技术关，努力做到自己研究、自己设计、自己建筑、自己安装、自己运行、自己管理，把我国原子能事业真正建立在自己的科学技术基础上。

苏联专家撤走后，我国原子能事业发展进入全面彻底自力更生的新阶段。1960 年 12 月 1 日至 20 日，二机部党组在北京前门饭店召开了司局级和厂矿院所主要领导干部会议。刘杰部长结合二机部的工作实际，代表部党组作了题为《自力更生，过技术关，质量第一，安全第一》的工作报告。报告指出，苏联专家撤走后，我们无论是思想上、组织上，还是技术上都转到了全面彻底自力更生的轨道上，各方面工作不但没有发生什么混乱、中断现象，而且站稳了脚跟，加速了自力更生的进程。关键在于我们开始认识和掌握了原子能事业的特点和规律。他分析原子能事业有“五性”“五度”十大特点：“五性”即综合性（几乎包括了各项重工业，如地质、采矿、冶金、化工、机械、无线电等）、复杂性（方面广，品种多，要求高）、连续性（厂与厂之间生产连续性很强，厂内高度自动化机械化）、放射性（有极强的放射性，安全防护要求很高）和集中性（必须有高度集中统一的指挥和调度）；“五度”即清洁度（机器内不准有任何灰尘和任何杂物）、精密度（误差要求极小）、密封度（要求极为严格）、真空度（高度真空，长时间稳定）和纯洁度（只允许百万分之一的杂质）。刘部长说，我们的方针是自力更生。而自力更生就要认识事业特点和掌握发展规律，其根本问题是要过技术关，技术关过不了就实现不了自力更生，也就达不到质量第一与安全第一的要求。

“骑驴找马”搞“简法生产”

刘部长的报告，不仅指出了科技攻关在自力更生中的根本地位，而且还指出了科技攻关的方向和目标——必须围绕生产建设中的关键问题和薄弱环节。他根据当时的工作进程，要求 1961 年要过好十大关，即：设备安装、调试运转、原材料供应、生产准备、产品质量、产出数量、包装、运输、管理、安全防护。这就把各系统、各单位都调动起来了，围绕着各自的生产建设任务，发动群众摸关、排关，制定出攻关计划和工作大纲，开展了声势浩大的攻关活动。许多技术难关纷纷被突破和掌握，整个事业建设出现了新的局面。

以铀生产线为例：原先中苏协定，兰州铀浓缩厂建成投产初期所需六氟化铀原料由苏联提供，后来苏联毁约停援就不给了。这就使得铀浓缩厂面临“无米之炊”的危机。怎么办？六氟化铀是由二氧化铀经两次氟化而获得。当时生产二氧化铀和四氟化铀的工厂都还在建设，由于苏联停止供应许多主工艺设备，工厂建设进度受到了影响。部领导会同主管局和基层单位领导，与有关科技专家共同研究，决定在北京五所和原子能所同位素分离研究室建立若干个简法生产装置。一边过技术关，验证工艺流程和参数，掌握生产技术；一边进行试验性生产，以解决铀浓缩厂的燃眉之急，同时积累实际操作经验，培训生产操作人员。五所承担二氧化铀和四氟化铀的试验性生产，同位素分离研究室承担六氟化铀的试验性生产。这个决策在当时被戏称为“骑驴找马”，其特

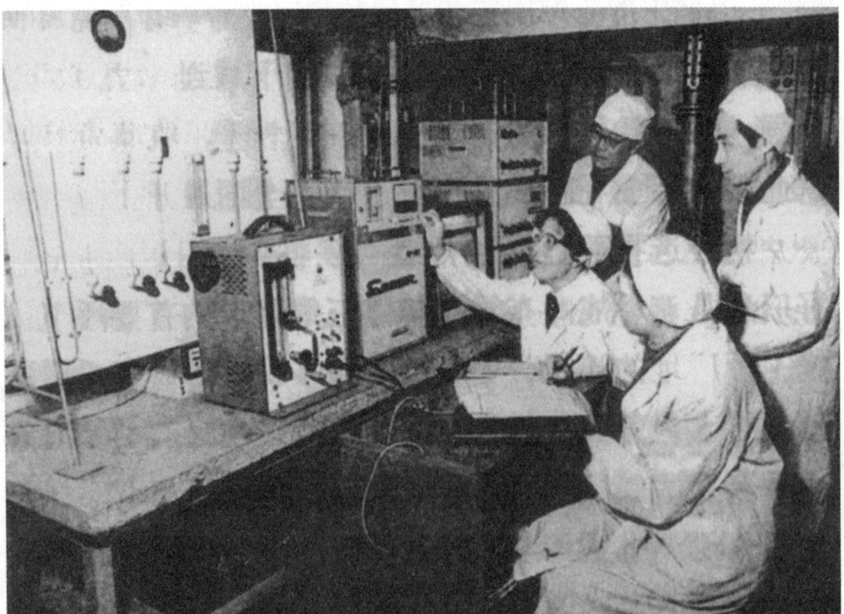

科研人员在用萃取法进行后处理试验

点是：简法生产装置规模小，投资省；不需要正规设备，试验性装置比较容易，上马快；适应技术过关的特点，边试验、边改进，在试验性生产中掌握技术，积累经验。这是在条件不具备的情况下，争取尽快上马而采取的非常实际又非常巧妙的办法。其实，简法生产并不简陋，也不简单。如生产六氟化铀，在工艺条件上，同样要求耐高温、耐腐蚀、高真空度、高清洁度以及严密的安全防护；在产品质量上，同样要求高纯度，杂质不能超过规定标准。它解决了铀浓缩厂投产急需的原料问题，在正规工厂未建成之前，突破了生产技术难关，生产出了合格的二氧化铀、四氟化铀和六氟化铀，为整个核燃料生产争取了时间。

群医会诊，发扬技术民主

过技术关不仅是一项艰苦的科研技术工作，还需要做细致的思想组织工作。因为技术难关往往涉及许多学科和专业，需要相关科技人员包括技能工人的团结合作，这就需要深入的思想动员和有效的组织协作。当时二机部就十分重视推行两个“三结合”，即：科研、设计、生产部门的三结合和领导干部、科技人员、工人的三结合，从而冲破了机械分工的框框，使人们从分工的片面性和局限性中解放出来，优势互补，拧成一股劲，共同面对技术难关，形成了“群医会诊”，合力突破。

同时，二机部十分强调要充分发扬技术民主。当时二机部的科技队伍由三部分人组成：一部分是从欧美留学回来的博士生、科学家和工程专家，他们学有专长，造诣较深，经验丰富，是各个学科和专业的带头人，人数虽少，作用很大；一部分是从苏联留学回来和从国内调集的中青年骨干，他们人数较多，各有专业特长或相当实践经验，是科技攻关中的主力军，起着承上启下的骨干作用；一部分是刚从学校毕业的大学生，他们人数最多，思想活跃，干劲十足，热情很高，生龙活虎，是向高新技术进军的新生力量。这样三部分人形成金字塔结构。在技术难关面前，不论学历、资历、年龄，人人有权发表自己的意见，人人有责贡献自己的智慧。这就充分调动了每个人的主动性、积极性和创造性，形成了一种生动活泼的攻关局面。

科研、设计、生产三结合的优势在众多技术攻关中屡建奇功。当时，铀浓缩厂想要提前取得产品，首先要突破原先苏联设计的方案，提前启动运行几千台机器。而要提前启动机器，就必须进行复杂而又精确的分析计算。苏联专家撤走之前，虽然也有一些现成的计算理论，但只有个别人掌握数据和知道计算方法。因此，必须建立一支自己的理论计算队伍，否则就难以开展工作。原子能所同位素分离研究室派出留美博士、统计物理学家王承书，到厂里指导级联计算技术攻关。她消化吸收苏联专家的讲课内容，结合自己研究的成果，形成了自己的一套理论方法，帮助厂里培养了理论计算人员。之后，厂里提出争取尽早拿到产品，将原苏联专家留下的“9批启动7批取产品方案”改为“9批启动5批取产品方案”，就是经过同位素分离研究室研究人员分析计算论证，认为切实可行，部领导才正式批准的。新方案执行后，出产品时间比原设计方案提前了113天。

在解决高浓铀金属浇铸的“气泡”问题上，充分体现出了领导干部、科技人员、技能工人三结合的力量。当时，浓缩铀生产和原子弹制造的一系列技术难关都一一攻破，实现首次核试验已是胜利在望。可是铀–235浇铸成型技术迟迟没有突破，浇铸时发生的“气泡”现象，一直消除不了，成了通向胜利的“拦路虎”。于是，主管生产的副部长袁成隆、生产局局长白文治、冶金总工程师张沛霖、酒泉原子能联合企业厂长周秩、总工程师姜圣阶都到了生产

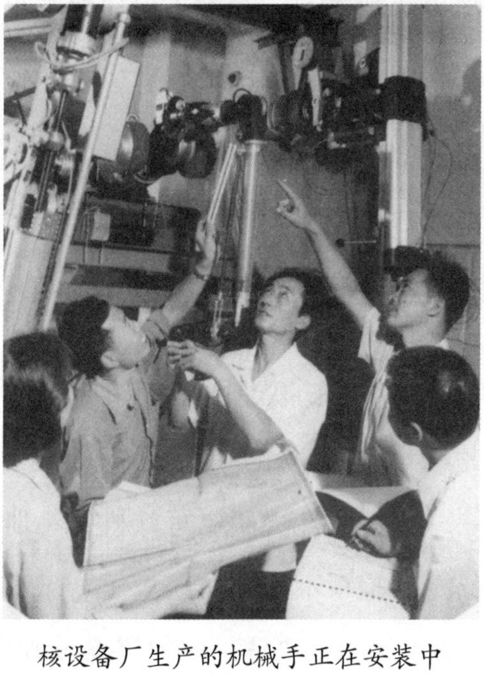

核设备厂生产的机械手正在安装中

现场，与现场基层干部、科技人员和技能工人一起分析、研究、讨论。一天一炉试验，一炉一次小讨论，几天一次大讨论。人人知道实验的目的，人人知道问题所在，人人在出谋划策，领导、专家、工人的智慧和力量汇集一起，终于打倒了“气泡”这个拦路虎，打通了整个铀生产线的技术关口。

在科技攻关中，党政工作人员也恪尽职责，发挥了应有的作用。尤其是各级领导都十分重视科技人员，认真执行党的知识分子政策：政治上充分信任，工作上大胆放手，生活上热情关怀。与此同时，他们自己也虚心学习技术，努力钻研业务，积极参与科技攻关。如宋任穷、刘杰、李觉、王介福、周秩等一批老干部，都很注意学习。刘杰不但请钱三强到他家里讲课，而且也请年轻的科技人员当他的“小老师”，自己还研读许多科普小册子。1956 年 3 月间，毛泽东主席用了一个半月时间，听取中央工业、农业、交通、商业、财政等 34 个部门的汇报，进行系统的调查研究。刘杰如同上殿应试，做了充分准备，还要秘书出 20 个题目，让自己回答，测试是否已经全部掌握。这次汇报毛主席听了十分满意，连声称赞他“讲得清楚”。刘杰带去的一些科普小册子，主席见到后，便要求留下来。主席还说：“要写好科普小册子不容易，没有相当造诣的专家是写不好的。”

【原载《中国核工业》杂志，2008 年第 9 期】

永葆青春的核科技“老母鸡”

核工业是高科技密集的产业，核工业发展孕育于核科技开发和人才培养之中。我核工业建设是科研先行，从苏联引进一堆（反应堆）一器（加速器），建立我国自己的原子能综合科研机构和在北京大学、清华大学建立原子能专业科系。在这个基础上，形成核工业发展的长效机制，建立起专业配套、门类齐全的我国核科技工业体系。

兴建核科研新基地和创办核专业教育，为核工业发展积蓄力量

早在20世纪三四十年代，我国一批爱国有志青年，鉴于国家贫穷落后，屡受列强帝国欺负压迫，发奋到西欧北美国家学习先进科学技术，探求科学救国之路，其中就有吴有训、赵忠尧、王淦昌、钱三强、何泽慧、彭桓武等人，他们在国外，学业有成，并在科学研究方面，与世界著名科学家一样，做出过重要贡献。然而，由于当时国民党政府腐败无能，他们回国后都难以开展工作，无所成就。直至新中国诞生，1950年5月，中国科学院成立了近代物理研究所，所

长吴有训，一年后钱三强任所长，副所长王淦昌、彭桓武，工作方向是“以原子核物理研究工作为中心，充分发展放射化学，为原子能应用准备条件”，他们才得以“英雄有了用武之地”。该所也就成为聚集国内外核科技人才的中心。

1955 年 1 月，党中央决定要建立和发展我国自己的原子能事业，并争取到苏联的技术援助，利用苏联提供的一堆一器建设新的核科研基地。新基地建设得到党中央、国务院的高度重视和有关各部委、省市的大力支持，从选址到土建、安装，从大量调集科技骨干到各类物资的供应、运输等，只要是新基地需要，无处不给“开绿灯”。于是 1956 年 5 月破土开工，到 1958 年 7 月，仅仅用了两年多一点时

中国原子能科学研究院科技综合楼

间，一座新的原子能科学研究基地就在昔日的荒滩上奇迹般地建立起来。新基地落成时举行了隆重仪式，陈毅副总理剪彩，聂荣臻副总理讲话，《人民日报》在头版头条作了报道，并发表了《大家来办原子能科学》的社论，称一堆一器的建成，“标志着我国已经跨进原子能时代。”

核科研新基地建成，命名为原子能研究所（1984 年 12 月改为中国原子能科学研究院），对我国核科学技术事业来说，“如虎添翼”，迅速出现了一个核科学技术大发展的新局面。核领域的科学研究全面展开，大体可归纳为十个方面，即：反应堆及核动力研究、放射化学（包括后处理工艺和废水处理）、分析化学、中子物理及相关技术、同位素分离、热核反应、原子核及基本粒子物理、电子学和探测器、同位素制备及其应用、放射卫生防护等。科技人员从 1955 年不到 100 人，到 1960 年上半年就猛增到 1884 人。这就为后来核工业建设、核武器研制和核潜艇建造，奠定了科研基础，提供了技术和人才的准备。随着核事业的发展，新基地又派生出核动力及反应堆工程、同位素分离、核聚变、核工业卫生防护等专门研究机构，为这些科研机构和核燃料各个生产单位培训输送了大量科技骨干，有力支撑了整个核工业的发展，成为核工业的发祥地和孕育科技研究机构与专业人才的“老母鸡”。

与此同时，有关方面遵照周恩来总理的指示，大力培养新的核科技人才，在高教部的支持下，选调部分在苏联留学的学生，改学原子能专业，回国从事原子能科技工作，在北京大学设原子核物理、放射化学两个专业，清华大学设工程物理系，从全国几所重点大学抽调一些专业相近的高年级优秀学生，改学原子能专业，一年后即毕业分配工作，以适应原子能事业创建的急需，然后转入正规学制，同后来兴起的中国科技大学、上海交通大学、复旦大学、西北工业大学等高等院校的原子能系一起，为核工业系统厂矿院所培养输送了大批优秀毕业生，成为科技新生力量不断发展壮大之源。

在外援中断的情况下，凸显了我国自己的科技力量的巨大作用

1960年国际风云突变，苏联单方面撕毁协议，中断对中国的技术援助，撤走全部在中国工作的苏联专家。他们认为，从此我国将陷于技术真空状态，再过20年也搞不成原子弹。然而，他们的行为激发了我国科技人员的义愤。广大干部职工响应党中央提出的“自己动手，从头摸起，准备用8年时间搞出原子弹”的号召，猛攻科学技术关，在自力更生的道路上加快了核工业建设的进程。

当时的关键，是要尽快拿到浓缩铀和搞好原子弹理论设

计。浓缩铀是由六氟化铀经气体扩散法取得，六氟化铀又要由四氟化铀、二氧化铀转化而成。原中苏协议，在我国六氟化铀工厂

汪德熙院士在指导工作

未建成前，浓缩铀厂投产所需的六氟化铀由苏方提供。现在苏方停建了六氟化铀厂，也中断了提供六氟化铀的承诺，原子能所和矿业研究所科技人员按照二机部党组的决定，克服工艺技术和设备材料的种种困难，建成 8 个实验装置，在研究所生产了二氧化铀、四氟化铀和六氟化铀，解决了铀浓缩厂投产初期所需的原料问题。此后，为了浓缩铀厂顺利投产拿到合格产品和保证扩散机分离膜更换的需求，原子能所还指派王承书等研究人员，帮助工厂解决运行级联理论和培训理论计算人员；钱三强亲自组织指导与科学院冶金所和冶金部钢铁研究院等单位协作，研制成功了几种被称为核心机密部件的扩散机分离膜。与此同时，为了解决核燃料的杂质分析问题，原子能所建立了有陈国珍、汪德熙、吴征铠等研究人员参加的分析委员会，组织指导分析方法的攻关任务，

经与科学院应用化学所、化学研究所、有机化学所及清华大学、北京大学，复旦大学等大学通力合作，从1961年到1963年上半年，在短短两年多时间里，对六七种物料中的40余种杂质元素，拟定了数百种分析方法，为核燃料生产工艺和产品质量的分析鉴定提供了科学方法和依据。

原子弹的理论设计，在核武器研究所广大科技人员的刻苦钻研、积极努力下，于1963年年初完成。原子弹的点火中子源是原子弹能否引发核爆炸的关键部件，原子能所十室王方定小组承担了这一部件的研制任务。他们在一个以沥青油毡做顶棚、芦苇秆抹灰当墙的工棚里开始做实验，条件极为简陋艰苦，夏天室温最高三十六七摄氏度，还要穿上三层防护工作服，戴上两层橡皮手套，每次实验工作后，汗水浸透了全身；严冬季节有时自来水管冻裂了，还要坚持做实验。日复一日，三年中做了978次试验，克服了一个接一个的科技难关，终于找到了理想的生产工艺，制成了高标准的优质点火中子源，为第一颗原子弹的成功爆炸做出了重要贡献。

氢弹研制也是在原子能所开始的。1960年12月，刘杰部长考虑到核武器研究所正忙于原子弹技术攻关，同钱三强商量，氢弹理论的研究可否在原子能所先行一步？钱三强完全赞同，并亲自组织黄祖洽、于敏等一批年轻理论骨干和数学骨干，进行氢弹理论预研并写出了一批科研报告，并培养出一批氢弹理论研究人员，为氢弹研制做了初步的理论准备和组织准备。

在核潜艇研究建造方面，二机部负责核潜艇动力反应堆及其控制系统、屏蔽防护系统等研究设计，部领导决定由原子能所承担此项任务，并指出：原子能研究所的“能”字，就是要开展动力堆的研究。为此，原子能所组织了约二百人的科研设计队伍，陆续开展了堆设计、堆物理、堆材料、材料防腐、元件工艺、热工水力、自动控制等一整套有关堆工程的科技研究工作。1960 年年初，国防科委要求加快核潜艇动力装置的陆上模式堆的建设，原子能所又设立以动力装置为中心，理论、元件、材料试验、自控、器材、运行方式、剂量检测、堆化学和堆工程等十个小组，分别开展工作。同时建造了一个游泳池式反应堆，以备进行元件和材料的考验。这是第一座完全由我国自己设计、自己建造的反应堆，显示了我国已初步掌握了反应堆的设计建造能力。

这个时期，原子能所还开展了受控核聚变研究，建成了一台磁镜型等离子体实验装置，开展了等粒子物理研究工作。在同位素制备和推广应用方面也取得了很大的进展。派往联合核子研究所的科技人员，利用那里的设备条件，做了不少工作，取得了一批成果。特别是王淦昌领导的研究小组，在实验中发现了反西格玛负超子，是国际物理学界公认的一项重大科学成果，为粒子—反粒子及由此推广到物质—反物质这一对立统一普遍规律，提供了新的论据，具有特别深远的意义。

苏联中断援助之后这一时期，是我国核科学技术发展最为迅速、成果最多、作用最大、人才成长最快、工程热情最高的时期，也是我国核工业发展最为扎实的时期。第一颗原子弹、第一发航弹、第一发核导弹、第一颗氢弹、第一艘核潜艇相继研制成功，核燃料工业体系也大体形成。这一时期真可谓核工业发展的“黄金时期”，至今许多同志回忆起来仍然感到十分兴奋和难忘。

1963年中国科学院原子能研究所学术委员会第一次会议

改革开放，自主创新，核科技“老母鸡”永葆青春

核工业在改革开放新时期，迎来了巨大的发展空间，也

面临了许多新的挑战，技术创新和人才培养仍然是保证核工业发展的关键因素。原子能科学研究院作为我国多学科、多门类综合性核科技研究机构，在国家的重视和支持下，投入了大量资金，致力推进先进研究堆、实验快堆、串列加速器升级和核燃料后处理放化实验设施的四大工程建设。实验快堆的建成，标志着我国已初步掌握了快堆的设计建造技术，为下一步建造示范快堆核电站奠定了坚实基础。先进研究堆的建成，不仅提升了我国核反应堆的研发设计水平，也促进了科研设备国产化和建设自主化的能力，为我国核科学研究和技术开发应用提供了一个先进的科学实验平台。串列加速器升级和后处理放化实验设施工程的完成，也必将提升我国核物理和放射化学研究的基础能力。

在着力推进科研基础能力四大工程建设的同时，原子能科学研究院继续发挥“老母鸡”的作用，积极为核电站建设、核燃料生产和核技术应用提供技术支持和人才培训。在核能开发方面，开展了现役核电站应用研究、先进燃料元件研究、MOX 燃料元件技术研究和核电站辐射防护与安全技术研究，以及动力堆乏燃料后处理技术研究，并瞄准新一代核能系统，开展快堆和加速器驱动洁净核能系统研究，取得了一批有重要应用价值的研究成果。在核技术应用开发方面，确定了以同位素技术、加速器及辐射技术和射线技术为重点，建立起能发挥核技术优势和适应市场经济机制，符合现代企业制度规范的产业体系，改制成为专业公司，进行技术改造。在保持原有优势产品稳步增长的同时，重点开发了现代核医学诊断用的新型放射性同位素制品和工业、安保用的放射性仪器，诸如电子直线工业探伤加速器、海关集装箱检测系统、邮件消毒自屏蔽电子束装置、爆炸物检测装置等。

“两年规划”——中国特色的科技系统工程

1962年11月，原二机部党组正式向中央专委报送了以1964年爆炸试验第一颗原子弹为总目标的《1963年、1964年原子武器工业建设、生产计划大纲》，简称“两年规划”。

从20世纪60年代走过来的中国核工业人，一提起当年执行原子弹研制“两年规划”的情况，至今都会热血沸腾，兴奋不已。那是一段难忘的岁月，所有参与原子弹研制试验和核工业生产建设的人们，为了实现“两年规划”，战天斗地，奋力拼搏，克服了一个又一个困难，终于取得了震撼世界的伟大胜利。

“两年规划”是我国在大科学工程中进行系统组织管理的一次成功实践，是我国尖端科学现代管理的一个光辉范例。它充分体现了我国社会主义制度的优越性：集中力量办大事，通过科学规划和管理，把有限的科技、经济、工业、人力等资源充分地组织起来，使其作用发挥到极致。

“刘杰，你什么时候交货啊！”

1962年七八月间，中共中央在北戴河召开工作会议，讨论农业、粮食、商业问题。8 月 6 日，毛泽东主席在大会上作了关于阶级、形势、矛盾问题的讲话。毛主席强调指出：当前形势虽然不是一片光明，但也不是一片黑暗。他号召全党和全国人民，要振奋精神，夺取新的胜利。毛主席在讲话中，还特别提出了自力更生和照抄外国、依赖外援的矛盾。

二机部部长刘杰参加了这次会议，听了毛主席的讲话，联系二机部的工作实际，深感全面自力更生建设原子能事业的责任重大。一天晚饭后，他散步在海滨沙滩上。突然，陈毅同志迎着他走来，热情地同他握手，问道："刘杰，你什么时候交货啊！"刘杰领会陈毅问的"货"指的什么，当即回答："我也正在想这件事。"陈毅接着说："好嘛，要快！你看我这个外交部长头发都等白了。你们那个东西搞出来了，我的腰杆就硬了。"

陈毅的问话，更使刘杰食不甘味，寝不安席。他不断思考着：苏联停援、撤走专家两年来，二机部各方面工作，包括地质找矿、矿山和水冶厂建设、核燃料工厂建设，原子弹理论设计和核生产技术攻关等，经过艰苦积累，已取得相当进展。虽然在前进中还存在各种问题和许多未知因素，但是道路已经比较清楚，制造第一颗原子弹的内部外部条件正在逐步具备。这个时候，明确提出一个首次核试验的时间目标，坚定推动各方面紧张工作，就可能早日制造出原子弹。如果按部就班慢慢来，核爆炸时间就会推迟，甚至遥遥无期。

于是，刘杰就在会议期间，向毛主席、党中央写了《关于自力更生建设原子能工业情况的报告》。报告响应毛主席的讲话精神，表示了自力更生的信念和决心；通过分析核工业建设和原子弹研制的形势，提出了“争取在 1964 年，最迟在 1965 年实现第一颗原子弹爆炸是可能的”设想。报告送上去不久，薄一波告诉刘杰，毛主席看了报告后说：“很好嘛！”这使刘杰受到很大鼓舞，同时也感到有很大的压力。因为这等于在毛主席、党中央面前立了军令状。

会议结束后，刘杰回北京立即召开部党组会和党组扩大会，传达了中央工作会议精神，阐述了给毛主席报告的内容，着重分析和讨论了两年实现原子弹爆炸的必要性和可能性。刘杰发言多次谈到党和国家领导人对原子能事业的关切，党、国家和人民都希望在 1964 年纪念建国 15 周年时把原子弹搞出来，以适应我国在国际政治斗争中的需要，打破超级大国的核垄断和核威胁，捍卫国家安全和维护世界和平。刘杰特别指出，“我们必须从这样的高度来看待和要求自己的工作”。大家展开了热烈的讨论，同意按照中央的要求，立即抓紧制订实现这一目标的具体计划。会议责成当时二机部办公厅主任张汉周召集计划、基建、生产局的卢荣光、怀国模、张绍诚、李杭荪等同志组成规划小组，开始进行两年规划的编制工作。

倒排和顺排相结合，变“可能”为“现实”

刘杰在北戴河给毛主席、党中央的报告中表示，“争取在 1964 年，最迟在 1965 年爆炸第一颗原子弹是可能的”。但这只是说了“可能”，而要把这种“可能”变为“现实”，还要做大量的工作，任务是艰巨而繁重的。报告还说，“制造第一颗原子弹的条件正在逐步具备”。前进的道路已经看得比较清楚，但毕竟还有许多未知因素：原子弹的理论设计还没有完全搞出来，铀原料和核燃料工厂大部分还没有建成投产，还有大量技术难关没有突破，已经突破的有的也还不够稳定。

当时的指导思想是：力争 1964 年爆炸我国第一颗原子弹这个总目标和总任务不能变、不能动摇、不能拖延。各个系统、各个方面、各个单位都必须围绕这个总目标、总任务作出自己的计划安排，完成的项目和时间都必须与总的要求相对接。在规划编制的方法上，采取倒排和顺排相结合，反复测算，协调平衡。所谓倒排即按最终完成日期往工作起步阶段排，借以暴露工作衔接中的矛盾；所谓顺排，即按工作

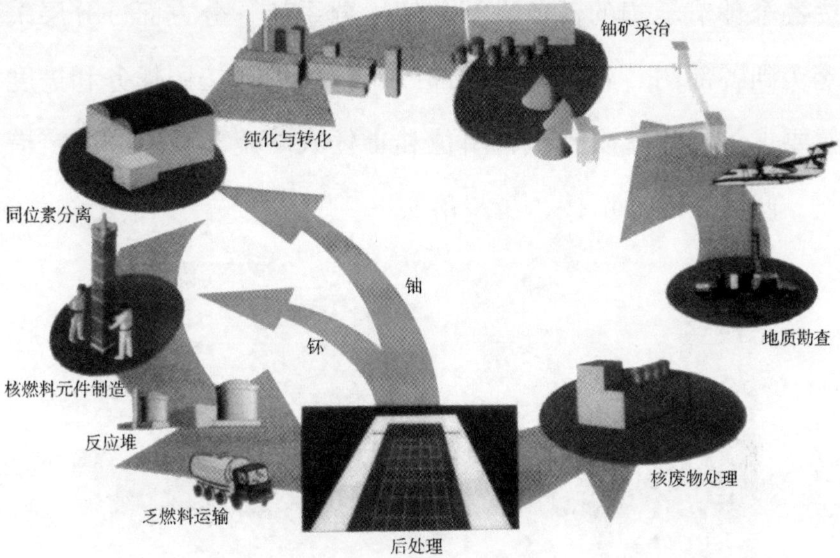

核燃料循环系统图

向前推进的顺序往最终目标排，借以落实进度、责任和措施。规划小组本着这个指导思想和工作方法，会同各系统、各方面做了大量扎实细致的工作。

原子弹研制试验是一项大科学系统工程，当时刘杰经常念叨的“2（二氧化铀）、4（四氟化铀）、6（六氟化铀）、5（铀-235）、9（钚-239）、9（九局核武器）、5（科技局科研）、3-12（三局地质、十二局矿冶）”这些个数字，就代表了核工业内部的8大环节，这是一条环环相扣的产业链，哪个环节出了问题，都可能影响全局。所以当时很强调规划的目的性和整体性，即规划必须保证1964年爆炸我国第一颗原子弹的实现。从这个要求出发，围绕原子弹研制试验的需要，按各个环节承担的任务进行分解，分系统、分方面、分层次落实到各部门、各单位。各部门、各单位再按照任务和进度的要求，具体落实到执行单位和责任人。定人、定时、定措施，使计划前后衔接，步步落实。

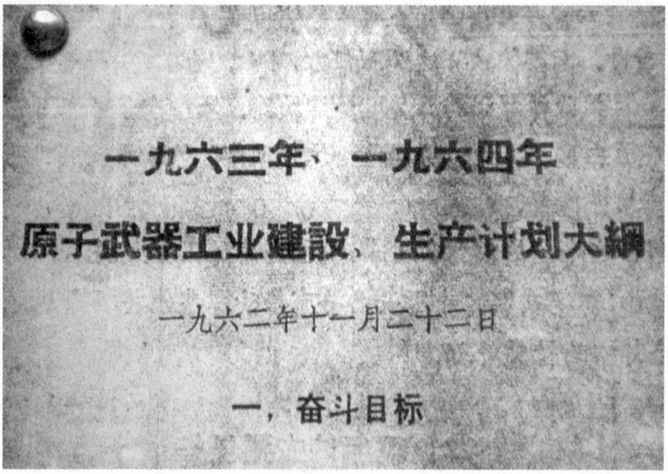
一九六三年、一九六四年
原子武器工业建設、生产计划大綱
一九六二年十一月二十二日
一，奋斗目标

1963 年、1964 年原子武器工业建设、生产计划大纲

在刘杰部长的亲自主持下，经过两个多月的细致工作，1962 年 11 月二机部党组正式向中央专委报送了以 1964 年爆炸试验第一颗原子弹为总目标的《1963 年、1964 年原子武器工业建设、生产计划大纲》，简称“两年规划”。这个规划，不但有总的最终目标，而且有分系统、分阶段的具体目标；不但规定了领导机关要抓的工作和要为基层解决的问题，而且也规定了各系统各单位必须完成的任务。其中核武器研制部分，刘杰与李觉、吴际霖、朱光亚等同志共同研

究，并与主要科技专家深入讨论，由朱光亚同志主持编写了《原子弹装置科研、设计、制造与实验计划纲要及必须解决的关键问题》和《原子弹装置国家试验项目与准备工作的初步建议》。这两个文件在我国第一颗原子弹的研制工作中，起到了非常重要的指导作用，被大家誉为“纲领性文件”。

一封信促进了“两年规划”的进一步落实

“两年规划”上报以后，1962 年 12 月 4 日，周总理主持召开了中央专委第三次会议，经过认真审查，总理最后表示原则同意，并指出实施规划“要实事求是，循序渐进，坚持不懈，戒骄戒躁”。总理解释道：“实事求是，既是思想方法，又是指导原则。在工作中必须按照客观规律办事，要循序渐进，想超越阶段跳过去也不行。还要坚持不懈，做任何事，靠突击是不行的，只能在有一定可能性时才突击。无论成功或失败，都要戒骄戒躁，略有成绩就骄傲起来固然不好，急躁也容易犯错误。”专委会后，刘杰召集几位核燃料工厂的领导来京开会，传达中央专委审议“两年规划”的情况和总理的讲话精神，大家十分振奋，表示有信心、有决心，“坚决按照规划要求，千方百计完成任务”。但是不久，计划局一位工作人员，由于没有直接参与规划编制工作，不了解全面情况，出于对事业认真负责，给国防工办主任罗瑞卿写了一封信，反映二机部领导作风和企业管理等方面存在的问题。其中提到“两年规划”，认为“不论总目标计划，还是实现总目标的措施计划都有很大程度的主观成分”，是“拍脑袋”，是“数字游戏”，“以之指挥生产，非瞎指挥不可，以之向上级汇报是不自觉地欺骗上级”，等等。显然，后来事实证明，这种看法是十分偏颇和不符合实际的。

上述这封信的积极意义，在于引起了中央领导的高度重视，从而对“两年规划”的落实起到了促进作用。当时，罗瑞卿报请总理同意，决定派遣以国防科委副主任刘西尧为组长、专委办公室专职副秘书长刘柏罗为副组长，由专委办公室成员组成的联合检查组，对二机部的工作和“两年规划”的落实情况，花了三个多月的时间，从部机关到基层工厂、矿山、设计院、研究所，做了全面检查。初步检查结果，由刘西尧在1963年3月21日中央专委第五次会议上做了汇报。检查组认为“‘两年规划’的提出，在几个主要环节上是有根据的，是根据几个主要生产厂的基本建设、生产技术和原子弹的研究、设计、试制进度制定的”。这就从总体上肯定了“两年规划”。同时，他也指出，在矿山、核燃料厂的生产建设、设备材料试制、原子弹研制及条件保障方面，“都存在大量的问题，还存在一些突出的薄弱环节”，但“若真能从现在起就切实抓紧，也还没有发现有什么一定不能解决的问题。因此，现在就动摇决心，改变进度，也是没有根据的”。

总理等中央领导对检查组的工作表示满意。总理、聂帅、罗总长都讲了话，肯定了二机部的工作成绩，并对今后工作做了重要指示。总理分析了当时二机部在多重困难的情况下，“经过两年的工作，提出了一个规划，应该说是取得了很大的成绩。这是全体职工努力的结果。有了规划就有了轨道。要有信心，能搞出来。毛主席批示，要大力协同做好这件工作。少奇同志说，经过努力，即使推迟一些时间搞出来也是好的。总之，我们要相信中国人民的智慧，原子弹一定能够搞出来。”同时，总理也语重心长地告诫二机部领

科研生产人员为实现“两年规划”奋斗

导同志："实现'两年规划'，中央专委负有很大的责任，但主要的责任还在二机部领导的身上。""二机部的工作要做到有高度的政治思想性，高度的计划科学性，高度的组织纪律性。"

聂帅在讲话中强调："当前工作一要紧，二要稳。紧，但不能急躁。如浓缩铀厂的工作非常紧，就要多配几个助手，使主要技术干部能够轮流休息。稳，又不能松懈。紧和稳要辩证地理解和掌握。"

罗总长着重讲了成绩和检查的关系。他说："二机部两年工作成绩是主要的，工作比较艰苦，作了很大努力。广大干部，特别是科学技术干部，都是很努力的。成绩很大，需要检查。检查就是一种关心和支持。因此，对于工作检查不要有误解，应该把成绩很大与需要检查结合起来，要以总理指示的'三个高度'要求自己。你们做的事是大事，你们着急，我们也着急，大家有点担心是可以理解的。"

三位中央领导的讲话，表现了对二机部工作的热情鼓励和严格要求，成为二机部做好工作的标准、要领和克服缺点的武器，有力地推进了"两年规划"的落实和实现。会议还批准了二机部在会前上报的，在原先《计划大纲》的基础上修订补充的《两年主要任务总进度及措施计划》。这个计划使"两年规划"更具体化、更实在、更便于操作和检查了。

强有力的指挥调度，保证“两年规划”圆满实现

“两年规划”从酝酿到编制、再到检查落实，上下都认同了。在实施过程中，关键就在于正确、有效的指挥和调度。周总理和中央专委是总指挥，一切事关全局的重大问题都向总理请示汇报，并由总理召开专委会议研究决定。专委办公室经常了解情况，掌握进度，并帮助解决了许多问题，特别在组织全国大力协同，支援原子弹研制和核工业建设，承担某些科技协作攻关任务，自行试制生产某些专用设备和特殊材料等方面，都发挥了重要的作用。

当然，诚如总理所指出的，实施“两年规划”的主要责任还在二机部，陈毅问刘杰何时交货的缘由也在于此。二机部责无旁贷地承担了组织、指挥、调度原子弹研制、核工厂建设、核技术攻关、核生产等具体责任。当时二机部从部机关到基层科研、生产、建设单位，除了刘杰部长和各系统、各单位主要领导亲自抓，还都设有专门的调度机构，随时掌握情况、检查进度、协调解决有关问题，并根据实际工作进展情况和存在的问题，不断进行综合平衡和动态调整，以保证总目标、总进度按规划实现。特别对一些有争议的问题，主要领导都亲自到第一现场，参与研究讨论，充分听取各方意见后，不失时机地作出判断和决策，指挥和协调有关工作向前推进，避免了因为一些具体的工作问题和技术问题，长

时间争议不休，议而不决，从而耽误总目标、总进度。

总理说，“有了规划就有了轨道”。“两年规划”引领着整个原子弹研制、核工业建设和核燃料生产进入快车道，各项科研生产任务按计划如期或提前完成。

1962 年前后，二氧化铀、四氟化铀、六氟化铀简法生产装置陆续建成投产，并取得合格产品，验证了工艺流程，积累了生产经验。

1962 年 11 月，江西上饶铀矿建成，经国家验收，正式投产。

1962 年 12 月，包头核燃料元件厂四氟化铀车间投料生产。

1963 年，抢建西北核武器研制基地，使其初步具备研制工作条件，北京科研人员逐步集中到基地进行会战。

1963 年 3 月，核武器研究所提出了第一颗原子弹的理论设计方案。

1963 年 8 月，衡阳铀水冶厂一期工程完工并开始试生产。

1963 年 11 月，酒泉原子能联合企业生产出第一批六氟化铀合格产品。

1963 年 12 月，1 ∶ 2 核装置聚合爆轰产生中子试验成功。

1964 年 1 月，兰州浓缩铀厂取得了高浓铀合格产品。

1964 年 5 月，酒泉原子能联合企业生产出第一套合格的核装置铀部件。

1964 年 6 月，西北核武器研制基地进行 1：1 核装置爆轰试验，达到预期目的。

1964 年 8 月，3 个合格的原子弹核装置完成装配，并用专列运往西北核试验基地。

1964 年 10 月 16 日，我国第一颗原子弹在新疆罗布泊爆炸试验成功。至此“两年规划”宣告圆满实现。

第一颗原子弹研制试验成功已经过去 40 多年了，现在我们站在新的历史起点上，回顾“两年规划”制订和执行的过程，有什么启示和现实意义呢？

原二机部部长刘杰在总结自力更生办原子能事业的若干经验时指出：“战略上藐视，战术上重视，力争掌握主动权，是我们自力更生过技术关的根本指导思想，是广大职工战胜一切困难的强大武器。”而“倒排计划暴露矛盾，顺排计划落实措施”则是编制“两年规划”的科学方法。“两年规划”按照核武器研制的特点和规律，结合中国的传统和体制，通过规划这种形式，把科研、建设、生产、协作等各方面资源和力量组织起来，拧成一股劲，去实现“1964 年爆炸第一颗原子弹”的总目标，这是在现代科学管理方面一次成功的探索和实践。实际上，它是把国外“系统工程”和“计划评审技术”的理论和方法，与我国在人民革命战争中组织指挥大规模军事行动的方法有机地结合起来，在核武器研制的实践中具体应用，具有中国特色，其效果是好的。之后，在加快氢弹研制的过程中，也是采取了这种指导思想和科学方法，取得了成功。

【原载《中国核工业》杂志，2008 年第 3 期】

177 办公室的日日夜夜

177 办公室是中央决定进行首次核试验后，为了做好北京与核试验现场的联络工作，由二机部和国防科委联合组织的一个临时工作机构，作为首次核试验的信息枢纽，负责与核试验现场密切联系，上传下达，及时、准确地向中央首长及军内外有关部门报告情况、传递信息，并向试验现场传达中央领导的有关批示和指示。这个办公室历时只有一个月，可流经它的信息在当时是国家顶级机密，外界一无所知，如今却是公众关注和热议的话题，其影响势必在历史长河中永远流传。

全封闭密室运作

177 办公室由二机部部长刘杰直接领导，二机部和国防科委派人参加，有：时任二机部办公厅主任张汉周、秘书处处长郑存祚、部长秘书李鹰翔和国防科委二局处长高健民、参谋宋炳寰等 5 人组成。地点设在二机部办公大楼 2 层 5 号房间。为了保密的需要，给房间的门窗都钉上两层毯子，使外边看不到里边的工作情况，也听不到里边的说话声音。总参通信兵部给配备了与核试验现场通话的带有载波机的电话，同时架设了与周恩来总理、贺龙、聂荣臻、罗瑞卿等首长办公室之间的直通专线和手摇电话单机。这个办公室对外全封闭，全天候 24 小时连续工作，有一套严格的保密制度，同前后方重要通话都要复述并记录在值班日志，传送文件都要坐小车两人同行，通话行文涉及原子弹和试验行动的都要用密语，当时报经首次核试验现场总指挥张爱萍审定的密语是：供试验用的原子弹为“老邱”，原子弹装配为“穿衣”，原子弹在装配间为“住下房”，原子弹在塔上工作间为“住上房”，原子弹接插雷管为“梳辫子”，试验现场气象为“血压”，原子弹起爆时间为“零时”。

一级专列运送试验用的原子弹

177 办公室于 1964 年 9 月 28 日开始与首次核试验委员会办公室（代号 20）通话，传递第一个重要信息是供试验用的原子弹的运输情况。9 月 29 日下午 2 时 24 分，原子弹由副厂长吴际霖和武装警卫护运，从青海核武器研制基地专用铁路线上星站发车起运，途经西宁、兰州、哈密等站，于 10 月 2 日上午 9 时 38 分安全到达乌鲁木齐。运原子弹的火车定为一级专列（国家最高领导人级专列）运行，采取了严密的安全保卫保密措施，沿途都有公安干警警戒，到了两省交界处，负责护送的两省公安厅厅长还要办理安全运输交接手续。沿线铁路检车的铁锤，一律换成铜锤，以免产生火花；机车使用的煤都用筛子筛过，防止混入雷管之类爆炸物；专列经过时，横跨铁路上空的高压线暂时停电。原子弹运到乌鲁木齐后，于10月3日、4日先由改装后的伊尔-12飞机分三架次运抵罗布泊核试验基地的开屏，然后再由直升机送到试验场靶心铁塔底下。原子弹的铀-235部件和中子源，另由改装后的伊尔-14飞机直接经兰州、酒泉送到开屏，在铁塔下装配间与弹体装置进行总装。

依据气象条件确定试验时间

原子弹运到核试验现场并总装完成后，就等待何时正式进行试验了。关键要看气象条件。罗布泊地处沙漠戈壁，天气变化无常。时而晴空万里，时而沙暴肆虐。在这“万事俱备，只欠东风”之际，首次核试验总指挥张爱萍特别关注天气预报，10月9日天气预报称，10月16日到20日之间将有一次符合试验条件要求的好天气。他便召开核试验委员会党委常委会研究，决定给周恩来总理写报告，建议试验时间就在这一时段内选定，并派试验委员会办公室主任李旭阁乘专机将由他和副总指挥刘西尧署名的书面报告送达北京，由177办公室接转送交总理办公室。总理阅后即在报告毛主席

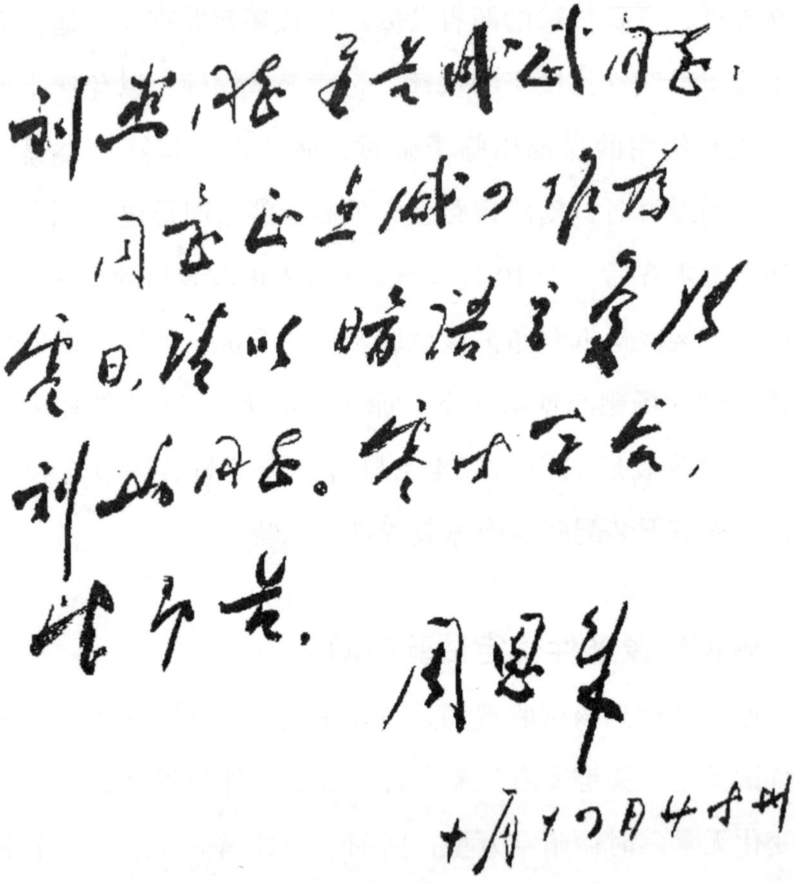

周总理批准核试验日期手迹

和刘少奇、林彪、邓小平、彭真、贺龙、聂荣臻、罗瑞卿的同时，亲自书面回复刘杰，表示同意张爱萍、刘西尧“来信所说的一切布置，从10月15日到20日之间，由你们根据现场气象情况决定起爆日期和时间”，并特别关照“你们来往电话均须通过保密设备以暗语进行”。在这之后，10月14日20号办公室报告：“根据对血压（气象）情况的分析，经过党委常委会研究确定，以正点减四（密语10月16日）作为零日（试验日期）"，总理当即批复同意。10月15日，张爱萍、刘西尧报告："零时（试验时间）定为正点减四15丈（16日下午3时）"，总理再次批复同意。这样经过三次来往请示批复，确定了首次核试验的日期和时间。10月16日中午12时，总理最后写信指示刘杰，要刘杰与张爱萍、刘西尧通一次保密电话，"告以如无特殊变化，不必再来往请示了。"

一切准备就绪　只待一声东方巨响

"零时"确定以后，整个核试验基地就进入实战状态，原子弹吊装塔上就位，雷管接插稳固，效应物布置完成，测试仪器全部开通，放射性烟云侦察飞机等待起航，防化兵现场探察整装待发，以及空中管制和无线电通讯联络等等，一切等待起爆的工作都在紧张有序地进行、细致周密地到位。20号办公室和177办公室前后方联系也紧密频繁。此时所有参试人员，特别是研制原子弹的科技专家和试验委员会的主要领导，都十分兴奋又提心吊胆。10月12日晚，核试验党委常委会研究了原子弹万一试验不成的两种可能情况：一种是由于铀-238自发裂变产生的中子引起"自燃"走火而提早核爆，爆炸当量因此减少，达不到预期目的；另一种是只发生化学炸药爆炸，而没有引发核爆炸。前方把问题报

现场总指挥张爱萍向周恩来报告，原子弹爆炸成功

给了周恩来总理。14日夜里，总理要刘杰到西花厅办公室，问有什么看法？刘杰认为化学爆炸可能性不大，因为多次聚合爆轰试验都没出过问题，证明我们对爆轰技术的掌握是好的；至于铀-238自发裂变到底有多大概率，需请专家再研究计算。15日早晨，刘杰赶到核武器研究所，请此时在北京主持工作的理论部第一副主任、理论物理学家周光召，周又请中子物理学家黄祖洽、数学家秦元勋参加，他们三人共同研究估算结果，认为“我国第一颗原子弹爆炸试验成功的可能性超过99%”，并签名提交正式报告，以示负责。总理阅后问刘杰：“你现在考虑我们这次试验将会有什么样的结果？”刘杰回答：“估计有三种可能，一是干脆利索，二是

拖泥带水，三是完全失败。根据目前的情况来看，第一种可能性最大。”总理感到满意，但仍郑重地叮嘱刘杰：“要做好以防万一的准备工作。”

毛主席审慎决定对外公布　与周总理关注爆后放射性安全

1964年10月16日下午3时，我国首次核试验如刘杰所预计“干脆利索”地圆满成功了。试验现场欢声雷动，张爱萍亲自向周恩来总理和刘杰报告：“原子弹已按时爆炸，试验成功了！”177办公室随即用保密电话向中央各位首长报告，大家非常高兴。聂荣臻当即与总理通话，互致祝贺，并要177办公室转述他给张爱萍、刘西尧的贺词。彭真电话表示祝贺，并要求转告全体同志。林彪、贺龙、罗瑞卿、杨成武得知消息也立即表示祝贺。

而在此时，毛泽东主席却显得十分冷静和谨慎，一问再问“是否真的核爆炸？”甚至提出“外国人不相信怎么办？”当天下午的中央人民广播电台《新闻联播》也没有播这条特大新闻，直至张爱萍、刘西尧组织专家根据现场观察的宏观景象和速测数据，提出6条理由证明确实是原子弹爆炸；国外也随即有所反映，最初是日本东京电台说：“中国可能在它的西部地区爆炸了一颗原子弹”，接着收到了美国关于中国爆炸原子弹的广播，毛主席才同意在当晚11时电台《晚间新闻》正式广播关于中国第一颗原子弹爆炸试验成功的《新闻公报》，同时《人民日报》刊发了红字的《号外》，北京天安门广场和全国各地街头顿时人群蜂拥，喜庆欢腾，唱呀跳呀，欢呼原子弹爆炸成功的伟大胜利，欢呼毛主席万岁，欢呼共产党万岁！

防化人员在核试验场

人们沉浸在成功的喜悦中，而周恩来总理却又在考虑和处理原子弹爆炸后，放射性微尘对试验场人员和下风向居民的健康安全有无影响的问题。177办公室负责每天汇总放射性微尘沉降情况，并向总理报告。17日午夜，总理要研究这个问题和处理办法。刘杰、钱信忠（卫生部副部长，主管卫生防护工作）、徐海超（军事医学科学院研究放射性防护问题的专家）等到会，177 办公室工作人员汇报了监测布点和剂量情况，总理首先要徐海超教授谈谈他的看法。徐说："现在下风向有的地区空气中放射性强度已经超过标准，虽然超得不多。"总理问："应该采取什么措施？"徐建议："在最近一段时间里，这一地区居民：蔬菜要很好洗净才食用，婴儿不吃牛羊奶。"总理认为："不管采取什么措施，都要有可靠的根据。现在的问题是，放射性微尘污染对下风向附近地区居民的影响究竟如何，缺乏可靠的根据。"徐建议："可对这一地区居民进行抽血检查。"总理决定："先给驻这一地区的部队战士验血，因为他们在最前线，根据对他们验血的结果再决定下一步措施。"随即由副总参谋长杨成武遵照总理指示，安排下风向地区驻军卫生机构对数百名战士进行抽血化验，结果没有发现任何异常。19 日张爱萍、刘西尧也报告，下风向附近地区和兰州等几个城市的剂量监测结果，对居民健康无影响。这才使总理放下心来。

177 办公室完成首次核试验信息联络任务后，二机部和国防科委的人员就各自返回本单位工作岗位。时间已经过去近 50 年了，但参与这项工作的人员至今回忆起来，依然十分兴奋、十分激动，这段经历必将成为他们永远难忘的记忆。

【原载《中国核工业报》，2012 年 11 月 7 日】

两弹结合试验就是一次核导弹试验

导弹是一种携带战斗部，依靠自身动力装置推进，导向摧毁目标的飞行器。战斗部就是弹头，携带核弹头的导弹就是核导弹。1966 年 10 月 27 日，我国原子弹与导弹“两弹”结合试验，实际就是一次核导弹试验。这次试验的主要目的，是为了鉴定已研制好的导弹核战斗部在实际飞行环境下的工作状态，真实地综合检验核导弹的性能。

我国核武器研制共进行过 45 次核试验，其中有几次都带有里程碑的意义。1964 年 10 月 16 日，首次核试验成功标志着我国核武器技术从无到有，打破了超级大国的核垄断和核讹诈政策；1967 年 6 月 17 日，第一颗氢弹空爆试验成功标志着我国已经掌握现代先进核武器技术，具有可与超级大国对恃的核力量；而 1966 年 10 月 27 日，原子弹与导弹两弹结合试验成功，则标志着我国已经掌握导弹核武器技术，解决了所谓“有弹无枪”的问题，形成可以自卫反击的核战斗力。

1964 年 10 月 16 日，我国首次核试验成功在世界上引起巨大反响，但有些人认为，中国核武器“有弹无枪”打不到对方，还不具有强大的军事意义。其实，我国最高领导层早有深谋远虑。1963 年 8 月下旬，周恩来总理提出，二机部应该加快发展我国核武器，尽可能缩短从研究试验到军事装备的过程。9 月，聂荣臻副总理在听取二机部部长刘杰等汇报时，明确指出："我们装备部队的核武器，应该以导弹为运载工具作为我们的发展方向。飞机很难在现代战争条件下作为运载核武器的有效工具。"1964 年 2 月，聂荣臻又进一步要求二机部核武器研究院，抓紧时间开展小当量核弹头的研究设计，尽快与当时国防部五院协商拟定两弹结合（指原子弹头与导弹结合）的方案。于是，研制小当量核弹头，争取早日与导弹结合进行飞行试验，便成为我国首次核试验成功后的紧迫任务。

遵照周总理和聂副总理的指示，二机部党组经过多次研究，于 1963 年 9 月 13 日向总理写出报告，就核武器发展的方向、步骤、进度、试验方法和应采取的措施提出了初步意见。12 月 5 日，周总理主持中央专委会议，刘杰向会议汇报了第一颗原子弹"两年规划"执行情况和下一步的工作安排。会议确定：核武器的研究方向，应以导弹头为主，空投弹为辅。1964 年 3 月、5 月核武器研究院在准备首次核试验的同时，两次与国防部五院研究"两弹"结合的技术协调问题，彼此介绍了相关的研究设计情况及技术数据。9 月，中央专委办公室副主任郑汉涛召集会议确定：由二机部核武器研究院与国防部五院共同组织一个方案论证小组，于12月提出两弹结合方案与具体研制、试验计划报中央专委。

研制小当量核弹头的难点，在于它的体积和重量都要比第一颗原子弹装置大幅度减少，而其结构强度和元器件性能质量还必须能够满足导弹飞行环境条件。这些都给工程设计和加工制造带来很多困难。核武器研究院成立了核弹头任务技术委员会，由副总工程师张兴钤任委员会主任，全面负责相关技术工作。从1965年1月起，开始进行小当量核弹头的结构设计和起爆元件的爆轰实验、工艺试验。到6月底，完成了核弹头的理论设计、结构设计和引爆控制系统原理设计，并与七机部（即原国防部五院）商定了原子弹头与导弹头部壳体连接结构方案。然后，又经过一系列研究、试验，并依据当时的认识水平，确定了缩小型原子弹头配装中近程地地导弹的技术标准。

随着我国第一发导弹核弹头的核装置和引爆控制系统的研制进展，核弹头的核爆炸试验问题便提上议事日程。最初是安排用平洞方式进行地下试验来测量原子弹头核爆炸威力和性能参数，但经过二机部核武器研究院的专家们认真深入分析后认识到，地下试验不能真正检验核弹头在实际飞行状态下的动作是否符合要求。为了更快地研制出经过实际飞行考验的核弹头，并集中力量进行氢弹技术攻关，1965 年 12 月初，二机部核武器研究院建议向中央专委提出调整计划，由地下试验改为进行飞行状态下的“冷”试验（不含核爆炸装料），在确有把握后，再进行装有核装料的“热”试验。周总理主持中央专委会议，讨论了这一新建议，指示国防科委和二机部要多做几个方案进行比较。

根据中央专委的指示，国防科委于 1966 年 2 月邀请二机部、七机部、总参作战部和西北综合导弹试验基地、核试验基地等有关单位负责同志进行了研究，认为无论采用地面各种环境条件模拟试验，还是地下核爆炸试验，都不能完全模拟飞行过程中的真实状态，起不到真实综合检验“两弹”结合技术的作用。检验“两弹”结合技术最好的办法还是进行飞行“热”试验，采用全射程、全威力、正常弹道和低空爆炸的方式进行，这样才能既达到试验目的，又符合实战要求。会议商定：1966 年 9 月先进行一次“冷”试验，作为“热”试验的练兵；“冷”试验成功后接着就进行“热”试验。

1966 年 3 月，周总理再次召集中央专委会议，审慎地讨论了国防科委上报的“两弹”结合试验方案。鉴于当时我国的技术条件和掌控能力，为了尽快拿出经过实际飞行考验的核弹头，会议原则同意进行飞行“冷”“热”试验的计划，要求国防科委进一步组织有关各方认真落实各项措施，从多方面设想，分析可能出现的问题，多做一些试验，保证绝对安全，万无一失。

进行这种导弹核武器飞行“热”试验，美国是在公海，苏联是在北极，而我国囿于当时各种条件的限制，选在国内本土进行，当然具有很大风险。周总理最担心的是试验的安全问题。他说：“进行这样的核试验，我总是不放心，怕掉下来。二机部、七机部要认真研究一下：七机部要研究保证导弹不掉下来；二机部要研究万一掉下来，能保证原子弹不会发生核爆炸。”

遵照总理的指示，二机部、七机部对导弹的可靠性和试验的安全问题做了充分论证。从1964年6月至1965年年底，共发射导弹19发，除1965年12月12日发射的1发因元件故障引起停电，在主动段掉下来以外，其余试验全部正常、成功，证明导弹的工作系统是稳定可靠的。另外，导弹自身带有自毁装置，如在主动段发生故障不能正常飞行时，可由地面发出信号，自行炸毁弹体。核弹头本身装有保险开关，即使在主动段掉下来，因保险开关打不开，只能发生弹体自毁爆炸或落地时撞击炸毁，不会引起核弹头的核爆炸。由此可见，导弹核武器飞行试验在安全上是有保障的，不会中途掉下来，如果万一掉下来，也不会发生核爆炸。

总理指示是要绝对安全，万无一失。为此，有关各方又都在上述基础上，进一步加强了安全措施。1966 年 6 月 30 日，周恩来总理在结束出国访问返回北京的途中，特意在西北导弹综合试验基地停留，到发射阵地观看了地地导弹发射合练，检查了导弹核武器试验的准备情况。当时“文化大革命”已经开始，9 月 5 日，聂荣臻副总理在听取这次试验的准备情况时，特别指出：“两弹”结合试验一定要搞下去，不能因为“文革”有所耽误。

10 月 20 日，周总理召集专门会议，与聂荣臻、叶剑英、杨成武等一起，听取国防科委副主任张震寰关于“两弹”结合“热”试验发射区和弹着区最后准备工作情况的详细汇报，再次研究了“热”试验的安全问题。会上共提出了五个问题，核武器研究院朱光亚和国防科委、七机部等有关同志分别做了回答，总的结论：质量和安全是有保证的，这次试验是可以成功的。叶剑英高兴地说，在我们自己的国土上用导弹进行核试验，这在世界上还是一个创举。试验成功了，会在国内外引起很大震动。聂荣臻提出，想亲自到发射现场主持这次试验。周总理同意。

10 月 24 日晚，聂荣臻出发前，周总理、叶剑英同他一起向毛主席做了汇报。毛主席高兴地说：“谁说我们中国搞不成导弹核武器呢，现在不是搞出来吗！”他同意聂荣臻到现场去，并对聂荣臻说："这次可能打胜仗，也可能打败仗，失败了也不要紧。"聂荣臻到现场后同大家说，毛主席这个话，意在激励我们，我们一定要认真准备，从坏处着想，力争成功，不打无准备之仗。

现场一切准备就绪，报经周总理同意，定于10月27日进行正式试验。可是，天有不测风云，27日凌晨2时，弹着区突然刮起六七级大风，对试验安全十分不利，但现场一切准备都已进入临射状态。怎么办？核试验基地气象保障部门发挥了重大作用。他们经过缜密的计算和分析，判定这阵大风将以每小时50公里的速度于上午8时前移出弹射区，届时天气即会好转。聂荣臻勉励发射小组要沉着冷静，坚守岗位。到8时许，大风果然移出弹着区。9时，发射指挥员下达发射口令。核导弹腾空而起，按程序上升、转弯、向西飞行。头体分离后，核弹头按预定弹道飞向弹着区上空，射程894千米，在距地面569米的空中爆炸。弹着区遥测设备收到无线电信号，立即按程序启动，测到爆炸威力为1.2万吨TNT当量，与理论设计值基本一致，证明试验取得了圆满成功。周总理在审阅新华社发表的新闻公报清样时，把原稿"准确击中"改为"精确击中"，一字之改反映了这次试验水平之高。

1966年10月27日的"两弹"结合试验，为我国核导弹武器化打下了坚实基础，取得了核弹头研制定型的完整经验，是核导弹武器化成功的重要标志。从那以后，我国的中程、中远程、洲际、潜射等各种弹道导弹核武器陆续研制成功，但再也没做过带核弹头的弹道导弹飞行试验。今天，我们纪念“两弹”结合试验成功50周年，其历史经验的深远意义也就在此。

【原载《军工文化》杂志，2016年11期】

试解我国氢弹成功之谜

1967 年 6 月 17 日，我国第一颗氢弹空爆试验成功，相距第一颗原子弹爆炸成功时间只有 32 个月，发展速度比美、苏、英、法四国都快。这在世界上引起了极为强烈的反响。特别是法国，当年戴高乐总统曾经把原子能总署的官员和主要科学家叫到他的办公室，质问法国的氢弹为什么迟迟搞不出来，而让中国人抢在前面了。在场的人都无言应答，因为谁也解释不清楚。戴高乐还拍了桌子，怒气冲冲地对在场的官员和科学家说："必须检查原因，尽快爆炸氢弹，否则，你们集体辞职！"之后，比中国晚了 1 年 2 个月，即 1968 年 8 月 24 日，法国才进行了首次热核装置爆炸试验。

中国凭借当时十分薄弱的科技力量和工业基础，怎么能取得如此巨大的成就，超越核先进国家的研制速度，创造了核武器技术史上的奇迹？相当一段时间，在世界上是一个不解之谜。1985 年 3 月，有法国快堆之父称誉的万德里耶斯访问中国，询问曾在法国留学的我国核物理学家钱三强："中国的氢弹为什么搞得这么快？"钱回答说："我们在研制原子弹的时候，就有人进行氢弹的原理研究，等原子弹爆炸以后，把两支队伍合并一起，很快就爆炸了氢弹。这里有个科学预见性，正确对待科学储备和任务的关系问题。

理论预研先行，破解原理是关键

氢弹与原子弹有质的不同。氢弹是利用核聚变能，而原子弹则是利用核裂变能。氢弹无论原理或结构都比原子弹要复杂得多。从原子弹到氢弹在科学技术上不是量的变化，而是质的跨越。因此研制氢弹首先要解决的是理论问题，进行氢弹的原理研究。

二机部部长刘杰有鉴于此，深谋远虑，早在 1960 年 12 月，同副部长兼原子能研究所所长钱三强商量，核武器研究所正在全力攻原子弹技术难关，原子能研究所能否组织部分理论力量，在氢弹理论研究方面先行一步。钱完全同意和支持。于是他们就对氢弹研制作出了一个富有远见卓识的战略部署。钱三强亲自进行组织，由黄祖洽、于敏等人组成一支年轻、精干的研究队伍，进行氢弹理论预研，主要做了两方面的工作：一是氢弹中各种物理过程的探讨与研究，二是氢弹作用原理和可能结构的探索。虽然研究还是初步的，并不成熟，但是毕竟先行了一步，探索了道路，提出了想法，准备了相关方程和数据，培训了专门理论队伍。尔后，在第一颗原子弹爆炸成功后，二机部领导又立即作出决定，把这支氢弹理论预研队伍，大部分调集到核武器研究所，加强氢弹理论研究工作。

两部分理论研究力量合并到一起，原子能研究所部分做过基础理论研究，核武器研究所部分有武器研制实践经验，双方优势互补，理论与实践结合，氢弹理论研究就全面展开。当时大家工作热情很高，学术思想也十分活跃。发扬技术民主，资深的科学家和年轻的大学生坐在一起，平等地进行学术讨论，各抒己见，畅所欲言，提出了很多想法，碰撞出一些有益的科学思想火花。然而，氢弹对于这支研究队伍来说，毕竟还是一个未知世界，谁都没有搞过，而世界几个核大国对氢弹原理都讳莫如深，绝对保密，只字不漏，完全要靠我们自己摸索，经历了十分艰辛的历程。一个个构思被提出，又被否定。好长一段时间始终找不到氢弹原理的突破口，真是“山重水复疑无路”，一时不知前进路在何方。

此时正值中央提倡学哲学，科研人员学了毛泽东的《实践论》《矛盾论》，从氢弹研制的各种矛盾中找主要矛盾和矛盾的主要方面，明确了研制氢弹关键是要把热核材料燃烧起来，并能充分燃烧达到自持连锁反应；而要做到这一点关键又在于要创造一个极高的高温高压环境条件，把热核材料压缩到极高的密度。这样就牵住了问题的“牛鼻子”，找到了解决问题的主攻方向。核武器研究所由于敏带领十三室同志到上海日夜奋战100天，由进行加强型原子弹优化设计到探索突破氢弹原理的技术途径，从能量来源、能量传输、内因外因、结构设计等多方面，做了大量的物理粗估和数值计算。对每次计算结果进行深入细致的系统分析，由表面现象到物理实质找出规律将研究工作逐步推向深入，最后综合形成从原理到材料和结构的比较完整的方案。

原理破解了，理论方案出来了，氢弹的研制工作就进入了快车道，出现了势如破竹、突飞猛进的新局面。1965年12月二机部确定“突破氢弹，两手准备，以新的理论方案为主”的方针，1966年5月9日含有热核材料的原子弹爆炸成功，为氢弹理论设计提供了热核反应的实测数据；1966年12月28日氢弹原理试验一举成功，证明氢弹新原理完全正确可行；1967年6月17日进行我国第一颗氢弹全当量空爆试验，爆炸威力达到330万吨TNT当量，试验结果十分圆满，实现了预期的理想目标。

材料准备提前，有了可靠的物质基础

我国氢弹之所以能够快速研制成功，还得益于氢弹装料准备得早。氢弹的主要核装料是氘化锂-6、氚等能产生聚变反应的热核材料。氘化锂-6是锂-6同氘直接化合而成的固态化合物。1952年11月1日，美国进行的世界上第一次

氢弹原理试验，试验装置连同液氘冷却系统重约 65 吨，体大如火车头，显然不能作为武器使用。而苏联 1955 年 11 月 22 日进行的氢弹试验，试验装置使用了氘化锂 –6 作为热核材料，重量体积就小得多，可用飞机或导弹来投放。由此可见，使用何种热核材料是决定氢弹成功与否和质量水平高低的重要物质基础。我国研制氢弹使用的也是氘化锂 –6。

我国氘化锂 –6 生产线在 1957 年与苏联签订的《国防新技术协定》中原有这个项目，后来由于苏联毁约停援也影响了氘化锂 –6 生产线的建设，主要困难是设备不配套，缺少核心技术资料。当时氘化锂 –6 生产线属于二线项目，二〇二厂厂长张诚先后三次请示部局有关领导，最后刘杰部长指示："一线项目肯定要保，二线项目能上则上，在不影响一线的情况下，你们可以自己安排。"张诚根据这一指示精神，就积极主动地进行安排，不等不靠，把氘化锂 –6 生产线的建设工作步步推向前进。

继续进行氘化锂 –6 生产线建设，设备配套主要依靠全国大力协同解决，核心技术就要靠我们自己组织力量解决。当时二机部主要采取了两条措施：一是决定将原子能研究所十室副主任、放射化学专家刘允斌和九室轻同位素分离课题组一些科技人员调到二〇二厂，实行厂所结合攻技术关；二是组织设计人员到现场服务，实行科研、设计、生产人员三结合，协同作战。1962 年年初花了一个多月时间，对工程做了彻底的解剖和分析，列出 95 个课题，然后设物理化学、工艺试验、理论计算和分析方法等 4 个研究组，并在原子能研究所、北京大学、清华大学等单位大力支援下，经过一年多的艰苦努力，各项技术难题逐步解决，工程建设和生产准备进展顺利。1963 年年底开始进行为期三个多月的局部试车，试验项目都获得了满意的结果。尤其在启动、停车和平衡流体的操作中取得了大量的实际经验，使大家对在 1964 年进行总体联动试车和正式投料生产更有了信心。

然而，由于氘化锂生产线在中国仅有一条，是个“独生子”，苏联当时没有提供启动投料的技术资料，而我们自己摸索的一套系统操作参数尚未得到验证，正式启动装置投料生产具有相当风险，大家都十分谨慎。因此对是否在 1964 年正式启动生产装置的问题上产生了两种观点和意见：一种认为小型试验证明，流程可行，数据可靠，启动生产装置的条件基本具备，应当争取时间尽早进行总体联动试车和投料生产；一种认为按当时氢弹研制规划，1968 年才需用热核材料，不必急于启动生产装置，还是按小、中、大的程序逐步做完试验再说。部总师办公室副主任、化工总工程师曹本熹积极支持尽早启动的意见。现场争论的问题反映到二机部，部领导和有关科技人员研究，并到现场作了调查，认为前段试验研究和生产准备进展情况确实不错，总体联动试车和投料生产安排宜早不宜迟，决定同意越过中间试验，立即进行联动试车。

与此同时，化工部也抓紧重水生产的工艺试验和工厂建设，掌握了生产技术和形成了一定的生产规模，保证了重水的生产和供应。

1964 年 6 月，二〇二厂重水电解制氘和氘化锂 –6 合成等后段工序陆续开始投产。9 月 23 日首批合格氘化锂 –6 产品出炉，比原定计划大大提前，标志着我国已经具备了氘化锂 –6 生产能力，为氢弹研制和发展创造了物质前提。

锂同位素分离交换塔

根本意义在于唤起民族自信和依靠自主创新

氢弹成功的根本意义在于唤起民族自信，提高我们民族的自信心。鸦片战争以来，帝国主义列强对中国多次发动侵略战争，屡次以我国失败而告终。中国落后、被称为“东亚病夫”，在国际上经常遭遇轻视、鄙视，使我们在心理上受到很大伤害，许多人因此产生了民族自卑感，总认为我们自己不行。原子弹、氢弹的成功，我国在当代国防尖端技术领域一鸣惊人，一扫这种自卑感，全世界从此对新中国刮目相看，我们民族精神为之振奋，民族自信心大为提高。西方发达国家能做到的事情，我们东方社会主义国家有什么做不到呢！这绝不是吹牛皮、说大话，我们应该抱有这种革命志气和民族自信。

当前国际环境和国内情况已经发生巨大变化，我国面临前所未有的历史机遇，具有充分的条件实行改革开放政策，认真学习和吸收外国先进技术和管理经验，以加快我国社会主义现代化建设。在核电发展上，我们采取“以我为主，中外合作”的方针，无疑是正确的。但在执行中要切记“以我为主”，充分信任、依靠和支持我国自己的科技力量，立足在自己力量的基点上，自主研发、自主设计、自主建造、自主创新，创造出具有自主知识产权的品牌，牢牢掌握技术的主动权。适当引进外国技术设备，也是为了增强自力更生、自主创新的能力，加快我们的发展速度，实现既定的发展目标，而绝不能南辕北辙，长期依赖从国外进口。历史经验证明，在核心技术上过于依赖别人，往往要受制于人，这是万万行不通的。

【原载《中国国防科技工业》杂志，2007年第7期】

我国核潜艇动力装置的曲折历程

1982年10月12日，一条“石破天惊”的消息震撼了全世界，一枚中国自制的运载火箭从水下发射成功，从此揭开了我国核潜艇的神秘面纱。

核潜艇区别于常规潜艇，是以核动力为推进力之源。它与核导弹和其他先进装备相结合，既能完成反潜、反舰和对陆上目标进行攻击等多种使命，又具有陆基战略武器无法比拟的“第二核打击力量”的优势功能。世界核大国都把发展核潜艇作为增强核威慑力的战略追求，我国当然也不能缺少这方面的努力。

现在我国已经有了一支训练有素、保障有力的核潜艇部队，任何国家都不敢轻视这支神秘而强大的军事力量。我们核工业人回顾当年研制潜艇核动力装置的曲折历程，感慨万千；展望当今的发展态势，又感到莫大欣慰和自豪。

把研制核潜艇放在优先位置

我国核潜艇研制起步于20世纪“大跃进”年代。1958年我国第一座原子能实验性重水反应堆建成和投入运行，

运载火箭从水下发射成功

《人民日报》在头版头条报道称："标志着我国已经跨进了原子能时代。"由此，全国掀起了一股"原子能热"，许多部门提出了应用原子能的设想，比如"原子能飞机""原子能火箭""原子能火车"等。二机部党组认为，还是应该首先研制核潜艇。并向苏联专家顾问扎吉江了解了美国研制核潜艇的情况和探询苏联有无给以技术援助的可能。聂荣臻副总理听取了二机部和海军的汇报后，于当年6月27日以绝密文件向中共中央呈报了《关于开展研制导弹原子潜艇的报告》。中央非常重视，报告的第二天，周恩来总理就批示："请小平同志审阅后提请中政局常委批准，退聂办。"第三天，邓小平总书记批示："拟同意。主席、林总、彭真于阅后退聂。"并在文中批注了"好事"两字；随后，其他有关中央领导也都进行了快速传阅，最后由毛泽东主席圈阅批准。从此，开启了研制核潜艇的征程。

上述报告规定研制核潜艇的分工，原子动力堆由二机部负责。为此，二机部党组决定成立潜艇核动力堆领导小组，由常务副部长刘杰任组长，副部长兼原子能研究所（简称原子能所）所长钱三强和副所长李毅任副组长，成员有部生产局局长白文治、设计院院长冯麟、科技专家连培生、赵仁恺等。并把这项研制任务落实到原子能所，刘杰向李毅交代任务时说："今后你们原子能所的'能'字，就'能'在搞潜艇核动力的研究设计上。”

原子能所在李毅的组织领导下，先后建立了堆理论、堆物理、堆材料与燃料元件、堆工程技术等研究室和技术单位，在钱三强、彭桓武、朱光亚、何泽慧、黄祖洽、戴传曾、李林、张永禄、连培生、屈智潜、孟戈非、彭士禄、李乐福等的指导和帮助下，共有200余名科技人员参加的研究设计队伍，开展了潜艇核动力堆的相关研究设计工作。

核潜艇，一万年也要搞出来

潜艇核动力装置与陆上反应堆比较，具有体积小、重量轻、耐冲击、耐振动、耐摇摆、机动性和安全性要求极高等特点，是一项技术十分复杂、难度很大的系统工程。当时，我们一无技术资料，二无实践经验，困难很大，很想争取苏联的技术援助。然而，苏联一再拒绝给予援助。

1958年夏天，在苏联专家顾问扎吉江回国述职时，我们请他向其领导人探询：对中国研制核潜艇有无可能给以技术援助。扎吉江对中国热情友好，明确表示：“就我个人愿意大力支持。”可是，当他述职回来时却一脸沮丧，说他们的部长批评他是“多管闲事”。并要他以后别再过问此事。

1958年6月，周恩来总理致电赫鲁晓夫，希望苏联对中国海军建设给予新的技术援助。可是8月，副总参谋长张爱萍率中国军事科学技术代表团访问苏联，一到莫斯科，苏方便首先设限，声明“有关原子潜艇和导弹武器等尖端技术，不在交谈范围之内”。到了9月，赫鲁晓夫复电周恩来，虽然表示同意向中国海军建设给予新的技术援助，并邀请中国代表团赴苏具体商谈。但当中国进行了充分准备，组成一个34人的专家代表团，于10月下旬赴莫斯科商谈时，苏方却闪烁其词，敷衍搪塞，竭力回避谈核潜艇技术。我们要求苏方提供核潜艇技术资料，并参观核潜艇。苏方以他们自己还没有核潜艇为托词而拒绝。我们希望与苏方专家会面，就潜艇核动力有关问题交换意见，苏方还是不同意。总之，凡涉及潜艇核动力技术问题，苏方都守口如瓶，只字不吐。最后，没有办法，我们将预先准备的有关核潜艇初步设计方案和核动力装置设计方面的32个技术问题留下，征求他们意见，苏方才勉强同意在专家知识范围内给以书面答复。

1959年9月末，赫鲁晓夫来华参加我国国庆十周年活动，周恩来总理和聂荣臻副总理同他会谈时，希望苏联不要中断《国防新技术协定》规定的援助项目，并提出核潜艇技术援助问题。赫鲁晓夫再次拒绝了中方的要求，说：“核潜艇技术复杂，花钱太多，你们搞不了，也不要搞。”并又提出了“组织联合舰队”的主张。这一主张实质是想控制中国，有损中国主权，理所当然不能接受。毛泽东主席闻知后十分气愤，极为不满。说了一句掷地有声的誓言：“核潜艇，一万年也要搞出来！”

为了给“原子弹”让路，核潜艇研制缓了几年

毛主席发誓：“核潜艇，一万年也要搞出来！”如同惊天动地的进军战鼓，极大地激励了核潜艇研制队伍的信念和决心，在自力更生的基点上奋起勇进。潜艇核动力设计组集中了一批年轻的科技人员，平均年龄约 30 岁。在赵仁恺、韩铎、李乐福的带领下，以“战略上藐视，战术上重视”的思想为指导，查资料、搞调研、学计算、做方案、脚踏实地、一步一步地展开核动力堆的研究设计工作。核动力研究设计是核潜艇研制的重中之重，必须闯过三道关：一是理论关，二是核燃料关，三是工程技术关。在工程技术上，经过近两年的反复论证研究、计算和试验，调研文献达 2000 多篇，终于在 1960 年 6 月，完成了《潜艇核动力装置初步设计（草案）》。该（草案）对潜艇核动力装置的反应堆堆型、主要技术参数等有了初步的构想，还就建立研究基地和建造陆上模式堆等问题进行了讨论和考察。二机部领导和原子能所相关负责人都很受鼓舞。钱三强就高兴地连连说道：“有门、有门！”8 月，国防科委主持对这个初步设计进行了审查论证；10 月，核潜艇工程领导小组认为，核潜艇研制应

落实在我国科研和工业水平的基础上。从1960年11月起到1961年年中，二机部组织有关人员进行了全国科研和工业水平大调查，并根据调查情况，与海军共同分析研究后，修改了原设计的有关热工参数，修改了反应堆、控制棒和燃料元件结构以及一回路系统方案，确定了核动力装置的主参数以及蒸汽发生器、稳压器和主泵的方案，从而完成了第一代核潜艇反应堆及一回路的方案设计，为整个潜艇核动力装置的研制工作打下了坚实的基础。

但是，核潜艇研制有点可谓“生不逢时”。先是“大跃进”左的思想冲击，接着三年困难时期，1961年国家提出了对国民经济实行“调整、巩固、充实、提高”的八字方针。二机部认真贯彻中央的方针，开始对核工业建设进行调整，把在建项目分为“一线”“二线”，重点保证以浓缩铀为中心的铀生产线建设；核武器和核潜艇研制，也以保证原子弹研制为重点，核潜艇只能暂时放缓。对核潜艇的调整，当时有三种意见：一种是“拆庙赶和尚”，彻底下马，等以后有了条件再干；一种是总的计划不变，与核武器“齐头并进”，适当调整进度，硬着头皮干下去；再一种是顾全大局，给“原子弹”让路，先把核燃料和原子弹搞上去，核潜艇“保留骨干，细水长流”，不上工程，继续科研，特别是一些技术比较复杂，研制周期较长的关键项目，必须保留，不能间断。显然第三种意见比较妥善可取。具体调整方案经二机部和海军商议，取得共识，并于1962年7月联名上报聂荣臻副总理。聂副总理批示："拟于同意。请（罗）瑞卿同志审阅后报军委常委并报中央。"毛泽东、周恩来、朱德、林彪、邓小平等12位中央领导人审阅后，1963年3月，周总理两次召开中央专委会进行讨论，原则同意请示报告的内容，确定研究核潜艇的技术班子仍保留一定数量人员在二机部，不应拆散；并要求二机部和海军再联合向中央写个报告，具体说明核潜艇技术班子的保留方案和核潜艇下一步的研究设计意见。会后，中央专委正式下发了通知，核潜艇工程就此暂时调整"下马"。

蓄势待发，在"文革"年代破浪挺进

1964年10月16日，我国第一颗原子弹爆炸试验成功，在国内外引起很大轰动，核工业人也受到很大鼓舞。此时国民经济调整任务基本完成，经济形势开始全面好转。在研究核工业下一步发展的时候，自然想到核潜艇研制重新上马的问题。1965年2月二机部党委呈报中央专委《关于加速发展核武器问题的报告》，和3月二机部与六机部联名上报中央专委《关于原子能潜艇动力工程研究所领导关系的请示报告》，都提出了"争取在1970年完成陆上模式堆的建设"的目标。

1962 年至 1965 年，核潜艇所谓“下马”那段时间，实际上并没有完全停止研制的步伐，而是保存实力，蓄势待发，各项关键科研项目和设备材料试制都在继续秘密进行，并取得了相当进展。1965 年 3 月 20 日，周总理主持召开第 11 次中央专委会议，讨论批准了核潜艇工程立项。8 月 15 日，第 13 次中央专委会议又对核潜艇“上马”后的若干重大问题作出了决定，并对相关各项工作，做了全面部署和安排。二机部抓紧建设核动力研究设计基地和开展核动力装置工程设计以及核燃料元件研制；专委办公室积极帮助协调落实各项协作任务，加快试制专用设备和新材料。核潜艇研制工作出现了令人欣喜的崭新局面。

可是，好事多磨。1966 年一场史无前例的“文化大革命”开始了，全国各地方、各单位都陷入了异常混乱之中，严重地干扰了核动力研制基地建设和设备材料试制工作。基地开工两年多，仅完成总投资的 15.1%，10 个主要实验室一个也没有建成。各部门希望国防科委召开一次大型协调会，聂荣臻元帅冒着被扣“用生产压革命”的帽子，同意在北京召开这样一次会议，并亲自到会讲话，严肃地指出：核潜艇工程是毛主席亲自批准的，党中央集体研究决定的。一定要按时完成任务，只能提前，不能拖后。为了保证核潜艇研制工作不受干扰，由聂帅签发，1967 年 8 月 30 日中央军委紧急下发了一个《特别公函》；为了加速核潜艇动力模式堆基地建设，由毛主席亲自签发，1968 年 7 月 18 日，由中央军委和中央文革联名，要求成都军区指派干部和部队支援核潜艇基地建设。毛主席“7 · 18 批示”和中央军委《特别公函》起了特别重大的作用，一批被隔离的厂长、书记恢复了工作，一批被批斗的科技人员回到了岗位，各派群众也在执行任务中联合起来，有力地保证了核潜艇研制工作在那个混乱年代得以基本按计划进行。

准备下潜的核潜艇

核潜艇下水发射归来

1970 年 5 月，安装完毕后的陆上模式堆开始进行冷态和热态试验。试车中虽然也暴露出许多问题，但在各有关工业部门的团结协作下，都得到了解决。7 月 16 日，模式堆将要开始升温、升压，并启动和提升功率。周总理连续两天主持召开中央专委会议，听取核动力研究院副总工程师彭士禄和科技处处长昝云龙的汇报。总理听得非常仔细，问的问题很多，特别强调试验千万不能赶时间。要“充分准备，一丝不苟，万无一失，一次成功”。并在试验过程中，一再打电话了解试验进行情况，反复叮嘱：“不要急，要仔细做工作，把工作做好为原则。”8 月 28 日再次升温、升压，30 日当主机达到设计满功率时，在场的全体参试人员都热泪盈眶，高喊着：“我们胜利了，我们胜利了！”

潜艇核动力装置研制胜利成功，标志着我国核潜艇的核心技术已经过关，为核潜艇的发展创造了良好条件。40 多年来，核动力装置不断改进、完善、提高、创新，装备了一代又一代核潜艇，下水入列，交付使用，形成了我国海军一支神秘而强大的核潜艇部队，捍卫着祖国海洋疆域的安全，若有敌人前来侵犯，必将给以最严厉的打击。

【原载《中国核潜艇之路》，中国核工业集团公司、中国船舶重工集团公司、中国“两弹一星”历史研究会联合组织编写，2015 年】

每项核工程都是核建筑安装队伍的功勋纪念碑

在核工业的队伍中，有一支特别能吃苦、特别能战斗的建筑安装队伍。50 多年来，他们从西北到西南，建成了我国一套和三线新的核工业科研生产基地，在开发核能和平利用中，又建成了一座座核电站。他们完成了工程建设任务，就交给了使用单位，自己又从头开始，进入新的工地。每项竣工的工程如同纪念碑，记录着他们的艰辛和劳累、骄傲和自豪。

吃苦在前，勇当先锋

我国核工业建设是个从无到有、从小到大的过程，建筑安装队伍在核工程建设方面始终扮演了拓荒者的角色，吃苦在前，勇当先锋。

1958 年，当首批核工业生产厂和核武器研制基地厂址即将选定，经中央决定，从建工部兰州工程局选调 4 000 余人，组成三支建筑施工队伍，即 101、102、104 三个建筑工程公司，分别承担兰州铀浓缩厂、酒泉原子能联合企业和西北核武器研制基地三个重点工程的施工任务。同时，又从建工部第九生产设备安装公司选调700人，加上从一机部、冶金部、化工部等单位抽调的约500人，组成103安装工程公司，承担上述三个工程的安装任务。

酒泉原子能联合企业地处沙漠戈壁，周围几十公里没有人烟，不仅干旱缺水，而且气候恶劣，夏日炎阳如火，冬天寒冷刺骨，大风骤起，飞沙走石。西北核武器研制基地在海拔3 200米的青海高原，那里地势高、气压低、高寒缺氧、空气稀薄、水烧不到沸点、饭煮不到熟透。而且气候多变，风雪冰雹说来就来，一年有八九个月要穿棉衣。这两个地方施工和生活条件极差，工程材料、设备和粮、煤、油、菜等生活品，都要远从几百和几千里外运来。面对这样艰苦环境

艰苦环境下的中核建人

和困难条件，为了创建我国核燃料生产和核武器研制基地，建筑安装队伍不畏艰难险阻，首先进入，以“安下心，扎下根，戈壁滩上献青春”的壮志豪情，在荒漠和草原上展开了一场气壮山河、战天斗地的施工热潮，盖起了一座座厂房，装起了一件件设备，圆满完成了核工业科研生产工厂基地的建设任务。

1964 年我国首次核试验成功后，为了防备顽固坚持核垄断核讹诈政策的超级大国，对我国核设施进行破坏，中央决定在三线地区建设一套新的核科研生产基地，又是建筑安装队伍走在前列，最先进入，陆续从西北转向西南三线地区，承担新的工程建设任务。鉴于战备考虑，三线新基地布局要求“靠山、分散、隐蔽”，这样施工环境与西北老基地相比，发生了根本变化。从开阔的戈壁草原到狭窄的深山峡谷，交通运输十分不便；从干旱高寒到潮湿阴冷的气候条件，生活很不适应，特别是许多北方人很不习惯。加上三线建设骤起，大批职工涌入，一时生活供应不上，经常是干馒头、老咸菜；住房也十分紧张，许多人只能住在油毡为顶、篱笆抹泥为墙的简易工棚中。三线建设难呀、苦呀！可是在中央书记处会议上，毛泽东说：“机不可失，时不再来。内地建设不好，我就一天也睡不好觉。”具有强烈责任感的核工业三线建设队伍，胸怀大局，为了早日建成三线，再困难也要迎着上。他们意气风发，斗志昂扬，迅速在没有路、没有桥的大山深沟，安营扎寨，拉开了战场，热火朝天干了起来。

攻坚克难，过技术关

在核工业建设中，不仅要特别能吃苦，而且还要特别能战斗。核工业建筑安装队伍虽然都是从别的行业成建制的选调过来，无论政治素质、技术能力和施工经验，都具有相当水平。但毕竟是老队伍遇到了新任务，在核工业建设方面还有许多不适应。比如：混凝土制作本是建筑工程的常规项目，然而核反应堆、后处理工厂、爆轰试验碉堡的混凝土制作，不仅体积大、强度高、结构复杂，而且要求对放射性具有屏蔽作用，构筑必须极其密实，无裂缝，抗渗漏，这在技术上就带来很多困难，很不容易做到。他们请中国科学院、建筑科学研究院等有关部门协作，在工地做了较大规模的混凝土试验段，结合施工现场的环境条件，掌握了混凝土产生裂缝的规律，确定了防裂措施，收到了预期效果。又如，反应堆堆芯金属构件必须防腐，需要大面积喷铝，是国内没有先例的新技术。他们做了大量试板试验，反复测定环境温度、火焰性质、压缩空气压力、喷距、喷射角、喷射厚度、喷砂与喷铝的间隔时间等 7 个参数与结合强度的定量关系，研究了铝丝经历喷镀过后的物理化学性质变化，总结出大面积喷铝工艺规范，终于掌握了这项新技术。还有不锈钢焊接、堆芯管道安装等难题，也是经过刻苦钻研，反复试验，而都一一解决了。

在安装方面，比较典型的是兰州铀浓缩厂的安装工程。铀浓缩生产采用的是气体扩散法，在主工艺和辅助系统关系上具有“五大连续、五大保证”的特点。“五大连续”即：数千台主机启动后，其水、电、蒸汽、压缩空气、液氮，需保持连续运转，倘若其中某一环节停顿，将会导致全厂停产。“五大保证”即：整个工艺回路上有数十万个节点，而压力、流量、温度、真空度、清洁度，一旦某个节点不能保证设计质量，达不到要求，其后果就不堪设想。这样的工艺特点和运行规律，对设备安装施工提出了特别精细、特别严格、特别苛刻的要求，不能有丝毫差错。施工单位认真组织进行技术培训和技术练兵，充分了解和掌握施工必须达到的技术规范和质量标准；制定岗位责任制，完善图纸会审、工程技术交底、材料设备运输和保管、材质化验、新技术应用等技术管理。同时，还组织力量，经过反复研究、试验，解决了主工艺管道的酸洗、防腐、焊接、气体洗涤器塘铅、扩散机用电机热继电器的安装调试、处理电缆头漏油等重要问题。

核电站主回路管道在焊接中

如此通过工程实践，较好地掌握了反应堆、后处理厂、铀浓缩厂和核武器研制基地建设的相关技术，完成了工程施工任务，而且大大提高了施工技术和管理水平，真正形成了一支特别能战斗的高素质核工业专业建筑安装队伍。

质量第一，安全第一

核工业建筑安装队伍深知自己承担的是国防尖端建设工程，关系重大，责任重大，在指导思想上从一开始就十分重视质量和安全。但由于缺乏经验，也由于“大跃进”思潮的影响，为了抢建设进度而忽略了工程质量，1959 年年初，兰州铀浓缩厂的主厂房施工中，还是出现了质量问题。200

多榀屋架中有144榀错用钢丝束，水泥强度只达70%，5000块屋面板尺寸不一，水泥强度只达50%，74根吊车梁，因计算错误，每立方混凝土少放水泥33千克。问题发现后，有人提出可否采取补救措施将就使用。二机部领导认为，工程质量百年大计，不能有任何迁就和凑合，一定要坚决处理，拆下来砸碎重做。但是，鉴于当时的情况，质量问题在全国也相当普遍。要解决好处理质量事故和保护职工积极性的关系。部领导上决定，一方面要坚决果断，对有质量问题的预制件全部推倒重来，不留后患。部领导也亲自参加处理行动。另一方面，不追究单位和个人的责任，而由部领导主动承担，进行自我批评。要求大家总结经验，接受教训，切实提高质量意识，确保工程质量。

部领导的态度和做法，在基层干部和广大职工中产生了很大的震撼，受到了深刻的教育。一些应该负责的当事人极为感动，有的甚至流下了眼泪，刻骨铭心地记住了“质量第一，安全第一”的理念，在质量安全问题上犯错误就等于犯罪。二机部也就举一反三，在全系统各个工地开展质量安全大检查，查隐患、查问题、查漏洞，把一切质量安全问题消灭在萌芽之中。同时，反复进行质量安全教育，要大家充分认识到，保证质量安全对核工业发展具有特殊重要意义，质量安全是核工业的生命线。建立健全质量安全保证体系和规章制度，普遍实行质量安全三把关，群众把关、专家把关、专门机构把关，竭尽全力在质量安全问题上做到万无一失。

由于长期反复进行质量安全教育和严格执行相应的规章制度，形成了核工业建筑安装队伍高度重视质量安全的优良传统和行动规范，50多年来，由他们施工建成的核工程，包括核科研院所、核燃料工厂、核武器研制基地、核电站，以及对外工程，经过多年和几十年的使用考验，证明工程质量是好的、可靠的、可信赖的，为我国建筑安装行业树起了一面旗帜。

中国核工业第二三建设公司获“中国建筑工程鲁班奖”

建设核电，大显身手

随着我国核工业发展战略的调整，从创建时期“以军为主”转向“军民结合，寓军于民”，在优先保证军用的前提下，把主要力量转移到民用上来，核工业建筑安装队伍也大量投向核电建设市场，承担了我国自主设计建造的秦山核电站和从国外全套引进的大亚湾核电站的工程任务，为改变我国大陆无核电的历史做出了重要贡献。在这个基础上，核工业建筑安装队伍，发扬特别能吃苦、特别能战斗的精神和重视质量安全的优良传统，配合业主又陆续承担了从国外引进的重水堆核电站和先进压水堆核电站，以及多座由我国自主消化、吸收、改进的“二代加改进”的压水堆核电站工程任务。截至2013年12月，我国已建成运行的17台核电机组和在建的31台核电机组，大都是以核工业建筑安装队伍为主力进行建设的。

核工业建筑安装队伍，在承担核电站建设任务的实践中也得到了充实、发展和提高。特别是1999年7月，国防工业体制机构改革中，在原中国核工业总公司部分企事业单位的基础上，组建了中国核工业建设集团。集团领导提出了“调整结构，保军促民，以核为本，科技兴业”的发展方针，并总结提炼了“创新发展，勇当国任”的企业精神和“至诚至信，惟专惟精”的经营理念，人员和装备大量更新，施工能力空前提高，学习吸收国外多种堆型大型核电站的建造关键技术，形成特有的安全质量管理模式与核安全文化，成为新时期新形势下军民工程兼能的一支不可替代的重要力量，为我国核工程建设不断开创新的局面。

中核建参加了中国大陆全部核电站核岛安装工作

“596”的物资供应保证

“596”是我国第一颗原子弹的工程代号。1962 年 9 月，二机部党组正式向中央报告，争取在 1964 年、最迟在 1965 年实现第一颗原子弹的爆炸。立下了“军令状”，一时间，二机部上下都动员起来，“596”成为大家共同的奋斗目标。

但是，当时原子弹的理论设计还没有最后完成，核燃料工厂也在建设中。建设工地需要大量的钢材、木材、水泥，地质队、矿山需要勘探、采掘、发电用的机械，工厂需要生产设备和各种金属、非金属材料，研究所实验需要专用设备仪器和试剂、炸药等化工制品。所有这些，都需要外单位提供。巧妇难为无米之炊，没有这些物质保证，原子弹研制和核工业建设计划就可能落空。

于是，物资供应就成了实现“596”目标的关键环节和紧迫任务，物资供应部门压力很大。他们鼓足干劲，走出办公室，提出“绝不拖生产建设后腿，需要什么就供应什么，什么时候需要就什么时候供给”的口号，一场紧跟科研生产建设需要、保证物资供应的战斗就在二机部和基层供应人员中紧急展开。

20世纪五六十年代还是计划经济时期，保证物资供应主要有四大环节：一是汇总计划，摸清需求；二是向有关部门订货，落实货源；三是到有关厂家催货，保质保量；四是办理运输，送货上门。步骤清楚，但工作量很大。

其中，仅汇总计划和上报计划一项，做起来就费时费力。几十个甚至上百个单位需要的物资门类众多，型号规格复杂，数量有多有少。要摸清情况、核实需求、汇总上报，往往需要加班加点、夜以继日、连续作战。计划报到国家计委和物资部，经其综合平衡，有时还要修改调整。

计划报出之后，就要抓紧订货签合同。当时，一年两次订货会议大部分在北京开，有时也在外地开。由于交通紧张，有时候赶火车买不上坐票，只能站着去，经常一站就是十多个小时，不然错过时机就订不上货。订货会俗称“骡马大会”，少则一千多人、多则三五千人参加，而汽车配件的订货会竟达到上万人。由于物资紧缺，往往不能满足二机部采购的需要，必须尽力争取。特别是有些项目因为边设计边施工边生产，所需货物不可能一次提出提全，错过订货会议只能临时追加、专案安排，物资采购人员就得磨破嘴皮子求得供货方的谅解和支持。

订上货紧跟着就要催供货商交货，不然往往不能如期如数拿到。计划经济是卖方市场，生产厂家比买主还“牛”，搞供应的就要腿勤嘴勤，多与生产厂家联系，甚至深入车间监督质量，不能有一点马虎。1961 年，由于厂家交货迟缓，主管副部长刘伟采取紧急措施，组成了三个由局长带领的催交小组，分赴三个主要地区的厂家进行催货，国家计委、经委和一机部还联合发文，要求各单位“优先生产交货 02 单位（二机部代号）所需设备”。

要到了货还要解决运输问题。火车运货要预先报计划订车皮，汽车运货也要租好车辆，轮船运货还要组织好后续转运。为了保证运输保密安全，1961 年起，经国家批准，核工业物资一律列为军运，这就有了一些便利。矿石、特种材料、专用设备运输还需有人押运。押运人员特别辛苦，跟随车辆往往吃不好、睡不好，路上去厕所都不方便，生了病还要硬挺着，直到到了目的地交了货，才算完成任务。

向国外订货催货，审批办理程序更为复杂。所有货名都要中英文对照，询价报价进行比较，选好订货国别；有的货物对我国禁止出口，还要采取迂回措施才能采购到。因为对外订货必须报外经贸委，同外商联系要有专人负责，一切对外事务都要妥善处理好政策等问题。

由此可见，“596”的物资供应工作是多么繁重复杂，物资供应人员为此又是多么辛苦劳累，他们的努力付出是核事业最终成功的重要保证，历史不会忘记他们。

【原载《中国核工业报》，2017 年 3 月 9 日】

科技协作变总体劣势为局部优势

20 世纪五六十年代，我国核工业开创时期，面临一个深刻的矛盾：核工业是一个需要投入大量资金和技术高度密集的新兴产业，而当时我国的经济条件和科技工业基础都十分薄弱，处于劣势，这就形成一对矛盾。在苏联中断援助后，这个矛盾就显得更为突出。1962 年，在原子弹研制进入决战的关键时刻，毛泽东主席批示："要大力协同做好这件工作。"如同总动员令。以周恩来总理为首的中央专委，组织二机部同相关部门开展科技大协作，形成强大的优势，有力地推进了核工业建设和原子弹研制。

核工业是在当代科学技术的基础上发展起来的新兴产业，它所应用的基础科学几乎遍及数学、物理学、力学、化学、医学、地质学和气象学等各门学科，它所应用的工业技术涉及采矿、冶金、机械、化工、电子、自动控制、应用化学、环境保护和计算数学等各个部门。建设核工业和研制原子弹不是一个部门能独立完成的。苏联中断援助后，二机部调查研究，摸清底细，明确在基本建设和生产技术方面有 1 100 多个重大问题，其中关键性技术问题也有 180 多个，大多涉及专用设备和仪器仪表制造，还有新型特种材料的研制，这些问题不解决，核工业建设和原子弹研制就难以继续进行。

中央主管科学技术工作的聂荣臻副总理指示，全国五个方面的科技力量，即中国科学院、国防科研机构、工业部门、高等院校和地方科研力量，要拧成一股绳，共同完成国防尖端任务。全国先后有 26 个部（院）、20 个省市自治区的近千个科研机构、生产厂家和高等院校参与核科技攻关，其中中国科学院就有 20 多个研究所，还有冶金部、化工部、石油部、机械部、电子部、兵器部和清华大学、北京大学、南开大学等，他们都腾出精锐力量，积极配合二机部开展科技攻关，集全国之力，解决核工业建设和原子弹研制中的难题。

当时最紧迫的有两大任务，一要尽快建成铀 -235 工厂，生产出高浓度的铀 -235；二要尽快研制完成原子弹的核装置。科技大协作就围绕解决这两项任务的技术难题而全面展开。

铀 -235 工厂要保证生产安全运行，气体扩散机必须定期更换分离膜和不断补充耐氟润滑油。可是这两项关键性部件和消耗性材料，苏联没有提供应有备品备件，只能由我们自己研制生产，工艺复杂，技术要求高，生产难度大，协作研制单位发起了攻坚战。

分离膜有甲乙两种。甲种是管状分离膜，由科学院冶金所牵头，相关单位参加协作研制；乙种是片状分离膜，由冶金部北京钢铁研究院牵头，相关单位参加协作研制。这两组协作单位，经过三年左右的努力，分别拿出样品进行试用，完全合乎技术要求。然后又进一步从仿制过渡到创新，提高性能质量，研制出新型分离膜，形成我国自己的铀同位素分离膜的系列产品。这是重大的技术突破，于1984年和1985年，分别获得国家发明一等奖。

耐氟润滑油是专供气体扩散机使用的特种润滑油，苏联提供了实物样品，但没有给出化学成分、制造工艺和分析测定方法等技术资料，完全要靠我们自己摸索研究。石油部石油科学研究院和科学院有机所等单位合作担当起研制任务，克服了一系列技术困难，经过两年多的努力，终于掌握了其生产工艺和分析测定技术，并为生产装置设计提供了工艺参数，很快投入正常生产，满足了扩散机稳定运行的需要，使用寿命还超过了苏联提供的样品。

在原子弹研制和核试验方面，科学院计算技术研究所和华东计算机研究所，为研制提供了为核武器理论计算所必需的计算机并保证了运算时间，物理所承担了金属铀和碳化硼、石蜡等结构材料的高压压缩系数的测定。自动化所、力学所、地球物理所和电子所协作进行了有关力学参数测量和计算工作，物理所、长春光机所、西安光机所进行了光辐射的研究。

高效能炸药和电子雷管是核武器的重要组成部分，也是改进核武器性能，提高核武器威力的关键材料和部件。核武器使用的炸药不同于一般的炸药，要求具有很高的能量、很低的感度、很强的稳定性和与环境适应性，核武器研究所与科学院兰州化学物理所、应用化学所和五机部西安三所、兰州五所、805 厂等单位合作，研制成功了一系列高效能化学炸药。与此同时，核武器研究所还与五机部西安三所、北京工业学院和 804 厂研制生产了高压快速电子雷管，并不断改进，保证了核武器研制和装备部队的需要。

在科技大协作中，还解决了建造核反应堆所需要的石墨砌体和套管、特制铝合金、不锈钢、锆、铍、镉、铪等新材料和乏燃料后处理所需要的萃取剂的研制和生产问题。

全国规模的核科学技术大协作，是在中央专委的领导和协调下进行的。从 1962 年成立中央专委，到 1974 年 3 月周总理生前亲自主持召开的最后一次专委会，共 40 多次中央专委会，差不多有一半是研究讨论核和航天的科技生产协作问题。专委办公室曾为此组织过多次上千人的协作大会，各有关部门的主要领导，都亲自联系、安排和协调，各承担协作任务的科研机构和生产厂，都以国家利益为重，全国一盘棋，大力协同，联合攻关，共同完成了许多看来不可能而最后完全达到目的的科研生产任务。

【原载《中国核工业报》，2017 年 3 月 29 日】

在刘杰身边工作四年的感受

刘杰同志是原二机部部长，我国核工业的开拓者、奠基人之一。我从1963年至1967年，有幸在他身边工作了4年多时间。在核工业创业史上，这是一段风云变幻的激荡岁月。1964年到1966年期间，核工业捷报频传，浓缩铀、核元件投产见成品，原子弹、核航弹、核导弹、氢弹原理试验成功，科研生产出现了突飞猛进的局面；可是恰在此时，1966、1967年“文化大革命”风云骤起，全国陷于混乱，刘杰和厂矿院所主要领导都被批斗，各级党政领导机关几乎瘫痪，严重冲击了核工业的各项正常工作，真可谓跌宕起伏，令人感慨万千。

亲自主持制定“两年规划”

1963年和1964年，是核工业创业史上的“两年规划”时期。所谓“两年规划”，就是为了实现首次核试验，二机部向中央专委呈报的《1963、1964年原子武器、工业建设、生产计划大纲》。我接任刘杰的秘书工作，首先让我感到最烫手的就是这份绝密文件。

“两年规划”是刘杰同志亲自主持，由部机关与下属各有关厂矿院所共同研究、反复平衡而制定的，是指导全部工作的一个纲领性文件。但是，计划局一位工作人员由于不了解全面情况而写信上告，提出质疑。罗瑞卿批示并经周总理同意，由国防工办和国防科委组成联合工作组，对二机部“两年规划”的有关情况进行全面检查。

工作组由国防科委副主任刘西尧任组长、中央专委办公室专职副秘书长刘柏罗任副组长。他们为了摸清情况，花了3个多月的时间，从部机关到基层厂、矿、院、所，作了全面调查研究，最后他们确认“‘两年规划’的提出，在几个主要环节上是有根据的，是根据几个主要生产厂的基本建设、过生产技术关和原子弹的研究、设计、试制进度制订的”，虽然“还存在一些突出的薄弱环节”，但“若真能从现在起就切实抓紧，也还没有发现有什么一定不能解决的问题。”

1963年3月19日和21日，在中央专委第四、第五两次会议上，周恩来总理听取了工作组汇报后，说：“检查二机部的工作，应该指出：第一，苏联专家撤走以后，完全靠自力更生，遇到很多困难；第二，因为工作需要，任穷同志调走了，增加了困难；第三，正当国民经济遇到严重困难的时候，二机部大部分单位又处在最困难的地方，客观上也增加了困难。在这些情况下，经过两年的工作，二机部提出了一个规划，应该说是取得了很大的成绩，这是全体职工努力的结果。有了规划就有了轨道，要有信心，能搞出来。主席指示，‘要大力协同做好这件工作’。刘少奇同志也说：‘经过努力，即使推迟一些时间搞出来也是好的。’总之，我们要相信中国人民的智慧，原子弹一定能够搞出来。”

最后，总理还语重心长地告诫二机部领导：“实现‘两年规划’，中央专委负有很大的责任，但主要的责任还在二机部的领导身上。……二机部的工作，要做到有高度的政治思想性，高度的科学计划性，高度的组织纪律性。”聂荣臻副总理在讲话中指出：“当前工作一要紧，二要稳。紧，但不能急躁。稳，又不能松懈。紧和稳要辩证地理解和掌握。”罗总长表示：二机部的工作，成绩很大，需要检查。检查就是一种关心和支持。你们做的是大事，你们着急，我们也着急，大家有点担心是可以理解的。要以总理“三个高度”的指示，落实各项工作并保证质量。三位领导的讲话，一致肯定了“两年规划”和二机部的工作，使刘杰放下了思想负担，全力以赴狠抓“两年规划”的实施。

深入一线抓重点，当机立断作决策

“两年规划”全面记载了 1963 年、1964 年这两年研制原子弹要做的各项工作目标和计划安排，其中包括：项目名称、数量、进度、责任单位、保障条件等等，非常具体，环环相扣，周到细致。在中央领导一致肯定后，如何使其从纸面规划变为现实的物质成果呢？

当时刘杰经常念叨的“地矿、二、四、六、五、八、九”这几个数字，实际就是要制成原子弹的八大环节。地质、矿山不用解释，“二”指的是二氧化铀，“四”指的是四氟化铀，“六”指的是六氟化铀，“五”指的是高浓铀-235，“八”指的是核部件，“九”指的是核装置（九所和221厂研制单位）。1963年下半年，核燃料的前端，即地矿和二四六已经基本不成问题，问题的重点在于如何拿到浓缩铀和核部件以及爆轰试验如何得到足够的中子。1963年8月、1964年3月，半年内刘杰连续两次深入兰州铀浓缩厂、酒泉原子能联合企业和西北核武器研制基地检查指导工作，并与基层领导和科技人员一起讨论科研生产问题，当机立断做出了一系列重大技术决策。

兰州铀浓缩厂的几千台扩散机已进行热处理并开始准备启动，按原苏联专家设计的启动方案，要337天后也就是1964年5、6月份才能拿到高浓铀合格产品，显然不能满足“两年规划”的要求。如何提前？厂里计算部门经过反复计算和比较，最后提出相当原9批启动方案中的第5批拿出最终高浓缩产品的方案。这样可比原方案提前113天。原子能所扩散实验室专家们经过论证对其表示支持。但是，对这个方案也有不同意见，认为它在启动期间得到的产品比较少，不够经济。刘杰同志赞同这个分9批启动第5批拿产品方案。认为研究生产运行方案当然要算经济账，但当时国际形势严峻，国家迫切需要早日突破超级大国的核垄断。这个方案提前113天拿到产品，可以满足“两年规划”的要求，如期实现首次核试验，这从政治上考虑，国家战略利益远远超过了经济上的一点损失。于是，大家统一了认识，刘杰批准了这个方案。随后，如同十月怀胎等待一朝分娩一样，大家以紧迫的心情，终于迎来了1964年1月14日产出高浓铀产品的喜讯，人们奔走相告，心花怒放。二机部党组在给该厂发电报祝贺的同时，报告了党中央，毛主席欣然命笔批了两个大字“很好！”

时间推进到1964年3月，西北核武器研制基地工作也有了决定性的进展。聚合爆轰出中子试验成功了，核装置引爆系统和结构部件设计已经完成，各项环境条件模拟试验也获得了满意的结果，现场一切都在为原子弹出厂进行国家试验做准备。可是，对核装置结构部件和主炸药成型工艺，在科技专家中还有不同意见，亟待领导分析研究，作出选择。在这个背景下，刘杰再次到了基地现场，充分听取各方意见，并同基地领导和主要科技骨干进行讨论、研究、分析、比较，在大家认可的基础上，不失时机地做出了合理的决策。

科学研究就是探索未知世界，往往可以有多种途径和方法。在开展原子弹结构部件和主炸药工艺研究中，初始都是多路探索，都有相当进展，可是到了准备试验这个时候，再不能各显其能、争议不定，而必须当机立断、做出一种选择。结构部件两种方案经过认真计算和爆轰试验，都能满足技术要求，但在环境条件试验中，显现F方案比G方案的强度更好，就选定采用F方案。主炸药工艺方法也有两种，起初经过100多次大型实验，在上百万个数据中筛选出我国首创的常压工艺，获得了高密度、高精度的产品。后来又论证出一种更为先进的真空成型方法，经过试验，效果不错，前景看好。那么选用哪一种呢？经过比较研究，认为真空方法虽然先进，但试验次数还不够，时间已经等不及。原来的常压方法虽然不够先进，但现实、成熟、可靠。为了保证原子弹早日炸响，二机部还是选用了常压方法。

作为一个部门的顶层领导，必须运筹帷幄，掌握全局，在关键时刻拿定主意。核武器研制技术方案的选择，不仅需要从技术的先进性、成熟性、可行性和经济性上进行比较，还需要从政治战略上、成功时效上进行考虑。实践证明，上述刘杰的几项决策都是适时而正确的，既争取了时间，又保证了核试验的成功。

在巨大成功面前保持了沉着、镇静和淡定

1964年9月，首次核试验准备工作基本就绪，在中央专委会议上讨论试验时机选择问题，提出了早试与晚试的两个方案，报请中央和毛主席决定。毛主席从战略上进行了分析，认为原子弹是吓人的，不一定用。既然是吓人的，就应当早响。周总理于9月23日召开中央专委小会全面部署了首次核试验的各项工作。其中，为了做好北京与核试验现场的联络工作，决定由二机部和国防科委联合组织的一个临时工作机构，作为首次核试验的信息枢纽。

这个临时工作机构命名为177办公室，由刘杰同志直接领导，工作人员有：时任二机部办公厅主任张汉周、秘书处处长郑存祚、部长秘书李鹰翔和国防科委二局处长高健民、参谋宋炳寰等五人。地点设在二机部办公大楼2层5号房间。9月25日办公室成立，制定了严密的保密措施和纪律，当天便开始了紧张而有序的工作。刘杰夜以继日、全神贯注前后方联络的一切信息，包括原子弹出厂起运、试验现场安装、吊到塔上插雷管、现场天气预报、往返请示确定起爆时间、爆后放射性微尘监测等等。在这十分兴奋又提心吊胆的

时刻，刘杰始终保持了沉着、镇静和淡定的心态。

10 月 14 日，首次核试验的前两天，张爱萍、刘西尧发来电报，表示前方科技专家在研究试验万一不成的问题时，提出可能发生只是化学爆炸和由于铀 -238 自发裂变出中子而提早核爆的两种不正常爆炸情况。周总理在午夜召见刘杰，听取他的意见。刘杰认为，仅仅发生炸药爆炸的可能性不大，因为多次聚焦爆轰试验都没有出过问题，表明我们对聚焦技术的掌握是好的。至于铀 -238 自发裂变出中子发生早爆问题，还需请专家再研究。15 日上午，刘杰找了当时在北京核武器研究所主持工作的理论物理学家周光召，周光召又找核物理学家黄祖洽、数学家秦元勋参加研究，他们经过精密计算，于当晚写出报告，认为："我国第一颗原子弹爆炸试验成功的可能性超过 99%。"总理看到三位科学家的报告后，沉默一会儿又问刘杰："你现在考虑我们这次试验会有什么样的结果？"刘杰深知总理此时的心情，沉着、镇静地回答："总理，我的估计有三种可能：第一是干脆利落，第二是拖泥带水，第三是完全失败。根据目前的情况来看，第一种可能性是最大的。"总理感到满意，但仍郑重地叮嘱刘杰："要做好以防万一的准备工作。"

1964 年 10 月 16 日下午 3 时，我国第一颗原子弹爆炸试验成功了！试验现场来电话报告，张汉周主任可能由于紧张，话筒没有抓好，掉在桌上，刘杰上前一步，抓起话筒就与张爱萍对话，并对爆炸成功表示祝贺。随后，177办公室用保密电话迅速分别转报林彪、贺龙、聂荣臻、罗瑞卿、杨成武等各位领导办公室，各位领导纷纷来电表示喜悦、兴奋，向刘杰并转告张爱萍和参加试验的全体同志致以热烈祝贺。傍晚5时左右，毛泽东、周恩来、刘少奇、朱德等党和国家领导人在人民大会堂接见大型音乐舞蹈史诗《东方红》的3000余名演职人员，毛主席让周总理宣布了原子弹爆炸试验成功的消息，顿时全场欢声雷动。夜间，经毛主席再三要求核实并同意，周总理决定，由中央人民广播电台于夜11时，向全世界广播了新华社关于中国第一颗原子弹爆炸成功的《新闻公报》，人民日报印发了红字《号外》，天安门广场人群蜂拥，锣鼓喧天。喜讯在深夜传到全国各地，华夏大地一派欢欣鼓舞，很多人彻夜不眠。177办公室则是继续紧张、忙碌地接转来自上下左右各方的信息。刘杰向部机关各司局和工厂主要领导通报了相关情况，虽然也是百感交集，有些兴奋、激动，但主要还是如释重负，感到一块石头落了地。当夜3时，刘杰从中南海回到177办公室，遵照总理指示，对搜集研究放射性微尘沉降与对环境污染和健康影响的问题作了安排后，回家走到机关大楼门口时，见到警卫战士向他敬礼，他停下脚步淡定地告诉警卫：“我们的第一颗原子弹爆炸成功了！”

“文革”骤然风起，在“流亡”中坚持工作

1966年，在1965年胜利完成核航弹试验后，又安排了加强弹、核导弹和氢弹原理等三次试验，任务繁重，时间紧迫。可是，中央《5·16通知》下发后，“文化大革命”就风起云涌，从中央到地方，从学校到机关、到企业，批斗“走资本主义道路的当权派”，一浪高过一浪，刘杰在机关大楼里已经无法正常工作。为了躲避“造反派”的干扰，在曾任北京市服务局副局长、当时二机部办公厅副主任王志甲的安排下，他先后临时在北京饭店、西颐宾馆、民族饭店、前门饭店等处办公、开会、处理事务。这里两三天、那里两三天，有人戏说“党组成了流亡政府”，在混乱的情况下艰难地坚持工作。

5月17日，含有热核材料的加强型原子弹试验成功了；10月27日，原子弹与导弹两弹结合试验成功了。12月28日氢弹原理试验前，据核武器研制基地报告，热核材料部件有一处加工缺陷，周总理要刘杰乘专机前去检查处理，并对参加研制工作的全体人员进行政治动员，讲明这次核试验的重大意义，以保证基地正常的科研生产秩序不受“文化大革命”的影响。刘杰开始对坐空军专机还是民航班机还有点犹

豫，总理特意指出："飞机就是为了检查工作用的嘛，你们就是要利用飞机争取时间才是。"

12 月 12 日，刘杰到了基地，与基地副总工程师兼实验部主任张兴钤等一起来到生产车间，详细了解部件加工情况。通过仔细观察，所谓"缺陷"不过是用放大镜才能看见的擦痕。刘杰与科研设计人员及车间领导、质量检验人员一起研究后，认为这不属于严重质量问题，不会对核爆炸试验产生影响。车间已经为此又加工出一件完好的热核材料部件，准备用于正式试验装置，有擦痕的那一件就作为备份部件。应当说，基地与车间的这一安排，是稳妥的。刘杰进一步到基地的其他车间检查了解加工生产情况，每到一处都按总理的指示，向车间领导、参与加工生产试验装置的工人、质量检验人员宣讲这次核试验的重大意义，要求大家严格把好质量关，务必保证试验装置在质量上万无一失。12 月 18 日，氢弹原理试验装置全部加工完毕，经领导干部、专家和工人"三结合"检查，质量良好。19 日夜，产品装箱完毕，待命启运。刘杰向总理报告了检查的情况，周总理这才放心了。

12 月 28 日的氢弹原理试验圆满成功，证明我国自己独创的氢弹新原理完全可行。1967 年 6 月 17 日，按照新原理制造的氢弹空投试验成功。从世界氢弹发展史考察，中国从首次原子弹试验到氢弹空投试验成功，只花了 2 年 8 个月的时间，发展速度超过了美国、英国、苏联、法国，在世界上引起了极大轰动，认为这是中国创造的具有世界意义的奇迹。可是此时，中央已决定对二机部实施军管，刘杰同志完全“靠边站”了，我也就此结束了为他服务的秘书工作。我们都不了解氢弹爆炸前后的详细情况，刘杰还是在王府井的橱窗上才仔细看到了这条新闻。

极端负责、勤思好学、有人情味

我在刘杰身边工作 4 年多时间，经历了这样一段跌宕起伏的工作和生活历练，从中我深刻观察和体会到，刘杰这样一位久经考验的老革命、老共产党员的崇高政治品德和高尚精神风范。

一是忠诚党的事业，对任务和工作极端地认真负责。刘杰同志牢牢记着 1954 年 10 月向毛主席汇报在广西发现铀矿时，毛主席指出的“这是决定命运的，刘杰你要好好干哟”的嘱托，夜以继日、不怕苦累、全身心地投入核工业的建设与发展。由于长期精神紧张，任务繁重，1962 年 12 月，他感到身体不舒服，北京医院大夫诊断是高血压心脏病急性发作，而上海医院大夫认为是劳累过度，得的是疲劳综合征，都主张他要离职休息一段时间。经周总理和罗总长批准，他到广东从化温泉疗养院治疗休息。可是当他听说国防工办和国防科委联合工作组要来二机部检查工作，虽然没有要他回京，他却不顾身体有病，主动中止休假，顺路还到粤北翁源和湖南郴县的两个铀矿检查了解其建设和生产情况，提前回到北京，配合工作组检查工作，以示负责。

作者夫妇与刘杰、李宝光夫妇在一起（右二为刘杰，左一为李宝光）

二是勤思好学。刘杰不是科技干部，没有搞过原子能，但他虚心好学，刻苦钻研，不但请教钱三强、赵忠尧、王淦昌等老科学家，而且也向年轻科技人员学习。对专业知识问题，总是要打破沙锅问到底，直到弄明白为止。他善于运用唯物辩证法来分析问题、研究问题，看得深，想得远，把握得准确。1956 年二三月间，毛主席为了探索适合我国国情的社会主义建设道路，用一个半月时间，听取中央工业、农业、交通、运输业、商业、财政等34个部委的汇报，进行系统的调查研究。毛主席在听了刘杰汇报原子能事业的筹建进展情况和下一步工作安排后，满意地夸他讲得清楚，不像有的人光是嗓门大，讲不出多少道理来。

三是有人情味。刘杰他身居高位，但生活简朴，清正廉洁，平易近人，和蔼可亲。他关心干部，联系群众。为了解决干部群众住房问题，20世纪60年代初经济困难时期，他批准在三里河盖两排楼房，他因此还承受了不公正的批评，做了两次检讨。他关心知识分子，逢年过节往往要我陪他到一些科技专家家里进行家访，像朋友那样嘘寒问暖、促膝谈心。他特别尊重王淦昌、杨承宗等老科学家，直到老年，他已离开核工业多年，还与他们保持着往来，情深谊厚。王淦昌临终前一个多月，刘杰前去北京医院探望他时，称赞王老为中国核科学事业做出了巨大贡献，王老却谦虚地说他只是小小的一部分，而你刘杰才是全局性的贡献呀！两位老人紧紧握手，互相勉励着对方，此种情景实在令人感动。

我在刘杰同志身边工作时间不算很长，但在他离开核工业战线后，我们仍然一直保持着联系。岁月悠悠，50年了，他的人品、他的工作精神对我如今仍有着深刻的影响。

【原载《中国核工业》杂志，2013年第3期】

第二编 领导人与科学家

我国核事业的成功，首先是由于中央的高瞻远瞩、正确决策，部门领导的精心谋划、组织实施，同时也是科技工作者发挥聪明才智、刻苦钻研和广大干部职工不畏艰险、奋力拼搏，相关部门、地区和单位通力协作的结果。总之，这是千百万人共同创造的辉煌历史。本编各篇记述了领导人战略指导、统领指挥、组织实践所做出的重要贡献，以及科学家们忠贞爱国、无私奉献、勇于登攀的感人事迹。

毛泽东的核战略思想

20世纪五六十年代中国核计划的成功，包括原子弹、氢弹、潜艇核动力技术的突破和掌握，是毛泽东核战略思想和中国共产党英明决策、正确领导的伟大胜利。如今，在国际斗争和国内发展的新形势下，来回顾和重温毛主席和党中央的一系列战略指示和决策部署，更加深切感到毛主席和我们党的英明、正确、伟大。

这是决定命运的

1949年10月，中华人民共和国成立，宣告中国人民从此站立起来了。但是，在积贫积弱、战争废墟上建立起来的新中国，并不强大，亟待休养生息，和平发展，复兴图强。然而，树欲静而风不止，帝国主义列强并不甘心于他们的失败。他们对新中国实行经济封锁、军事威胁、政治打压，特别在1950年朝鲜战争中，美国出兵把战火烧到中国东北边境，并派遣第七舰队侵入中国台湾海峡，公然对新中国进行战争挑衅，甚至多次放言威胁要用核武器打击中国。新中国领导人深感美国的原子弹是压在中国头顶上的一片乌云。尤其在朝鲜战场上直接面对美国现代武器的将军们，在胜利中痛感由于武器的落后我们付出了过多的代价。

新中国的安全与发展，要有个战略支点。毛主席早在新中国成立之初，就考虑要搞原子弹。虽然在延安时期，毛主席曾对美国记者斯特朗说过："原子弹是纸老虎"这样惊世骇俗的话，但是他很清楚原子弹的巨大爆炸威力。原子弹是纸老虎，但人家有你没有，它就是真老虎。1954 年 10 月，当毛主席得悉广西地区发现铀矿化物后，便立即明确表示"我们国家也要发展原子能"，并对时任地质部党组书记、常务副部长的刘杰说"这是决定命运的，你要好好干哟！"1955 年 1 月，毛主席主持召开中共中央书记处扩大会议，正式做出了发展原子能事业的战略决策，从此开始了我国建设核工业和研制原子弹的征程。

中国要搞原子弹，在国外以美国为首的西方世界当然是反对的。不仅反对而且还千方百计妄图进行破坏。美国与台湾蒋介石合作，多次派 U–2 飞机深入我国领空窥测我核基地；派遣特务潜入大陆地区收集有关资料，伺机进行破坏。在国内主要是有的经济主管，担心花钱太多影响经济建设；在科技界也有人认为我国科技力量太弱，研制难度太大，能不能搞原子弹缺乏信心。毛主席始终坚定地指出："在今天的世界上，我们要不受人家欺负，就不能没有这个东西。”“原子弹就是这么大一个东西，没有那个东西，人家就说你不算数。”“搞一点原子弹、氢弹，我看有十年工夫完全可能。”后来事实证明，我们不但搞出来了，而且还搞得很快。

我们自己干，也一定能干好

众所周知，中国核事业起步阶段，有苏联的技术援助。中苏两国政府就核领域先后签订了 6 个技术援助协定，包括地质勘查、科学研究、工业建设、核武器研制等内容。但是毛主席在 1955 年 1 月中央决定发展原子能事业的会议上就很明确指出：“现在苏联对我们援助，我们一定要搞好；我们自己干，也一定能干好。我们只要有人，又有资源，什么奇迹都可以创造出来！”中央确定，原子能事业“自力更生为主，争取外援为辅”的方针，对苏联的援助极力争取，但并不依赖，始终把发展放在自己力量的基点上，组建自己的科技队伍，培养自己的科技人才，建设自己的科研基地，独立自主地进行科学研究和技术攻关，并组织相关单位的科技协作网，从而形成我国自己的学科专业配套的比较完整的核科技工业体系。向苏联专家学习，也是采取学习与创新、引进与独创、赶上与超越相结合的态度，对苏联提供的技术和设备都要打破沙锅问到底，不但知其然而且要知其所以然，直到彻底问透和完全搞明白。这样我们就把事业建设发展的命运牢牢掌握在自己的手中，始终立于不败之地。1960 年苏联毁约断援后，核工业建设发展不但没有因此而停顿，或造成混乱，相反是更加加快了自力更生的进程，做到了完全、彻底依靠自己的力量进行建设发展。在三线建设搞第二套基地时，所有厂房、设备、工艺、材料，完全是自己设计、自己建设、自己制造、自己生产，几乎是百分之百的国产化。

原子弹要有，氢弹也要快

20 世纪五六十年代，核武器已从原子弹发展到氢弹、核导弹。中国发展核武器的战略目标当然也不仅是原子弹，而同时提出了研制氢弹和核导弹。1965 年 1 月，毛主席在听取国家计委关于经济建设长远规划设想的汇报时指出："敌人有的，我们要有，敌人没有的，我们也要有。原子弹要有，氢弹也要快。"

遵照这一战略思想，我国核武器研制实现了"三级跳"。1964 年 10 月第一颗原子弹核装置在陆地铁塔爆炸试验成功后，时隔 7 个月，1965 年 5 月便实现了用飞机装载核航弹在空中爆炸试验成功；而后缩小尺寸，结构改进，做成核弹头装到东 2 导弹上，于 1966 年 10 月实现了两弹结合的爆炸试验成功；接着，1966 年 12 月氢弹原理试验成功，便实现了从原子弹到氢弹的过渡，彻底打破了超级大国的核垄断和核威胁，成为拥有现代核武器的核大国。

这里要特别说明的是，从原子弹到氢弹在原理和工程上都是一个质的飞跃，结构比较复杂，技术难度很大。其中的奥秘至今还绝对保密。我国早在研制原子弹的同时，就提前部署了氢弹的理论预研，并进行热核材料生产线建设和工艺技术攻关，从而赢得了研制的速度。从第一颗原子弹爆炸成功到首次氢弹爆炸试验，美国花了7年3个月，苏联花了6年3个月，英国花了5年6个月，法国花了8年6个月，而我国只花了2年8个月。在世界上我国氢弹研制速度是最快的，被认为是核武器发展史上的奇迹。1967年7月，毛主席接见全国军训会议代表时说："新式武器导弹原子弹搞得很快，两年八个月搞出氢弹（指氢弹空爆试验成功，笔者注），我们的速度超过了美国、英国、苏联、法国，现在在世界上是第四位。导弹、原子弹有很大成绩，这是赫鲁晓夫帮忙的结果，撤走专家逼着我们走自己的路，要给他一吨重的勋章。"

要大力协同做好这件工作

核武器研制是一项庞大而复杂的系统工程，没有高度集中统一的领导和指挥，没有方方面面的协同和支持，是搞不成的。1962年11月，在我国第一颗原子弹研制进入决战的关键时刻，中央决定成立以周恩来总理为首的15人专门委员会，以加强对核武器研制的领导。毛主席批示："很好，照办。要大力协同做好这件工作。"这在组织方面体现了毛主席的战略思想和战略决策，有力地推进和保证了原子弹的研制进程。在中央专委的领导和协调下，全国先后有26个部门、20个省市自治区、多个军区和兵种、900多个工厂、科研机构和高等院校，十多万人参加的大会战，终于在1964年10月16日，圆满成功地爆炸了我国第一颗原子弹，在世界上引起了巨大的轰动。

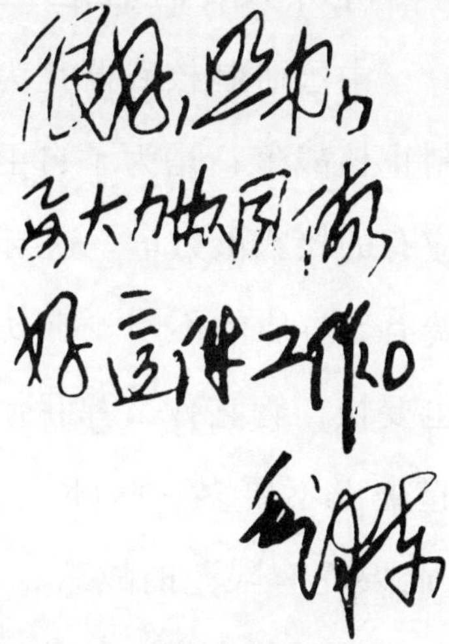

1962年11月3日毛泽东批示手迹

大力协同的举措，显示了社会主义制度的优越性。20世纪五六十年代，我国经济技术基础都很薄弱，研制核武器从整体来说处于劣势，实行集中统一领导和全国大力协同，就有可能变劣势为优势，完成一般认为很难完成的任务，我国比先期发展的核大国更快更好地从无到有突破原子弹氢弹研制技术就是有力的证明。

吓吓人，壮壮胆，搞起来也不要多

中国研制核武器是为了增强和平的力量，打击核霸权，制止核战争；是为了自卫，保持一个拥有13亿人口的大国应有的核威慑力量。这与超级大国发展核武器、搞核军备竞赛有着本质的不同。所以毛主席在讲到“原子弹要有，氢弹也要快，管它什么弹我们都要超过”的同时，又指出：“搞起来也不要多，吓吓人，壮壮胆。”我国发展核武器坚持“必要而有限”的战略，不主张搞几百次核试验，不参加核大国的军备竞赛。因此，我们的核试验都要从军事、科学、技术的需要出发，做到一次试验，全面收效。

我们进行必要而有限的核试验，次数很少，效率很高。据法新社1999年7月17日报道：“1964年至1996年间，中国共进行了45次核试验，美国进行了1030次，俄罗斯进行了750次，法国进行了210次，英国进行了45次。”中国的45次核试验，已接近美国的设计水平，而使用的经费比美国少得多。据核武器研究院前院长胡仁宇的计算，我国在这方面的科研投入大概不及美国的3%。

我们不首先使用，也不对无核国家、无核地区使用

我国有了核武器，但对待核武器的立场和态度仍然一如既往。我国政府在首次核试验成功及其以后曾多次向全世

界郑重宣布："中国在任何时候、任何情况下，都不会首先使用核武器。"建议"召开世界各国首脑会议，讨论全面禁止和彻底销毁核武器问题。作为第一步，各国首脑会议应当达成协议，即拥有核武器的国家和很快可能拥有核武器的国家承担义务，保证不使用核武器，不对无核武器国家使用核武器，不对无核武器区使用核武器，彼此也不使用核武器。"这一战略宣言如同一块试金石，一下就把中国与超级大国对核武器的立场和态度划分清楚，美国至今没有明确承诺无条件地保证不首先使用核武器，从而使他们在世界人民面前处于被动和不利的地位。

历史证明：毛主席和党中央关于核武器的战略思想、战略决策和相应的一套发展方针、政策措施都是富有远见卓识、英明正确的。1988 年 10 月，邓小平在谈到中国必须在世界高科技领域占有一席之地时，特别指出："如果 60 年代以来中国没有原子弹、氢弹，没有发射卫星，中国就不能叫有重要影响的大国，就没有现在这样的国际地位。这些东西反映一个民族的能力，也是一个民族、一个国家兴旺发达的标志。"海外华侨华人和留学生，尽管他们对毛泽东和国内情况有这样那样的看法，然而一谈到"两弹一星"的决策和成功，都非常兴奋，异口同声点赞毛泽东英明、正确、伟大！因为他们有切身感受，过去中国人在海外被人看不起，有了原子弹人家就对我们刮目相看，华侨华人、炎黄子孙都感到扬眉吐气，挺直腰杆。

【原载《两弹一星历史研究》会刊，2012年第7期】

周恩来统领中央专委

核武器研制和核工业建设是一个庞大而复杂的系统工程。1982 年以前，在我国，具体组织实施这个工程的是第二机械工业部。从国家全局来说，二机部是个执行机构，如同军队体制中的作战部；负责全面领导指挥的，则是以周恩来总理为主任的中央 15 人专门委员会（简称中央专委）。核工业的“两弹一艇”和七机部的导弹与卫星科研攻关的许多重大决策，都是由这个委员会、或经请示毛主席和党中央做出的。这个委员会可谓“两弹一艇”研制的总指挥部或统帅部。

成立中央专委“要请总理出面才行”

1962 年 10 月，我国原子弹研制即将进入决战阶段的关键时刻，二机部党组提出，争取 1964 年内最迟 1965 年上半年进行第一颗原子弹爆炸试验，并向中央政治局常委作了汇报。汇报中，当讲到原子弹技术靠一个部门很难完成，需要全国各方面配合时，刘少奇同志立即表示：“各方面配合很重要，中央要搞个专门委员会，以加强这方面的领导和协调。现在就搞，不然1964年没有希望。你们提个方案和名单，报中央批准。”少奇同志接着又指出：“看来这件事要请总理出面才行。”

随后，中央军委秘书长兼总参谋长罗瑞卿向中央写了报告，报告说：“最近，二机部在分析了各方面的条件以后提出，力争在1964年爆炸第一颗原子弹。为实现这一目标，建议在中央直接领导下成立一个专门委员会，加强对原子能工业的领导。”“根据少奇同志的指示，我们考虑最好是总理总抓，贺龙、富春、先念、一波、定一、荣臻、瑞卿、赵尔陆、张爱萍、王鹤寿、刘杰、孙志远、段君毅、高扬等同志参加，组成这个委员会。”邓小平总书记1962年11月2日阅批：“拟同意，送主席、刘、周、朱核阅。”11月3日，毛泽东主席在罗瑞卿的报告上批了15个字：“很好，照办。要大力协同做好这件工作。”毛主席批示无疑是一道总动员令，动员全党全军全国人民齐心协力，为实现1964年爆炸第一颗原子弹而努力奋斗。

中央专委“是权力机构，是政策领导”

中央专委成立后，1962年11月29日召开第二次会议，在审定专委办公室职责条例时，周总理指出：专委“是权力机构，是政策领导”，“具体工作还是要靠你们（指当时二机部刘杰等领导）来做，专委主要帮助解决你们解决不了的困难”。这就把中央专委机构的性质和任务讲得很清楚。那天会上，总理还把当时刚调到专委工作的原冶金部钢铁司司长刘柏罗、原一机部局长李光、赖坚和原化工部局长宋良甫等工作人员，介绍给各专委委员，并对工作人员说，“你们都是从高级岗位上调来的首长，现在要动手动脚，是首长又是脚长，权力最小也最大。你们个人没有任何权力，但问题一经专委决定，你们检查执行权力又最大。要善于和各方面协商，要口勤（电话、交谈、报告）、手勤（动手、动脑写东西）、腿勤（深入、调查、拜访）。”这也就成了专委办公室工作人员的基本职责和工作作风。

在周总理亲自主持下，中央专委和专委全体工作人员，围绕“实现1964年爆炸第一颗原子弹”和全面推进核武器研制和核工业建设，做了大量的工作，帮助二机部解决了一系列难题。尤其是组织和协调全国各方面力量，支援原子能事业，使核武器研制和核工业建设呈现出势如破竹、节节胜利的局面。1964年1月14日，兰州铀浓缩厂开始取得合格的军用高浓铀产品，5月1日，酒泉原子能联合企业生产出第一套核武器铀部件，10月16日第一颗原子弹爆炸试验成功；1965年5月14日，第一颗核航弹空投爆炸试验成功；1966年10月27日，第一次核弹与导弹结合飞行空投爆炸试验成功；1967 年 6 月 17 日，第一颗氢弹空投爆炸试验成功。核武器研制的同时，我国也加快了潜艇核动力装置的研制，1970 年 7 月建成核动力陆上模式堆，1971 年 8 月第一艘核潜艇开始首次航行试验。从此，我国形成了从科研开发、工程设计到工厂建设，从铀地质勘查、铀矿采冶、铀转化、铀同位素分离、核元件制造、军用钚生产到核武器和核动力研制等门类齐全、完整配套的核科技工业体系和专业人才队伍。我国核武器研制发展速度之快、资金投入之少、试验成功率之高，在全世界、尤其是发达国家引起了巨大的反响，他们惊呼“中国创造了世界的奇迹！”而这些“奇迹”的创造都是和中央专委的作用分不开的。

“二机部领导要做到‘三个高度’”

1963 年 3 月 21 日，中央专委第五次会议上，总理在听取国防工办和国防科委联合工作组汇报时说：“检查二机部的工作，应该指出：第一，苏联专家撤走以后，完全靠自力更生，遇到很多困难；第二，因为工作需要，任穷同志调走了，增加了困难；第三，正在国民经济遇到严重困难的时候，二机部大部分单位又处在最困难的地方，客观上也增加了困难。在这些情况下，经过两年的工作，二机部提出了一个规划，应该说是取得了很大的成绩。”同时，总理又语重心长地告诫二机部领导："实现两年规划，中央专委负有很大的责任，但主要的责任还在二机部的领导身上。""二机部的工作要做到有高度的政治思想性，高度的计划科学性，高度的组织纪律性。"总理对二机部工作的评价和要求，以及对实现两年规划的坚定信心，使大家统一了认识，增强了信心，并义无反顾地把工作推向前进。

尤其令大家感动的是，总理要求二机部领导对工作做到"三个高度"的同时，自己身先垂范，也在专委工作中高度认真负责。如每次专委开会，事先他都要仔细审阅办公室提供的《议题要点》和相关报告材料。周总理看得特别认真，一字一句甚至一个标点都不含糊，问清情况和问题，还要办公室提出解决问题的建议，然后才同意开会。会议中如有涉及科学技术问题，就一定要相关科技人员参加（朱光亚、邓稼先、陈能宽、彭士禄等专家都参加过），细心询问和听取科技专家的意见。对保密问题更是高度重视。首次核试验前的特密小会上，总理说："今天会后，除了参加会的，对谁都不能讲。我的老伴（指邓颖超）是老党员，又是中央委员，我保证不对她讲。如此天大的事，各国都在摸我们，我们要绝对保密。"对核试验，他要求做到"严肃认真，周到细致，稳妥可靠，万无一失"。对重大试验更是慎之又慎。"文革"期间，专委开会听取陆上模式堆启动运行试验前的汇报，听到有的同志说，“各项准备工作都做了，没有必要再检查了”，总理立即严肃地指出：“你们总爱说满足的话，我不爱听。”“你们要注意，不要说百分之百都有把握了，不在乎了。要想到各种可能，哪个环节不注意，都会出问题。要有敢想敢干的革命精神，但在具体工作上，一定要积极稳妥，考虑周到，绝不能马虎。”

总理抱病主持最后两次专委会议

周总理共主持召开了 40 多次专委会议和若干次专委小会，讨论解决了几百个问题。从方针政策、基本原则的提出到专门机构的组建、领导干部和专业人员的配备，以及全面的思想政治建设；从规划计划的酝酿和审定、重大关键项目的攻关和协调到每次大型试验的部署、检查和指导，周总理都倾注了大量的心血和智慧，为我国“两弹一艇”事业做出了永不磨灭的重大贡献。

在核潜艇动力堆建成后，周总理多次提出要搞核电建设。1970 年 2 月 8 日，他在听取上海市关于上海缺电的汇报时指出：“从长远看，解决上海和华东用电问题，要靠核电。”随后又指出：“二机部不能光是爆炸部，还要搞原子能发电。”1974 年 3 月 31 日、4 月 12 日，在周总理生前亲自主持召开的最后两次专委会议上，讨论了 728 核电工程（即后来的秦山一期核电工程）建设方案和三线工厂建设方案。当时总理已身患重病，但他仍忍受着巨大的病痛，以惊人的毅力，主持召开了这两次会议。总理详细询问了728工程的设计技术和安全保障等情况，强调核电建设一定要坚持“安全、适用、经济、自力更生”的原则，保证安全可靠。对放射性废水、废气、废物的处理，周总理特别强调必须从长远考虑，要为子孙后代着想，一定要以不污染国土、不危害人民为原则。总理亲自批准了《上海728核电工程建设方案》和《728核电站设计任务书》，并进一步指出：“对这项工程来说，掌握核电技术的目的大于发电。”

作为核工业人，现在可以告慰周总理英灵的是：他亲自审批的秦山一期核电工程，已经胜利建成，并持续安全运行20多年，被邹家华题词誉为“国之光荣”，成为吴邦国题词“中国核电从这里起步”的里程碑，在中国核电的发展中，发挥了示范的作用。

【原载《中国核工业》杂志，2008年第2期】

刘少奇与中国核工业

参与最高决策者之一

刘少奇同志是党和国家的主要领导人之一。他是国家主席，并主持党中央政治局工作，虽然不直接分管核工业建设，但对核工业的建立和发展，始终给予亲切关注和大力支持。1955年1月15日，毛泽东主席主持中央书记处扩大会议，研究创建中国核工业，他是积极支持者。此后，凡是报中央常委的有关核工业建设的重要情况报告和重大问题请示，他都十分重视，仔细审阅，表示支持。据不完全统计，从20世纪50年代末到60年代初，经他圈阅的二机部的重要报告就有12份之多。其中包括原子能事业发展规划和方针、争取苏联援助、队伍组建、领导人员配备、科技骨干调集、首次核试验目标确定、各部门协作配合、职工生活保障等重要内容。

他在中央最高决策层参与研究核工业建设的许多重大问题，同时又极为关注二机部的实际工作。1961年2月，他看到在大连造船厂培训的一位技工来信，反映核武器研制基地工人在外培训中存在的一些问题，就立即亲自写信给二机部领导，并提出了具体解决办法。二机部就此对工人外培工作进行了全面检查，从而有力地推动了外培工作的改进。1966 年年初，二机部在京召开部工作会议和政治工作会议，讨论研究核工业发展的新阶段、新形势、新任务。他应二机部领导的请求，同朱德、邓小平、李富春、彭真、贺龙等中央领导人一起，亲切接见了会议全体代表，使核工业系统全体职工受到很大鼓舞。

在两项重大决策中的贡献

少奇同志在参与中央对核工业的许多重大决策，为推进核工业发展做出的重大贡献中，有两件事尤为突出和重要。

一是 1961 年夏天，由于 1958 年“大跃进”失误和其后连续三年自然灾害导致国民经济比例严重失调，在中央酝酿对国民经济实行“调整、巩固、充实、提高”的八字方针时，有的领导同志主张把核工业建设和原子弹研制计划放缓一下，待经济形势好转后再上。于是核工业建设和原子弹研制是继续“上”，还是暂时“下”发生了争论。在这个关键时刻，少奇同志发言了，他说：“原子能工业的现状究竟如何，是上好还是不上好，是否把情况摸清楚以后再定。”毛主席也同意少奇同志的意见，等调查清楚后再定。当时，国防工业委员会工作会议正在北戴河召开，会上也有“尖端”与“常规”的争论。有些同志主张只搞常规武器，不搞“两弹”。聂帅到会听取汇报，找人座谈，分析研究，并向中央写了《导弹、原子弹应坚持攻关的报告》，随后又派张爱萍、刘西尧、刘杰率领调查组到二机部核工业建设基地和原子弹研究设计的第一线进行考察。调查组向中央和中央军委写了报告，认为“经过前一时期的努力，在各有关方面的积极配合下，核工业建设和原子弹研制工作都有了较大的进展，只要国家进一步加强组织协调，更好地集中全国有关部门的力量进行技术攻关，安排好所需设备、仪器仪表和原材料的研制、生产，1964 年炸响原子弹这一设想是可能实现的”。毛主席、周总理、小平同志都仔细审阅，同意调查组的意见。1962 年 3 月，周总理在全军编制装备会议上强调指出：“对尖端技术丝毫也不能放松。”同年 6 月，毛主席在听取杨成武关于战备情况汇报时，也明确指示：“在科学研究中，对尖端武器的研究试制工作，仍应抓紧进行，不能放松或下马。”从这里不难看出，少奇同志在“上”或“下”两种观点相持不下时所表示的意见，显然对中央慎重决策起到了重要作用。

二是倡议成立中央专委。1962 年 9 月，在苏联撤走专家、断绝援助后，二机部贯彻中央“发愤图强，自力更生”

的方针，经过两年埋头苦干，艰苦积累，核工业建设和原子弹研制到了一个从量变到质变的决战时刻，为了推进全线工作，夺取攻关胜利，以部党组名义正式向中央报告，提出争取 1964 年至迟 1965 年爆炸第一颗原子弹的战略目标。10 月 19 日，少奇同志主持中央政治局常委会议听取汇报，并提出了至为重要的意见。他指出，原子弹研制“要努力搞，1964 年能爆炸很好，如果努力了还不行，1965 年搞出来也是好的”。当汇报到原子弹研制的复杂性须各方配合时，他强调指出：“各部门的配合很重要，中央要搞个专门委员会，现在不搞，将来再搞就耽误时间。搞原子弹、导弹所需要的人，要指名调。社会主义制度的优越性就是组织起来，有组织性。现在就搞，不要拖拉，抓紧了，就有希望。”在汇报结束时，少奇同志最后又说：“对两弹，中央要指定专人负责。看来这件事要请总理出面才行。反正中央要搞个小机构管，调人调东西，统一安排任务下命令。世界各国也都是这样搞起来的。”

根据少奇同志的意见，罗瑞卿总参谋长于 10 月 30 日向中央呈报《关于加强对原子能工业领导的报告》，11 月 2 日小平同志批示：“拟同意，送主席、刘、周、朱、彭核阅。”少奇、恩来、朱德、彭真同志圈阅后，毛主席于 11 月 3 日批示：“很好，照办。要大力协同做好这件工作。”11 月 17

日总理主持召开中央专委第一次会议，宣布根据中央关于加强原子能事业领导的决定，正式成立在中央直接领导下的中央专门委员会，以周恩来为主任，由贺龙、李富春、李先念、薄一波、陆定一、聂荣臻、罗瑞卿、赵尔陆、张爱萍、王鹤寿、刘杰、孙志远、段君毅、高扬共15人组成。

毛主席的批示无异于一道总动员令，动员全党、全军、全国人民齐心协力，为实现1964年爆炸第一颗原子弹而努力奋斗。而周总理主持的中央专委，是实现此项任务的总指挥部，代表中央指挥和调动方方面面力量，为了一个共同的目标而密切配合，协同动作。从此核工业建设和原子弹研制出现了高屋建瓴、势如破竹的局面，各项任务都比预期完成得好，最后在1964年10月16日成功地实现第一颗原子弹的爆炸试验，极大地鼓舞了全国人民，振奋了中华民族精神，在全世界引起了巨大反响，提高了中国的国际地位和影响力。其中少奇同志倡议成立中央专委功不可没。

刘允斌

为中国核事业献出了亲生骨肉

少奇同志不但在核工业创建的关键时刻做出了重大贡

献，而且还为建设核工业献出了自己的骨肉。他的长子刘允斌，1938年15岁时，带领一批比他还小的少年儿童从延安赴苏联学习，在苏联住了18年，莫斯科大学有机化学催化专业毕业，并取得副博士学位，毕业后在莫斯科大学化学研究所任高级研究员。1956年中国原子能代表团访苏谈判时，聘请他担任翻译，少奇同志还动员他回国参加原子能事业建设。刘允斌服从祖国建设的需要，放弃自己比较熟悉的专业和在苏联比较优越的工作与生活条件，毅然决定独身回国在原子能研究所任副研究员，从事钚化学研究开拓工作，为中国建立核燃料后处理事业做出了贡献。

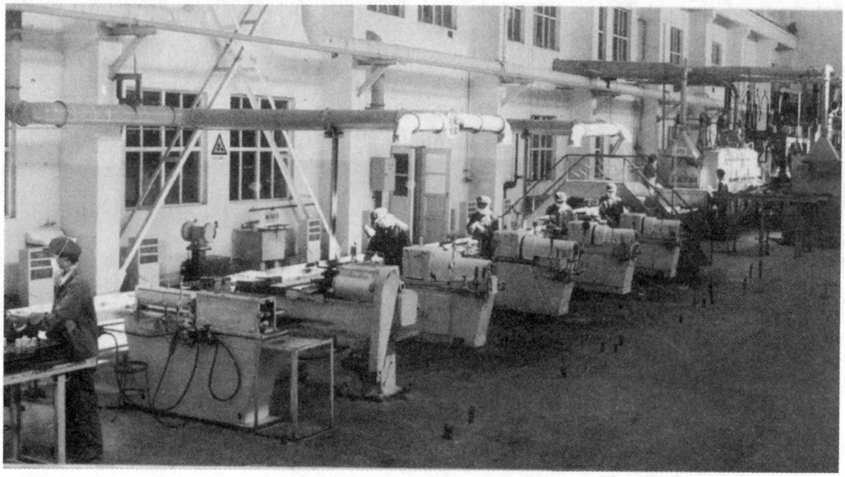

核燃料元件厂半自动旋压车床

1960年苏联撤走专家、停止援助后，为了自力更生过技术关，根据“厂所结合”的原则，二机部决定调刘允斌和一批从事锂同位素的科研人员到包头核燃料元件厂组建锂同位素研究室。少奇同志十分支持刘允斌到工厂去，他对刘允斌说："你下去，那里可以真正搞出点名堂来，你也能受到锻炼。"刘允斌到包头后，任该厂锂同位素研究室主任，工作勤奋，刻苦努力，带领科技人员为掌握锂同位素分离技术，生产制造氢弹所必要的热核聚变燃料，做出了重要贡献。

令人痛心的是，这样一位事业心很强，对自己要求很严，品德高尚，工作优秀的科学家，在"文化大革命"中，受少奇同志的牵连，备受迫害和摧残，不幸英年早逝。值此纪念少奇同志诞生100周年之际，我们也更加怀念刘允斌同志。

缅怀少奇同志为中国革命和建设事业建立的不朽功勋，追忆他与核工业的血肉联系和在核工业创建时期几个重要关节所做出的重大贡献，我们要弘扬少奇同志的革命精神和崇高品德，把核工业的改革与发展推向一个新阶段。

【原载《中国核工业报》，1998年11月18日】

邓小平与中国核工业

邓小平同志十分重视我国高科技、特别是国防尖端技术的发展。他说："过去也好，今天也好，将来也好，中国必须发展自己的高科技，在世界高科技领域占有一席之地。如果60年代以来中国没有原子弹、氢弹，没有发射卫星，中国就不能叫有重要影响的大国，就没有现在这样的国际地位。这些东西反映一个民族的能力，也是一个民族、一个国家兴旺发达的标志。"我国核武器研制、核电站建设、核科技工业体系建立与发展的一切成就，无不凝结着小平同志的心血和智慧。小平同志的丰功伟绩和光辉形象，将永远铭刻在核工业战线的广大干部群众心中。

参与创建中国核工业的战略决策

我国核工业创建于1955年。在毛泽东、周恩来等老一辈无产阶级革命家的直接关怀和领导下，从无到有，迅速发展。小平同志当时任中共中央秘书长，以后任中共中央总书记，作为以毛泽东同志为核心的第一代中央领导集体的重要成员，他对核工业的创建与发展，始终给予亲切关怀和重大支持。1955 年 1 月 15 日，他出席毛主席召开的中央书记处扩大会议，参与做出了发展原子能事业的战略决策。1958 年 5 月中共八大二次会议期间，他按照毛主席的批示，印发了毛主席对二机部党组关于同苏联专家关系的报告的批示。毛主席的批示指出："四海之内皆兄弟，"要"尊重苏联同志，刻苦虚心学习。但又一定要破除迷信，打倒贾桂！贾桂（即奴才）是谁也看不起的。"随后，小平同志代表中央批准了核工业建设的首批项目，包括铀矿山、铀水冶厂、核燃料元件厂、铀浓缩厂、反应堆及后处理工厂等骨干企业的选址方案。并在当年 8 月，在北戴河陪同毛主席听取二机部领导宋任穷、刘杰关于发展原子能事业的方针和规划的汇报，他强调指出："当着国内粮食、钢铁和机械的生产问题获得解决和国际形势紧张的情况下，发展原子能尖端科学和工业，已经成为可能和必需的事情，今后应该加速发展。"小平同志的讲话，对刚刚起步的我国核工业建设是有力的支持，使核工业职工群情振奋，斗志昂扬，核工业出现了奔腾向前、快速发展的局面。

签发中央关于自力更生加强核工业建设的决定

正当我国核工业建设全面向前推进的时候，1960 年 7 月苏联政府一个照会，突然撤走了在华工作的全部专家，停止了对中国的一切技术援助，给我国核工业建设带来了严重的困难。面对严峻的形势，毛主席坚定地指出："不要怕，没什么了不起！我们还是要下决心搞尖端技术。赫鲁晓夫不给我们尖端技术，极好！如果给了，这个账是很难还的。"为了自力更生掌握原子能技术，加强原子能工业建设，中央认为有必要进一步缩短战线，集中力量，加强各有关方面对原子能工业建设的支援。1961 年 7 月 16 日，小平同志签发了《中共中央关于加强原子能工业建设若干问题的决定》，要求各有关部门从技术和领导力量调配、专用设备制造能力配置、医疗卫生设施保障和物资运输等方面，支援核工业建设。各有关部门认真贯彻中央的决定，发扬共产主义风格和社会主义大协作精神，要人给人，要物给物，尽量满足核工业建设的需要，从而有力地保证了我国核工业建设在自力更生的轨道上继续前进。

鼓励核武器研制人员大胆去干

经过 1961 年、1962 年两年的自力更生，艰苦积累，我国核工业建设取得了相当进展。在此基础上二机部党组提出了争取 1964 年、至迟 1965 年上半年爆炸第一颗原子弹的规划目标，毛主席很快批准了这个规划目标，号召各有关方面"要大力协同做好这件工作。"小平同志更是满腔热情地鼓励科技人员努力攻关，大胆试验。他在1963年4月2日，陪同毛主席、周总理等中央领导同志接见二机部在京单位部分科技骨干和专业会议代表时，对核武器研究所的代表说："研制原子弹的计划，党中央和毛主席已经批准了，路线、方针、政策已经确定，现在就是你们去执行。你们大胆去干，干好了是你们的，干错了是我们书记处的。"小平同志的讲话使核武器研究所的领导和科技人员受到极大鼓舞，更加坚定了决心和信心，按计划保证高质量把原子弹搞出来。

与原子弹设计和制造的进展相适应，核燃料生产线技术攻关也取得了进展。1964年1月14日铀浓缩厂第一次生产出了合格的可供原子弹装料用的高浓铀产品，毛主席看到二机部党组的报告后欣然批示："很好。"当年4月12日，小平同志和彭真同志等风尘仆仆来到甘肃兰州，特意安排视察铀浓缩厂，仔细询问了建厂过程和技术攻关情况。小平同志对该厂领导说："你们辛苦了。这个工厂建得不容易啊，你们为人民立了大功！"视察结束后，还在厂前区同该厂领导和工程技术骨干合影留念。小平同志的亲切慰问和热情鼓励，使该厂职工干劲倍增，乘胜前进，全面掌握铀分离技术，于当年7月主工艺机组全部启动完毕，工厂全面建成投产。

题词勉励核工业人奋勇进取

1964年10月16日我国成功地爆炸了第一颗原子弹。接着，1965年5月14日又成功地爆炸了第一颗核航弹。为了庆贺和表彰从事核武器研制和试验人员，周恩来、邓小平等中央和国务院领导同志，于1965年5月30日在北京人民大会堂接见并宴请了参与研制和试验的科学家、工程技术专家、组织领导干部和空军投弹机组代表。而在氢弹攻关的关键时刻，1966年3月25日和30日，小平同志又和李富春、薄一波等领导同志一起，先后到酒泉原子能联合企业和青海核武器研制基地视察。在原子能联合企业视察时，小平同志看到现场科技人员都很年轻，频频点头说："多数都是青年，有活力，好嘛！"接着还对该厂领导提出要多培养一些干部，为第二套发展做准备。在核武器研制基地视察时，小平同志以无产阶级革命家的博大胸怀和英勇气概，挥毫题词："高举毛泽东思想的伟大红旗，遵照毛主席指引的方向，奋勇前进——别人已经做到的事，我们要做到；别人没有做到的事，我们也要做到。"勉励核工业广大干部和群众，不断进取，努力创新，为攀登原子能科学技术高峰和推进核工业建设而奋斗不已。1967年6月17日我国成功地爆炸了第一颗氢弹。这是我国核武器研制的一次飞跃。从第一颗原子弹试验成功到第一颗氢弹试验成功，我国只用了两年零八个月的时间，其发展速度之快是空前的，超过了美国、英国、苏联、法国，在世界上引起了巨大反响，惊叹这是中国人创造的奇迹！

审定核工业三线建设的厂址

小平同志不仅关心和支持核工业第一套科研、工业基地建设，而且还亲自审定核工业在三线地区的新基地建设厂址。1965 年 11 月 2 日，小平同志和李富春、薄一波等中央领导同志，在成都听取了二机部领导关于三线建设选址情况的汇报。当时对某厂的厂址定点有不同意见，厂里认为原定地址布局分散、水温不宜，主张另选新点进行建设。小平同志听了很重视，亲自到新点踏勘地形，调查环境，考虑到核工业三线建设，既要贯彻分散、隐蔽的原则，又要从工艺技术特点的实际出发，认为新点好，背靠大山，地形隐蔽；面临大河，水温适宜，能满足工艺要求；场地平坦，有利于厂房合理布置，决定同意改在新点建设。小平同志这种深入实际，调查研究，尊重科学，实事求是的领导作风和决策方法，给大家以十分深刻的教育。实践证明，这个厂改在新点建设是必要的和正确的。

倡导军工体制改革，走军民结合的道路

党的十一届三中全会后，小平同志洞察国际形势发展趋势，指出“和平与发展是当代世界两大问题”。“军队要服从整个国家建设大局”，“国防工业设备好，技术力量雄厚，要充分利用起来，加入到整个国家建设中去，大力发展民用生产”。“国防工业要以民养军，军民结合”。遵照小平同志的战略思想和重要指示精神，1981 年经中央批准，核工业发展实行历史性的战略转变，从过去长期执行“以军为主”的方针，改为今后在优先保证军用的前提下，把发展重点转移到为国家经济建设和人民生活服务上来。大力推进核能和核技术的和平利用，积极发展市场需要的民品生产。这就为核工业发展注入了新的生机和活力，开始了第二次创业历程，走上了新的发展道路。

坚定地主张发展核电

核工业转民重点是开发利用核能，建设核电站，为补充我国电力发展，改善我国能源结构，做出积极贡献；同时大力推进同位素研究生产和辐射技术广泛应用，为我国医学、农业、工业技术改造和技术进步服务。可是，正当我国核电建设刚刚起步的时候，发生了 1979 年美国三哩岛核电站严重事故和 1986 年苏联切尔诺贝利核电站严重事故，国内

外都有些人对核电站的可靠性和安全性产生了疑虑，影响核电建设的决策和实施。小平同志高瞻远瞩，坚定地主张发展核电，支持秦山、大亚湾核电站建设。1979 年 12 月 30 日，他在审阅国防科委关于发展核电问题的请示报告时，对试验性核电站（即后来的秦山核电站）究竟上与不上的问题，明确批示："我认为继续搞是应该的，主要考虑国家财力的可能。""请中财委讨论，提出具体意见。"后来，当中港双方决定成立广东核电合营有限公司，兴建大亚湾核电站，1985 年 1 月 18 日举行合营合同签字仪式时，他亲自会见了香港中华电力公司董事局主席嘉道理勋爵，特别强调这一合营项目的重大而深远的意义。他说："双方合营建设广东核电站，是我们合资的最大一个项目，这是了不起的事情，甚至在我国对香港恢复行使主权后，都会发生影响。它的意义不仅是最大的合作项目，而且对保持香港的繁荣和稳定，增加港人的信心，有着重要的作用。"1994 年春节，在上海，他得知大亚湾核电站 1 号机组顺利投产的喜讯，十分高兴，立即请李鹏总理转达他的祝贺，并对核电站的建设者、科技人员表示感谢。

小平同志关心和支持发展核电，把核电发展同整个国家发展联系在一起。1990 年 12 月 24 日他同几位中央负责同志的谈话，分析了国际政治经济形势，指出我们必须"善于利用时机解决发展问题”，其中还特别提到：“核电站我们还是要发展。”1992 年 12 月，在杭州他派邓楠等同志专程考察了秦山核电站，表示他很关心核电的发展，也非常想来秦山看看，只因为路不好走，这次就不来了。他再次强调“核电还是要发展”。按照小平同志的指示和愿望，在党中央、国务院的关怀和领导下，我国核电建设已从起步阶段迈向快速发展阶段。

支持核工业对外开放

小平同志是我国改革开放的总设计师。核工业是个敏感的行业，核工业能否扩大对外开放？铀产品和核技术能否出口？核电站建设能否利用外资？对这些问题，小平同志都给予肯定的回答。1979 年 10 月 7 日，二机部为出口铀产品的问题向中央写了请示报告，小平同志立即批示：“我看可以办。”同年 11 月，广东省和水电部核电局同香港中华电力公司探讨合资兴建核电站事宜。以后，小平同志在会见该公司董事局主席嘉道理时，亲自向外宾解释对外开放政策。他说：“中国的对外开放、吸引外资政策，是一项长期持久的政策。本世纪内不能变，下个世纪的前 50 年也不能变。50 年以后又怎么样？那时，中国同外国在经济上联系更加紧密，千丝万缕的联系怎么能断呢？”这番话使对方心悦诚

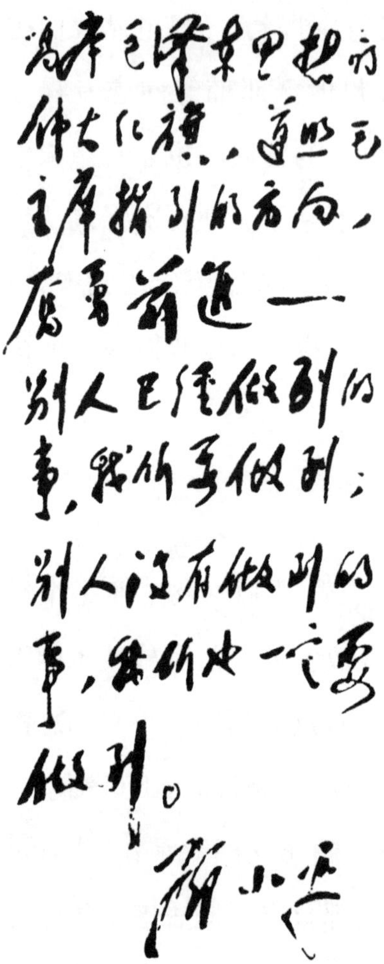

邓小平视察西北核武器
研制基地时的题词

服，立即表示：“我非常高兴能同社会主义中国合作。”在小平同志对外开放思想的指引下，核工业对外开放卓有成效，出口贸易已从铀系列产品出口发展到核技术、核设施、核工程出口。20 世纪 80 年代为阿尔及利亚建成了一座科学研究用的实验性重水反应堆，被誉为南南合作的典范。90 年代为巴基斯坦建造恰希玛核电站，得到中巴两国领导人的高度评价。此外，还出口数台微型反应堆和其他核科研设备，在国际核贸易市场争得了一席之地，提高了我国核工业的国际地位，扩大了国际影响。中国核出口一贯坚持用于和平目的、接受国际原子能机构安全监督、不转让第三国等三项原则，国家还立法加强了核出口管制，这对防止核扩散，促进核能和平利用的国际合作都是有利的。

回顾我国核工业从“以军为主”到“军民结合”两次

创业的历史，在每一个关键环节和关键时刻，都有小平同志的关怀和支持。小平同志为我国核工业的创建与发展倾注了大量心血，建立了丰功伟绩，核工业全体职工将永远感谢他和怀念他。核工业作为一项高科技产业，对于建设有中国特色社会主义，在21世纪中叶达到中等发达国家的发展水平，具有重要作用和意义。

【原载《中国核工业报》，1997年第9期】

老帅们与中国核工业

我国核工业是在毛泽东主席、周恩来总理、党中央和国务院直接关怀和领导下创建和发展起来的。我军的老帅们，特别是彭德怀、聂荣臻、贺龙等老帅，对我国核工业建设都倾注了大量的心血，从创意、决策、规划到工程建设、科研生产试验的实施，都给予很大的关心和支持。值此建军70周年之际，我们核工业人在缅怀他们对人民军队建设和发展的丰功伟绩的同时，尤为深切缅怀他们对核工业创建与发展做出的重要贡献。

彭帅的关心和推动

20世纪50年代，中华人民共和国建立初期，政治上解放了的中国人民，深深地感到经济科技的落后和国防的薄弱，在世界列强面前仍然显得被动和受压。在抗美援朝中重挫骄敌锐气的彭德怀元帅，在美军依仗现代武器装备优势，全线疯狂反扑，使中朝联军被迫撤出汉城时，曾愤慨地说："我们要是有足够的飞机大炮，有可靠的物资供应，能把汉城丢掉吗？可现在我们没有那样的装备呀！"

1954年9月，彭德怀同刘伯承率军事代表团，应邀赴苏联参观原子弹实爆的军事演习，苏联国防部长布尔加宁赠给一个装有飞行员投原子弹的金钥匙的包装盒。代表团成员争相传看时，陈赓说："光给一把钥匙，不给原子弹有啥用？"彭帅说："你是军事工程学院院长，咱们还是自己干吧！"同年10月，苏联赫鲁晓夫、布尔加宁率代表团来华参加新中国成立5周年庆祝盛典，在中苏两国代表团会谈前，彭帅关心推进我国核科技事业，特地对李富春说，要把请苏联帮助造试验性原子堆的问题提出来，宁可削减别的项目，这个堆一定要争取尽早建起来。

1955年1月15日，毛主席主持召开中央书记处扩大会议，讨论决定发展我国原子能事业。会后，彭帅在向毛主席书面报告1954年的军事工作中，就提出"要逐步研究和争取生产核子武器"。同年5月，彭帅由柏林、华沙回国途中经莫斯科停留，赫鲁晓夫主动提出可以看看他们的核动力潜艇，可是在实际安排中却两次碰壁，没有看成，使他非常气愤。在回北京向毛主席和中央汇报时，他提出一定要独立自主地加快发展原子能事业。随后，他又积极推动建立核武器研究机构，关心我国核工业的发展。直到1964年10月16日，已被罢官了5年之久的彭帅，从新闻广播中听到我国第一颗原子弹爆炸试验成功的喜讯，立即同在吴家花园的工作人员、警卫战士们一起欢呼起来。

聂帅的领导和支持

聂荣臻元帅是1955年1月毛主席和党中央做出发展原子能事业的战略决策后，中央为加强对原子能事业的领导而指定的三人小组成员之一。他对我国核工业的创建和发展，一直关怀备至、精心指导、大力支持。1957年，他同宋任穷、陈赓率中国政府工业代表团，赴莫斯科与苏联政府谈判，并经毛主席和中央同意，代表中国政府与苏联政府签订了国防新技术协定。这个协定虽然没有执行多久便被苏联政府单方面撕毁了，但毕竟对我国核武器研制的起步和核工业建设的全面展开起到了一定的引路作用。

1960年后，我国核工业建设转入全面自力更生的新阶段，聂帅从多方面关心和支持核工业的发展。首先在继续"上马"还是"下马"的争论中，他一再坚定地强调，要继续攻关，不能动摇。提出要从解决具体问题入手，困难是有的，但我们可以搞上去，不管是尖端武器还是常规武器，都不要退。为了调动全国科技力量，争取尽快突破国防尖端技术，他指示科学院等全国科技力量要与二机部协同攻关，"拧成一股劲，共同完成任务"。结果，科学院动员了20多个研究所的科技力量，帮助二机部攻克了不少科技难关。尤其是浓缩铀厂主机一个核心部件的研制，技术难度很大，聂帅知道情况后，不止一次地过问这项工作，亲自给上海市委第一书记打电话，要求尽一切办法保证工作条件，最后终于在 1964 年研制成功。他还十分关心科技人员的生活情况。20 世纪 60 年代初，由于三年自然灾害造成生活用品供应十分紧张，他亲自出面向各大军区和海军求援，“募捐”到黄豆、肉、鱼、海带之类食品，分给各科研生产单位，改善科技人员生活，增加营养，使大家至今难忘。

“文化大革命”的十年动乱期间，聂帅十分关心核工业的科研试验，主张研究院所只进行正面教育，不要打乱正常工作秩序。当时核潜艇研制工作受到严重干扰，许多项目任务难以进行。工程办公室建议以中央军委名义发一个“特别公函”，以推进整个研制工作。聂帅立即同意签发，并批准派人下到各有关单位宣讲传达，指出核潜艇是毛主席亲自批准的国防尖端技术项目，是光荣艰巨的政治任务，任何人都不准以任何理由冲击研制工作，不准以任何理由停工、停产，必须按时、保质、保量地完成任务。这就有效地制止了一些单位的派系斗争，排除了各种干扰，保证了研制工作的进度。1966 年、1967 年，他还 3 次以年近古稀之身亲自到核试验基地主持两弹结合试验、氢弹原理试验和第一颗氢弹空投爆炸试验。

进入20世纪80年代后，核工业实行军转民，开始第二次创业。聂帅支持二机部归口搞核电站。1980年1月，中央2号文件批准由他主持的中央科学研究协调委员会会议纪要指出，核电建设不要分散地搞，应集中力量，全面规划，分工协作。和平利用原子能的工作应由二机部统一归口管理。

贺帅狠抓军品质量

1960年1月，中央批准军委常委关于成立国防工业委员会的建议，并任命贺龙元帅为主任。从此，贺帅便把巨大精力投入到了国防工业。他首先抓了军品质量，召开国防工业系统三级干部会议进行质量整风，使“质量第一”的方针逐渐深入人心。他主张建设国防工业要“靠自己”。当苏联毁约停援，中断供应各种新型材料后，他愤然指出，要卧薪尝胆，发愤图强，打破一切依赖思想，依靠自己的力量，解决材料和设备问题。他支持发展国防尖端武器，指出要把眼光放远些，不要舍不得压缩常规武器生产，有了国民经济的高度发展，有了原子弹、氢弹、洲际导弹等新武器的制造工业，我国的国际地位就有了真正的可靠的基础。

陈帅和其他老帅的关心支持

除了上述几位分工主管过核军工的老帅外，其他老帅也都直接或间接地关心和支持着核工业。如陈毅元帅从来是核工业的促进派。他曾风趣地表明自己的坚定态度，说即使当掉了裤子，也要把原子弹搞上去。他多次鼓励核工业战线的同志们要努力干，他说："你们把原子弹搞出来了，我这个外交部长也就好当了，腰杆子也就硬了。"德高望重的朱德老帅，曾视察过原子能科学研究院，接见过核工业会议代表，使大家受到很大鼓舞并留下深刻印象。

军队老帅都把核工业的发展视做增强国防实力，壮大国威、军威，提高国际地位的重要基础，我们要充分理解自己的使命和责任，在新的历史时期，高举邓小平建设有中国特色社会主义理论旗帜，坚持一个中心两个基本点的基本路线，在以江泽民同志为核心的党中央领导下，把核工业发展推向新的广度和深度，为社会主义现代化建设做出更大贡献。

【原载《中国核工业报》，1997 年 7 月 30 日】

薄一波与中国核工业

我党老一辈无产阶级革命家、我国经济工作的卓越领导人薄一波于2007年1月15日在京逝世，享年99岁。我们核工业人怀着悲痛的心情，深深怀念这位为我国核事业创建作出过重大贡献的老领导、老前辈。

早在20世纪50年代初，中央作出了发展我国原子能事业的战略决策，薄老就是中央指定负责指导原子能事业发展工作的三人小组成员之一。在薄老的领导下，国务院第三办公室设立了专门工作小组，由副主任刘杰协助，具体办理原子能事业筹建工作。

与其他行业不同，我国原子能事业是在几乎完全空白的基础上开始筹建的。筹建伊始主要抓了夯实基础、组织队伍、建立机构、制定规划、争取苏援等项工作，薄老在这些方面都倾注了很多心血。

夯实基础

主要抓了科学研究和地质勘查两个环节，也就是为发展原子能事业创造技术和物质条件。当时，科学院已将南京原中央研究院物理所核物理实验室和原北平研究院原子学所合并，成立了近代物理所，聚集了一批从国外回来的核科学家，也吸收了一些年轻的科研人员，但到1954年年底仅有近100人，而且技术装备和实验条件都很差，显然不能适应我国核事业发展的需要。恰在这时，美国和苏联一方面在进行激烈的核军备竞赛，同时也展开了和平利用原子能的竞争。1955年1月17日，苏联发布了《苏联部长会议关于苏联在促进原子能和平用途的研究方面给予其他国家以科学、技术和工业上帮助的声明》。我们利用苏联提供的重水反应堆和回旋加速器，在北京房山坨里新建一座原子能综合性科学研究基地，即现在的中国原子能科学研究院。薄老亲自给陈云同志及中央写信，建议调刘伟同志做原子能工业的组织行政工作。于是后来确定在国务院三办的领导下，成立国家建委建筑技术局，由刘伟任局长，钱三强、张献金、冯麟、陈一民、牟爱牧、罗启霖、力一等任副局长，负责原子能科研新基地的建设，并办理与筹建原子能事业有关的人、财、物等具体事务。

地质勘查方面，根据1955年1月20日中苏两国政府签订的《关于在中华人民共和国进行放射性元素的寻找、鉴定和地质考察工作的议定书》，由刘杰首任主任的中苏委员会商定，在地质部普查委员会第二办公室的基础上扩建成立地质部三局，主管全国铀矿勘查工作，归国务院三办领导。由薄老审核报陈云副总理批准，任命雷荣天为局长，安桐馥、高之杕为副局长。同时组建地质519队和309队，分别在新疆和中南地区开展铀矿勘查工作。

组织队伍

1955年1月31日，周恩来总理在国务院全体会议上的讲话中特别指出，办原子能事业没有足够数量的人是不成的。在原子能事业创建初期，抽调人员，组织队伍，是一项时间急迫又工作量很大的任务。薄老为此多次写信请求中央给予支持。1955年，刘少奇同志先后两次签署调干通知，从各部门和各地方抽调了500名党政管理干部和专业技术干部，从抗美援朝归来的志愿军中抽调了500名无线电通讯兵。特别是1956年4月，经周总理亲自审核修改，并送刘少奇、彭真、邓小平核阅的《中共中央关于抽调干部和工人参加原子能建设工作的通知》下发后，几乎在全国范围形成了一个为原子能事业大调干的高潮。从1955年7月到1960年7月，中央先后下令为原子能事业抽调10批共9000余名各级各类干部，加上成建制划拨10个单位，共有干部13000余名，这样就为原子能事业建设顺利开展提供了人力资源保证。

建立机构

随着原子能事业建设逐步展开，继续由国务院三办来管理各项业务，显然已不适应形势发展的需要。然而成立一个什么样的组织机构来管理为好？开始，中央根据刘杰、钱三强的建议，决定成立和平利用原子能委员会，指定科学院、高教部、一机部、二机部、重工业部、地质部、公安部、总参谋部等部门参加，直属国务院。后来，刘杰在莫斯科与苏方进行工业援助项目谈判时，进一步了解了苏联原子能事业管理的组织机构情况，回国后向周总理提出了设原子能事业部的新建议。总理征求了薄老和张劲夫、宋任穷等同志的意见。他们也赞同设原子能事业部。于是总理在向中央的报告中，正式提出成立原子能事业部。经毛主席同意，1956 年 11 月 16 日全国人大常委会第 51 次会议正式审议通过，国务院设第三机械工业部（1958 年 2 月改名为第二机械工业部，简称二机部），主管原子能事业，部长宋任穷。地质部三局和冶金部三司随后也都归属到二机部。

制定规划

原子能事业各项筹建工作展开后，自然就要考虑如何发展的问题。1955 年 9 月，在薄老主持下，由刘杰、钱三强研究起草，提出了《关于我国制定原子能事业计划的一些意见》。在上报总理的同时，由薄老出面邀请重工业系统和教育系统领导人黄敬、赵尔陆、王鹤寿、彭涛、刘秀峰、杨秀峰、黄松龄等进行座谈。在听取了他们的意见后，于当年12月修改扩充成《1956年至1967年原子能事业发展计划大纲（草案）》，主要在工业建设方面增加了很多内容，同时强调科学技术“是发展原子能事业的杠杆”，“科学研究要有重点的全面发展”，“一切研究工作，应尽可能地配合当前为建造原子堆、加速发展原子能工业的迫切需要。”

争取苏援

就在制定出上述《发展计划大纲（草案）》的时候，苏联派出了以莫斯科工程物理学院院长诺维柯夫为首的苏联科学家代表团来到北京，向中国介绍第一次日内瓦国际和平利用原子能会议的情况，并带来了这次会上与会各国科学家提交的学术交流资料。因为在《关于我国制定原子能事业计划的一些意见》中，我们曾建议“请中央考虑早日聘请苏联顾问专家帮助我国规划原子能工业的发展方向、步骤和各种有关工业的筹建等工作”，当时中央未定，所以在代表团刚到时，总理即告诫刘杰：“你们任何人都不要开口向苏联科学家提出援助问题，要先观察一下他们的来意再说。”在代表团在京活动的第五天晚上，薄老听刘杰汇报说，诺维柯夫在交谈中一再表示，他们这次来中国，并不打算看看讲讲就完事，同时认为我们要迎头赶上，有些东西不必从头做起，向苏联政府提出要求是可以得到帮助的。薄老得到这一信息，立即要求刘杰当夜加个班，将诺维柯夫的谈话整理出来，并附上他和刘杰研究的意见，报告总理，认为应该利用这次机会，争取苏联的援助。总理审阅后批示“完全同意”，并当即安排接见苏联科学家代表团。第一次是礼节性的，全体团员参加，总理谈话不多。第二次专门接见团长诺维柯夫，总理同他谈了一个半小时，主要听取他对我们制定的《发展计划大纲（草案）》的意见和探讨提请苏联援助的可能性。诺维柯夫认为我们的规划是相当现实的，现在就可以开始研究向苏联政府提出。随后，我们在原子能工业建设方面争取苏联援助，就从探索性阶段进入了实质性运作阶段。1956 年 8 月 17 日，中苏两国政府在莫斯科签署了《关于苏联为中国在建设原子能工业方面提供技术援助的协定》。

1956 年 11 月成立原子能事业部（即三机部）后，随着领导分工的变化，薄老对原子能事业的过问相对少了，但他仍然十分关注和支持原子能事业的发展。在三年困难时期，国家财力十分紧张，他就对财政部说：“刘杰（当时是二机部部长）这事，要钱就给他吧！”1962 年北戴河中央工作会议期间，刘杰向中央和毛主席写了报告，提出“争取在

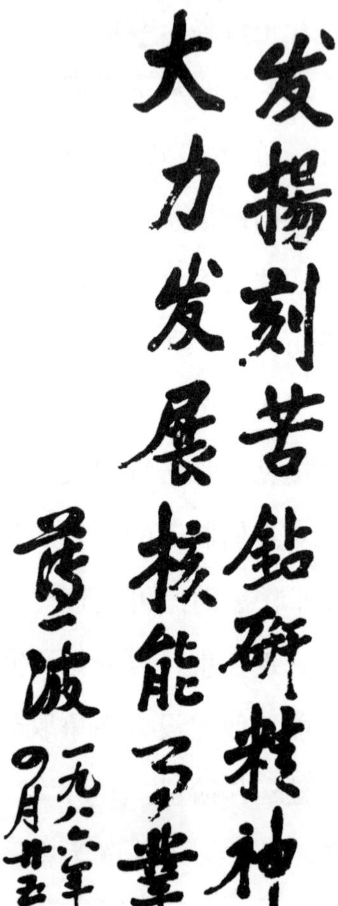

薄一波为核能事业题词

1964年最迟在1965年实现第一颗原子弹爆炸是可能的”，毛主席看了很高兴，说：“很好嘛！”薄老立即把这个情况告诉刘杰。1964年我国第一颗原子弹爆炸成功后，薄老表示热烈祝贺，并在1966年2月全国工业交通工作会议和全国工业交通政治工作会议上，特地安排刘杰作自力更生办原子能事业的报告。薄老多次插话，高度赞扬二机部高举毛泽东思想旗帜、自力更生办原子能事业的经验，说二机部把革命精神变成科研的实践，搞出了原子弹，花的代价比较少，走的弯路比较少，费的时间也比较少，而达到了较高的水平，他们的一套经验是很有味道的。

1994年9月1日，当时薄老已86岁高龄。他在接受核工业总公司地质局电视片摄制组采访时指出：从地质勘探找铀开始，到原子弹爆炸成功，大家吃了不少的苦，发展到现在的水平，是很不容易的。当然今后还要继续努力。不论民族工业，不论其他领域，高新技术都是竞争的中心，这方面上不去，一切都谈不到。现在是高新技术竞争的时代，不是说要一下子能赶上美国、英国、法国，但一定不要把距离拉得太大。他们在进步，我们也要进步，尽量要把距离缩小一点。值此薄老仙逝之际，重温这些讲话，深深感到这是老人家的殷切期望和衷心愿望，必将激励我们在今后不断努力取得更大的成绩。

【原载《中国核工业》杂志，2007 年第 4 期】

张爱萍与中国核工业

一代儒将、心系国防、功勋卓著的张爱萍同志，2010年1月9日是他诞辰100周年纪念日。核工业人怀着深厚的感情，深切缅怀这位在核工业发展关键时刻给予特别关怀和重大支持的领导者。

调查报告为中央决策提供重要依据

张爱萍在总参谋部长期主管武器装备研制工作，具体接触原子能事业始于1961年。当时，我国正处于三年自然灾难、经济严重困难的时期。1961年8月，国防工委工作会议在北戴河召开，会上讨论了在经济困难的形势下，“尖端”（指原子弹、导弹研制）与“常规”（指常规武器研制生产）的关系如何安排的问题。一些同志认为，“尖端”挤了“常规”，主张“尖端”暂缓保“常规”，在会上引起了激烈的争论。

于是，原子弹是“下马”还是“上马”的问题也提到了中央政治局的会议上。有几位负责经济工作的同志，主张等经济情况好转后再搞原子弹。军队几位老帅则主张克服困难继续上。陈毅的态度十分坚决，他说：“一天都不能等，一天也不能停，中国人就是把裤子当了，也要把原子弹搞出来！”聂荣臻在国防工委工作会议后就向毛泽东和党中央写了《关于导弹、原子弹应坚持攻关的报告》。贺龙和叶剑英也都表示要继续搞下去。当时主持会议的刘少奇表示，先不要确定“下马”还是“上马”，应先去调查了解一下，把原子能工业情况搞清楚了，再确定也不迟。毛泽东也赞成这个意见。陈毅和聂荣臻就提议把调查研究的任务交给了时任解放军副总参谋长兼国防科委副主任的张爱萍。

张爱萍

张爱萍认为自己只是个初中生，不懂科学技术，更不懂原子弹。他首先到北京核武器研究所向核科学家朱光亚讨教，了解了原子弹的基本知识和研制进展情况，并且约不久前被任命为国防科委副主任的刘西尧同行，于是在二机部部长刘杰的陪同下，他到湖南、甘肃、青海等地，对核工业系统的铀矿山、水冶厂、铀浓缩厂和核武器研制基地，进行了深入、系统的调查研究，历时一个月，一路边走边讨论，回北京后先向聂荣臻做了汇报，然后于1961年11月14日，经与刘杰共同商量，以他和刘西尧的名义，向中央军委各位领导写了报告，并报送总书记邓小平。报告提出，经过前一时期的努力，在各有关方面的积极配合下，核工业建设和原子弹研制工作都有了较大进展，只要国家进一步加强组织协调，更好地集中全国有关部门的力量，进行技术攻关，安排好所需设备、仪器仪表和原材料的研制生产，1964 年制成原子弹和进行核爆炸试验是可能实现的。邓小平把报告批送毛泽东、周恩来、彭真阅，并特别注明：“无时间，看前一页半即可。”因为前一页半概述了这次调查的基本情况和结论。

张爱萍、刘西尧、张蕴钰在核武器试验场指导工作

张爱萍的报告中，提到了1964年可能实现第一颗原子弹爆炸的目标。早在1959年，二机部根据中央指示的“自己动手，从头摸起，准备用八年时间搞出原子弹”的精神，制定的八年规划中也提出过“三年突破，五年掌握，八年适当储备”的目标，这里的“五年”即是指1959—1964年。1961年5月，二机部向中央报送《关于当前若干问题的请示报告》中也指出：“按目前原子武器的设计研究情况来看，有可能在1964年进行核爆炸试验。”然而，1964年这个目标并没有经中央正式确定，而在1961年夏季又发生了“下马”与“上马”的争议，在这个关键时刻，张爱萍这份来自核工业实际情况的调查报告，无疑为后来中央决策提供了重要依据，也坚定了上下各方面的决心和信心。现在回想起来，要是没有这份调查报告；没有后来提出的实现首次核试验“两年规划”；没有毛泽东主席批示：“很好，照办，要大力协同做好这件工作”；没有周恩来总理亲自主持的“中央专委”的组织协调；没有全党全国人民的支持，错过了当时的历史机遇，按照后来国内外形势的发展和变化，原子弹试验和核工业建设可能会遭遇很大困难并可能被大大推迟。

着力推进核工业保军转民的战略转变

党的十一届三中全会后，小平同志洞察国际形势发展趋势，指出“和平和发展是当代世界的两大问题”。新时期的国防科技工业要适应国际形势的发展，贯彻“军民结合、平战结合、军品优先、以民养军”方针，实现历史性的战略转变。张爱萍在实施国防科技工业战略转变中，十分重视军工建设布局和生产规模的调整。他看到伍绍祖在一封长信中提出我国核力量不应当与苏联、美国比，我们只要有还手之力就有威慑作用，主张压缩核工业建设规模，把节省的建设费用转到发展民品上来，十分赞同，立即批示：核工业应在优先保证军用的前提下，把主要力量转移到民用上来。并与二机部领导反复研究后，于 1981 年 3 月初，由国防科委和二机部联名上报国务院和中央军委，提出调整核工业发展方针的意见，国务院总理批示：“同意原子能工业逐步转到为国民经济服务的方针。”后来把这一方针概括为“保军转民”，并进而成为整个国防科技工业系统的指导方针。核工业从此转入新的发展时期，大力压缩基建规模，属于第三套的项目该停的停、该转的转；军工生产规模也大大压缩。同时，积极转型，走出军工小天地，向广阔民用大市场进军。建筑安装队伍逐步向东南沿海地区转移，承担石油化工等民用项目；核燃料生产系统充分发挥技术、人才优势和设备潜力，积极开发民品，开展多种经营，广泛涉足于能源、交通、机械、电子、冶金、化工、建材、轻工、纺织、食品、医疗等行业，开发生产了10大类、1300多种产品，为国民经济和人民生活服务。

三赴秦山督促核电站如期建成

核工业转民的主导方向，应该是开发核能的和平利用，建设和发展核电站。核电发展起来了，带动了核反应堆工程建设和民用核燃料生产，核工业也就全盘皆活。

20世纪70年代末，二机部坚持要把周恩来总理亲自审定的728工程（即秦山核电站）尽快建设起来。可是1979年3月发生的美国三哩岛核电站事故，震惊了世界，一股“恐核”的思潮也影响到了国内，“中国要不要建核电站？”“中国有没有能力建核电站？”忧虑怀疑之声不绝于耳，甚至也动摇了高层领导。德高望重的核科学家王淦昌主动站出来，向中央领导宣讲《发展核能是解决能源问题的出路之一》，认为“我国发展核能既有必要又有可能”，建议中央“必须重视研究、开发与利用核能”，“在我国能源规划中应占有一定位置”。张爱萍也挺身而出，作诗明志：“原子核能不可怕，科学技术驾驭它。广泛应用力无穷，为民造福振中华。”明确表示坚决支持发展核电。国防科委在充分听取各方面的意见后，还向主管中央军委工作的副主席叶剑英并中央专委上报了《关于发展核电站问题的请示报告》。其中对这种新型能源的优越性、经济性、安全性，以及中国核电的发展规划与起步等一系列重要问题进行了全面而系统的阐述。邓小平审阅这个报告并做了批示：“我认为继续搞下去是应该的。”

可是，随后又发生了发展核电如何起步，是自力更生还是全套引进的争议。一些部门和领导主张停建秦山核电站，在谷牧副总理召集有关部门开会讨论时，竟然形成三票反对、三票赞成的局面。面对这个形势，张爱萍和国防科工委坚定地支持建设秦山核电站，在国务院和各部委的会议上，以及在向中央呈报的报告上，反复力陈由核工业部建设秦山核电站的充分理由。最后，还是陈云于 1983 年 12 月 17 日在国家计委关于《国内自己搞核电站的有关情况》的简报上批示：“不管广东核电站谈成谈不成，自己都要搞自己的核电站，再也不能三心二意了。”邓小平在陈云的批示上画了个圈表示同意。

张爱萍在积极推进上层审定秦山核电站立项建设的同时，还于 1982 年 11 月、1983 年 4 月、1986 年 5 月三次亲赴秦山现场视察和会见有关各方领导，督促及早确定厂址和开工建设，指导建立技术和行政两大指挥系统及相应的责任制度，反复强调要像当年搞原子弹那样，选调精兵良将，集中力量攻关，保质、保量、保进度、保安全，如期建成投产发电。在上海市政府召开的秦山核电工程会议上，还亲自动员设计和设备制造部门要大力协同，共同为建好我国大陆第一座核电站出力。特别是第三次，当时秦山工程出了一些问题，来自各方的责备颇多，现场压力很大。张爱萍到了现场进行检查，严肃地指出了工程和管理方面存在的问题，要求现场切实认真改进。同时也指出，有批评是好事，有批评才会有进步。核电站建设中的问题并没有严重到不可救药的程度，不赞成一些人悲观失望、灰心丧气的态度。他回北京向中央军委、国务院并党中央报告，明确表示秦山核电站建设进展顺利，具有充分的安全保障措施，对存在的问题提出了解决办法和建议。这又一次给核工业极大的支持和力量，使现场的领导和职工深受教育和感动。

回忆往事，张爱萍为我国核事业所倾注的心血，令核工业人倍感敬仰。如今可以向他告慰的是，秦山核电站于 1991 年 12 月建成发电以后，始终保持了安全运行的良好记录。这为秦山核电基地建设奠定了良好的基础。当年，张爱萍以其诗人气质，饱含深情地对核工业人说："核电是放光发热的，我期待着秦山核电厂放出万丈光芒！"如今我国核电建设已从起步阶段、小批量建设到大规模快速发展，核电的光芒将普照祖国大地，在节能减排、发展低碳经济中发挥重大作用。

【原载《中国核工业》杂志，2010 年第 1 期】

伍绍祖与中国核工业

2012年9月18日15时28分，伍绍祖同志驾鹤西去，我们核工业人怀着崇敬和惜别的心情，对这位老领导和老朋友表示深深的哀悼和怀念。

1939年4月，伍绍祖出生于一个红色家庭。其父亲伍云甫、母亲熊天荆都是中国革命的先驱。他7岁参加儿童团，站岗放哨。8岁跟随延安“保小”行军2000里北上太行山。1949年进入北京，先后在育才小学、101中学、清华大学完成初等、中等、高等教育学业，并攻读清华大学理论核物理专业研究生。

伍绍祖的一生，从事过党、政、军、学、社多个领域的工作，在每一方面都取得了出色的成绩。世人大多知道他在发展我国体育事业方面做出的重要贡献，殊不知，在国防科技工业方面，他主管核工业和核武器研究试验工作，为核工业的改革转型、确立保军转民方针、推进核电建设起步和核科学技术发展，同样发挥了重要的作用。

“保军转民”口号的提出

党的十一届三中全会后，全党全国工作重心向社会主义现代化建设转移。邓小平指出：“国防建设要服从经济建设的大局”，军工体制要改革，要“军民结合，平战结合，军品优先，以民养军”。由此，我国的国防科技工业就从准备“早打、大打、打核战争”的临战应急状态转到和平时期有计划的正常建设轨道上来。

这是我国国防建设的一次重大战略转变。在这新时期、新形势、新战略下，核工业也面临着如何调整和改革的问题。伍绍祖研究了国内外核武器发展情况，从战略角度给国防科委首长写信，提出“我国的核力量不应当与苏美比。他们的核武器可以把全世界的人杀死25次，而我们只要有还手之力就有威慑作用。这样我国的核工业建设费用就可以大大减省下来，应当在完成了军品任务之后，把主要力量用在民品上。”张爱萍非常重视这封信，与二机部领导反复讨论研究，决定调整核工业发展战略和建设规划，“在保证军用的前提下，把主要力量转移到民用上来。”1981年3月，国防科委和二机部联名上报国务院、中央军委《关于原子能工业发展方针的请示》，国务院总理批示：“同意原子能工业逐步转到为国民经济服务的方针。”从此，在“保军转民”方针的指引下，核工业开始了二次创业的征程。

为建设核电站奔走呼喊

核工业转民的关键，是要把核电站建设推上去。伍绍祖作为张爱萍的得力助手，积极支持核工业部工作，为自行建设我国第一座核电站（即秦山核电站）而奔走呼喊。特别是1979年3月，发生于美国的三哩岛核电站事故，在全世界引起轩然大波，也影响到我国国家高层领导，担心核电站的安全性。伍绍祖用其所学的核物理专业知识向有关领导解释；国防科委向中央写了报告，系统地阐述发展核电的必要性、重要性和安全性。在各方共同努力下，1991年12月，秦山核电站首次并网发电，并在调试运行两年后正式投入商用。秦山核电站的成功建设和安全运行，改变了中国大陆无核电的历史，成为我国核电起步的一座里程碑。它不仅创造了巨大的经济效益，而且培养出一批核电建设运行的技术和管理人才，为推进我国核电发展发挥了重大的作用。

伍绍祖发言

核工业转民的整体性，必然影响所属科研院所的研究方向和任务目的，伍绍祖在调查考察中提出要实现三个转变，即“从核到非核，从尖端到常规，从军用到民用”。这为科研院所的改革和发展指明了方向，拓宽了道路，增添了活力。经过近几十年的努力，核工业科研院所在二次创业中，在保证军用的前提下，把主要力量转移到民用上来，积极开发民用工程和民用产品，取得了新的进展和新的成绩。

离开国防科技工业系统后，伍绍祖仍然十分关心和支持核工业的改革和发展，几次到秦山核电站和大亚湾核电站参观考察。他积极参加“两弹一星”历史研究会的活动，高度评价核工业广大科技人员和干部职工为研制核武器和核潜艇所做出的重大贡献，热情赞扬“两弹一星”精神和核工业精神。

干一行爱一行

我与伍绍祖相识于1980年。他离开国防科工委后，我们也时有联系，今年年初得知他因病住院，我还到北京医院探望，可没想到这竟成了最后的诀别。30多年的交往，我深深地感到，他虽为高干子弟，且自己也身居高位，但从不居高自傲、盛气凌人，而是热情坦诚、平等待人、珍重友情、乐于助人。他忠诚于党的事业，注意调查研究，广泛联系群众，倾听各方意见，积极向上反映和建议。他服从组织安排，在多个领域工作，干一行爱一行，勤于思考，善于学习，十分敬业。在担任王震副总理秘书期间，因为王震主管农垦，他认真学习农垦相关知识。到国防科委工作后，他主管核武器研究试验，虽然本是核专业人才，但他坚持熟悉相关技术业务，切实具体地进行指导。后来他担任国家体委领导，虽曾坦言："我本来不太喜欢体育活动。"但仍以事业为重，虚心学习研究体育事业的规律和管理，制定体育发展规划和法规，积极推进体育事业的改革和创新，重视发展全民健身运动，并以战争和军工科研生产的组织经验和奋斗精神，鼓励和培养体育运动健儿，为发展我国体育事业和提高体育国际地位作出了重要贡献。

伍绍祖同志对我国核工业改革发展的贡献，永远值得我们纪念；他的一心为党、忠于事业、淡泊名利、清正廉洁、勤政实干、平易近人的崇高品格和思想作风，永远值得我们学习！

【原载《中国核工业报》，2012 年 10 月 10 日】

中国原子能事业的首任部长——宋任穷

宋任穷同志是我国原子能事业部（当时对外名称第三机械工业部，后又改为第二机械工业部）首任部长。他团结部党组成员，认真贯彻执行党中央的路线方针政策，坚持“自力更生为主，争取外援为辅”，重视建立我国自己的核科技工业体系，为我国原子能事业创建和发展奠定了坚实的基础。

毛遂自荐从事原子能事业

1955 年 1 月中央书记处扩大会议作出创建我国原子能事业的战略决策后，中央指定国务院第一副总理陈云、中央军委副主席聂荣臻、国务院第三办公室（简称三办）主任薄一波组成三人小组，负责指导原子能事业的发展工作。随着原子能事业筹建工作逐步展开，1956 年 4 月周恩来总理找宋任穷，要他从军队里调个中央委员来加强原子能工作。他考虑了两天，就毛遂自荐对总理说，把我调出来吧。当时军队授衔，他对穿那一身制服不习惯。经毛主席同意，1956 年 5 月 19 日，国务院第三办公室通知：“宋任穷担任和平

宋任穷

利用原子能委员会副主任先行到职。”后来参照苏联的经验，结合我国的实际，刘杰向总理提出，为了减少层次，提高效率，建议还是成立原子能事业部为好。总理征求了薄一波和宋任穷的意见，并报经毛主席同意，决定在国务院设立专业部门。1956 年 11 月 16 日，第一届全国人大常委会第 51 次会议通过，国务院设第三机械工业部（1958 年 2 月改为第二机械工业部），主管原子能事业，任命宋任穷为部长。从此，宋部长为我国原子能事业的创建和发展运筹帷幄，辛勤操劳，付出了许多心血，做出了重大贡献。

抓住铀资源和核科研两个根本环节

当时原子能事业创建伊始，百事待举，需要抓住两个根本环节，一是铀资源勘察，一是核科学研究，以为原子能事业发展奠定物质技术基础。宋部长用很大精力抓铀矿地质工作，全国 6 个铀矿地质勘探大队，几十个小分队，分布在 20 多个省和自治区，他几乎都跑遍了。当时他已 50 岁左右，仍然不论冬夏，不辞辛劳，跋山涉水，深入到各个地质队的野外驻地，与干部工人同吃同住，促膝交谈，了解情况，指导工作，鼓舞士气。他尤其关心职工生活，不仅在物质方面，而且注重精神方面。当他得知地质队员经常看不到报纸，便立即决定给每个地质队配备一台收音机，要求大家天天听广播，关心国内外大事。地质找矿工作条件十分艰苦，但是广大地质科技人员和工人，知道自己是为原子能事业找矿，一种使命感、责任感和光荣感，激励大家以苦为乐，以难为荣，奋不顾身，忘我工作。结果经过两年多的努力，于1958 年正式向国家提交了第一批可开采的铀矿工业储量。

在科研方面，当时主要抓紧以苏联援助的一堆（反应堆）一器（加速器）为中心的综合性核科研基地建设。1957 年基地建设进入施工高潮，反应堆、加速器的主要工程技术人员、操作人员和检修人员，必须参加设备安装工作，而此时整风运动正在兴起，如何处理好政治运动和基建施工的矛盾，成为当时的一个两难问题。宋任穷和刘杰两位部领导在现场召开会议进行讨论，从全局考虑和从实际出发，决定研究所以甲方身份参加基建活动的人员，可以暂停整风，全力以赴把基建工程搞好。结果反应堆和加速器于 1958 年 7 月1 日前优质高速建成，基地正式命名为中国科学院原子能研究所，所长为钱三强。9 月 27 日由科学院张劲夫副院长主持，在现场举行隆重的移交使用揭幕典礼，陈毅副总理剪彩，郭沫若院长、聂荣臻副总理先后讲话，林伯渠、张闻天、吴玉章、徐特立、谢觉哉、李济深、黄炎培、陈叔通等党和国家领导人，以及中外来宾共1000多人参加。这个基地的建成，“标志着我国已经跨进了原子能时代”。从此我国原子能科学研究有了强大的实验手段，原子能科学得到全面发展，出成果、出人才，这个基地就成了我国原子能科学事业的发祥地和核科技人才的“老母鸡”。

重视队伍组建和思想作风建设

宋部长在抓铀地质找矿和核科研基地建设的同时，还着重抓了队伍的调集和思想作风建设。早在1955年1月中央做出创建我国原子能事业的战略决策时，周总理就指出，办原子能事业没有足够的人是不行的。抽调人员，组织队伍是当时急迫而又繁重的任务，宋部长亲自过问，尤其是对领导骨干和科技骨干的选配，都一个一个地研究确定。

在思想作风建设方面，宋部长强调在原子能事业建设中，必须坚持党的领导和群众路线。1956年年底，当他发现有的地质队以“事业特殊”“保密”等理由，有不尊重地方党委领导、脱离群众的表现，立即严肃地指出，这种特殊化思想，以及由此而产生的骄傲自满、盛气凌人、铺张浪费和一些违法乱纪现象，实质是封建特权思想的反映。如任其发展，不但会使自己工作陷入严重的落后和停滞状态，而且有严重的脱离群众和脱离党的领导的危险，必须坚决加以反对和制止。地质系统普遍开展了反对特殊化的教育，并在制度上作出了相应的明确规定，从而使这种特殊化现象很快得到纠正。他还强调在原子能事业建设中，必须坚持自力更生、艰苦奋斗。有一次，他在接见新调入二机部的干部时说："我叫任穷，到二机部上任，还带一个'穷'字，请大家和我一道过穷日子，艰苦奋斗。我们的厂矿现在还是很艰苦的地方，是'鸟都不生蛋的地方'，那里没有房子，更没有托儿所，地方偏僻，气候不好，没有人烟，当然是很艰苦的。但经过我们大家工作，大家去建设、去创造，不久就会好起来，房子、托儿所都会有的。我们艰苦奋斗拿出成果是国家的光荣，民族的光荣，也是我们自己的光荣。"宋部长一席话，说得大家心悦诚服，坚定了为原子能事业献身的决心。

讲究实事求是，遇事冷静，处事稳重

宋部长在领导工作中，比较讲究实事求是，遇事冷静，处世稳重。1958 年在大跃进中，搞技术革新和技术革命，一些同志也头脑发热，劲头很大，要对苏联提供的设计和设备进行革新改造，而且还很坚持，引起一番争论。宋任穷和刘

宋任穷、周光召、彭桓武在一起

杰都认为，这要慎重。搞地质、盖楼房和一些辅助系统，我们比较有把握，可以革新改造。而反应堆、扩散机等主工艺设计和设备，当时我们还没有弄明白，没有掌握好，怎么能随便改呢？宋部长亲自给毛主席写了信，请求给予指示。两天后，毛主席就通知他到中南海游泳池面谈。毛主席说，你们的意见是对的。这个原子堆、铀 –235 工厂，你们还没有掌握好，怎么就动手改呢？只有首先掌握好了，然后才能去改。就如写字，先得学写正楷，再写行书，然后再练草书。小孩子连走路都不会，就想跑，怎么行？不要跌跤吗？！宋部长回来后，就向党组同志做了传达，使大家统一了思想，并遵照主席指示精神正式做出决定，对苏联的主工艺设计和设备不准乱改乱动，如需任何改动，都要经过试验，报经上级批准。后来，1963 年 3 月中央专委讨论二机部工作和“两年规划”时，周总理还特别指出：“二机部在‘大跃进’以来，没有搞乱，没出乱子。任穷同志留下两条好制度：一是苏联设备一律不准改；二是一切经过试验。”从而避免了可能由于盲目乱改乱动而造成损失的危险。可见当时宋任穷向毛主席反映情况，并得到毛主席“先学正楷，后练草书”的指示，是何等的重要！

宋任穷视察铀浓缩厂

沉着应对苏联毁约停援

我国原子能事业创建时期，经历了苏联援助到毁约停援的重大演变。1959 年 6 月 20 日苏共中央致中共中央的信函是一个转折点。赫鲁晓夫集团以苏联、美国、英国正在日内瓦进行部分禁止核试验的谈判和苏美两国政府首脑将要举行会谈为借口，拒绝按协议规定时间向我国提供原子弹样品和技术资料。在宋部长主持下，部党组开会对苏共来信进行了分析研究，一致认为这是个信号，局势将要发生变化。宋部长特别指出："天要下雨，娘要嫁人，我们要有应变的准备。"会后，他将党组会议的分析研究和拟应对的措施，向聂副总理写了报告。当时中央正在江西庐山召开政治局扩大会议，聂老总约他和刘杰 7 月 14 日上山面谈。聂老总听了宋任穷和刘杰汇报后，表示赞同他们的看法和对策，并强调指出："苏联不给，我们自己搞。"至于是否复信问题，后来向周总理汇报时，总理说："中央研究过了，我们不理他那一套，他不给，我们就自己动手，从头摸起，准备用八年时间搞出原子弹。"从庐山回来后，在宋部长主持下，组织党组同志和有关干部讨论研究，于当年 12 月制定了《原子能事业八年规划纲要》，提出的奋斗目标是："三年突破（关键技术），五年掌握（进行首次核试验），八年适当储备"，动员干部和群众，发愤图强，埋头苦干，把全部工作逐步转移到完全、彻底自力更生的轨道上来。

从这时候开始，部党组就连续开会对苏联可能毁约停援做了一系列应变的部署和准备。第一，对建设工作做了重新部署，把在建项目分为一线、二线。一线以浓缩铀工厂为中心，左右项目与它连接看齐，形成完整的铀生产线，作为整个建设工作的重中之重，优先安排，全力保证。其他项目都划为二线，视人财物力量和相关条件进行适当安排。第二，进一步调集科技骨干和重用现有科技人员，形成自己强大的技术攻关力量，迅速掌握核心关键技术。第三，组织科学院、高等院校、工业部门、解放军和地方科研机构，参与技术攻关，形成全社会科技大协作，解决设备仪器制造、特种材料生产和相关工艺等技术问题。第四，运用多种方式，抓紧向尚在中国工作的苏联专家请教、学习，讲友谊、讲团结、讲社会主义共同事业，努力把他们的技术学到手。正是由于采取了这些应变措施，使我国原子能事业在 1960 年苏联突然片面撕毁协议、撤走全部在华工作的专家、全面停止对中国的技术援助的恶变下，建设没有停顿，工作没有发生混乱，迅速而有序地实现了全面、彻底自力更生的转变，并加快了前进的步伐。

刘杰为创建我国核事业立了大功

2009年1月10日，中国管理科学学会等六单位在北京人民大会堂举行首届管理科学奖颁奖大会，其中有“管理科学特殊贡献崇敬奖”和“管理科学特殊贡献奖”两项，是颁发给长期从事领导管理工作，取得杰出成果，做出重大贡献的老一辈领导管理者。原第二机械工业部（主管原子能事业）部长刘杰是这次获奖者之一。“管理科学特殊贡献奖”是经国家科技部批准，唯一由社会力量设立的科学技术奖，也是我国管理科学领域的全国性权威奖项。

刘杰同志是我国核工业创建时期的主要领导人之一。他从1954年到1967年，历时13年，全身心地投入我国核科技工业的创建与发展。在他任二机部部长期间，我国自力更生研制成功了第一颗原子弹和第一颗氢弹，成功实现了核弹与导弹的两弹结合爆炸试验，研究设计了我国第一艘核潜艇动力装置，基本建成了我国核燃料循环工业体系。这些成绩的取得，是党中央、国务院、中央军委的英明决策和正确领导的结果；是全党支持和全国大力协同的结果；是部党组集体领导和广大科技人员、干部职工共同努力、艰苦奋斗的结果。其中也包含了刘杰同志运筹帷幄、科学决策、有效组织管理的重大贡献。

第一块铀矿石，为中央决策提供了重要依据

1954 年 10 月，地质部普查二办地质人员，根据 20 世纪 40 年代发现过的线索，对当时广西富钟县（今钟山和富川）花山区铀矿化点进行调查，终于在黄羌坪发现了附着在蛋白石、方解石表面的钙铀云母等次生铀矿物。不久又在同

一岩体一个叫杉木冲的地方，找到云英岩化锡石脉中的铀矿，并且发现该地区铀矿局部很富集。在那里，工作人员采集到了一块最好的标本，带回北京向当时地质部部长李四光和党组书记、常务副部长刘杰汇报。

刘杰意识到这是一个重要发现，便立即报告周恩来总理。总理办公室第二天来电话，要刘杰次日到中南海，向毛主席和周总理汇报。刘杰带着铀矿石和探测器来到中南海菊香书屋，汇报铀矿石的发现经过。

毛主席拿着铀矿石反复察看，问刘杰："你怎么证明它是铀矿石呢？"刘杰边解释铀矿的放射性特点，边用盖革计数器进行探测。当毛主席和周总理听到探测器发出"嘎嘎"的声音时，都会心地笑了，显得格外兴奋。

毛主席问刘杰："下一步有什么打算？"刘杰回答："根据专家们的初步考察，南方如湖南、江西、广西等地，找到铀矿床的可能性很大，准备组织力量在这些地区开展勘测工作。"毛主席接着就说："很有希望，要找！一定会发现大量铀矿。"并进一步指出："我们有丰富的矿物资源，我们也要发展原子能。"

汇报结束后，毛主席和周总理送刘杰到菊香书屋门口，毛主席握着刘杰的手，笑着说："刘杰，这是决定命运的，要好好抓哟！"

铀，是实现核裂变反应的主要元素。铀资源是发展核工业的主要物质基础。1952 年 5 月，周恩来总理主持中央军委研究国防建设五年计划时，就曾酝酿过发展原子能事业的计划。之后，钱三强等科学家也提出过相关的建议。切身感受美国核威胁的彭德怀元帅，也提出过包括研制原子弹在内的武器装备现代化的设想。刘杰的这次汇报，提供了我国有铀资源的重要信息，对毛主席和党中央正式做出建立我国原子能事业的战略决策起了重要作用。

创业起步，抓了科研先行和人才培养

1955 年 1 月 15 日，毛泽东主席主持召开中央书记处扩大会议做出了创建我国原子能事业的战略决策。随后，中央指定陈云、聂荣臻、薄一波组成三人小组，负责指导原子能事业发展工作。具体业务由国务院第三办公室设立专门工作小组办理。刘杰（时任地质部党组书记、常务副部长）调任国务院第三办公室副主任，负责创建原子能事业的筹备工作。

万事开头难，创建原子能事业从何抓起？原子能事业是当代科学技术发展的尖端，要掌握这项尖端科学技术，关键在于要有一支高素质的专业科技队伍。刘杰看准了这两点，他的工作就从抓科研先行和人才培养开始。1955 年 4 月 17

日，刘杰代表中国政府与苏联政府代表果瓦尔签署了两国政府关于苏联援助中国发展原子核物理研究与和平利用原子能的协定。在中国科学院近代物理研究所的基础上，选在北京西南郊区坨里建设一个综合性核科研基地。这个核科研基地装备有苏联援建的实验性重水反应堆和回旋加速器，汇集了当时国内优秀的核科技专家和年轻的大学毕业生，开展了大量核科学技术的基础研究和应用研究，承担了许多核工业建设的技术攻关任务；并在此过程中，派生了各专业的研究机构，培养了一大批科技骨干和学科领头人，后来被选为科学院和工程院的院士就有 60 多位，在我国核工业发展中真正起到了“老母鸡”的作用。

2012 年 8 月 7 日，中核集团党组成员、纪检组组长李学东看望 97 岁高龄的老部长刘杰

与此同时，刘杰与高教部杨秀峰部长、黄松龄副部长商定，在北京大学和兰州大学各设一个物理研究室，作为原子能科技干部的培训中心，从全国各大学物理系选拔三年级品学兼优的学生，到物理研究室学习原子能专业。1956 年清华大学成立工程物理系，继续从全国重点院校选拔相近专业的高年级学生，到工程物理系学习原子能专业。另外，经周总理批准，苏联高教部同意，由蒋南翔和钱三强负责，一方面从国内选派优秀学生到苏联学习原子能专业；另一方面从在苏联学习的中国留学生中挑选专业相近的转学核物理和核工程技术。依靠高教系统的支持和努力，采取了以上措施，很快培养出一大批原子能专业的科技人才。这批人才日后大部分都成为核工业各单位的科技领导骨干，有些还成为国家和部门的领导人。

抓住时机，争取到苏联对我国建设铀浓缩厂的技术援助

众所周知，我国原子能事业创建初期有苏联的技术援助。1956 年 4 月，刘杰率中国原子能代表团赴莫斯科，与苏联政府为在中国建设原子能工业中提供技术援助而进行谈判。

研制原子弹有两种技术路线：一种采用钚 –239，一种采用高富集的铀 –235（也称高浓铀）。钚 –239 是通过铀在

反应堆辐照后生成；高浓铀 -235 是通过铀同位素分离而获得。生产浓缩铀 -235 的工厂，技术复杂，投资多，耗电量大，当时国内专家和苏联专家都认为中国没有条件建，而主张只建反应堆和后处理厂，采用钚 -239 路线。因此，在毛主席给赫鲁晓夫复信所附的《供讨论用的提纲》未列铀浓缩厂这个项目。

但在赴莫斯科谈判前夕，刘杰得到一份简要资料，说美国建设一个日产 5 公斤的铀浓缩厂，投资只需 5 亿美元。刘杰心想，如果真是这样，我们是不是也可以建啊？由于起程在即，来不及请示，更不可能列入《供讨论用的提纲》。

在与苏方谈判过程中，刘杰提出我们中国也要建设铀浓缩厂。苏方第一反应就说"你们中央提的《供讨论用的提纲》没有这个项目呀！我们没有权力讨论。"并且说，"建这种工厂需要很大投资，需要很大电力。中国现在不需要这种工厂。"

但是，随后参加谈判的苏联专家，在向中方讲解核燃料循环过程时，讲到生产浓缩铀的原料可以是天然铀，也可以是在反应堆辐照过的铀（也称堆后铀）。堆后铀中，铀 -235 的含量尚有 0.6% 左右，与天然铀相比仅少了 0.1% 左右。因此，用堆后铀做原料制取浓缩铀，既可以充分有效利用铀资源，是获得浓缩铀的重要方法之一；也是核燃料循环不可缺少的组成部分。

刘杰抓住这个机会，再次向苏方提出，既然是一种原料能生产两种产品，中国更需要建设铀浓缩厂，才能实现核燃料的合理循环，否则会造成资源的很大损失。这回苏方没有当场表示异议。

过了几天，苏方承认中方的要求是合乎逻辑的，表示可以考虑帮助中国建铀浓缩厂，并说他们有一部分经过大修的扩散机，问中方要不要，因为如果完全要造新的，大约还需两年时间。

对于这个谈判结果，大家喜出望外，兴奋异常。刘杰立即赶到中国驻苏使馆，用电话向周总理请示，总理指示："先接受下来，回国再研究。"

铀浓缩是生产高浓铀的核心技术，美国严格保密，绝对控制。1954 年年底，法国与英国谈判，由英国帮助法国建一座铀浓缩厂，已到了双方将要签署协定的时候，由于英国与美国签有原子能保密协定，美国反对这一计划，英法之间的协议不得不于 1955 年 2 月告吹。可见中方争取到了苏联同意帮助建设铀浓缩厂是多么的宝贵。

受命于危难之际，有效地组织了全面自力更生的大转变

1960 年 7 月，苏联单方面撕毁协议，撤走专家，停止

一切援助，给正在建设中的我国核工业造成很大困难。同时，由于连年自然灾害，我国国民经济也处于最困难时期。正是在这个时候，宋任穷部长奉命调任中共中央东北局第一书记，毛主席认为刘杰接任二机部部长合适，中央就这样决定了。对于刘杰来说，真可谓“受命于危难之际”，他勇挑重担，沉着应对。8 月 9 日，他主持起草和签发了一份向部属各单位的电报。电报指出，苏联专家撤走后，我部事业完全要由我们自己来干，我们要充分认清这种变化，从思想上、组织上和行动上迅速地实行相应的转变。接着对这几方面的转变提出了具体要求。这份电报对各级领导和广大干部职工端正认识，稳定情绪，坚定信心，鼓舞干劲，明确方向，落实行动，都起到了重大的作用。各单位根据电报的精神，重新安排了工作，订出了实施方案，组织职工迎着困难上，迅速把整个工作转移到全面自力更生的轨道上来。

在上述电报的基础上，经过几个月的工作，刘杰进一步分析了面临的形势和存在的问题，并根据原子能事业的特性和运行规律，于当年 12 月召开了二机部机关和基层领导干部会议，对今后工作提出了“自力更生，过技术关，质量第一，安全第一”的 16 字方针。“自力更生”是当时形势总的要求，“过技术关”是实现自力更生的关键，也是原子能事业建设的核心，而“质量第一，安全第一”则是整个工作过程必须牢牢掌握的两个要害。由于指向明确，切合实际，指导性和号召力强，16 字方针立即受到广大干部群众的拥护和认可，很快成为上下一致的共识和具体行动，有力地推动我国原子能事业建设在全面自力更生的轨道上加速前进。

面对当时的困难局面，部党组审时度势，早在 1960 年 3—4 月间，就决定调整建设规模和部署，把在建核燃料循环工程分为一线（铀生产线）、二线（钚生产线）。一线以铀浓缩厂为中心，前后左右相关工厂建设进度都向它看齐，与它衔接。首先就是要集中力量建设好铀 –235 生产线，这是全部工作的重中之重，是自力更生尽快拿出原子弹的关键。

但是，当时二氧化铀、四氟化铀、六氟化铀工厂建设进度都落后于铀浓缩厂，如不采取措施，铀浓缩厂建成后，就可能由于没有原料而成为无米之炊。怎么办？刘杰与铀矿冶研究所和原子能所同位素分离实验室的科技骨干讨论后，提出在实验室建立试验性生产装置，赶在大厂正式生产线建成前生产出部分“二、四、六”产品，供铀浓缩厂投产初期使用。这一决策既解决了铀浓缩厂投产所需的原料问题，而且也为后来实际生产“二、四、六”产品的大厂，验证了工艺流程、制定了作业规程、培训了操作人员、积累了生产经验，为这些产品大厂建成后顺利投产创造了条件。

向中央立下军令状，编制实现第一颗原子弹爆炸的两年规划

经过1960年、1961年两年的艰苦奋斗，自力更生已经初见眉目，前进道路比较清楚。但是，原子弹理论设计还没有最终完成，核燃料生产技术难关还没有完全攻克，有些工程也还没有竣工，前进中还有许多未知因素，仍然是艰难险阻重重。

刘杰认为，在这种情况下，工作紧一紧，就可能进一步提升，加快实现原子弹爆炸目标；如果松一松，也有可能拖沓下来，使原子弹何时爆炸的目标遥遥无期。1962年8月，在北戴河参加中央工作会议期间，他向毛主席、党中央写了《关于自力更生建设原子能工业情况的报告》，指出："制造第一颗原子弹的条件正在逐步具备，再经过1963年的努力，条件将更加确切可靠。因此，争取在1964年最迟在1965年实现第一颗原子弹爆炸是可能的。"事后薄一波同志告诉他，毛主席看了报告，说"很好嘛！"

9月初，刘杰回到北京，向部党组和各局领导干部传达了北戴河中央工作会议和随后在京召开的八届十中全会精神，特别提到中央殷切希望尖端技术早日过关。部党组同意刘杰在北戴河给中央写的报告，并决定修改后，正式以部党组名义于9月11日上报中央。

10月10日，刘杰向聂荣臻元帅和罗瑞卿总参谋长汇报，聂帅说："有这样一个目标有好处，可以更大地调动各方面的积极性，协调各方面的力量。"但提出："最好是在1964年进行原子弹爆炸试验，以纪念中华人民共和国成立15周年。"

10月19日，中共中央政治局常委听取刘杰的汇报，刘少奇同志表示："1964年能爆炸很好，如努力了还不行，1965年爆炸也可以。"并指出："各方面的配合很重要，中央要搞个委员会，以加强这方面的领导。现在就搞，否则就耽误了。"

根据少奇同志的指示，罗瑞卿向毛主席、党中央写了《关于加强原子能工业领导问题的报告》，建议在中央直接领导下成立一个专门委员会，最好是总理抓总，贺龙、富春、先念、一波、定一、荣臻、瑞卿、赵尔陆、张爱萍、王鹤寿、刘杰、孙志远、段君毅、高扬等同志参加，组成这个委员会。毛主席于11月3日批示："很好，照办。要大力协同做好这件工作。"

刘杰向中央提出"争取在1964年最迟在1965年实现第一颗原子弹爆炸"，实际是自己向中央立了军令状，其压力之大可想而知。为了这一目标的实现，他随即采取"倒排计划与顺排计划相结合"的方法，编制综合进度计划。所谓

“倒排”是以最终完成日期为准，反过来看存在什么问题，借以暴露矛盾；“顺排”则将任务和矛盾进行分解，分系统、分方面、分层次协调平衡，逐项解决，借以落实计划。

这样，经过两个多月的细致工作，反复测算，步步落实，终于在1962年11月，二机部党组正式向中央专委报送了以1964年爆炸试验第一颗原子弹为总目标的《1963年、1964年原子武器工业建设、生产计划大纲》，简称“两年规划”。

中央专委审议了这个规划，总理分析了当时二机部在多重困难的情况下，“经过两年的工作，提出了一个规划，应该说是取得了很大的成绩。这是全体职工努力的结果。有了规划就有了轨道。要有信心，能搞出来。”同时，总理也语重心长地告诫二机部领导：“实现‘两年规划’，中央专委负有很大的责任，但主要的责任还在二机部领导的身上。”“二机部的工作要做到有高度的政治思想性，高度的计划科学性，高度的组织纪律性。”

在周恩来总理和中央专委的直接领导下，“两年规划”顺利执行，原子弹研制、核工业建设和核燃料生产等各项任务，都按计划如期或提前完成，情况比预期要好。

实践证明：“两年规划”采取“倒排和顺排相结合”的计划方法，把科研、建设、生产、协作等各方面资源和力量组织起来，环环相扣，拧成一股劲，去实现“1964年爆炸第一颗原子弹”的总目标，这是大科学工程实现现代化科学管理的一次成功探索和实践。实际上，它是把“系统工程”和“计划评审技术”的理论和方法，与我国的传统和体制有机地结合起来，在核武器研制的实践中创造性地应用，具有中国特色，其效果是明显的。

提前部署理论预研，为第一颗氢弹爆炸赢得了时间

氢弹与原子弹有质的不同。氢弹无论原理或结构都比原子弹要复杂得多。从原子弹到氢弹在科学技术上不是量的变化，而是质的跨越。因此研制氢弹首先要解决的是理论问题，而不是工程问题。

有鉴于此，在原子弹研制开始不久，刘杰就考虑到氢弹理论预研问题。1960年11月，他与副部长兼原子能研究所所长钱三强商量，核武器研究所正在全力攻原子弹技术难关，原子能研究所能否组织部分理论力量，在氢弹理论研究方面先行一步。钱三强完全同意和支持。

于是他们就对氢弹研制作出了一个富有远见卓识的战略部署。刘杰还特意嘱咐钱三强：“这事由你直接领导，对部党组全权负责。”钱三强在党委副书记李毅的协助下，亲自找黄祖洽、于敏等人组成一支年轻、精干的研究队伍，开始

进行氢弹理论预研。而在第一颗原子弹爆炸成功后，二机部党组又决定，把原子能所这支氢弹理论预研队伍，大部分调集到核武器研究所。原子能所理论预研队伍做过基础理论研究，核武器所理论队伍有原子弹研制的实践经验，这样双方优势互补，理论与实践结合，氢弹理论研究工作就迅速全面展开。

然而，氢弹对于这支研究队伍来说，毕竟还是一个未知世界，谁都没有搞过，而世界上几个核大国对氢弹原理都讳莫如深，绝对保密，只字不漏，完全要靠我们自己摸索。

当时正值中央提倡学哲学，科研人员学了毛泽东的《实践论》《矛盾论》，从氢弹研制的各种矛盾中找主要矛盾和矛盾的主要方面，明确了研制氢弹关键是要把热核材料燃烧起来，并能充分燃烧达到自持连锁反应；而要做到这一点关键又在于要创造一个极高的高温高压环境条件，把热核材料压缩到极高的密度。这样就牵住了问题的“牛鼻子”，找到了解决问题的主攻方向。核武器研究所环绕这一主攻方向，充分发扬技术民主，参与氢弹理论研究人员，不论声望高低，资历深浅，年龄大小，都可以畅所欲言，各抒己见，在热烈讨论和思想碰撞中，引出了一些富有创新精神的新思路、新设想。

在这个基础上，1965 年 9 月，核武器研究所由于敏带领十三室同志到上海日夜奋战100天，由进行加强型原子弹优化设计到探索突破氢弹原理的技术途径，将研究工作逐步推向深入，终于发现了氢弹的新原理，并最后形成从原理到材料和结构的比较完整的方案。刘杰和刘西尧支持新的理论方案，确定“突破氢弹，两手准备，以新的理论方案为主”的方针，并上报中央专委。

从此，氢弹研制工作就进入了快车道。1966年12月28日氢弹原理试验一举成功，证明氢弹新原理完全正确可行；1967年6月17日进行我国第一颗氢弹全当量空爆试验，爆炸威力达到330万吨梯恩梯当量，试验结果十分圆满。

刘杰视察核工业北京化工冶金研究院

我国第一颗氢弹空爆试验成功，相距第一颗原子弹爆炸成功时间只有两年零八个月。而同一过程，美国用了七年零四个月、英国四年零七个月、苏联四年零三个月、法国八年零六个月。我国发展速度比美、苏、英、法四国都快，创造了核武器发展史上的奇迹。

我国氢弹研制速度之快，在世界上引起了极为强烈的反响。他们认为，当时中国的科技力量和工业基础都十分薄弱，怎么能取得如此巨大的成就，简直不可思议。时隔18年，1985年法国快堆之父万德里耶斯访问中国时，曾询问钱三强："你们的氢弹为什么搞得这么快？"钱三强回答说："那是我们在研制原子弹的时候，就提前进行了氢弹的理论预研和热核材料的生产啊！"对方这才恍然大悟。

【原载《中国核工业报》，2009年2月11日】

两次出任二机部领导的刘西尧

刘西尧同志的人生经历丰富多彩，在他自著的回忆录里，按历史顺序分为："觉醒、从戎、攀峰、穿雾"四个阶段。其间，1963 年 7 月，从国防科委调任二机部第一副部长；1975 年 1 月，"文革"后再次受命任二机部部长。两次担任二机部的领导工作，为我国核工业建设和核武器研制做出了重要贡献。

正式任命二机部领导前的两次重要介入

第一次是，1960 年苏联毁约停援、撤走专家后，对我国核工业建设和核武器研制无疑造成很大技术困难。此时又值"三年困难时期"，在如此严重困难面前，国防尖端事业是继续上还是下，决策层领导产生了不同意见。军方领导很明确，陈毅元帅断然表示：当了裤子也要把它们搞上去，否则他这个外交部长的腰杆就不硬。1961 年 10 月，聂荣臻元帅根据中央军委的意见，派张爱萍和刘西尧在二机部部长刘杰的陪同下，到二机部所属主要单位进行调查研究。这是刘西尧第一次直接接触核武器研制的情况。

刘西尧

他们从南到北、从东到西，先在湖南看了两个矿山和水冶厂，然后又到了兰州铀浓缩厂和西北核武器研制基地，听干部汇报，到现场察看，进行了深入的系统的调查。他们看到二机部厂矿院所的建设和工作进展情况，看到基层干部职工奋发图强、艰苦奋斗的精神面貌，看到部和各级领导部署得当、指挥有序，越看越兴奋、越看越有信心。经过近一个月的调查研究，他们得出结论，并正式向中央军委写了报告，认为：“经过前一时期的努力，在各有关方面的积极配合下，核工业建设和原子弹研制工作都有了较大进展，只要国家进一步加强组织协调，更好地集中全国有关部门的力量，进行技术攻关，安排好所需设备、仪器仪表和原材料的研制生产，1964 年制成原子弹和进行核爆炸试验是可能实现的。”这就为中央决策提供了重要的客观依据。

第二次是，1963 年年初，二机部计划局有的同志，由于不了解全面情况，认为当时部党组提出的“两年规划”不可靠，向中央专委做了反映。罗瑞卿批了“对二机部情况不摸底”，周总理和贺龙、聂荣臻、罗瑞卿商定，由刘西尧负责组织国防科委、国防工办联合检查组，到二机部检查帮助工作。

他们先在北京与各方面专家和负责同志谈话并了解有关情况，认为1961年张爱萍和他向中央军委所作的报告仍然是符合实际的，二机部提出的“两年规划”是可以如期实现的。接着，联合检查组兵分两路到二机部南、北两片的主要单位进一步摸清情况。其间，先去酒泉原子能联合企业的检查组同志认为，按苏联“绝对工期”推算，该厂完不成按“两年规划”所要求的产品。刘西尧看到检查组同志发给他的电报，立即赶到该厂找有关同志详细了解，发现多数同志仍然抱有信心。认为所谓“绝对工期”实际并不绝对，把人的积极因素加上去，就完全可以突破。经过大家讨论，统一了认识，肯定只要认真抓紧落实，该厂也和其他单位一样，能够满足“两年规划”的要求，如期拿出产品。刘西尧把这一结论报告周总理并中央专委，从而驱散了对“两年规划”的疑云。

当时，刘伟同志建议中央，派一位能力较强的干部到二机部担任第一副部长，协助部长刘杰工作。刘西尧也提出了相应的建议人选。后来总理找刘西尧谈话，说当初派他组织联合检查组去二机部时，就考虑把他留在二机部，不再另选他人。聂副总理问他，抓原子弹，你是去二机部好，还是留在国防科委好。刘西尧表示，还是去二机部直接抓好。于是中央决定免去他在国防科委、国防工办、国家科委三个副主任兼职，调入二机部任第一副部长，直接抓核武器研制工作。

任第一副部长，直接抓核武器研制工作

1963 年 7 月，刘西尧任二机部第一副部长，协助部长刘杰全面落实“两年规划”各项任务，按照既定目标抓紧完成。刘西尧主抓核武器研制，经常在北京核武器研究所、西北核武器研制基地、新疆核武器试验基地三个地方周转往返。当时，原子弹的理论方案已经完成，需要进行大型爆轰试验，北京已经没有这个条件，核武器研究所科研人员大量向西北核武器研制基地转移，开展大型爆轰试验和核装置工程制作。刘西尧就从这里入手，跟踪深入到研究室、加工车间、试验现场，一个环节一个环节地督促检查，并及时解决有关问题。

1964 年 1 月 14 日，兰州铀浓缩厂开始产出核武器级高浓铀产品；1963 年 12 月 28 日，西北核武器研制基地传来原子弹一比二尺寸爆轰出中子试验成功。这两项关键性生产和关键性试验成功，标志着原子弹研制技术已经完全过关，我国首次核试验的技术准备就提上议事日程。1964 年 4 月 11 日，周恩来总理主持召开第八次中央专委会议。会议听

取了刘西尧（当时刘杰在西北核武器研制基地检查工作）关于二机部工作情况和1964年任务安排的汇报，张震寰（国防科委副秘书长）关于核试验准备工作的汇报。会议要求二机部和国防科委在1964年9月10日以前做好第一颗原子弹在铁塔上爆炸试验的一切准备工作。会议还同意成立一个核武器试验的总指挥部，由张爱萍担任总指挥，二机部一位副部长任副总指挥。二机部党组研究确定，由刘西尧参加核试验总指挥部，任副总指挥。

从此开始，刘西尧进入新疆罗布泊核武器试验基地。当时张爱萍和他主要抓了三件事：一是布置建筑安装爆炸原子弹的102米铁塔；二是建设离爆心20公里的地下指挥所和60公里外的地面指挥所、通讯设施，以及爆心附近的直升机降落场；三是遵照周总理“一次试验，全面收效”的指示，组织安排各有关单位，包括各军兵种及民防部门送去做原子弹爆炸效应试验的各种装备、生物（狗、白老鼠等）和建筑物。当毛主席、周总理和中央专委确定试验日期后，核试验场就全面进入紧张而有序的状态。1964年10月16日下午3时，当倒计时最后10秒：10、9、8、7、6、5、4、3、2、1，起爆一声令下，现场一道强光、一声巨响，蘑菇云冉冉升起。我国第一颗原子弹爆炸试验成功了！现场全体参试人员欢呼雀跃，热泪盈眶；全国人民欢欣鼓舞，激情自豪；

全世界华人也感到扬眉吐气，挺直腰杆。

原子弹爆炸成功后，氢弹研制就提上日程，毛主席、周总理都十分关心。周总理问刘杰："什么时候制成氢弹？"刘杰回答："大概需要三到五年。"总理认为："这太慢了，力争 1968 年吧！"毛主席在听取国家计委关于第三个五年计划和长远规划设想的汇报时，也明确指出："原子弹要有，氢弹也要快。"于是，二机部的工作就转到如何加快氢弹研制上来。

从原子弹到氢弹是核武器发展的一个质的飞跃。完成这个飞跃，美国用了 7 年 4 个月时间，苏联也用了 4 年 3 个月时间，我们能再快些吗？虽然我们早在 1960 年开始进行了理论预研，热核材料生产线建设和生产技术攻关也在 1961 年至 1964 年期间解决。但是，氢弹研制的关键是首先要解决原理问题。原子弹原理有苏联专家的一些介绍可做参考，而氢弹原理人家只字未露，完全要靠自己摸索。

二机部决定把原子能研究所早先进行氢弹理论预研的科研队伍和核武器研究所的氢弹理论研究队伍合起来，加强氢弹理论研究工作。按照部党组的部署，刘西尧重点抓氢弹理论研究。他每周到北京核武器研究所理论部，在朱光亚陪同下，深入到研究室了解研究进展情况，有时还直接参加第一线研究人员的学术讨论和学术民主鸣放会。刘西尧提出了高标准、高当量的氢弹目标，号召大家为实现这一目标而战，大家感到非常振奋。当时，刘西尧的红色“奔驰”小轿车成了理论部瞩目的对象和鼓舞士气的标志。只要看见了小红车，大家就知道准是刘西尧又来了。领导的关注和重视，使科研人员受到很大鼓舞。

为了突破氢弹原理，理论部分兵作战，多路探索，部主任各守一路，带领各室科研人员分别攻关夺隘。在原子弹研制已经成功的鼓舞下，大家干劲十足，学术思想活跃。理论部主任一个一个轮流讲课，学术讨论和鸣放隔三差五举行。讨论会上，不论资历深浅、年龄幼长、专家或大学生，对突破氢弹原理有想法的，都可以登台畅所欲言，发表学术观点，提出技术主张，平等参加讨论，有不同意见还可以争论。通过讨论，各色各样突破氢弹的创意和设想，纷纷提出，学术民主气氛很浓，大家积极性空前高涨。

然而，氢弹毕竟是非常复杂的系统，探索过程十分艰苦，一条条途径提出来又被否定了。一段时间甚至感到“山重水复疑无路”，始终没有找到关键所在。刘西尧组织科研人员学习毛泽东的《实践论》《矛盾论》等哲学著作，研究氢弹爆炸内因与外因的辩证关系，用哲学思想指导氢弹理论研究。同时，调整了突破氢弹的规划，期待通过两次热试验的实践，进一步摸清热核反应的规律，找到理论设计的突破口。1965 年 10 月，于敏带领科研人员在上海进行物理计算时，发现了氢弹新原理，可以增强热核材料密度，突破热核材料自持燃烧的关键。当时，刘西尧在西北核武器研制基地，接到邓稼先的电话，当即与在北京的刘杰商定，再次调整氢弹研制规划，同意以新原理为主，推进氢弹研制工作。1966 年 12 月 28 日，在聂荣臻元帅的主持下，在罗布泊核试验场百米塔上进行了氢弹原理试验，证明我国自主研究的氢弹新原理完全可行；紧接着，1967 年 6 月 17 日，进行全当量氢弹空爆试验成功。从而，我国成为从原子弹到氢弹研制速度最快的国家，创造了核武器发展史上的奇迹，在世界上引起了极大的轰动。

回归核工业，出任二机部部长

1966 年，“文化大革命”兴起，中国科学院出了问题。8 月 13 日周总理找刘西尧谈话，要他当总理的联络员，到科学院协助总理处理“文革”有关问题。从此，刘西尧离开了二机部，但二机部“文革”运动的发展，特别是西北核武器研制基地的“造反派”，要把他揪回青海去批斗。总理保护了他，让他在中南海住了 10 天，并亲自出面接见西北核武器研制基地两派群众代表，指出：二机部的事业是全国人民根本利益所在，世界人民利益所在，不能乱。要求他们顾全大局，联合起来，抓革命促生产。刘西尧就不要再回去了。从1966年8月到1975年1月，刘西尧在总理的直接领导、关怀和保护下，在极其复杂和十分困难的情况下，处理或参与了一些重要事件和事务，做了大量工作。包括管科学院、国务院科教组，列席国务院业务组，参与主持全国教育工作会议，参与起草总理在第四届全国人大会议上政府工作报告稿，参与接待杨振宁、李政道，接待联合国教科文组织总干事奥博，以及"9·13"事件后进驻国防科委，等等。其间，因为一些历史和工作问题，刘西尧也受到过一些冲击，直至靠边站，但总的来说，没有受到多大苦头。

1964年10月，首次核试验现场委员会主任委员张爱萍（右二）、副主任委员刘西尧（右三）在新疆核试验现场

1975年1月25日，四届人大根据周恩来总理的提名，任命刘西尧为第二机械工业部部长。当时，二机部党组正在香山饭店开会，解决核武器研究院北京研究所和北京堆工研究所搬迁三线的问题。刘西尧上任后，考虑到实际情况没有要求立即搬，而把工作重点放在三线单位建成后，如何拿出合格的高质量产品的问题上。当年4月，他跑遍了二机部三线各单位和与二机部协作的几家重要工厂。尤其要让新建的工程物理研究院，拿出与东风五号导弹配套的核弹头。他看到邓稼先等科研人员没有因为“文革”而垂头丧气，仍然保持了高昂情绪和十足干劲，使他也增强了初战必胜的信心和决心。他在该院召开了全院干部大会，讲了三个多小时，提出若不能按期保质地完成这项任务，就引咎辞去部长职务，向中央立了军令状。这一慷慨激昂的誓言，使该院干部职工受到鼓舞和教育，从上到下立即行动起来，打响了进入三线后核武器研制第一仗。

然而，风云突变。1975年冬，“文革”运动又掀起批邓、反击“右倾翻案风”，刘西尧怕运动把二机部再次搞乱，不待病愈就出院抓工作。可这又成了审查对象，“造反派”批判他反击“右倾翻案风”不力，要他在二机部在京单位的干部会上作检查。随后不久，唐山地区发生了7.8级大地震，各单位都忙于抗震救灾，才稍缓和了“批邓”。1976年1月、

7月、9月，为中国革命、民族解放、创建新中国奋斗了一生的三位人民领袖周恩来、朱德、毛泽东先后逝世，全国人民在悲痛中迎来了中央一举粉碎“四人帮”的伟大胜利，刘西尧奉命去《光明日报》进行清查工作，从此又离开了二机部，先后任教育部部长、四川省委书记处书记等职。

刘西尧两次出任二机部领导工作，重点掌管核武器研制。离开二机部后，对核武器研制的发展仍然给予关心和支持。

刘伟为我国核事业持续奋斗了30年

刘伟同志是我国核工业战线的主要领导者之一。从1955年他调任地质部部长助理兼矿石化验研究所所长、国家建设委员会建筑技术局局长、党组书记，开始参与创建中国原子能事业；尔后历任第三机械工业部副部长、党组成员，第二机械工业部副部长、党组副书记，部长、党组书记，直到1982年退居二线。他在核工业战线持续奋斗了近30年，为我国核工业创建与发展做出了重要贡献。

优质高速建成“一堆一器” 为发展核科学研究事业创造条件

核工业创建伊始，毛主席和党中央关注两个根本环节：一是铀矿地质资源勘查，一是核科学研究和人才培养。1955年4月27日中苏两国政府签订了核科学技术协定，规定苏联帮助中国建造一座热功率7000千瓦的实验性原子核反应堆和一台直径1.2米的回旋加速器（简称“一堆一器”），提供全套设计、设备和技术资料，并接受中国工程技术和科研人员去苏联考察学习有关理论和技术。为筹建以“一堆一器”为核心装备的我国第一个综合性核科学技术研究基地，1955年4月19日薄一波向陈云并中央写报告建议，调刘伟同志做原子能工业的组织行政工作。该组织为保密起见，可化名为矿石化验研究所。随即中央决定刘伟任地质部部长助理兼矿石化验研究所所长，主持上述科研基地筹建工作。鉴于该基地既是多学科的科学研究工作的“实验中心”，又是原子能工业的干部培训机构和“实验工厂”，因此矿石化验研究所也称实验所。8月中央批准实验所党组由刘伟、钱三强、张献金三人组成，刘伟同志任书记。以后实验所对外名义为国家建设委员会建筑技术局。9月22日，中央政治局会议决定，刘伟任建筑技术局局长，钱三强任副局长兼总工程师，张献金、冯麟、罗启霖、力一等任副局长。

刘伟同志担任建筑技术局局长后，面对原子能新兴事业他边干边学，努力钻研，在国务院第三办公室的直接领导下，抓紧开展核科研基地的筹建工作。选定地址，审查设计，组织施工，于1956年11月开始破土动工，第二年5月开始反应堆和加速器主体工

刘伟

程。整个项目实施，得到党中央和国务院的高度重视和关怀，有关部委和地方的大力支持。在施工高潮中，根据聂荣臻副总理的指示，为确保工程质量和建设进度，决定由北京市委书记处书记、秘书长郑天翔、建工部副部长杨春茂和刘伟同志等组成工地党委，统一指挥核科研基地的建设。工地党委每周一次例会，研究解决施工中遇到的重大问题，使甲、乙、丙三方协调一致，统一思想、统一计划、统一行动。中苏双方友好合作，苏联专家在现场进行具体指导，建设工地一片热气腾腾，整个工程紧张而有序地进行。

经过两年多时间的艰苦努力，到 1958 年 7 月，“一堆一器”全面建成投入试运行，我国第一个综合性核科学技术研究基地初具规模。9 月 27 日，在工程现场举行了隆重的移交使用揭幕典礼，陈毅副总理剪彩，聂荣臻副总理和中国科学院院长郭沫若先后讲话。聂副总理讲话指出，原子反应堆和回旋加速器的建成，标志着中国开始跨进了原子能时代。广大科技人员利用“一堆一器”做了大量研究工作，取得了丰硕的研究成果，在自力更生过技术关中起了重大的作用。同时通过科研实践培养了大批科技人才，随着核工业的发展还派生了一系列研究机构，形成了比较完整的核科技研究体系，这个最先建立的核科研基地就起到了“老母鸡”的作用。

抓紧基本建设和物资供应　确保第一批核工业基地建成投产

1956年4月，刘伟同志参加中国政府代表团赴莫斯科与苏联政府进行原子能工业建设援助问题的谈判。同年8月17日中苏两国政府签订了苏联为中国在建设原子能工业方面提供技术援助的协定。为了加强原子能工业建设的领导，1956年11月16日第一届全国人大常委会第51次会议通过成立第三机械工业部（1958年2月改名为第二机械工业部），主管原子能事业，刘伟同志由国务院任命为副部长，分管核工业的基本建设和物资供应工作。1960年8月苏联中断援助，撤走专家后，当年10月中央又任命刘伟为部党组副书记。

中国核工业的发展是从零开始的。基本建设是当时全部工作的重点，部党组和部主要领导人都要投入很大精力抓基建工作。为加强计划、设计、施工、物资供应等方面的组织协调，部专门成立了第一办公室，刘伟同志兼任“一办”主任。在经过一年多时间组建机构、调集人员、选择厂址等工作的基础上，从1958年开始第一批工业建设项目陆续全面展开。铀浓缩厂、军用钚厂、核武器研制基地是当时部直接抓的重点工程，为了尽快落实施工人员，根据中央的决定，经刘伟同志亲自联系，从建工部以及一机、冶金、化工等部门和有关地方选调了6000余人，组成三个建筑公司和一个安装公司，承担这三个单位的施工任务。后来这批人员就成为核工业建筑安装队伍的主要骨干，在核工业创建与发展中起到了重要的作用。

刘伟同志抓基建工作，经常深入现场了解情况，特别重视工程质量问题。1959 年春，他到铀浓缩厂检查工作，了解到主厂房的大型屋梁和屋面板有严重质量问题，当时有人提出可否将这些屋梁和屋面板运往其他工程使用。刘伟同志根据部党组对工程质量的严格要求，并经与厂主要领导人商量，决定将已安装好的 48 榀屋架、144 根吊车梁和一大批大型屋面板全部拆下砸掉，返工重做，不留隐患，并且亲自参加这一行动，把回收的钢筋继续使用。这种处理质量事故的坚决态度，在职工中产生了很大的震动，有效地提高了工程质量意识，并推动了其他各单位普遍加强质量管理，确保工程质量。

刘伟同志抓物资供应，注意掌握时机、抓住重点、全面部署。1959 年 6 月苏共中央来信，借故毁约拒绝提供原子弹教学模型和技术资料，部党组警觉苏联有可能要全面毁约，立即部署应变措施，要物资供应部门抓紧催促苏方供给设备，特别是铀浓缩厂，能否早日拿到主机，直接关系该厂能否建成投产问题。刘伟同志进行紧急动员，一方面抢建主工艺厂房，确保具备主机安装条件；另一方面督促苏方按建设进度供给主机，并对主机入境接收、运输、入库、安全保卫保密等各个环节做了周密安排。经过两个多月日夜奋战和紧张工作，取得了重大进展，从而为建成铀浓缩厂争得了主动。

1960年8月，苏联最终撕毁协定，撤走在华工作的全部专家，至此供应合同履行率只到一半左右，特别是有许多重要设备没有提供，中央决定组织力量自行研制。为此，二机部成立了“专用设备新材料试制供应领导小组”，刘伟任组长，钱三强、冯麟任副组长，在一机、冶金、化工等部门大力协同和积极支持下，猛攻技术关，迅速研制出许多专用设备和新材料，保证各项建设工程在完全自力更生条件下继续进行。特别是在三线地区新建的核工程中，实现了设备材料全部国产化，充分显示了我国机械制造和材料生产的巨大潜能。

排除干扰，在十年动乱中坚持核工业建设和科研生产

在“文化大革命”的十年动乱中，核工业同其他各行各业一样，遭到了很大的干扰和破坏。毛主席、周总理、聂荣臻副总理等对核工业采取了一系列保护措施，多次发电报明确规定：核工业厂矿院所不准串联、不准夺权、不准停产、不准武斗，保证工厂绝对安全，保证工厂稳定生产。刘杰同

志向周总理建议，刘伟同志受命于危难之中，担任业务领导小组组长，李觉、牛书申任副组长，贯彻中央电报指示精神，努力排除干扰，维持正常秩序，使各项科研生产和基建任务得以大体按既定方针和计划进行。

特别是1969年，林彪提出西北地区两个核燃料厂要搬迁，二机部在北京饭店召开紧急会议，研究“一线”工厂搬迁问题，刘伟、李觉、姜圣阶、周秩等同志和广大科技人员一致认为，核燃料工厂，特别是浓缩铀厂和钚生产反应堆根本不能搬迁；如果“一线”工厂搬迁，“三线”工厂尚未建成，势必中断核燃料生产，将给我国核工业带来难以估量的

文功元、周秩陪同刘伟部长（前排左四）视察选定的728工程的厂址——秦山

损失。他们积极向周总理反映，得到周总理的支持。周总理在中央专委会议上明确指出：“一线”工厂不能搬，要继续坚持生产，力争多生产、多储备。同时，为了战备必须抢建“三线”工厂。从而使核工业避免了一场可能造成巨大损失的灾难。

在毛主席、周总理、聂副总理等多方保护和重大支持下，以刘伟同志为组长的业务领导小组同军管会一起，带领广大科技人员、职工群众和各级干部，坚守岗位，坚持工作，克服了种种困难，在十年动乱中继续推进核工业向前发展，成功地进行了第一颗氢弹爆炸试验，研制建成了潜艇核动力陆上模式堆，完成了原子弹、氢弹的武器化，建成了钚生产线和三线地区核工业新基地，改变了核工业的战略布局。

贯彻十一届三中全会精神　把核工业发展推向保军转民新阶段

1973 年 7 月，部军管会根据国务院，中央军委的决定撤离二机部，从这时开始由刘伟同志主持部的全面工作。1977 年 1 月，刘伟同志任二机部党的核心小组组长、二机部部长。1978 年 12 月，他参加了在新中国成立以来我党历史上具有伟大转折意义的十一届三中全会，坚决拥护全会所确定的思想路线、政治路线、组织路线和“把工作重点转移到社会主义现代化建设上来”的战略决策，并在二机部系统认真贯彻执行。1979年、1980年、1981年连续三年的部工作会议，都把贯彻三中全会精神，结合核工业实际，分析形势，转变观念，集中力量，搞好核工业的调整、改革、整顿、提高工作，作为会议的主题，组织与会各单位主要领导干部进行讨论，统一思想，见诸行动。1981年3月初，由国防科委和二机部联名上报国务院和中央军委，提出调整核工业发展方针的意见，国务院总理批示：“同意原子能工业逐步转到为国民经济服务的方针。”从此，核工业发展进入保军转民的新阶段。

刘伟同志很清楚，核工业转民关键是要把核电建设搞上去。在邓小平同志的关心和支持下，他同部党组有关同志一起，积极为我国核电建设起步而到处奔走。特别是由他提出并报经小平同志同意，扩大核工业对外开放，适量出口铀产品，不但为我国核工业进入国际市场，而且也为核电建设自筹部分资金，从而有力地促进了我国自行设计建造的秦山核电站工程上马。另外，他还提出到本世纪末加快核电发展的规划目标，推动了各方面对核电中长期发展的规划工作。

与此同时，刘伟同志和部党组积极贯彻中央精神，抓紧平反“文革”中冤假错案，落实干部政策和知识分子政策，调整和充实各级领导班子，建立健全规章制度，加强管理，整顿秩序，使各项工作逐步走上正轨，为核工业改革开放和新的发展创造了有利条件。

刘伟同志1931年参加工农红军，经历过举世闻名的二万五千里长征，是久经考验的、忠诚的共产主义老战士。新中国成立前，他为推翻帝国主义、封建主义和官僚资本主义的反动统治，为中华民族的独立和解放，进行了艰苦卓绝的斗争；新中国成立后，他在公安战线为建立和加强中央警卫工作做出了贡献。他为人正直，光明磊落，始终保持了党的光荣传统和老红军的优良作风。刘伟同志的一生，是革命的一生、战斗的一生。每当我们回顾他的一生经历和为核工业建设发展所做出的贡献，我们更加深切怀念他。他将永远活在人们的心中。

【原载《中国核工业报》，1998年3月4日】

“中国原子弹研究的第一功臣”——李觉

在高寒低压的恶劣环境里奋斗8年

我与李觉部长零距离接触始于1963年。那年8月，刘杰部长与彭桓武、邓稼先、周光召、张宏钧等科技专家一起来到西北核武器研制基地，参加由李觉、吴际霖主持的系列大型爆轰试验方案研讨会。这是第一颗原子弹研制过程中一次极为重要的会议，会上做出了一系列重要技术决策，关键是要保证聚焦出中子。出中子试验成功，就有把握下决心进行“热试验”（即国家级核爆炸试验）。当时我作为刘杰部长的秘书，第一次出差到青海，在北京还是烈日炎炎、挥汗如雨，可到基地的第二天却白雪飞飘、寒风刺骨。李觉同志见我和其他同志衣服单薄，立即给我们每个人配了一件军大衣，使我们顿时感到了温暖。另外，那里地处海拔3200多米，气压低，水煮到80℃就开，米用高压锅也不能完全煮熟，这也给我们喝水、吃饭带来一些不适应。可就在这样高寒低压的恶劣自然环境里，年过半百的李觉和许多科技专家及广大职工一起，共同奋斗了8年，创建了我国第一个核武器研制基地，包括14个生产厂区、4个生活福利区，建筑面积56.4万平方米，专用铁路线38.9公里，厂区公路75公里，我国先后进行的45次核试验中，有16次试验的产品都是从这里研制成功出厂的。

中国原子弹研究的第一功臣

1993年1月，“两弹一星”功勋奖章获得者、我国著名核科学家王淦昌在庆贺李觉80寿辰时，高度称赞李觉“是中国原子弹研究的第一功臣”。而1958年1月，当李觉接受核武器研制任务时，他自己说：“我不懂原子弹，连见也没有见过，怎么搞呀？”凭着对党和国家的忠诚，以强烈的事业心、高度的责任感和刻苦的钻研精神，他从一个地地道道的“门外汉”成为卓有成效的核武器研制领导者。

李觉同志一向心胸豁达，作风民主，善于团结同志，工作大胆放手，注意发挥同级和下级的积极性，受到干部群众普遍敬重。他尊重知识，尊重人才，经常参加各种专业技术会议，细心听取老专家和中青年科技人员意见，虚心与各层科技人员探讨各种专业技术问题；他把朱光亚、王淦昌、彭桓武、郭永怀、程开甲、邓稼先、陈能宽等老专家视为朋友，关系密切，经常促膝谈心，商议大事。王淦昌等老专家多次夸奖他水平高、有风度、待人宽厚，在他领导下工作带劲，心情舒畅。

他关心科技人员和干部群众生活，对新调入的高级科技人员的生活、住房、用车、医疗保健、安全警卫，都亲自过问，细心安排。1963年北京核武器研究所大批科技人员云集西北核武器研制基地进行大会战。当时，西北核武器研制基地尚在建设中，办公用房和住房紧张，他当即动员机关和处级以上干部，将办公室和宿舍留出来给科技人员用。他自己和警卫员合住一顶帐篷兼作办公室，日照炎热，夜袭严寒，工作生活条件极为艰苦，而科技人员一来就住进有暖气的楼房。这一冷一热的对比，使科技人员十分感动，影响深远。事隔几十年后，“两弹一星”功勋奖章获得者、著名理论物理学家周光召还多次说到此事，说李觉同志这一举措让他深受教育，终生难忘。

为我国核工业发展总结历史经验

1982年，由胡乔木倡议，经中共中央批准，决定由中央宣传部组织编写一套《当代中国》的历史丛书。经国防科工委同意，核工业发展史也列为这套丛书之一。部党组委托李觉同志作为《当代中国的核工业》的第一主编，雷荣天、李毅、李鹰翔参加主编，负责组织编写这部史书。当时李觉同志已从副部长岗位退了下来，任职顾问。他不畏艰难，不避矛盾，勇敢地承担了这一重任。我作为执行主编，在李觉同志的领导下，具体组织写作班子进行此项工作。这是我第一次直接在李觉同志领导下工作，深切感受到他的领导艺术和民主作风以及为人处世的原则和风格。

1950 年进藏途中，李觉在德格印书院前

编写《当代中国的核工业》是一项专业文化工程，一项相当繁重的任务。首先，由于保密的原因，长期以来核工业的信息，除了每次核试验由新华社授权发布新闻公报外，在其他公开出版物上几乎只字不露，现在准备公开出书，全面系统地介绍中国核工业的发展历史，写什么，不写什么；实写什么，虚写什么；详写什么，略写什么，这些都是需要仔细斟酌的。是李觉同志主持编委会讨论确定了原则和提纲，

才使编辑部有所遵循和便于掌握。其次，核工业体系包含核科研、铀地质、铀矿冶、铀浓缩、核燃料元件、核武器研究生产、核设备制造、核工程建筑安装等许多行业，其情况和资料分散于各个部门，难以集中整理，是李觉下决心组织几位熟悉情况的老秘书和相关人员共 8 人组成编辑部，并由部门局级干部牵头，组织有 42 人参与的主要撰稿队伍，从而加快了编写进度和保证了文字质量。经过近 3 年的共同努力，终于完成了共有 45 万多字、110 多张彩色插图的书稿，于 1987 年由中国社会科学出版社正式出版。

李觉在讲历史

这部书的出版，第一次全面地披露了我国核工业发展历程和成就，初步总结了历史经验，填补了我国当代史出版物的一个空白，得到《当代中国》丛书编委会的充分肯定。1986 年 11 月，编委会在湖南召开的丛书编写工作会议上，还邀请我们做了介绍。李觉同志作为这部书的主编，不无欣慰地说：“这回好了，总算对后人有了个交代。”

尽管李觉同志离开了我们，但他身上体现出“事业高于一切，责任重于一切，严细融入一切，进取成就一切”的核工业精神，仍将激励新一代核工业人把核事业推向新的高峰。

【原载《中国核工业报》，2010 年 9 月 6 日】

我国核科学事业的开拓者——钱三强

传授知识，参与谋划原子能事业的创建

1955年1月15日，毛泽东主持中共中央书记处扩大会议，作出了创建我国原子能事业的战略决策。这次会议一开始，毛主席就对李四光和钱三强说，“今天，我们这些人当小学生，就发展原子能有关问题，请你们来上一课。”在地质学家李四光讲了铀矿资源方面的问题后，钱三强便接着介绍了世界核科学技术发展的简史，和我国近几年在核科学研究与人才培养方面所做的工作，并回答了关于反应堆、原子弹一般原理等问题。钱三强的报告和讲解，让与会领导人感受到一次原子能科学知识的启蒙，成为中央一致做出战略决策的一个重要的知识支撑。

这次会后，当年4月，钱三强参加由刘杰率领的中国政府代表团，前往苏联进行核科学合作的谈判，与苏联政府签署了引进实验反应堆和回旋加速器的协议。在苏联期间，刘杰和他，还有代表团其他成员赵忠尧、彭桓武等一起，多次议论了中国如何发展原子能事业的问题，形成了一些看

法。回国后，5 月 7 日，由刘杰和他两人署名，上报国务院三办主任薄一波并中央的报告中，就“一堆一器”建设选址、培养科学技术人才、加强科学技术研究、筹划核工业建设的协作工业、组织机构和领导力量等一系列问题，提出了具体建议。之后，钱三强又参与起草《关于我国制定原子能事业计划的一些意见》，并在同年 12 月修订成《关于 1956 年至 1967 年发展原子能事业计划大纲（草案）》。以上“报告”“意见”和“计划大纲（草案）”，实际构成了发展我国原子能事业的最初谋划的蓝图。

与此同时，钱三强还根据周恩来总理的指示，“要让大家特别是领导干部懂得原子能的科学知识和应用”，科学院成立了以吴有训为首的“原子能知识普及讲座委员会”，钱三强等 20 多位科学工作者和高等学校教授组成了宣传团，到北京和全国各地宣讲原子能和平利用的科普知识。对原子能事业的创建起到了舆论推动和支持的作用。

1985 年，钱三强在办公室

为了原子能事业的长远发展，培

养专业科技人才，高教部决定在北京大学和兰州大学各设立一个物理研究室，作为训练中心；在北京大学和清华大学设置相关专业，招收大学生进行系统培养。钱三强安排了很强力量，来协助高教部创办这几个大学的原子能专业。同时，还经高教部与苏联有关方面商定，在中国留学生中选调一部分改学原子能专业，以适应我国创建原子能事业的急需。

科研先行，让核科学在中国土地上生根开花

发展原子能事业必须科研先行。钱三强 1948 年回国，他一心想把国内核科研人员聚集起来，让核科学在中国土地上扎根。他先后找了当时清华大学校长梅贻琦、北京大学校长胡适、北平研究院副院长李书华，希望他们支持把国内有

1956 年，钱三强（前排右三）出席杜布纳联合研究所成立全权代表大会

限的核科研力量聚集起来，开展核科学研究。可是，几经碰壁，希望成为泡影。而到了北平和平解放后，当他想趁参加世界和平大会之机，请他导师约里奥－居里帮助买一些核仪器和图书，立即得到党中央支持，拨给他5万美元。这使他极为感动。

1950年5月，中国科学院决定成立近代物理研究所，办所方向是："以原子核物理研究工作为中心，充分发展放射化学，为原子能应用准备条件。"钱三强继吴有训之后任该所所长。他积极延揽人才，请王淦昌、彭桓武担任副所长，还尽力争取聘请从欧美各国回来的学者和留学生，包括赵忠尧、邓稼先、朱洪元、杨澄中、杨承宗、戴传曾、张文裕、汪德昭、王承书、李正武等人，到近代物理所工作，使近代物理所成为我国核科技人才的聚集中心，建所初期只有十几个科研人员，到1952年年底即增加到90多人。在实验设备和图书资料十分匮乏的条件下，开展核领域各个学科的研究工作，为创建我国原子能事业做了科学技术和人才的准备。

1955年1月，中央决定发展我国原子能事业，并争取到苏联援建实验反应堆和回旋加速器，在北京房山坨里建起了核科学研究的新基地。从此，核科学研究如鱼得水，蓬勃发展起来，到1959年年底，就有21个科研技术单位，开展研究工作达22个学科、60多个学科分支，原子能所名副其实地成为我国比较完整的综合性核科学技术研究基地。钱三强从1958年兼任原子能研究所所长到1978年，整整20年来，在他组织领导下，这个所为核工业建设、核武器研制和核技术应用，完成了一系列科研生产任务，成为我国原子能事业的发祥地。在完成这些任务的过程中，培养出一大批科研生产技术骨干，其中有60多位已成为科学、工程两院院士，有的还成为国家领导人；与此同时，原子能所还派生出众多新的核专业研究机构，成为富有孕育活力的我国原子能科技事业发展的“老母鸡”。

推荐人才，保证我国核事业建立在自己力量的基点上

钱三强在国外多年从事核科学研究，同这个领域的学者和留学生有比较广泛联系，了解他们的学术水平和业务能力。所以，从二机部成立以来，遴选科学技术方面的人才，部党组主要依靠和听从钱三强的推荐和介绍。

1958年，二机部决定组建北京核武器研究所时，钱三强推荐了邓稼先到该所当理论部主任。1959年，苏联毁约不给原子弹教学模型和技术资料后，钱三强推荐朱光亚到该所任副所长，协助所长李觉做科技组织协调工作，而当苏联专家全部撤走后，又推荐王淦昌、彭桓武，并通过他请钱学

森推荐了郭永怀，他们三人到该所任副所长，加强了核武器研制的技术领导力量。之后，为了解决原子弹中子引爆所需的中子源问题，他又推荐了王方定来承担这项工作。

1960年12月，原子弹理论设计工作开始不久，刘杰部长提出，核武器研究所忙于原子弹的攻关，原子能所能否组织一些力量，在氢弹理论探索方面先行一步。并指出这项工作保密性很强，要求钱三强直接领导，对部里负责。钱三强表示赞同，并很快在原子能所组织黄祖洽和于敏等40余人，组成轻核理论组，对氢弹的各种物理过程、氢弹作用原理和可能结构进行了探索，认识了许多基本现象和规律。这项理论预研，特别是通过预研工作培养了氢弹理论队伍，后来与核武器研究院氢弹理论研究人员合在一起，对氢弹原理的突破，以比美、苏、英、法四国都短的时间研制成功氢弹，起了重要的作用。

在核燃料工业建设方面，当时兰州铀浓缩厂启动运行需要解决级联理论和物理化学方面的理论和实践问题，钱三强推荐了王承书和吴征铠到铀浓缩厂帮助解决困难，并培养相关理论计算人员；同时，为了组织国内有关力量仿制苏联的分离膜和研制新型分离膜，他又推荐钱皋韵来抓这项工作。为了解决锂同位素分离的物理化学理论和级联理论中的数学问题，钱三强推荐刘允斌和金星南去承担这项任务，攻克了氢弹热核材料生产技术的难关。

钱三强推荐张沛霖、陈国珍分别担任核燃料生产冶金、质量分析方面的总工程师，有力地加强了这些方面的技术领导工作。

最后，在1962年春天，聂荣臻元帅亲自召集国防科委和二机部的负责人，要着手抓原子弹试验靶场的准备工作，筹建核试验技术研究机构，要求钱三强提名适宜负责这方面工作的科技人员。钱三强提出了程开甲、忻贤杰、陆祖荫和吕敏等人，后来这些同志在程开甲所长的领导下，为开拓我国核试验理论和核测试技术研究，做出了很大的贡献。

钱三强在核工业建设和核武器研制的各个关键时刻，推荐了一些政治和业务素质都特别优秀的专家学者，到关键岗位承担关键性工作，真可谓“知人善任”，对我国核事业的创建与发展起到了重要的作用。1999年，中央表彰为研制“两弹一星”做出突出贡献的科技专家并授予“两弹一星”功勋奖章的核工业系统10人中，大都是最初由钱三强推荐到核系统工作的。2013年6月6日，中央电视台记者采访二机部老部长刘杰时，刘杰特别强调指出：“钱三强推荐人才，使我们拥有一支强有力的科技骨干队伍，这是钱三强对我国核事业创建与发展最出彩的重大贡献。”

组织科技协作，共同创造中国核事业的历史辉煌

核工业建设和核武器研制是一项庞大而复杂的系统工程，涉及国民经济和科学技术各个部门，必须由各个部门大力协同、密切配合才能完成。按部党组成员分工，钱三强负责组织科技协作。钱三强利用兼任科学院副秘书长的便利条件，于1961年与科学院副院长裴丽生一起，到东北和西安等地，在中科院和五机部、化工部、冶金部等下属研究机构安排了大量与二机部的协作任务。1962年4月，又与科学院副秘书长秦力生共同召集大连化物所和兰州化物所领导干部会议，确定以高能炸药的化学合成为研究重点。同年10月，与秦力生、吴峰桥共同主持会议，确定科学院冶金所和北京钢铁研究总院承担分离膜研制任务。

钱三强与何泽慧

当时，二机部请外单位科技协作的项目很多。为了确保万无一失，重点项目往往要安排几个单位同时进行。按照一定程序，进行项目分配、技术交底、进度检查、成果验收，几乎每个月，钱三强都要组织相关专家召开会议，协调关系、检查进度或验收成果。在中央专委办公室、国防科委、国防工办、中国科学院和各工业部门的支持和指导下，承担协作项目的各研究机构和高等院校都保质保量按时完成了科研生产任务，其中包括铀浓缩厂所需的分离膜、耐氟润滑油、耐氟密封橡胶；核武器使用的高效雷管、高效炸药；核反应堆需用的高纯石墨、特种铝和不锈钢、锆、铍、镉、铪等特殊材料的研制，为许多高难技术的过关，自力更生发展我国核事业，共同创造历史辉煌，做出了不可磨灭的贡献。

历史是不会忘记有贡献的人的。钱三强自 1948 年回国后，一直积极推动核科学研究事业。在新中国和共产党的领导下，受到很大的尊重、信任和支持，充分发挥了自己的智慧和才能，在我国核事业的创建与发展中，参与谋划发展、建立综合性科研基地、推荐科技骨干人才、组织科技协作等方面，都做了大量工作，起到了别人起不到的作用，有独特的杰出贡献。钱三强是我国核科学事业的开拓者、奠基人之一，他独特的杰出贡献和为核科学事业奋斗终生的精神，将永远在我国核事业发展史上闪耀光彩。

功德双馨的老科学家——王淦昌

王老在我心目中是一位最可亲可敬可爱的老科学家。他在核科学领域的卓越成就和巨大功绩，以及他热爱祖国的真挚情感和奉献精神，和他为人的崇高品德和思想情操，总是令人永远难忘。

终身在科学前沿求索

在科学学上有一个概率，说科学家一般在45岁以后就走下坡，很难再有创造发明。可是王老就突破了这个常规。他53岁在杜布纳联合核子研究所领导的研究小组，发现了世界上第一个荷电负超子——反西格玛负超子，成为联合所在高能加速器上做出的最重要的科研成果。他57岁独立于苏联物理学家巴索夫提出用激光打靶实现核聚变的科学设想，并随后亲自主持和指导这项研究工作，不断创新研究思路和实验手段，使我国这项科学研究在国际上处于先进水平。

《王淦昌全集》收入的54篇学术论文，包括他大学毕业论文、在德国学习的博士论文以及之后各个时期的学术论文和专著，时间从1930年到1998年，上下近70年，他一直在科学前沿无尽地探讨，不懈地求索，这种为科学事业奋斗终生的精神，是感人至深的。

王老是一位卓有成就的科学家。他之所以成功，在他暮年总结自己的思维经验时，归纳为四条：一是跟踪科学前沿，保持思维敏锐性；二是独立思考，大胆怀疑；三是实验为源，理论为本；四是锲而不舍，持之以恒。王老这些经验极其精辟、宝贵，是科研成功的必由之路，它的光辉将永远照耀着有志于科学事业的后来者。

王淦昌

王老的科学活动和科学思维不局限于核科学领域，而且关注整个国家的科学事业的发展。他以超群的智慧、敏锐的洞察力和强烈的爱国责任感，积极为我国高科技的发展向国家建言献策。我在阅读他的文集时发现，《王淦昌全集》收入了他 28 份致中央及部委领导的建议、5 份在人大会议上的提案，每份都充盈着他的真知灼见。其中他与王大珩、陈芳允、杨嘉墀联合提出《关于跟踪研究外国战略性高技术发展的建议》，被中央领导采纳，形成为国家的高技术研究与发展计划（即“863”计划），对推动我国高技术的发展起到了重大作用。

心系祖国的命运和前途

王老一生始终抱有强烈的、深厚的爱国情怀，总把自己的学习、工作和生活与祖国的命运和前途紧紧相连。这种忠贞不渝的爱国精神，在《全集》许多文章中都有体现。

1931 年“九一八”事变后，日本侵略者侵占了我国东北三省，当时他在德国学习刚得到博士学位，得知这一消息，就心急如焚，急于回国。有人劝他说：“科学是没有国界的，中国很落后，没有你需要的科研条件，何必回去呢？”他坚定地回答：“科学虽然没有国界，但是科学家是有祖国的。现在我的祖国正在遭受苦难，我一定要回去为她服务！”1934 年回国后，他先在山东大学后到浙江大学任教，随着日本侵略我国不断深入，浙江大学六次迁移，真可谓流离颠沛，不得安生。就在这样艰苦危难的恶劣条件下，他仍坚持给学生上课，除了讲近代物理学，还适应国防需要，主动开了军用物理课。而且坚持科学研究，带着肺结核病在昏暗的油灯下，写出了闪耀他智慧光辉的《关于探测中微子的一个建议》，1942 年 1 月发表在美国《物理评论》杂志上。后来美国物理学家阿伦正是根据这一建议做出实验，确认中微子的存在，获得了诺贝尔物理奖。

解放后，他全身心地投入新中国原子能科学研究事业。1960 年当他发现了反西格玛负超子正誉满全球的时候，领导上却要求他改变研究方向，参与自力更生研制核武器，他毫不犹豫地立即表示“我愿以身许国”。鉴于研制核武器是国家最高机密，要求工作人员绝对保密，断绝一切海外联系，他也满口答应“可以做到”。从此他就隐姓埋名、不辞辛劳地为研制核武器奔波在北京研究所、青海研制基地和新疆核试验场，前后 17 年，调回北京时已是年逾 70 岁的老人了。

在国家遭遇困难时，王老总要竭尽自己的力量。《一片冰心在河山》讲述了抗战时期他在浙大任教，为了抗日救国，他出力出钱，把自己的全部积蓄，包括父母遗留给他的和他结婚时他夫人的陪嫁妆奁——金银首饰和银元铜板之类，总数约有 10 多斤，都捐献给了国家。以致后来他由于孩子多、身体有病，几乎穷得维持不了生活。而在解放后，20 世纪 60 年代初，我国由于遭受自然灾害，发生严重经济困难，他就把自己在苏联杜布纳联合所工作时省吃俭用余下的 14 万卢布，全部交给中国大使馆，捐献国家，以示他为国家分担一些困难的心意。

王淦昌在指导科研工作

为人谦逊质朴，正直真诚

朱光亚同志在为王老全集所作的总序中指出：“人们通过阅读这套全集，不仅了解王淦昌先生在科学事业中所做出的非凡贡献，而且更多的是了解他的为人、品德、作风、精神和情操。”我在阅读中，确实为王老的为人品德和情操所深深感动和震撼。

王老对前辈十分尊重，称吴有训、叶企孙、周培源为中国物理学的先驱者、奠基人、开拓者，对前辈对他的教育和影响念念不忘，敬爱和感激之情溢于言表，从他写的《深切怀念吴有训老师》《记吴有训老师培育二三事》《怀念爱国科学家、教育家、我们的老师叶企孙教授》《见物理系之筚路蓝缕，思叶老师之春风化雨》《周培源文集序》等文章都可以见到。

1999年9月18日中央追授王淦昌同志的“两弹一星”功勋奖章

他很重友情，对朋友、同事、合作者都是一片真诚，虚心学习，赞扬优点。他同束星北是浙江大学的同事，在学术问题上他们经常争论得面红耳赤，而在生活上他们又亲密无间。他认为束星北的教学经验丰富，接受新业务快，性格豪爽，乐于助人，他同束星北始终保持着深厚的友谊。他同邓锡铭是研究激光约束核聚变的合作者，两人一见如故，相见恨晚，合作得非常融洽有效。邓锡铭于1998年去世时，王老十分悲痛，在医院里写了悼念邓锡铭的文章——《老邓，你走得太早了》，一句话的标题，深切地表达了王老对邓锡铭的痛惜和缅怀之情。

他对晚辈无论学生、下属科技人员和身边工作人员，都像对待自己的朋友那样关怀备至。如他的两个学生许良英和周志诚在浙江大学学习时，他不但指导他们如何学好物理，而且关心他们的思想和生活，同他们谈心。他们毕业后没有留校当助教，一心要找党组织，没有找到，流落在外，生活十分困难，王老就给他们写信甚至登报找他们。之后又坚决顶住校方要解聘他们的压力，使他们得以继续留校工作。几十年过去了，许良英至今仍然牢记着恩师的这份深情。

王老极富正义感和社会责任感。他对党的正确路线方针政策，真诚拥护，积极执行，对社会种种腐败现象则深恶痛绝，坚决反对。他在《六届全国人大常委会第13次会议联组会上的发言》和对《经济日报》记者的谈话中，对我们一些领导干部的思想作风和社会一些不良现象提出了尖锐的批评，表现了他的刚直不阿，一身正气。

世界伟大科学大师爱因斯坦在悼念居里夫人时说过："在像居里夫人这样一位崇高人物结束她的一生的时候，我们不要仅仅满足于回忆她的工作成果对人类已经做出的贡献，第一流人物对于时代和历史进程的意义，在其道德品质方面，也许比单纯的才智成就方面还要伟大。”我想，爱因斯坦的话对于我们纪念王老诞辰100周年也是适用的。

【原载《中国核工业报》，2007年5月23日】

令人崇敬的女科学家——王承书

她是一位传奇式的人物。她身体瘦弱，但深藏着一颗炽热的爱国心，性格顽强，意志坚定，探索科学，追求真理，从不认输。为了祖国的铀同位素分离事业，她奋不顾身，从不叫苦，执著追求，默默奉献，栽培桃李，甘为人梯。她就是从美国回来报效祖国几十年，资深的中国女科学家王承书。

“我的事业在中国”

王承书 1941 年赴美留学，1944 年获密歇根大学博士学位，之后两度在普林斯顿大学从事教学和研究工作。她在美国 15 年，始终惦记着祖国的安危兴衰。当 1949 年中华人民共和国成立，昭示国家有了新的希望，她更加迫不及待要回来报效祖国。她坚定地表示：“虽然中国穷，进行科研条件差，但我不能等别人把条件创造好，我要亲自参加到创造条件的行列中。我的事业在中国。”从那时起，她就为回国做准备。为了避免美国政府的检查和扣压，她把多年积累的科技图书资料，分成 300 多邮包，用一年多时间，陆续寄到北京。1956年，她从美国回来了，被安排在近代物理所理论研究室工作，兼北京大学物理系教授。她目睹祖国翻天覆地的变化，激起极大的工作热情，暗下决心："要以十倍的精力，百倍的热情拼命地工作，要把自己的全部智慧和力量奉献给祖国。"

王承书

1958年，原子能研究所筹建热核聚变研究室，王承书被调往该室从事理论工作。1959年被派往苏联实习3个月，在回国的火车上，她翻译了有关热核聚变研究的《雪伍德计划》，并对这项工作产生了浓厚的兴趣，准备加入当时在国际上相当热门的这一科技领域。然而，国际风云突变。1960年，苏联对中国毁约停援，撤走全部专家。我国兰州铀浓缩厂是用气体扩散法分离铀同位素，苏联人没有给全资料就走了，给我们造成很大困难，启动投产亟待解决级联理论计算难关并培养相关科技人才。王承书在气体动力学方面有较深造诣，于是就想到了请她去负此重担。但这又是一项绝密任务，对参与这项工作人员必然有所要求。1961年3月，钱三强同她谈话时，就直截了当问她，为此她要隐姓埋名一辈子，愿意不愿意？她毫不犹豫立即表示愿意。她心里装的是国家利益，为了事业的需要，她可以舍弃个人一切。她中止了已比较熟悉的热核聚变研究工作，转到铀同位素分离理论研究上来，并且从此“王承书”的名字在理论物理界无声消失，开始后半生的默默奉献。

为同位素分离理论研究奉献了毕生精力

天然铀中有三种同位素：铀–238、铀–235和铀–234。铀–234的含量极少（0.006%），一般可以忽略不计。铀–235是一种裂变物质，既是核武器的装料，又是核电站的燃料。但是，铀–235在天然铀中的相对含量只有0.7%，要把它从天然铀分离富集起来很不容易，技术难度很大。当时，兰州铀浓缩厂用的是扩散分离法，几千台机器串联起来，经过相当长的过程，逐渐富集到90%以上，其中级联控制需要精密计算。王承书也没有干过这项工作，凭着她气体动力学和统计物理的深厚功底，结合苏联专家留下的不完整资料，在铀浓缩厂建立了一个级联理论小组，同基层科技人员一起学习、讨论、研究，指导和培训级联理论计算人员，理论联系实际，深入细致答疑解惑，让大家吃透钻深，切实掌握级联理论和计算分析技术。

王承书工作十分严谨，一丝不苟。在指导兰州铀浓缩厂分批启动运行的理论计算工作中，她夜以继日，坚守岗位，一次又一次地对计算结果进行反复检查和认真分析，直到看到实测数据吻合理论曲线时才满意地结束。1964 年 1 月 14 日，当高浓铀气体按理论计算达到预期丰度，打开精料口阀门流向产品容器，并经化验证明完全符合要求时，她与现场领导和技术操作人员都欣慰地笑了。兰州铀浓缩厂产出了我国第一批高浓铀精品，为我国第一颗原子弹爆炸提供了核心装料。当美国原子能委员会在空中取样分析后，得知我国第一颗原子弹用的是内爆法和高浓铀 -235，使他们大吃一惊。美国总统约翰逊从原来认为中国爆炸的只是一个“粗劣的核装置，没有军事意义”，此时却直呼“不应该把这件事等闲视之”。

从此，王承书的科研生涯就与铀同位素分离事业密不可分。从研究所到工厂、到部机关，一直从事这方面的科技领导和研究工作，为研究发展我国铀同位素分离技术奉献了毕生精力。她担任我国自行设计制造大型扩散机的总工程师，获多项全国科学大会奖和国防科委特别奖。她担任离心和激光分离铀同位素两个专家组的组长。参与引进国外技术，在研究离心技术上，预见离心机寿命问题是离心技术应用的关键之一，不顾自己年事已高，率先从头学起，经过 10 多年与有关同志共同努力，使我国离心技术的工业应用达到先进水平。她指导激光法分离技术研究，也在实验上获得了重大突破。

“让年轻人从我肩上跨过去”

王承书承担铀同位素分离理论研究时，已年届半百。她不但自己全身心投入，解决工厂运行中遇到的一个又一个的理论难题，而且特别重视培养年轻一代，说“让年轻人从我肩上跨过去”，甘为人梯，使年轻科技人员深受感动。她培养了一批又一批优秀科技人才，在铀同位素分离技术攻关和创新发展中发挥了重要作用，其中有些科技人员后来在研究所、工厂和部直机关都成了科技领导骨干，有的还当选上了工程院院士。

核工业理化工程研究院研究员诸葛福讲过两个故事，使他终生难忘：一是他写了一篇论文送王承书审阅，字迹浅淡，王承书看不清楚，但没有退回，而是自己先用笔描深，然后用长条放大镜，一行一行、逐字逐句地提出修改意见。二是丁肇中送王承书一台计算器，当时国内还没有这种先进计算工具，但她自己没有用，而转送给下属理论计算人员使用，给了大家很大方便，大大提高了计算速度，促进了工作效率。

在治学上，王承书对年轻人又特别严格，凡是送她审阅的论文，一般都要多次修改。有位研究生在计算激光法某个流体问题时，所采用的速度大得出乎现实可能。她当即严肃指出，这不是一般的疏忽，而是缺乏物理头脑，使这位研究生既愧疚又深受感动。

王承书（右三）在指导她的学生工作

王承书培养学生不但注重学术上的提高，而且在思想和生活上也特别关心。她言传身教，鼓励年轻人要艰苦奋斗，努力工作，为国争光。同时关心年轻人生活，经常问道：生活怎么样，有什么困难没有？孩子念书成绩怎样，考上什么学校啦？等等，让年轻人深刻感受到长者的关爱。

把一切献给党和国家

王承书 1956 年回国，到 1994 年去世，这 38 年间，她一切为了党和国家，为了原子能科学事业，真正践行了“要把自己的全部智慧和力量奉献给祖国”的诺言。她对自己的要求特别苛刻，生活简朴，穿得普通，吃得特别节省。她是二级教授，20世纪50年代，每月工资280多元，她拿出200元交党费，余下80多元还要资助学术活动和有困难人员。有人说她是“有福不会享，有钱不会花，有权不会用”。直到临终她还立下遗嘱：要把她多年积累的科技图书资料，全部捐赠给核工业理化工程研究院。遗体不必火化，捐给医学研究或教学单位。多年积蓄余下的十万元钱，捐献给西藏希望小学。她真是一个伟大的爱国者，功德双馨的知识分子，忠诚无私的共产党员。她的执着精神和崇高品德将永远光芒四射，照亮一切热爱祖国、追求进步、执着事业的人们。

核工业成就与核工业人爱国献身精神

成就与影响

2014年是我国首次核试验50周年，岁月悠悠，风云变幻，联想起五六十年来国家的变化与核工业成就和核工业人的贡献和精神，许多往事如同电影一幕幕清晰地呈现在眼前。

五六十年前，新中国刚从战争的废墟上建立起来，面对帝国主义的政治打压、经济封锁、军事包围，特别是美国的原子弹如同悬挂在头上之剑，让年轻共和国不得安宁，国家安全和经济发展都受到严重威胁和压抑。

五六十年前，新中国在国际上没有地位。联合国的中国席位还由国民党政府占据。在外交上被迫实行“一边倒”政策，只与苏联、东欧和亚洲、北欧等十几个国家建立外交关系。新中国在国际上没有话语权，许多国际会议不让新中国参加，世界听不到中国的声音。

在如此险恶和困难的条件下，1955年1月，毛泽东主持党中央书记处扩大会议做出了创建我国原子能事业的战略决策。

如今，我国有了原子弹、氢弹、核导弹、核潜艇，并根据战略战术的需要，以不同的当量、不同的弹头形式，装备部队，成为世界公认的核大国之一。我国的核武器是防御性的，在任何时候、任何情况下，都不会首先使用核武器。但是，有谁胆敢冒天下之大不韪使用核武器，我们当然也不会示弱。

核武器是一个国家的实力象征。至今仍是世界力量平衡的砝码，国际政治、外交、军事斗争的工具，决定战争与和平的重要因素。1964 年 10 月，我国成功爆炸了第一颗原子弹；1966 年 10 月，第一次核弹与导弹结合爆炸成功；1967 年 6 月，又成功空投爆炸了氢弹。这一系列核爆炸试验成功，令世界对中国刮目相看，从此中国的安全环境有了根本改善，世界战略格局也发生了重大变化。

1969 年 9 月，苏联部长会议主席柯西金约周恩来总理在北京机场举行会谈，有意缓解中苏关系和边界冲突，随后苏联撤退了对我东北边境虎视眈眈的百万大军；1971 年 7 月，美国总统尼克松派国家安全事务助理基辛格秘密访华，表达尼克松愿与中国关系正常化，随后 1972 年 2 月，尼克松正式访华，与毛主席、周总理举行会谈，并在上海发表了中美联合公报，对台湾是中国领土的一部分不提出异议，确认从台湾撤出全部武装力量和军事设施。其间，1971 年 10 月，联合国大会以压倒多数的赞成票通过了恢复中华人民共和国的合法席位。随后出现了欧洲和世界各国与中国建立外交关系的高潮。

改革开放以来，中国经济持续高速发展，成为世界经济体第二大国。2013 年中国进出口贸易达到 4 万亿美元，超过了美国，成为世界第一。中国对外不带政治条件的投资，遍布许多国家，深受这些国家和人民的热烈欢迎。中国是联合国安全理事会五大常任理事国、也是拥有核武器的核大国之一，在国际上的地位和影响越来越大，世界上一切重大问题，几乎都要中国参加，听取中国的意见，中国的声音极具分量，举足轻重。

回顾这五六十年来，我国安全环境的变化和国际地位的提升、影响力的扩大，都同原子弹、氢弹、导弹、人造卫星的成功，有着密切的联系。近十年来，在航天科技领域，神舟、天宫、嫦娥、北斗等，一个接着一个成功发射，更让世人切实感到中国的崛起已是势不可挡。

依靠和发挥科技人员的潜力

回顾这些成就和影响，令人欣慰和自豪。然而这又是怎么得来的呢？

美国人编写的《中国原子弹的制造》一书“前言”问得好：“一个工业、科学资源有限的贫穷落后的国家怎么能取得如此复杂的技术经济成就，而且令人吃惊的是，这一成就是在‘大跃进’的严重政治动乱中和‘三年困难时期’实现的”。又是这位提问者自己回答得好：“中国的核武器计划之所以取得成功，重要的是领导人长期以来放手使用本国科学人才，发挥他们的潜力。”

“本国科学人才”是谁呢？王淦昌、钱三强、彭桓武、郭永怀、朱光亚、周光召、邓稼先、陈能宽、于敏、程开甲、姜圣阶、曹本熹、张沛霖、王承书、吴征铠、陈国珍、吴世英——这许多科学家和工程专家的伟岸英姿一一从我脑海闪过，是他们在各级党组织的领导下和广大干部工人的支持下，创造了一个又一个令世界震惊的奇迹，为我们国家和民族赢得了荣誉和骄傲。

这批老科技专家，大都留学于欧美国家，但他们都有一颗诚挚的爱国心。他们深切感受百年来中国屡受世界列强欺负压迫、落后挨打的痛楚和屈辱，负重致远，涉洋过海，到西方科技先进国家学习现代科学技术，志求科学救国、教育救国、实业救国。

1949 年 10 月 1 日，毛泽东在天安门城楼上，按动电钮升起第一面五星红旗，向全世界宣布中华人民共和国成立了。这一画面让许多海外学子激动不已，热泪盈眶。1946年曾被国民党政府选派去美国学习原子弹技术遭拒而后另辟蹊径学核物理的朱光亚，在1949年年底组织起草了《给留美同学的一封公开信》，认为现在是回国的时候了，号召留美学生回国参加新中国建设，迅速得到热烈响应。到1950年2月，即有53人签名，决定近期回国。朱光亚本人也就在此时，毅然踏上“克利夫兰总统”号轮船，取道香港回国。

这批在海外学习卓有成绩的留学生回国后，满腔热情投入新中国科研开发工作。当得知组织安排他们参加核工业建设和核武器研制工作，他们备感党和政府的信任，都坚决服从和乐意接受。

早在20世纪40年代就闻名世界的核物理学家王淦昌，听二机部部长刘杰说，请他参与原子弹研制的科研领导工作，他几乎毫不犹豫立即表示：“我愿以身许国！”并为了保密，自动改称王京，隐姓埋名。从此年已54岁高龄的他，就不顾青海高原气候恶劣，环境艰苦，在那里工作了17年，其间又多次亲赴新疆罗布泊核试验场，指导试验工作。

因为年轻被人称为“娃娃博士”的邓稼先，当钱三强告诉他“我们要放个‘大炮仗’，想请你参加”。他当即表示愿意，只是有些惶恐、胆怯，问道：“研制原子弹，我能行吗？”当晚他回家，妻子许鹿希见他神情有些异常，一再问他发生了什么事？他说：“没什么，只是我要调动工作。”并说：“以后家里的事我就不管了，我的生命就属于未来的工作。做好这件事，我这一生就过得很有意义，就是为它死了也值得。”

刚刚接受国家最高科学技术奖的程开甲，他在回答记者提问时，自豪地说：“我是中国人，我只能喊中国万岁。我这辈子的最大心愿就是国家强起来，国防强起来。”他不辞艰苦，在罗布泊核试验基地坚持工作了20多年，成功地设计和主持了我国首次原子弹、氢弹、导弹核武器和增强型原子弹等不同方式的几十次核试验，为我国核试验技术的发展，做出了不可磨灭的重要贡献。

成长在国家内忧外患、年轻时就日夜思考一介书生如何抗日、如何救国问题的化工专家曹本熹，留学英国回来就投身创建清华大学化工系；之后为了摘掉中国石油落后的帽子，又积极参与创建我国第一所石油学院；而当他接受到核科技战线的调动时，深知任务之艰巨，他坚定地表示：“请组织上放心，我一定为中国人民争气，不管遇到多大的困难和问题都要顶上去！”

伟大的事业产生伟大的精神

科学家和工程专家们铿锵有力、掷地有声的话语和态度，表现了他们一腔爱国的忠诚和志气。他们是这样说的，也是这样做的。他们把自己的知识、智慧、经验、才能、时间、精力、心血，全部投入为祖国壮大强盛的核事业发展中。他们的事业心成就了伟大的事业，伟大的事业产生了伟大的精神。2005 年，集团公司在庆祝我国核工业创建 50 周年大会上，提出“事业高于一切，责任重于一切，严细融入一切，进取成就一切”的核工业精神，就是对这种精神的最好概括。中央领导同志高度赞扬这种精神，认为这也是中国共产党人的精神、中华民族的精神。

事业高于一切。为了事业，杨承宗宁愿放弃法国国家科学研究中心续聘年薪 555 350 法郎另加补贴的优厚待遇，回国接受中国科学院聘任每月工资小米一千斤的工作；为了事业，姜圣阶离开身居高位的南京永利宁化工公司、告别病瘫床上的妻子，孤身一人到地处沙漠戈壁的 404 厂参加建厂领导工作；为了事业，刘允斌离别热爱的俄罗斯妻子和儿女，回国到原子能研究所，开创核燃料后处理化工研究。总之，在他们心中，事业比天大、比山高，为了事业，他们其他一切都在所不惜。

责任重于一切。从事核武器研制、核潜艇和核电站建造，以及核燃料生产，大家都明白，任务艰巨，责任重大。核工业的老部长刘杰就常说，天下最重的东西莫过于责任。

责任重于泰山，泰山可以测量，一个人的责任心不可计量。高级青年技工原公浦，在接受高浓铀部件加工任务时，深感责任重大，绝不能在他手上受损。半年左右时间，他反复在车床上模拟练习，精益求精，有时竟连续干 20 个小时，半年体重减了 10 多公斤。正式加工时，因为成品对光洁度要求极高，尺寸要求极严，特别是最后三刀，每进一刀都由专人测量检验，经技术负责人批准，才进下一刀。三刀过后，产品完全达到设计标准，由此他还得了“原三刀”的美称。

严细融入一切。科学研究必须严格细致，不能有任何马虎。一次核武器研究所人员在上海华东计算技术所，为核试验任务进行计算时，出现一个物理量的计算不稳定，发生跳动。这是物理设计问题，还是程序有误，还是机器出了毛病，众议不一。怎么办？当时有两种选择：一是避开这一计算结果，运用别的结果进行推算；另一是迎着疑难上，查个水落石出，绝不放过任何隐患。于敏治学严谨，果断选择了后者。他同大家一起围在计算机房的操作台和打印机前，从原始公式开始，步步为营，对每个数据进行排查，最后终于发现计算机上一块运算插件板有问题，换了这块板排除了隐患，计算就恢复正常。

进取成就一切。在制定首次核试验的两年规划时，许多环节都有不确定因素和不具备条件，紧一紧工程就上去了，松一松工程就会拖下来。当时二机部党组就是以“只争朝夕”的精神，不等不靠，积极进取，步步往前赶，终于在1964年10月圆满实现了第一颗原子弹爆炸试验的成功。这是一个大科学工程成功的实践经验，关系全局，来之不易，具有深远的普遍意义。

斗转星移，上述种种，都已过去五六十年了。如今，党的十八大和十八届三中全会提出了中华民族伟大复兴、两个“百年”的中国梦和全面深化改革的整体部署，我们核工业人如何响应、贯彻、执行？如何传承和弘扬爱国主义精神和核工业精神，为实现伟大的中国梦，开拓核事业的新局面，再创新的辉煌？这应该是我们核工业人纪念首次核试验50周年和核工业创建60周年必须思考和回答的问题。

第三编

改革开放中再创业

改革开放开创了我国核工业发展新局面，逐步由军转民，重点推进核能和核技术的和平利用：建设核电站，为我国经济发展提供安全、清洁、高效的无碳能源；开发同位素产品和辐射技术，为工业、农业、医学、科研、资源、环境、公共安全应用，创造了良好的经济效益和社会效益。本编各篇论述和记录了这一历史性跨越的必然和成就，并展示了核工业发展的广阔前景。

改革为核工业带来了无限生机

改革开放使我国核工业经历了前所未有的变化和发展，呈现出一派勃勃生机，前景广阔。我作为核工业的一个老同志，目睹并见证了核工业改革与发展的历程，不由得心潮澎湃，感触良多。

改革指明了核工业“保军转民”的新方向

我国核工业创始于1955年。在党中央、国务院、中央军委的正确领导和亲切关怀下，全国各部门、各地方大力协同和积极支持，从零起步，经过全体职工艰苦卓绝的努力奋斗，先后突破了原子弹、氢弹和潜艇核动力的研究设计制造技术，建立了比较完整的核科技工业体系，培育了一支政治业务素质较高的专业队伍。

然而，核工业的发展并非一帆风顺。十年“文化大革命”的干扰和破坏，使核工业的发展受到很大冲击，留下严重后患。基建战线过长，科研开发停滞，职工队伍涣散，领导力量削弱，尤其没有一个统领和带动全局的中长期发展规划，以致“核工业向何处去”，如何进一步发展，在指导思想和发展方针上产生了问题。

1978年12月，党的十一届三中全会做出了把全党和全国工作重点转移到社会主义现代化建设上来的重大战略决策。随后，1979年4月中央工作会议和6月全国人大五届二次会议，确定对国民经济实行“调整、改革、整顿、提高”的方针。与此同时，依据对国际战略格局和战争形势的分析判断，中央调整了国防建设战略，决定从临战状态转向和平时期现代化建设。小平同志对国防工业提出了“军民结合、平战结合、军品优先、以民养军”的十六字方针。在这些大战略、大方针、大背景下核工业怎么办？国防科委和二机部党组反复分析研究，时任国务院副总理的张爱萍提出了“在优先保证军用的前提下，把重点转移到为国民经济和人民生活服务上来”的方针。1981年3月，国务院正式批准了国防科委和二机部的联名报告，“同意原子能工业逐步转到为国民经济服务的方针”。以后就把这一方针概括为“保军转民”，在这一方针的指引下，核工业开始了第二次创业。

“转轨改型”迎来了核工业二次创业的新局面

从“军用为主”到“保军转民”，运营机制从“计划经济”到“市场经济”，对核工业发展是一个历史性、全局性的战略转变，它对实际工作的各个方面带来了深刻的变化。

首先是，任务变得更加艰巨繁重。过去以军为主任务单一，现在保军转民一肩双挑，军的任务必须保证，民的任务要全面展开。民的任务在经济上、技术上、安全上要适应市场和用户的要求。其次是，运营机制发生很大变化。搞军品，任务由国家提出，所需资金和条件都由国家提供，产品由国家收购，核工业基本上是一个“科研生产型”的军工部门；现在搞民品，资金、材料、生产、销售都要自己运筹经营，在市场上靠自己打拼，核工业也进入市场经济的序列。最后是，与外部关系大不相同。过去研制核武器是中央专委直接抓的政治任务，核工业部门主办，其他部门和相关地方开“绿灯”，大力协同，为核工业服务。现在建核电站，推广同位素和核技术应用，各部门各地方都是用户，核工业要为用户服务，适应用户的要求，而且市场经济讲究经济效益，在相互关系上，经济利益提到了首位。所有这些变化，都对核工业提出了严峻的挑战。

当时最大的困难和问题是如何调整产业结构，转换运营机制。由于“文革”期间，“左”的指导思想的影响，大计划、高指标，把军用基建战线拉得很长，超过了国家实际需要和国力实际可能，必须坚决压缩下来，国家投资减了近 2/3。可是，这牵涉几万人施工队伍和筹建机构的工作安排和生活安定。同时，根据国家核军备需要的调整，军用核燃料的生产规模也要做相应调整，有些厂矿就要实行关、停、并、转，这些工作做起来也十分艰难。面对如此严峻的挑战，核工业人没有怨天尤人，也不消极等待，而是认清形势、服从大局、振奋精神、主动迎战，在新的历史条件下，继续努力奋斗，积极开创新的局面。军用基建项目停下来了，建筑安装施工队伍就从西南三线地区拉到东南沿海一带，走向市场，承担石油化工、化纤等民用工程。核燃料生产规模缩减了，就腾出部分技术力量和设备能力，根据经济社会需要，开发生产各种民用稀有材料和化工制品。科研院所充分发挥核技术优势，大力开发生产同位素和核仪器设备，向工业、农业、医疗、科研方面拓展。经过五六年的努力，民品产值达到了核工业总产值的 80% 以上。

与此同时，核工业改变了长期神秘和封闭的格局，开始实行对外开放，走向世界。1980 年 2 月，国务院批准成立了专营进出口业务的中国原子能工业公司。1983 年 4 月，成立了中国中原对外工程公司。1984 年 1 月，中国正式加入国际原子能机构，并在此前后与南斯拉夫、意大利、联邦德国、罗马尼亚、法国、美国、日本、英国、巴西等政府或相关组织签订了核能和平利用合作协定，广泛开展了对外科技合作与交流。尤其先后为阿尔及利亚设计建造了以 15 兆瓦重水研究堆为主体的核研究中心，为巴基斯坦设计建造了

30 万千瓦的恰希玛核电站，表明中国开始有能力对外出口成套核工程和技术设备。

发展核电为核工业开辟了广阔的新天地

核工业转民，重点转向为国民经济和人民生活服务，最大的项目、最有广阔前景的领域就是发展核电。早在 20 世纪 70 年代，周恩来总理就明确指出：“二机部不光是爆炸部，而且要搞核电站”。改革开放以后，中央领导又一再指出：“你们主要发展核电，这是最大的发展。”“你们搞好了，应该是一个大的能源部。”20 世纪 80 年代中期，我国核电建设开始起步，采用了自力更生和国外引进两种模式，都取得了成功。1991 年 12 月 15 日零点 15 分，我国自主设计建造的秦山核电站 30 万千瓦机组首次并网发电成功，标志着

秦山二期核电站扩建场景

我国大陆从此结束了无核电的历史。随后，1994年由广东与香港合营、从国外引进全套技术设备、中外合作建造的大亚湾核电站两台90万千瓦机组先后投入商业运行，显示中国开始有了大型商业核电站。90年代又陆续开工建设了秦山二期、三期和岭澳、田湾核电站。截至2007年，我国大陆建成运行的核电机组容量已达910万千瓦。运行情况一直保持安全稳定。

与此同时，核燃料循环体系也得到很大发展，尤其在生产工艺技术上得到更新换代，大大降低了生产成本，满足了核电发展的要求。实践证明：核能是一种安全、可靠、清洁、经济的能源。发展核电有利于优化我国能源供应结构，保障国家能源安全和经济安全。以核电替代部分煤电，不但可以减少煤炭的开采、运输和消费总量，而且可以有效地促进电力工业的污染物减排。发展核电也为核工业的发展丰富了内涵，拓宽了道路，带来了无限生机。

党的十六大、十七大后，中央领导十分重视核电的发展，提出了“积极推进，加快发展”的新方针，国务院正式批准了《核电中长期发展规划（2005—2020年）》，要求到2020年核电装机容量建成投运4000万千瓦，在建1800万千瓦。核电建设进入快车道，形势喜人。核电是核科技工业体系的经济主体和为国民经济服务的主战场，也是军民两用核技术的重要载体；是核燃料循环前端与后端技术的连接中心，也是核领域国际合作的主要平台；是保持核科技持续发展的需求动力，也是带动核科技人才培养成长的主要途径。核电快速发展必将带动整个核科技工业的快速发展，核能核技术必将为我国社会主义现代化建设和提高人民生活质量做出更大贡献。

【原载《亲历三十年》，航空工业出版社，2008年12月，获《国防科技工业人员纪念改革开放30周年征文》一等奖】

中国核工业的第二次创业

新的发展方针的确立

核工业的第二次创业，开始于新的发展方针的确立。党的十一届三中全会后，全党全国的工作重点转移到以经济建设为中心的轨道上来。核工业怎么办？经过一段时间的讨论和酝酿，1981 年 3 月经党中央、国务院批准，确立了核工业新的发展方针，即：在优先保证军用的前提下，把重点转移到为经济建设和人民生活服务上来。当时概括为“保军转民”。以后，随着工作实践的拓展，这一方针的内容又得到新的补充，进一步明确为“军民结合，以核为主，多种经营，搞活经济”，更加完整地体现了核工业贯彻中央向国防科技工业部门提出的“军民结合，平战结合，军品优先，以民养军”方针的基本内容和原则要求。

根据新的发展方针，核工业进行了大量的调整转民工作：停建了一批军用核工程，压缩了军用生产线，调整了军用科研任务；与此同时，开始兴建核电站，大力开发核与非核民用产品，积极发展对外科技合作与经济贸易。从而使核工业的产业方向、产品结构、经营机制、内外关系，都发生了深刻的变化，实现了发展方向的战略转移和经营管理的转轨改型，由单纯军工型转变为军民结合型，科研生产型转变为经营开拓型，自我封闭型转变为对外开放型，这些变化为核工业带来了新的生机和活力。

核电建设开始起步

我国酝酿发展核电早在20世纪60年代末、70年代初，当时周恩来总理多次提出要搞核电站，并且为发展核电制定了“安全、适用、经济、自力更生”十字方针。但是，由于

秦山一期核电站建设现场

“文化大革命”的干扰和其他种种原因，核电建设未能在那个年代真正起步。

党的十一届三中全会以后，党中央和国务院都十分重视发展核电，把发展核电作为解决我国能源问题和发展电力工业的一条重要方针，相继做出了自己设计建造秦山核电站和利用外资引进外国技术建造大型核电站的决策。在此期间，虽然发生了美国三哩岛和苏联切尔诺贝利两次震惊世界的核电站事故，一些国家因此改变了核电发展计划，个别国家甚至宣布停止发展核电。但是，我国政府经过审慎分析和科学论证，确认核电在技术上是成熟的、在安全上是有保证的。明确宣布我国发展核电方针不变，到20世纪末发展规划目标不变，在核电领域实行对外开放政策不变，这就为持续、稳定、协调地发展核电奠定了政策基础。

目前我国核电建设已经迈出了坚定、踏实的步伐。秦山核电站30万千瓦机组，设备安装就绪，管道冲洗完毕，主控室各个系统陆续开通，主系统冷态试验成功，整个工程进入综合调试阶段，可望于1991年建成并网发电。大亚湾核电站两台90万千瓦机组，工程进展顺利，质量、进度、资金三大控制实现情况较好。目前，1号反应堆已进入设备安装高峰，2号反应堆穹顶吊装提前完成，土建高峰已过，设备安装开始，按合同规定两台机组将分别于1992年下半年和 1993 年年中陆续建成发电。此外，已经国家批准立项，并已完成可行性研究报告的秦山二期工程，两台 60 万千瓦机组，目前正抓紧开展基本设计等建设前期工作；中苏两国政府已经签订备忘录，将在我国辽宁省合作建设的两台 100 万千瓦机组（这个项目后来转为江苏田湾核电站——笔者注），厂址初步选定上报，技术经济商务谈判即将进行，其他各项筹备工作也将陆续展开。

根据我国能源资源分布特点和能源供需矛盾情况，进一步发展核电，特别是东南沿海地区大力发展核电，势在必行。国务院领导同志批示，要组织专家制定一个科学的、稳定的、长期的发展规划。这项工作也已取得很大进展。最近，经国务院核电领导小组批准，召开了全国核电规划草案审议会，就《规划纲要》提出的核电发展方针和技术路线，20 世纪发展规划目标、核电建设资金、核燃料循环工业发展、核电设备国产化，以及各项保证措施和扶持政策，进行了深入的讨论，将有力地推动核电事业更加有计划、有步骤、持续稳定协调地向前发展。

同位素与辐射技术向产业化推进

核工业为经济建设和人民生活服务，除了开发利用核能，兴建核电站外，论其应用范围、影响程度、经济效益和社会效益，要算同位素与辐射技术应用为各业之最了。十年来，我国在这方面的发展十分明显。目前，全国从事同位素与辐射技术研究开发与生产应用的单位有 2 000 多家，专业人员 20 000 多人，遍及工业、农业、医药，资源、环境、科研和教育等多个领域，初步形成了一个包括同位素及其制品、核仪器仪表、加速器、辐射加工、核农学和核医学等行业的新兴高技术产业。

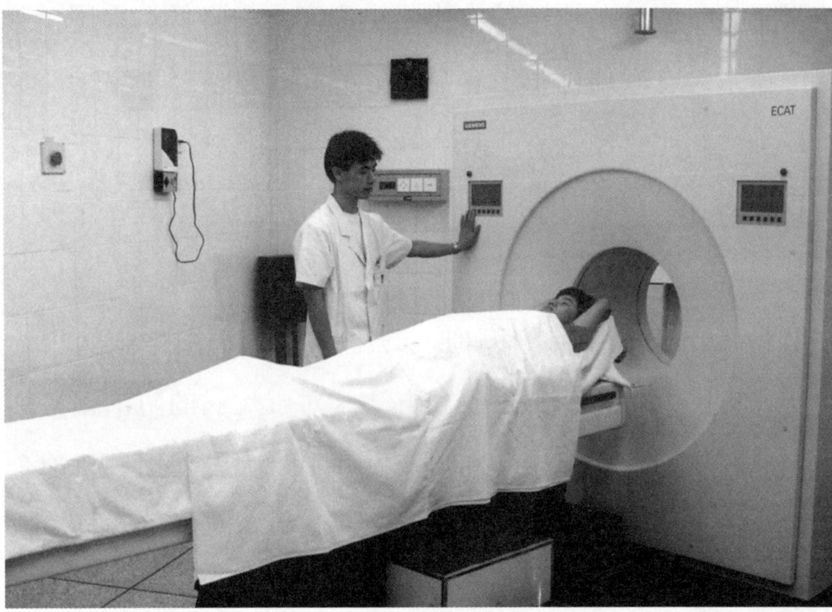

正电子发射计算机断层显像

第一，在农业应用方面，同位素与辐射技术对我国农业生产发展和农业现代化日益显示独特功能和重大作用。据统计，截至 1989 年年底，我国采用辐射技术和与其他技术结合培育出新的作物品种达325个，居世界领先地位。其中粮食作物220个，棉、油作物43个，蔬菜、瓜果等62个。每年可增产粮食37亿～40亿公斤，棉花1.5亿～2亿公斤，油料0.5亿～0.75亿公斤；仅按增产粮食折算，就相当于10年间对该项目投资的650倍至800倍。其他，如采用示踪技术摸清了我国70多种类型土壤的有效含磷量与施用磷肥的关系，生产出80多种农用标记化合物；采用辐射治虫技术，使一些试验地区的农作物虫害率大为降低；采用辐照保鲜技术，有效地延长了食品保存时间。目前经国家批准卫生标准的辐照食品已有土豆、洋葱、大蒜、蘑菇、大米、花生仁、香肠、苹果等8种，一些地方还在进一步研究扩大品种。

第二，在医学应用方面，为临床诊断、治疗和病理药理研究提供了新型技术手段和方法，对于疾病的防治，特别是癌症的早期发现、诊断和治疗发挥了重大的作用。目前全国应用同位素与辐射技术的医疗单位有1000多家，每年接受治疗的病人达1000多万人次，拥有医用加速器70多台，钴-60治疗机250多台，各种核诊断仪器4200多台，已建立的用于临床诊断的方法有近200种。对于基础医学的发展，同位素与辐射技术具有别的技术和方法不可代替的作用。特别是在遗传工程、免疫学、分子生物学、病理生理学、药物代谢动力学等研究工作中，几乎所有新的发现和新的成就，都与应用同位素示踪技术和核显像技术分不开。

第三，在工业应用方面，近十年有较大发展。目前全国各个工业部门已拥有各种核仪器7000多台，用于生产在线定量控制、产品无损检验、运行静电消除、微量元素分析以及能源资源勘探，都取得了显著的效果；对冶金、机械、电子，水泥、化工、造纸、印刷、塑料、纺织等行业的技术改造和技术进步起了一定的作用。辐射加工业的兴起，是同位素与辐射技术工业应用的又一重大发展。目前全国建有大小辐照装置150多座，其中10万居里以上的辐照装置就有25座，最大一座设计容量为400万居里。另外，还有25台加速器辐照装置，总功率为300千瓦。生产辐射化工产品10多种，辐射消毒的医疗用品20多种，不但为我国材料工业增加了新品种，而且取得了较大的经济效益和社会效益。

大量相关先进技术向民用转移

核工业是技术密集的产业。在第一次创业中，应用了大量相关技术，并在应用中使这些技术得到了发展和提高，成为军用先进技术。如今在第二次创业中，这些技术又还原于民，移植于开发民用产品和转让给民用工业部门，发挥了很大作用。如：铀地质勘探系统，调动物探、化探，遥感、航测等多种找矿手段，投入于找金矿中，用不到3年时间就提交工业储量50多吨，控制远景储量100多吨，为发展我国黄金事业做出了贡献。

铀矿冶系统，把湿法冶金技术应用于提取黄金，提取钨、铜，分离稀土元素，形成了一套新工艺，提高了回收率，降低了生产成本，增加了经济效益，受到有关部门的重视和好评。

核燃料生产系统，把同位素分离膜技术应用于研制医药、食品、电子等行业用的超细微孔高效过滤器，为这些行业改善作业环境，提高空气净化程度，保证工艺稳定和产品质量，提供了先进技术装备。把粉末冶金技术应用于研制切割硅片的金刚石薄刀片、汽车金属刹车片和电视显像管消气剂，替代国外进口，为发展我国大规模集成电路、高级汽车和电视显像管生产做出了贡献。

机电设备和仪器仪表制造系统，利用技术人才和设备的优势，开发了一批高新技术民用产品，其中适销对路和效益较好的有：火灾报警器和灭火装置、电机安全运行保护装置、电容式差压变送器、电脑刺绣机、金库门、潜油泵、等离子切割机、高质量不锈钢阀门等。

工业设计和建筑安装系统，积极承担民用工程项目的设计和施工，支援了国家重点建设，诸如上海石化总厂一、

二、三期工程、大庆30万吨乙烯工程、南京仪征化纤工程、山西古交煤矿等。同时，把在核工业建设中发展起来的先进设计技术、重混凝土技术、不锈钢焊接技术，应用于民用工程设计和施工，保证了工程进度和质量，显示了很大的技术优势。

十年来，整个核工业系统，相继开发建设了投资在20万元以上的转民项目468个，其中已建成的近400个，形成了生产能力，使民品产值从1980年的9352万元，增加到1989年的7.1亿元，增长了6.6倍。产品品种有10大类1300种，其中单项产值超过千万元的产品达18种，使核工业转民有了一批支柱产品，初步形成了“军民结合，以核为主，多种经营”的新格局。

积极开展对外合作与交流

中央指出，经济建设要实行对外开放政策，增强自力更生能力；要利用国内国际两种资源，开拓国内国际两个市场，学会管理国内经济和开展国际贸易两套本领。就核工业改革开放前十年而言，核工业遵循上述指示精神，改变了过去封闭半封闭的状态，积极开展了对外科技交流和技术经济合作，先后同意大利、联邦德国、法国、日本、巴西、阿根廷、比利时、英国、美国、巴基斯坦、南斯拉夫、罗马尼亚等国的对口政府部门或民间机构签订了和平利用核能的双边合作协定，加强了与这些国家的核科技人员友好往来和核材料、核设备进出口贸易。此外还与加拿大、澳大利亚、瑞士、瑞典、丹麦、挪威、荷兰、芬兰、墨西哥、加蓬、尼日尔等国以及欧洲共同体，也开展了人员往来和科技交流。

国际原子能机构专业培训班成员考察相山矿田

在加强对外双边交流与合作的同时，还重视与国际原子能机构的交流与合作。1984 年 1 月我国正式加入国际原子能机构，并成为该机构的指定理事国。从此，一方面从国际核情报系统和核数据库获得各种核情报资料和核数据，参加机构举办的各类专业培训班和学术会议，学到别国的先进技术和发展经验，参与一些项目的研究开发和实际应用，得到经费支持和设备仪器。另一方面，我们也向国际核情报系统和核数据库输送我国的核情报和核数据；承办各类专业培训班和学术会议，为参加国培训专业人才和提供经验材料。总之，推进了和平利用核能、核技术的国际合作，这对世界和平和人类进步都是很有意义的。

【原载《核科学与工程》杂志，1990年第4期】

核工业的转民与多种经营

党的十一届三中全会后，随着全国工作重点转向以经济建设为中心和国防建设的战略调整，我国核工业发展从单一为国防建设服务逐步转向为经济建设服务，迈开了称之为“第二次创业”的步伐。十多年来，在优先保证军用需要的前提下，大力开发核能、核技术的和平利用。同时，充分发挥技术、人才优势和设备潜力，开展多种经营，广泛涉足于能源、交通、基建、电子、冶金、化工、建材、轻工、纺织、食品、医疗等各个行业，开发生产了10大类、1300多品种的民用产品。民品产值按可比价格计算，1992年比1980年增长了11.56倍，平均每年递增31.5%；占核工业总产值的比例，从1980年的4.9%上升到1992年的61%。从而基本形成了我国核工业军民结合、以核为主、多种经营的新格局。

十多年来，核工业转民与多种经营取得了较大的进展和成绩。然而道路并不平坦，从思想认识到实际工作都经历了由不自觉到比较自觉的过程。目前又面临了社会主义市场经济体制改革，还有许多不适应的地方。

转变观念　明确方针

核工业转民，搞多种经营，在我国核工业史上是一个重大变革。对于这个变革，开始许多同志思想准备不足，有一种失落感。因为过去搞核武器，全党重视，全国支持，任务国家给，条件国家保，产品国家收。虽然工作环境和生活条件十分艰苦，但是大家有一种光荣感和使命感，所以能够以苦为乐，以难为荣，奋不顾身，忘我工作。然而现在军用任务锐减，各项经费骤降，而且强调对国家不能“等、靠、要”，这使核工业在政治上失去了精神支柱，在经济上陷入了困难境地，职工队伍思想情绪很不稳定。因此，一段时间内相当普遍地认为“无军不稳”，这种思想严重地障碍了核工业转民与多种经营。

针对“无军不稳”这种思想，部领导根据中央精神反复强调指出，核工业转民是国防建设战略转变的需要，也是核工业本身发展的需要。核工业是当代新兴的尖端技术产业。它在军事应用上可以制造核武器，成为反对侵略者的强大威慑力；在和平利用上可以建造核电站，成为安全、清洁、经济的新能源，支持国民经济建设。特别是由于它技术密集和功能奇特，可以广泛应用于工业、农业、科研、医疗各个领域，应用于整个国民经济的技术改造。过去长时期单一地为军用服务，实际上限制了核工业的发展。如今核工业重点转向为经济建设服务，实行“军民结合，以核为主、多种经营、搞活经济”的方针，这就为核工业发展拓宽了道路，注入了新的生机和活力。

观念转变了，方针明确了，行动上就比较自觉了。一些企业，特别是在核工业调整转民中首当其冲的核设备仪器制造厂和建筑安装施工队伍，率先冲出军工小天地，进入经济建设主战场，积极承担民用设备制造和民用工程建设任务，特别在金山石化工程、大庆30万乙烯工程、仪征化纤工程等国家重点建设项目中，发挥了很重要的作用。地质、矿冶、核燃料各个系统，也都陆续走上转民和多种经营的道路。地质系统不再单一找铀矿，而向黄金和其他矿种延伸，并利用其技术优势和设备条件，开展工程地质、水文地质、航空地质、遥感地质，为工程建设、找水打井、城市规划服务；矿冶系统从井下转到地上，搞土石方工程，搞建材加工，搞稀土开发，搞化学冶金和精细化工；核燃料系统转向铝、锂、镍、钛等有色金属，生产铝锭、铝箔、锂材、锂电池、钛白粉、各种合金粉末，以及金属过滤器、金属刹车片等各种制品。整个核工业的产业结构和产品结构由此发生了根本变化。

瞄准市场　选好项目

核工业转民，转产民用产品，就必须依靠市场。市场如同茫茫大海，从何处下海？生产什么产品？经营什么项目？这是核工业企业在调整转民中面临的首要问题。开始一些企业急于求成，找米下锅，饥不择食，在项目选择上有些盲目性，没有充分调查市场需求和进行技术经济可行性研究，以致有的项目上了以后或者因为产品销售不畅，或者因为技术不过关，或者生产成本太高，而被迫地第二次转产，不但延误了转民的进程，而且造成了一定的经济损失。实践逐渐使各企业懂得了：核工业转民和多种经营，首先必须瞄准市场需求，以市场为导向；同时必须从自身技术经济条件出发，以工艺为基础；并把两者结合起来，以追求最佳经济效益为目标，选定转民开发项目。根据这些原则，核工业转民没有像当时有些企业一拥而上生产电风扇、电冰箱、洗衣机等一类家用电器，而是选了能源、原材料、机械电子等基础工业产品，以及核技术和其他高新技术产品为主要开发对象，受市场波动的影响比较小，大体上保持了稳步增长的势头，没有发生大起大落的现象。

产品开发方向的选择，至关重要。往往直接影响一个企业的兴衰存亡。核工业 267 厂由 1986—1987 年连续两年经济效益严重滑坡，到 1988 年以后连续五年经济效益直线上升的重大变化很能说明问题。267 厂是个光学仪器厂，20 世纪 60 年代研制成功高速转镜摄影机和核潜艇潜望镜，为我国核试验光学测试和核潜艇水下运行立下了汗马功劳。80年代转民，根据技术相通、工艺相近的原则，选了投影仪为主产品进行开发，但是由于对市场容量缺乏调查，在技术上又未更新换代，加上同行竞争激烈，结果产品开发出来而销售不畅，生产严重下降，造成资金周转十分困难。1988年以后，他们总结了投影仪开发不成功的经验教训，下决心不与民用企业争食，发挥军工技术优势，瞄准市场需求，冲破光学行业界限，调整产品结构，向光、电、机一体化发展，选了电脑刺绣机这一项目，结果一举扭转了企业困难局面，生产直线上升，产值、利润同步增长，五年内翻了两番，成为核工业系统的明星企业。

技术求新　经营放开

转民和多种经营项目选准以后，企业发展就有了明确的方向。然而这还不能保证企业能在市场竞争中保持久盛不衰。实践告诉我们，只有在技术开发和经营管理这两方面不断加强工作，才能不断增强企业的生命力和竞争力，提高企业的经济效益。核工业262厂是个核仪器厂，过去专门生产军用核设施的核仪器和热工仪表。转民以后，他们在承担研制核电站仪器仪表的同时，重点开发了核医疗仪器和火灾报警器。特别是火灾报警器适应了近十年来城市大量新建高层建筑、办公楼、公寓、宾馆、商场的防火需要，产品销售情况很好。但是他们深知，市场竞争不进则退。为了在市场竞争中保持一种强劲势头，必须在技术上、质量上、服务上下工夫。他们从国外引进了80年代先进技术，努力加以消化、吸收、改进、提高，产品上水平、上品种、上规模，并且加强了售前售后服务，受到了用户的欢迎，产品销售覆盖了全国市场的70%左右，各项经济指标一直保持了上升势头，多次被评为全国先进企业。

核工业企业转民从生产型转为生产经营型，在经营上放开、搞活，关键是要抓好销售这一主线环节。销售，一头连着市场，一头连着企业，抓好了就能带动整个企业生产经营有效地运转。核工业716矿转民办了一个静电植绒厂，可是建成投产后，由于产品销售不畅，连续五年亏损。1992年在深化改革中调整了领导班子，总结了经验教训，制定了新的经营战略，以市场为导向，销售围着市场转，生产围着销售转，工人围着生产转。首先抓了市场调查，发现不是市场不需要静电植绒产品，而是花色品种不对路，于是大力创新花色品种。同时狠抓了销售工作，引进了销售人才，制定了销售措施和奖励办法，使产品销售大幅度增长，不但在国内畅销，而且打进了国际市场。为了保证质量和降低成本，又严格了质量管理和消耗定额管理，进行了人事、劳动、工资三项制度改革，加强了职工教育和培训，从而提高了企业整体素质，由连年亏损转变为盈利企业。他们深有体会地说：产多产少在于销，销多销少在于质，质高质低在于管，管好管差在于人，人强人弱在于学，这样把生产、销售、质量、管理、人员、培训一环套一环地抓好了，企业就能兴旺发达起来。

转换机制　深化改革

核工业在转民和多种经营中，企业服务方向、经营范围、产品结构、管理模式、运行机制都发生了很大变化。特别在贯彻执行企业法和企业转换经营机制条例中，普遍扩大了企业生产经营自主权，实行了企业承包经营责任制；内部划小了核算单位，企业组织结构进行了相应的调整；有的还实行了军民分线，分别核算，分别管理，一厂两制；有的还进行“仿三资企业”或“股份制公司”的试点。所有这些改革，对推进核工业转民，发展多种经营，扩大对外开放，增强企业活力，摆脱计划经济旧模式，建立市场经济新体制，都起了积极的作用。但是，从总体上看，核工业企业管理体制改革和经营机制转换的任务还很重，大部分改革措施有待深化和落实，有些深层次的改革基本上还没有触及，许多企业活力不强，效益低下，特别是矿冶系统目前仍然亏损严重，问题突出。

解决核工业企业存在的问题，根本出路还在于深化改革，转换机制，调整结构，提高效益。这需要主管部门和基层企业两方面共同努力。主管部门要真正转变职能，把国家规定的14项企业经营自主权落实到企业。在管理体制上从高度集中的计划经济管理体制转到社会主义市场经济管理体制上来；在经济模式上从以实物经营为主转到以资产经营为主上来；在管理职能上，从“大包大揽”微观管理转到宏观调控，主要抓好规划、协调、监督、服务上来。基层企业要认真用好14项经营自主权，关键是要搞好经营决策。决策关系极大，直接影响企业兴衰成败。但要作出一项正确决策也很不容易，取决于决策者的素质，包括知识、经验、魄力等等。因此选好决策者，也就是企业经理、厂长，又是关键的关键。再就是要在企业内部形成一种激励机制和制约机制。核工业许多企业都把人事、劳动、工资分配三项制度的配套改革，作为企业深化改革的突破口，实行干部聘任制、全员劳动合同制、岗位技能工资制和社会保险制，目的就是为了建立一种新的机制，调动全体职工的积极性，把企业进一步搞活搞好，在社会主义市场经济体制中更好更快地发展。

核电是解决东南沿海地区能源问题的最优选择

我国东南沿海地区——上海、江苏、浙江、广东、福建五省市，是我国对外开放的重要门户和窗口，是实现我国现代化建设蓝图的战略前沿，也是促进全国经济发展和科技进步的先导力量。如何解决这个地区的能源供应问题，保证其经济持续、稳定、协调发展，是能源工业发展的一项重要任务，也是能源战略研究的一个重大课题。

快速发展中的严重困扰

十年改革开放，我国经济建设发展很快，经济面貌变化很大，其中尤以东南沿海五省市的发展最为迅速，变化也最大。1988 年与 1979 年相比，五省市国民生产总值增长了 3.19 倍，平均年递增 17.26%；国民收入增长了 2.82 倍，平均年递增 16.08%；社会商品零售总额增长了 3.83 倍，平均年递增 19.13%；对外进出口总额增长了 3.75 倍，平均年递增 18.90%。这种发展和变化，不但为五省市历史上前所未有，而且也为全国其他地区所不及。

然而，在这种快速发展和巨大变化中，能源供应不足，尤其是电力供应不足严重地困扰着该地区经济的进一步发展，也严重地影响了这些地方正常的工农业生产和人民群众的正常生活。由于缺电，许多工厂停二开五甚或停三开四，1/4 到 1/3 的生产能力因此被迫闲置；由于缺电，农忙时节也不能保证电力的正常供应，有些农民不得不拥被而坐，彻夜守候在泵房或场地等待来电抽水浇地或脱粒扬场；由于缺电，一些装饰豪华的饭店和商场，只得点着煤油灯或蜡烛照明营业，甚至有的医院也被迫临时拉闸，停止手术。

东南沿海地区种种缺电情况，引起了各种反映和广泛关注。为此，国家拨出大量资金，以加快建设新的电厂。电力建设投资额 1988 年比 1979 年增长了 6.77 倍，平均年递增 25.6%。然而，电力发展仍然远远赶不上工业的发展。1988 年与 1979 年相比，工业总产值增长 3.68 倍，平均年递增 18.71%，而同期发电量增长只有 1.12 倍，平均年递增 8.72%。电力发展不仅赶不上工业发展，而且新建发电能力也往往由于缺煤而不能得到正常发挥。华东电网 1988 年 12 月由于缺煤，平均每天停机 200 万千瓦。1989 年年初，甚至上海宝钢自备电厂也由于缺煤曾一度熄火。

东南沿海五省市缺电缺煤的紧张情况，从 1989 年下半年以来，虽然由于经济降温，市场疲软，许多工厂开工不足而明显缓解，但是，问题并未从根本上得到解决。随着治理整顿、深化改革方针的深入贯彻执行，以及整个经济的复苏回升，能源短缺的紧张情况还可能重演，我们必须抓紧时机，研究对策、方案。

多种方案中的最优选择

解决东南沿海地区的能源问题可以有多种方案。我国水力煤炭资源丰富，人们往往首先想到的是这两种常规能源。然而，全国水力资源70%在西南，开发水电，西电东送，距离太远，网路损耗太大。而且，由于江河流量不稳，年度、季节差别很大，开发水电的同时还必须兴建一批其他电厂为其调节负荷。

建设火电必须考虑到煤炭供应问题。我国煤炭资源丰富，但地理分布很不均匀。如果以京广铁路为东西分界，东边已探明的储量加远景储量仅占全国的15%，而西边却占85%，如果以秦岭—大别山划分南北，则北部占90%，南部仅占6%。由于东南沿海地区缺乏煤炭资源，工农业生产和人民生活用煤大都靠外省调入。近十年来，随着工农业生产发展和人民生活水平的提高，从外省调入煤炭数量大幅度增长，1988年比1979年增长了70.55%，平均年递增6.11%。山西北部的煤运到上海运程为2000多公里，到厦门为2800

多公里，到广州为3300多公里。这种大运量长距离运输，给整个铁路和航运带来很大压力。

烧煤发电不仅运输压力大，而且对环境污染也是个沉重的负担。一座百万千瓦的火电厂，每年要排放几万吨二氧化硫和氧化氮等有害气体，以及上百公斤的汞、镉和三四苯并芘等致癌物质，这对环境和居民会造成很大危害。世界上十次大的公害事件中，有八次是由于烟尘气态物质污染引起的。其中1952年12月的伦敦烟雾事件，使330万人口的城市在几天之内造成车祸等非正常死亡4000人，损失惨重。同时，由于长期空气污染，使呼吸道疾病、肝炎、癌症成倍增加，严重影响了人们的健康。这种世界历史上的教训值得

建设中的三门核电站

我们警惕。另外，世界各国环境科学家的研究结果表明，由于大量使用煤炭等化石燃料，使大气中的二氧化碳含量持续增加，造成了大气的温室效应，从而将会导致全球气候和生态环境的恶化，使海平面升高，沙漠面积扩大，可能将会给人类带来严重灾难。

由于在东南沿海地区发展常规能源有上述的限制和弊端，于是，人们又想到了近 30 年来在世界上、特别是在工业发达国家迅猛发展起来的新能源——核电。核电具有许多优点。其一，核电的发电成本低。国外的经验表明，核电的基建费用虽然高于火电，但燃料费则比火电低得多，折算到每度电的发电成本，核电要比火电低 20%~40%。其二，核燃料的运量小。一座百万千瓦级压水堆核电站，每年换核燃料 30 吨，而同样规模的烧煤电厂，每年需要煤炭 300 万吨，两者相比，核燃料的运输量简直是微不足道的。其三，不污染环境。核电站没有通常可见的火电厂所排放出的滚滚浓烟，对周围环境几乎没有影响。一座百万千瓦级核电站在正常运行中排放出的稀有气体和微量放射性物质，使附近居民受到的辐射剂量，只相当于多看 4 小时电视。其四，风险概率低。全世界核电站的运行已有 5000 多堆年，迄今为止，只发生过两起严重事故。一起是美国三哩岛事故，对环境和居民没有任何危害，也没有造成人员伤亡。一起是苏联切尔诺贝利核电站事故，死亡30多人，特别是由于大量放射性气体和裂变物的外泄，引起了邻近国家的惊慌。然而，这种放射性尘埃很快即完全消失，后果影响不大。切尔诺贝利核电站事故，完全是人为的错误，本来是可以避免的。核电是安全的，可靠的。虽然核电也有风险，但从概率分析中可以得出结论，与其他工业风险和社会风险相比，核电风险要小得多。一个浅显的例证是，全世界每年死于煤矿瓦斯爆炸和飞机汽车事故的都在万人以上，而核电在切尔诺贝利核电站事故前则无一人死亡。

发展核电关键在于要有一个很大的战略决心

现在越来越多的人已经日益认识到，我国必须发展核电，特别是缺乏能源资源的东南沿海地区，如果不发展核电，就没有别的出路。我国发展核电具有许多有利条件：其一，我国拥有比较丰富的铀资源，足够供应核电发展的需要；其二，我国在发展核武器的过程中，已经形成了从铀矿采冶、铀同位素分离，核燃料元件生产，到核反应堆和乏燃料后处理等一整套核科技工业体系；其三，也是最重要的一条，我国已经培养和造就了一支政治素质高、技术力量强、能吃苦耐劳打硬仗的核专业队伍。这支队伍在发展我国核武器事业中做出了卓越的成绩；今后在发展核电事业中，必将会做出更大的贡献。

然而，尽管大家认为我国必须发展核电，而且发展核电也有许多有利条件。但是，我国核电发展的实际情况却远不理想。不仅起步较晚，错过了有利时机；而且投入也少，难以支持核电建设启动的需要。巧妇难为无米之炊。其原因很多，有客观的，也有主观的。客观原因是，我国还是一个发展中国家，人口众多，底子很薄，搞现代化建设百业待兴，缺乏资金；主观原因则是对核电在我国能源长远发展中的战略地位和作用认识不足，对以发展核电，逐步改善我国，特别是东南沿海地区的能源结构，减轻运输压力，保护生态环境缺乏紧迫感；对核电发展缺乏坚定、正确的指导方针和战略决心，缺乏科学、有效的统筹规划和扶持政策。因此，使核电发展长期处于步履维艰、前进缓慢的状况。

核电并入华东电网

能源短缺，运输紧张，环境恶化，人们千呼百唤，希望加快发展核电；特别是面临 21 世纪的经济和社会发展，人们更加希望对核电发展问题能够及早地做出认真的回答和切实的部署。

第一，要有一个很大的战略决心。在这方面，国外有些经验很值得我们借鉴。1973年，世界发生石油危机，法国政府决定从此停建烧油电厂，全力加快发展核电，只用了17年的时间，核电便猛增到占全国发电量的80%，使法国从一个能源奇缺的工业国转变为电力输出国。与此前后，苏共24大、25大、26大曾三次通过核电建设规划，作出大力发展核能机械制造和苏联欧洲地区优先建设核电站的决议，使苏联核电建设持续蓬勃发展。1986年4月发生了震惊世界的切尔诺贝利核电站事故后，也没有因此而动摇发展核电的决心。

第二，要有一个科学的、稳定的、有效的长期发展规划。核电建设是一个庞大复杂的系统工程，涉及许多部门，没有统一规划和长远打算，就必然会打乱仗，进而影响核电持续、稳定协调发展。同时，核电发展规划必须是科学的、实事求是的，必须经过综合平衡，各项条件都有切实的保证，能够付诸实现。否则，对核电发展也不能真正起到应有的组织和指导作用。

第三，要有一个稳定可靠的资金来源。核电建设是能源建设中的后起之秀，国家在能源建设投资的切块分配中，目前还没有它的份额，靠凑份是难以持久的。今后必须结合能源结构调整，把核电建设投资正式纳入中央和地方的能源建设资金渠道，使它占有应得的份额。从长远来说，核电的经济效益肯定是好的，完全可以做到“以核养核”，实现自我发展的良性循环，并且会对国家财政不断有所贡献。然而在核电发展起步阶段，同样离不开国家的扶植和支持，否则就发展不起来。

第四，要有一个高度集中统一的管理体制。核电技术复杂，涉及部门广泛，安全要求极其严格，政治上也十分敏感，任何问题都有可能发展成为重大问题。如不高度集中统一领导，果断决策和高效处理，政出多门，意见分歧，议而不决，决而不行，就会贻误工作，造成损失，甚至在经济上和政治上造成重大不良影响。

我国东南沿海地区正在建设的秦山核电站和大亚湾核电站，是我国核电发展已经起步的重要标志，也是改变东南沿海地区能源结构的重大开端，目前工程进展顺利，质量良好，令人鼓舞。由此可以深信，我们完全有能力掌握和发展核电技术，进一步发展我国核电事业，使核电之花在神州大地结出丰硕的经济之果，为人民造福。

【原载《现代化》杂志，1990 年第 8 期】

中国核电从这里起步

经过6年多的科技攻关和工程建设，我国大陆自行设计建造的第一座核电站——位于浙江省杭州湾畔的秦山核电站，于1991年12月建成发电，从而结束了中国大陆没有核电的历史。在秦山核电站并网发电后15天的1991年12月31日，我国就与巴基斯坦签订了以秦山核电站为参考电站，帮助他们建设恰希玛核电站的合作合同，使我国成为世界上少数几个能独立自主设计建造并能成套出口核电站的国家。全国人大委员长吴邦国题词："中国核电从这里起步。"

目前全世界已有20多个国家和地区，拥有400多座核电站，装机容量达3亿多千瓦，然而真正能够自己设计建造核电站的国家，却是凤毛麟角。特别是第一座核电站就由自己设计建造的国家，除了苏联、美国、英国、加拿大外，中国是第5个。核电站建设是一项庞大、复杂的系统工程，涉及一系列高新技术领域和工程设计、材料、监测、管理等许多难题。中国克服了重重困难，独立自主地建成了秦山核电站，这是综合国力的体现。

秦山核电站的建设，在科研设计和工程实践方面，充分吸收了世界各国正反两方面的经验，又十分注意结合实际，开拓了一条有中国特色的发展道路。

科研先行，设计准则安全第一

中国是个有核国家。早在 1964 年 10 月，就成功地爆炸了第一颗原子弹。1967 年 6 月，又成功地爆炸了第一颗氢弹，其发展速度超过了世界上任何有核国家，表明中国的军用核技术达到了世界先进水平。然而，建设核电站，实现核能的和平利用，毕竟与军事利用有很大不同。比如，核武器在一瞬间的爆炸，就实现了设计所需求的功能和威力；而核电站建成发电，一般设计寿期为 30 年。要保证连续 30 年运行的

建设中的秦山核电站

安全考验，确实不是一件容易的事。因此，建设核电站在堆型选择、工程设计、设备制造、结构材料、建筑安装等各个方面，都有极为严格的安全标准和规范要求，我国在20世纪70年代初期就开展了大量的科学研究和技术攻关工作，先后完成了264项课题，成为后来国家批准秦山核电站建设项目的科学依据。

秦山核电站建设，在堆型选择上，采用了目前大多数国家核电站采用的压水型反应堆。这种堆型与苏联切尔诺贝利核电站采用的压力管式石墨慢化沸水堆不同，具有更加有效的安全性。苏联切尔诺贝利核电站事故，是迄今世界核电史上最严重的一次事故，堆芯熔毁，石墨砌体燃烧，造成30多名核电站工作人员死亡，并因大量放射性物质外泄，严重污染了周围环境。而美国三哩岛核电站事故，虽然同样也是反应堆堆芯熔毁，但由于它采用的是压水型反应堆，事故对环境和居民却没有造成任何危害和伤亡，也没有发现明显的放射性影响。这从反面证明了压水型反应堆安全可靠，即使发生事故也能有效控制事故危害。

秦山核电站的设计原则，首先是确保安全，而不是追求高技术指标。安全设计的准则是：（1）尽力排除事故根源，设置了多重和多样的安全保护措施，对关键性材料和设备留有足够的安全系数，把事故可能性减到最低限度；（2）防止异常工作状况扩大为事故，当运行参数超过保护极限，出现异常工作状况时，能及时发出报警信号或自动迅速降低功率直到停止反应堆运行；（3）减少事故危害，针对各种可能发生的事故和自然灾害（诸如地震、潮汐、洪水、台风、龙卷风等），采取有效的反事故措施和灾害防御措施，防止放射性物质扩散污染环境和保证与安全有关的建筑物、系统、设备不被破坏；（4）严格的剂量监测和辐射防护，以确保核电站正常运行和事故发生时向外释放的放射性低于国际和我国防护规定允许的标准，保障工作人员和居民的健康安全。由此可见，秦山核电站的安全是有充分保证的。

严格管理，确保工程和设备质量

设计的安全，需要通过设备制造和工程施工质量来实现。因此严格管理，确保工程和设备质量，是核电站能否持续安全运行的先决条件。秦山核电站有 50 多个工程子项，200 多个主辅系统，3 万多台件设备，1.1 万多个阀门，1.8 万多条电缆，20 多万个线头。把这些连接起来，形成一个统一的整体，必须有严格的安全质量保证。

中国核工业素有对安全质量严格要求的传统，而核电站对于安全质量要求比以往军用核设施更严、更高、更苛刻。为了适应这一要求，秦山核电站建设吸收了世界核电发达国家的先进经验，采取了一些新的措施和办法，建立健全了一套严格的科学的质量保证体系。其中包括编制质量保证大纲，制定质量保证程序，设置质量保证机构，配备质量保证人员，开展质量保证监督活动，完善质量不符合项管理制度，等等。秦山核电站实行多层次的严格监督检查。一是现场监督检查，按照质量保证大纲和程序对每项设备和工程质量进行监督检查，对不符合项及时作出处理。二是国家核安全部门监督管理，按照安全法规的要求，对重要的工程部位和设备质量进行检查审定。对工程进展各个阶段实行安全许可制度，在确认本阶段安全质量符合要求后，才许可进行下一阶段的工作。三是国际原子能机构安全评审，按照国际标准和程序，对安全质量保证体系及其实施情况，进行检查和评审。国际原子能机构安全评审团先后两次对秦山核电站进行评审，确认秦山核电站的质量保证工作是有效的。

精心调试，把问题消除在并网发电之前

核电站基本建成后，对各个系统和设备进行全面调试，是验证工程设计、施工质量、设备性能的关键步骤。

秦山核电站已完成了装核燃料前的预运行试验，其中包括反应堆主系统耐压、汽轮发电机组冲转、安全壳整体强度和密封性试验以及装卸料机的调试等项工作。结果证明设计

是正确的，系统和设备性能满足设计要求。调试中暴露出来的问题，都在正式并网发电以前解决。可以预期秦山核电站将是一座安全的、高质量的核电站，在中国核电建设中起到了“开路先锋”的作用。

重视操作人员培训和运行管理制度建设

世界核电史上两次严重事故，主要都是由于操作和管理失误造成的。可见操作运行人员的素质、对异常工作状况的判断和处置能力，以及操作规程和程序管理，对保证核电站安全运行至关紧要。

秦山核电站现有的主控制室操作运行人员都具有大学本科毕业的文化程度和专业水平，平均年龄 32 岁，其中正副值班长还具有在反应堆上值班运行 300 小时以上的实践经验。他们在正式上岗以前，都经过在国外核电站接受操作训练、跟班实习，并经过国内核电站模拟机训练，分别取得了合格证书。以后又在国家核安全局的监督下，经过严格的取照考试。有 33 人取得了国家核安全局颁发的操作员执照，其中 13 人还取得了高级操作员执照。他们是我国第一代核电站操作运行人员。

秦山核电站的生产运行准备已经就绪，管理文件制定也已出台。生产运行组织和领导指挥系统已经建立，运行、检修、管理等各项基本规程、制度、细则、图册已经编制完成。对各类上岗人员普遍进行了培训，各个岗位责任范围已经明确。为了在万一发生事故的情况下，能够妥善处理，按照事故应急计划要求，核电站和有关各级政府还成立了应急组织，并采取适当方式进行应急演习。所有这些，都为正常和不正常情况下保证核电站安全运行和环境安全，做了充分的准备。

秦山核电站30万千瓦机组首次并网发电成功

主要依靠自己的力量，同时积极开展国际合作

秦山核电站的建设，全面贯彻自力更生和改革开放的方针。整个设计是自主自力进行的，但也向有经验的外国设

计公司进行咨询，吸收他们有益的建议；设备材料主要由国内制造供应，按投资构成约占 20% 以上，按设备台件约占 95% 以上。也有部分关键设备，是从国外采购或按照我国的设计请外国工厂制造的；人员培训主要在国内进行，但主控制室操作人员和调试工作领导骨干都是派到国外培训。另外还请了部分外国专家来华讲课，传授技术。自力更生与国际合作相辅相成，加快了我国核电事业的发展。

我国核电建设尚处于起步阶段，在 2000 年前着力于全面掌握核电技术，形成核电科技工业体系，为 21 世纪大规模发展打下坚实的基础。随着我国经济建设的稳定发展和人民生活的日益改善，对于能源的需求将不断增长。大规模发展核电，以解决能源供需平衡问题，这在我国，特别在东部沿海地区已势在必行。可以预期，随着第一座核电站建成发电，我国大陆东部从南到北将会出现更多的核电站。

【原载《瞭望》周刊，1991 年第 52 期】

秦山核电站成功背后的故事

秦山核电站是由我国自主研究设计、自主建造调试、自主运营管理的第一座原型堆核电站，它结束了中国大陆无核电的历史，并进而成为世界上少数几个有能力出口核电站的国家之一。该电站的建设成功并至今安全运行17年，是核工业改革开放的一项带有标志性的成就。1989年2月，时任国务院副总理邹家华为秦山核电站题词："国之光荣"，1995年7月，时任国务院副总理吴邦国题词："中国核电从这里起步"。这对于所有参与秦山核电站建设者来说是最高的荣誉和最大的鼓舞。秦山核电站的成功来之不易，其中更有许多让人深思和品味的故事。

20年的酝酿，起起落落

中国酝酿发展核电始于1955年。当时国家制定的《1956—1967年原子能事业发展规划大纲（草案）》指出："用原子能建立发电站是动力发展的新纪元，是有远大前途的。""在我国今后12年内需要以综合开发河流，利用水力发电和火力发电为主，但在有利条件下亦应利用原子能发电，组成综合动力系统”。

1958年由国家计委、经委、水电、机械等部门组成原子能工程领导小组，并在华北电管局设立了筹建机构，拟建一座苏式石墨水冷堆核电站，代号“581工程”，因争取苏联援助未果而停止。与此同时，二机部曾考虑帮助上海市建一座10万千瓦的核电站，也因为核武器研制任务紧迫，未能实现。上海市于1958年、1960年、1964年三次组织专业人员，计划进行反应堆研究设计，都因缺乏必要的条件，工作未获实质性进展。1964年12月，上海市科委成立了代号为“122”的反应堆规划小组。1966年5月聂荣臻副总理和国防科委副主任安东到上海检查工作，建议上海研制战备发电用的动力堆，但也因为“文化大革命”的干扰而没有搞成。1969年，“122”工程处还差一点被当时市革委领导撤销。

1970年2月春节前夕，周恩来总理在北京听取上海市领导汇报由于缺电导致工厂减产的情况时明确指出：“从长远来看，华东地区缺煤少油，要解决华东地区用电问题，需要搞核电。”这就进一步增强了搞核电站的决心。上海市以传达周总理指示的日期——1970年2月8日作为核电工程代号，以“728工程”代替了“122工程”。工程以会战形式展开，二机部派出包括资深专家戴传曾在内的8人专家组，到上海帮助做工程的总体设计。随后，经国务院批准又将二机部上海原子核所划归上海市领导，确定该所以 728 工程研究试验与设计为中心任务。但因为该所地处嘉定，抽调人员进展很慢，直到设计队伍迁至市区，并成为独立的设计单位，取名为上海市 728 工程设计队后，相关专业人员才逐步聚集起来。

728 工程设计队成立后积极推进工作，进一步确定了堆型和容量规模。1974 年 3 月，周总理主持中央专委会议，第三次听取 728 工程的情况汇报，批准了 30 万千瓦压水堆的建设方案。指出：建设我国第一座核电站，主要是掌握技术，培养队伍，积累经验，为今后核电发展打基础。4 月，国家计委根据中央专委会议决定，将 728 工程作为科技开发项目正式列入国家计划。1978 年 2 月，728 设计队划归二机部建制。1979 年 10 月，二机部党组决定 728 工程设计队单独建院，并于 1981 年 2 月和 1982 年 12 月，先后任命欧阳予为该院首任总工程师，周圣洋为首任院长。从此整个 728 工程研究设计和建设在二机部（1982 年 4 月改名为核工业部）领导下进行。

再也不要三心二意了

中央专委会议做出决定，不等于 728 工程就能顺利进行。有些部门对此一直持有不同意见，认为：728 工程是几个学院的老师设计的，没有搞反应堆的实践经验，也没有机械制造的经验，试验研究工作做得也不够，因此是不可靠的。1978 年 8 月，某部以 728 工程存在设计图纸不全、试验研究不够、总体方案未定、经济指标落后和生产无法进行等 5 个问题，建议停止安排生产。与此同时，某委也通知外贸部，不再引进 728 所需的大锻件和关键设备。因此，728 工程一时又处于难以推进的局面。

建设中的秦山核电站

二机部力陈建设 728 工程的理由，坚持要继续上。在双方争执不下的情况下，1979 年 1 月，谷牧副总理召集有关部门开会讨论，参加人员有：国家计委顾明，国防科委李耀文、朱光亚，国家建委谢北一，一机部孙友余，二机部刘伟、李觉，水电部钱正英、张彬。谷副总理充分听取了各方面的意见，结果出现了三票对三票的局面，即三个部门支持继续上，三个部门反对。怎么办？谷副总理最后说："728 是原型堆，搞这个工程主要为了掌握设计和制造技术，不是为了搞系列化电站。鉴于现在已经铺开了摊子，有了初步成绩，在国外技术专利没有拿到之前，这项试验研究工作不宜草率下马。今后几年，这支科研队伍不继续进行科研，坐等外国专利，这样做是不妥的。所以，要继续搞下去，各有关部门应该支持。"

然而，一波未平，一波又起。1979 年 3 月 28 日，美国发生了三哩岛核电站事故，世界为之震惊。当时，我国最高领导人提出：无论如何不要在城市和人口密集的地方搞核电站。于是，当年 12 月 8 日，上海市清理基本建设在建项目办公室提出停建 728 工程的意见。二机部反对这个意见，国防科委也给予二机部有力支持。

10 月 22 日，国防科委写给叶剑英副主席并中央专委关于核电站问题的报告，就"近期内的核电站科研""我国核电站应该怎样起步""核电是否安全可靠""核电在经济上究竟有没有优越性""制定我国核电发展规划""两座试验性核电站究竟上不上”以及“分工和加强集中统一领导”等7个问题，系统地阐述了国防科委的观点和意见，得到中央领导的高度重视。邓小平批示“请中财委讨论，提出具体意见。”并在最后两个问题上旁批明确表示：“我认为继续搞（指试验性核电站）是应该的，主要考虑国家财力的可能。”“我认为由二机部抓总（指分工），较为妥当。”

1981年11月4日，国务院批准了五委（国家计委、国家建委、国家科委、国家机械委、国家能委）一部（二机部）关于建设30万千瓦核电站的报告。12月18日，国家计委向二机部和浙江省政府正式发出了通知。1982年11月2日，国家建委批复同意将厂址定在浙江省海盐县秦山。

可是，正当1983年6月秦山工地响起隆隆炮声，建设大军开始“三通一平”施工的时候，又传来了要秦山工程下马的信息。这使秦山建设者万分焦虑。时任国务院副总理的张爱萍接到国防科委伍绍祖的报告后，很快向中央领导同志写了报告。陈云于1983年12月17日在国家计委关于《国内自己搞核电站的有关情况》简报上批示：“不管广东核电站谈成谈不成，自己必须搞自己的核电站，再也不要三心二意了。”

二改堆型三易厂址

我国第一座核电站建设虽然举步维艰，一波三折，但是建设者们始终知难而进，不断推进工作。经过581工程和122工程堆型和容量的酝酿后，1970年12月，728工程首次正式上报中央审查的技术方案是2.5万千瓦熔盐堆，当时认为这种堆型技术先进，既能发电又能把钍–232、铀–238转化为裂变燃料。周恩来总理听了汇报后，要求再做研究，对核电站建设提出四条原则："安全、适用、经济、自力更生"。

经过两年的调研和攻关实践，逐步认识到熔盐堆在技术上还很不成熟，即使在科技和工业最发达的国家，也没有用于工程实践。于是，开始研究改变堆型，拟采用比较成熟的压水堆技术，并得到了国防科委和二机部的支持，特别是得到了潜艇核动力堆总设计师彭士禄的热情支持和具体帮助，最后确定为30万千瓦压水堆方案，并于1974年3月31日，在周总理主持的中央专委会议上得到批准。

技术方案确定以后，建在什么地方呢？ 728工程设计队最初选在浙江省富阳县长山弄。1975年完成扩大初步设计，并经国家建委主持会议审查通过后，施工队伍进入现场开始修路。但由于浙江省持有不同意见，同时由于厂房放在山沟里，不仅土石方量大，而且施工也很困难，决定改选厂址。

随后，经过一年左右的工作，选定厂址在江苏省江阴县长山地区，但又因与当时拟进口的90万千瓦核电机组发生矛盾，遂而转到上海市奉贤县进行地质勘探、试桩。1979年美国三哩岛核电站事故后，中央领导提出不在北京、上海等大城市建核电站，于是又放弃奉贤厂址回到浙江省选址。

选址小组在浙江省的沿海地区，跋山涉水，风餐露宿，从北到南踏勘了嘉兴、台州、温州 3 个地区的平湖、海盐、三门、临海、温岭、乐清和瑞安等 7 个县的 16 个点，最后确定在海盐县秦山。

为了消除浙江省水产等有关部门认为核电站会影响渔业环境的疑虑，还组织了有关部门领导到日本 3 座核电站进行实地考察，得出了核电站对环境影响微乎其微的结论。1982年 6 月，由核工业部和浙江省政府联合上报了在海盐秦山建设 30 万千瓦核电站的报告，经城乡建设和环境保护部、国家建委先后发文同意后，于当年 12 月，核工业部发文正式命名我国第一座核电站为秦山核电厂。

切尔诺贝利事故与“杜拉旋风”

1985 年 3 月 20 日，核岛主厂房底板浇筑第一罐混凝土，标志着秦山 30 万千瓦核电建设主体工程正式开工。建设者们经历了坎坎坷坷后，终于迎来了这一天，大家的心情是兴奋和愉快的。然而没有想到的是新的磨难又在前头。

1986 年 4 月 26 日，苏联切尔诺贝利核电站 4 号反应堆，发生了迄今为止最为严重的核事故，其释放的放射性物质沉降到欧洲广大地区，使许多国家受到污染，在人们的心理上造成了对核电站恐惧的巨大阴影，也波及我国秦山核电站。

国家核安全局对秦山核电站安全壳整体质量的质疑，引起了国际原子能机构的重视，并派出南斯拉夫一位名叫杜拉的核电专家前来现场进行检查。检查的当天正好刚下过雨，道路泥泞，杜拉夫妇私下说的一句“这简直就是一场灾难”，被写入了上报中央的简报，引起中央领导的高度重视。国家主席李先念批示：“如果属实的话就推倒重来。”这话如同泰山压顶，使秦山建设者感到了极大的压力。国务院派出了以

秦山一期核电站外景

国家经委副主任林宗棠为组长的15人检查组，到秦山工地进行调查。检查组在现场调查后提出的意见是："工程整体质量合格，但确实存在不少问题，必须严肃对待，认真解决。"

"亡羊补牢，犹未为晚。"核工业部遵照李鹏副总理的指示，任命副部长赵宏兼任秦山核电公司总经理，加强了对秦山核电建设现场的直接领导。同时严格执行核安全法律法规，加强监督管理，健全完善质量保证体系。为了验证安全壳质量究竟怎样，赵宏请来了中国建筑科学研究院建筑工程材料及制品研究所和冶金部建筑研究总院的专家对安全壳筒身20米以下混凝土进行全面检测。他们采取了不同的方法，检测了混凝土的总体抗压、抗剪强度，并对各自取得的数据进行了综合统计分析。分析结果一致表明：安全壳筒身20米以下各施工层及总体的混凝土抗压强度和抗剪强度，都满足设计和规范要求。核工业部科技委邀请有关专家对以上检测结果进行了认真审查。专家们从检测的理论依据、技术路线、方法、器具、手段、数据处理、评价标准，一一做了审查，最后结论认为，两家检测工作和检测结果都是可信的，安全壳筒身混凝土的内在质量是合格的。

六个一次成功，树起中国核电起步的里程碑

1987年以后，秦山核电建设开始走出困境。经过两年

多的努力，1990 年 11 月开始进入全面调试阶段，并取得了六个一次成功的佳绩：一回路水压试验一次成功，非核蒸汽冲转汽轮机一次成功，安全壳强度和密封性试验一次成功，首次核燃料装料一次成功，首次临次界试验一次成功。首次并网发电试验一次成功。1991 年 12 月 15 日 0 时 15 分，我国第一座自主研究设计、自主建造调试、自主运行管理的核电站，开始向电网输入电流，为国民经济和人民生活服务！

秦山建设者历经磨难，含辛茹苦，执着追求，终于如愿以偿。中国核电从这里起步，并随着改革开放的大潮，走向南海之滨、东海之湾、黄海之岸、渤海之岛，还将向湖南、湖北等内地延伸，核电之光将闪耀在全国，使神州大地更亮更红火！

【原载《中国核工业》杂志，2008 年第 12 期】

应对香港反核活动的前前后后

核电站由于带“核”字，人们往往把它与原子弹联系起来。因此，在推进核电建设的过程中，对社会公众进行核电科普宣传和搞好公共关系工作十分重要。1986年，大亚湾核电站建设遇到香港部分公众反对，一时风波骤起，来势不小。由于当时中央态度坚定明确，各项措施得力，原核工业部和大亚湾现场积极做好科普宣传和公众解释工作，使反核活动很快平息下来。这是一个成功的危机公关案例，值得人们了解和借鉴。

切尔诺贝利核事故在香港引起的轩然大波

1986年4月26日，处于苏联乌克兰共和国境内，与白俄罗斯和俄罗斯两国接壤的切尔诺贝利核电站4号机组突然发生了严重的核事故，大量的放射性物质进入大气，漂移到邻国。一时间舆论哗然，引起很大的恐慌，给世界核电事业蒙上了阴影。反核浪潮随之而起，也波及直线距大亚湾核电站52公里的香港地区。

当时，我国刚刚确定建设大亚湾核电站。1985年1月

19 日，党和国家领导人邓小平接见了参加广东核电合资有限公司合营合同签字仪式的香港中华电力有限公司董事局主席嘉道理一行。随后，合营公司与法、英等国开展了核岛（反应堆）设备供应、常规岛（汽轮发电机）设备供应和工程服务三大合同，包括技术、商务、价格的谈判，并准备在 1986 年三季度内，与有关各方正式签字。正是在这个关键时刻，香港的反核活动对大亚湾核电站形成不小的冲击。

香港反核的一些人从 5 月开始就有所活动，6 月发起组织了《争取停建大亚湾核电厂联席会议》(简称“联会”)，其核心成员是环保主义者、社会工作者、宗教人士和亲台势力。他们在超市、剧院、学校、体育馆等各种公共场所，开展签名运动，反对建设大亚湾核电站，号称有 102 万人签名。他们打着“要尊重民意”的旗号，发表致国务院港澳办、全国人大秘书处和核安全局的公开信，要求停建大亚湾核电厂，并组织代表团进京请愿。与此同时，香港新闻舆论界也发表了大量社评文章，仅 6、7 两个月，就有 100 多篇。其中不少文章将“核事故”误解为“核爆炸”，视核电站为原子弹，一旦发生事故，将是一场严重的灾难。有的甚至耸人听闻地说：“大亚湾核电站将使香港成为一座死港”。有的文章则从政治上提出问题，认为大亚湾核电站停建与否，是尊重不尊重民意的问题，甚至提出“要计算的不是机械负荷的安全系数，而是政治上的安全系数；所要经受的不是工程技术上的风险，而是政治上的风险”。而支持核电建设的文章，则持理性的立场和态度，强调“要尊重科学，尊重事实，反对将一个经济建设问题，上纲上线说成是政治问题”。

大亚湾核电站

在风起云涌的反核声浪中，我驻香港机构内部也发生了意见分歧。个别高层领导人主张大亚湾核电站或者停建，或者缓建，或者搬个地方，以平息香港民众的反对。与中方合资的香港中华电力有限公司高层业务主管表示：“中电对大亚湾核电站的安全是有信心的，也相信将来能将核电站管理好。但香港市民不放心，忧虑很大。问题的严重性在于许多受过高等教育且具备一定核电知识的人以及一些富人反对最强烈。这不能不引起中电的密切关注。核电站能否搞下去，中电也举棋不定。”而此时，在香港工商界中又传出所谓“党和国家某领导人说大亚湾核电站建设问题可以重新考虑”的谣言，也使一些支持大亚湾核电站建设的人感到疑惑，信心动摇了。

中央领导坚定明确的表态使反核活动得到遏制

面对如此来势汹汹、情况复杂的香港少数反核人士掀起的反对建设大亚湾核电站的风潮，党中央和国务院领导都高度重视。李鹏副总理多次主持会议讨论形势和研究对策。当时香港正处于“回归谈判”的敏感时期，大亚湾核电站建设又涉及中国、法国、英国多方利益，因此平息香港反核活动，必须争取有关各国合作。李鹏副总理、国务委员姬鹏飞和外交部副部长周南，都曾分别会见法国驻华大使、英国驻华大使和香港总督，说明中国政府支持大亚湾核电站建设的立场不变。希望法国、英国和港英当局积极配合，各自做好疏导工作。李鹏还表示，支持香港立法局议员赴欧、美、日各国进行核电考察，认为这将有助于香港人了解世界核电发展情况和核电的安全性。

特别是 1986 年 7 月 10 日，针对香港的谣传，邓小平同志明确表示，中央对建大亚湾核电站的决定没有改变，也不会改变，请李鹏同志设法让香港人知道这个精神。小平同志坚定明确的态度，使香港支持核电建设的人士大受鼓舞，形势开始发生变化。香港《中报》出来辟谣，称“所传邓小平同志与香港工商界人士有关核电站的对话，纯属子虚乌有，居心叵测。”《大公报》刊载不少有关核电的正面报道，全文发表了合营公司答立法局议员问，刊登法国驻华核参赞的谈话和国务院批准颁布的我国四个核安全规定等消息。港英当局也出来说话了。署理港督钟逸杰和经济司翟克诚都表示，撤销参与大亚湾核电站的建设后果严重，确认中电参与担保、贷款、买电，都是经过港府同意的。

8月18日，香港“联会”请愿代表团抵京，要求将请愿书送到中南海。李鹏副总理指示：“坚持原则，以礼相待；信可以送到核工业部，也可送到国务院信访办；如果顺利解决，可以请他们吃一顿饭。”核工业部组织了一个有国务院港澳办、核工业部核电局、中国核学会和广东核电合营公司相关领导和专家参加的接待组，安排请愿团到中国原子能科学研究院和清华大学参观，并与他们进行座谈和解答他们提出的问题，明确表示中国政府支持大亚湾核电站建设的立场没有改变，也不会改变。开始，请愿团成员在参观原子能研究院时，发表了反对建设大亚湾核电站的讲话，当即遭到陪同参观的张正华副院长的反驳。之后，经过座谈和听取专家的解答，他们承认对核电知识不足，态度有所改变，请愿团的领队表示了道歉。当他们回到香港后表示此行“部分满意，部分不满意”。

9月6日，《人民日报》全文发表了核工业部部长蒋心雄就大亚湾核电站建设问题答香港《大公报》《文汇报》和中国新闻社等媒体的记者提问。蒋部长介绍了我国发展核电的决策过程和基本方针，特别说明“兴建大亚湾核电站，是在十分慎重的、科学论证的基础上作出的决定。无论在厂址选择、堆型确定、设备订货、安全标准、人员培训、管理制度以及国际合作上，都是把安全放在第一位的。所以，只要我们尊重科学，严格管理，坚持安全第一、质量第一，核电站的安全是有保障的。”针对有的记者提出“大亚湾核电站万一发生严重事故，其后果有多大？”蒋部长进一步说明：大亚湾核电站采用压水堆这种堆型技术比较成熟，并且又设置了多重的安全系统，根据对压水堆核电站概率风险评价，出现堆芯大规模熔化事故的概率是极小的，波及范围也很有限。各国现行安全标准规定，由于这种堆均设有安全壳，即使发生了堆芯熔化事故，10公里（有的国家为16公里）以外的居民，不必疏散。这也就是说，即使大亚湾核电站万一发生严重事故，也不会波及香港地区，香港人可以放心。

9月18日，以谭惠珠、李鹏飞为团长的香港立法局议员核电考察团应邀来到北京，20日李鹏副总理会见了他们。他们介绍了在欧美各国核电站实地考察的情况，确认核电技术是成熟的、安全是有保障的。但为了让香港公众放心，提了三条建议：一是成立大亚湾核电站安全咨询机构；二是核电价格不高于香港煤电价格；三是核电站建成后可否请法国专家参与初期运行管理。整个谈话气氛良好，进行顺利。

在此期间，还有个有趣的事情。原来台湾方面有人想在香港反核活动中插一手，后来蒋经国有指示，要“港人唱港戏”，台湾方面不要参与。因为台湾核电占的比重也不小，也有反核势力，怕引火烧身。

由于中央领导的坚定明确的表态，李鹏副总理的周到细致的安排，核工业部和大亚湾现场的积极工作，香港反核活动很快得到遏制，使大亚湾核电站三大合同得以如期签字，为大亚湾核电站开工建设铺平了道路。

加强核电科普宣传赢得更多港人支持

在香港反核活动闹得沸沸扬扬中，就绝大多数的人来说，主要是由于缺乏核电知识，不了解核电安全性的实际情况。因此，加强对社会公众的核电科普宣传，让公众增加核电知识，从根本上消除公众恐核心理，是平息香港反核活动的重要举措。

1986年9月12日，由中国核学会和香港科技促进会联合主办的《核技术展览会》在香港开幕，立即引起香港市民强烈关注。展出第一天就有近8000人参观，其中有职员、工人、教师、学生、主妇等，也有父母携带子女全家来参观的。他们对来自英、法、美、日和中国的百余件展品看得很仔细。尤其对大亚湾核电站的模型、图表、照片及相关资料，特别感兴趣。展场内每天下午6时有科普讲座，由内地和香港专家轮流主讲。内地专家有会说广东话的连培生、连环雄等人。展览与讲座都很受欢迎，16天展期内，参观者达8万多人；演讲厅200多座位每天座无虚席，不少观众还站着听讲，踊跃提问。许多人看了展览和听了讲座后，纷纷表示对核电增加了知识，增强了信心。如有的观众过去很害怕核电厂会爆炸，现在知道核电厂与原子弹不同，绝不会发生核爆炸。有的观众看到内地广泛利用核辐射育种、灭虫，利用核医学诊治疾病，相信内地也一定有能力管理好核电厂。

香港媒体诸如《大公报》既发消息，又发社论；《文汇报》以“核能民用，前景广泛”为题整版介绍展览会资料；《天天日报》、《东方日报》、《中报》等都在显要位置发消息。发行量较大的《成报》以“核电展览与核能安全”为题发表了短评。香港科技界专家对筹备展览十分热心，不计报酬，积极承担部分展版、编印场刊、资料汇编等工作。有关核电站的小册子印了20多万份，广为散发。

与此同时，广东核电合营公司也提供机会，让香港各界人士前来大亚湾核电站工地实地考察，深入浅出地介绍核能发电的原理、核电站的基本结构、工艺流程、安全设置和措施。而且合营公司领导亲自参加接待。有一次记者午餐会上，合营公司董事会执委会委员安清明倒出一杯高度的五粮液酒和一杯啤酒，然后“啪”地一下打着了打火机，把火引向酒杯，五粮液酒杯上立即燃起了淡蓝色的火焰，而啤酒杯却没有变化。安清明问大家：“啤酒也是酒，却为什么燃烧不起来？就因为酒精度不同。五粮液酒精含量高，50多度，

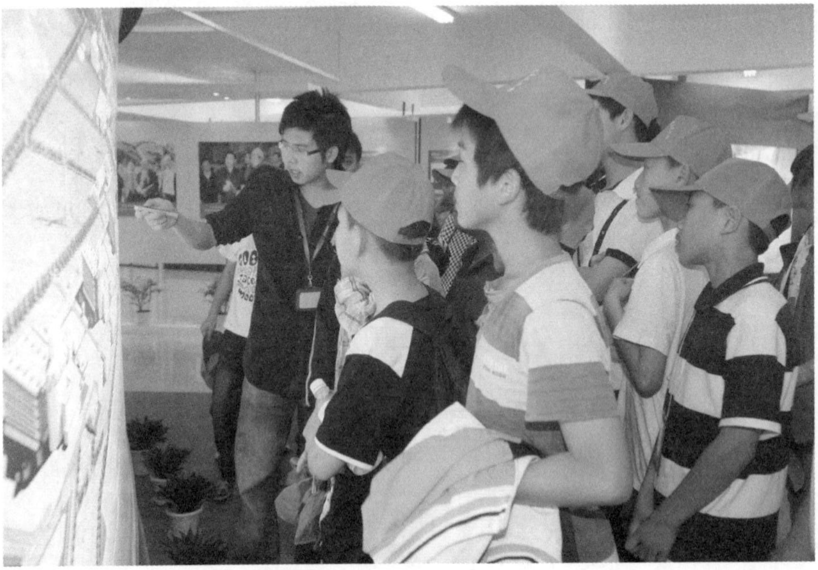

核电科普宣传

火一点就燃烧起来；而啤酒酒精含量低，不可能燃烧。原子弹与核电站的区别如同这白酒与啤酒：原子弹用的铀 –235，浓度在 90% 以上，核电站用的铀 –235，浓度仅 3% 左右，因此在任何情况下也不会核爆炸。”这使大家恍然大悟。以后这一生动又通俗易懂的比喻，就成了核电科普的一个经典说法。

大亚湾核电站建设一开始就遭遇了上述这场反核风波，给我们不少启示。其中最主要的是搞好安全运行，这才能使公众放心。现在大亚湾核电站安全稳定运行的业绩，使香港人更加信服核电是清洁、经济、安全可靠的。核电给他们送来了光明和温暖，给香港经济发展和社会稳定带来了能源。如今大亚湾核电站展览中心，经常接待的观众是香港中小学生，老师给他们讲述核电的优越性和安全性，使他们更加热爱核科学技术和核电站。

【原载《中国核工业》杂志，2009 年第 11 期】

"华龙一号"为何如此看好

2015年4月15日，李克强总理主持国务院常务会议，决定核准建设"华龙一号"三代核电示范机组，消息公布之后，立即在核电界、能源界和新闻传媒引起广泛而热烈的反应，纸质报刊和网络平台都作了大幅报道。接着，5月7日，示范工程落地福建福清核电举行正式开工仪式，国家能源局、国家核安全局和福建省市地方政府有关领导，以及已与中国签署协议进口"华龙一号"的国家阿根廷驻华大使、巴基斯坦原子能委员会官员，都在现场见证了这一重要时刻。在北京举行的第十一届中国国际核工业展览会上，"华龙一号"核岛模型也成为公众最为关注、争相驻足观看的热点。

中核集团与中广核集团联合推出"华龙一号"三代核电技术，为何引起国内外如此聚焦关注，多方舆论一致看好，成为中国核电"走出去"的"中国品牌"，"华龙一号"本身到底有什么值得特别称赞的地方?

最高的安全标准

"华龙一号"由中核集团的ACP1000和中广核集团的

ACPR1000+ 两项技术融合优化而成，是中核和中广核在我国三十余年核电科研、设计、制造建设和运行经验的基础上，充分借鉴国际三代核电技术先进理念，综合吸取美国三哩岛、苏联切尔诺贝利，特别是日本福岛核事故的教训及经验反馈，采取国际最高安全标准，经过 10 多年的打磨、融合、提升，自主研发设计的第三代核电机型。

“华龙一号”最显著的特点是安全性能好，采用了国际最高标准。它在安全设计上有两个目标，一个是堆芯熔化频率（CDF），$< 1.0 \times 10^{-6}$/（堆年），即小于十万年可能遇到一次；一个是大量放射性释放频率（LRF），$< 1.0 \times 10^{-7}$/(堆年)，即小于百万年可能遇到一次。人们通常对事物要求，“安全可靠，万无一失”，而“华龙一号”设定的两个目标，则成十、成百倍超过了这种“万无一失”的通常要求。堆芯熔化频率和大量放射性释放频率是鉴别核电机组安全特性的两个最重要的、牵动全局的设计目标，按照这两个目标要求，在系统设计中全面平衡贯彻了纵深防御的设计原则，设置了完善的严重事故预防和缓解措施，这就把核电机组的安全性和可靠性提到了最高的水平。

“华龙一号”在安全设计上，还考虑到外部事件的风险，诸如：地震、强风、水淹、飞机撞击、恐怖分子袭击，等等，都设置了相应的防范措施，提高了事故和灾害的应对能力。其中安全壳的强度设计，可以抗御大型商用飞机的撞击。

技术上独树一帜

安全性能好，必须有相应的技术作为支撑。目前全世界在运核电站的安全系统大都采用能动的安全设计，美国AP1000在这方面有了突破和革新，采取了非能动的安全设计理念，简化了系统设置和工艺布置，提高了核电机组的安全性。美国AP1000的设计理念是先进的，但由于技术上还不很成熟，在我国三门核电站首堆建设中已有上万次的设计修改，特别是关键设备屏蔽泵研制试验，至今尚未完全过关。同时，非能动的安全设计，在应对事故和极端外部事件上也有相当的局限性。

“华龙一号”安全系统设计在技术上独树一帜，采取了能动+非能动的设计理念，在充分利用我国30年核电发展形成的研发设计能力，并借鉴与吸收国际先进核电设计理念的基础上，通过持续改进和自主创新形成的技术方案，既不是对引进机型的翻版复制，也不是对引进技术的简单模仿，而是一套具有原创性或独创性的技术方案。比如：它创造性地提出：通过蒸汽发生器二次侧进行能动+非能动的堆芯余热导出；通过压力容器外表面进行能动+非能动的堆腔注水冷却；通过安全壳喷淋和非能动冷却回路进行能动+非能动的安全壳热量导出，等等。所有这些，不仅可以避免单一依靠非能动安全系统因缺乏应用经验带来的不确定性，也可以避免通过简单增加能动安全系统冗余度带来的因故障难以规避和经济性降低等缺点。

“华龙一号”在总体技术方案上，采用177个燃料组件的反应堆堆芯、多重冗余的安全系统、单堆布置、双层安全壳以及全数字化仪控、堆芯测量从堆顶引入、安全壳内置换料水箱等的系统设置和工艺布置，也都是不凡的技术创新和技术先进性，构成了高标准安全性的有力支撑。

良好的经济性

考察第三代核电机组设计，不仅要看它技术上是否先进，是否更加安全可靠，还要看它在经济性方面，是否更加具有优势。“华龙一号”具有良好的经济性。由于它在设计上：①充分考虑了国内核工业基础和核电装备制造能力，能够在最大程度上实现设备国产化，首堆示范工程的设备国产化率预计可大于85%，这就可以大大降低核电工程造价，同时也降低了电厂运行期间设备和零部件的更换成本。②采用18个月的长循环换料周期，减少停堆时间，可以大幅度提升电厂可利用率。③采取有效措施，确保电厂设计寿期60

年，提升了电厂的经济运行期。所有这些，使得“华龙一号”的经济性优势也就更为显著。

“华龙一号”贯彻国家“走出去”战略，投向国际核电市场，除采用安全性标准最高、技术上独树一帜、具有完整的自主知识产权外，在经济性方面也具有较强的竞争力。据估算，“华龙一号”在国内的造价仅为引进机组的60%，甚至更低；“走出去”与其他国家同类机组相比，造价大体也是60%左右，这对正在谋划发展核电的国际用户来说是一个利好的信息。

“走出去”的中国品牌

党的十七大确立的我国对外开放政策，是把“引进来”和“走出去”更好地结合起来。为了加快我国核电发展，我们曾先后引进了法国M310、俄罗斯VVER二代核电机组和美国AP1000、法国EPR三代核电机组以及加拿大重水堆核电机组，并在引进M310核电技术的基础上，研究开发了二代加改进的核电技术，成功地应用于后续的多个核电机组的建设。中核集团和中广核集团联合推出我国自主研发的、拥有完整自主知识产权的、可以不受国外知识产权法律约束而走出去的“华龙一号”三代核电技术，在国际核电市场上树立中国品牌，一反过去长期依靠“引进来”的技术，只能翻版复制，不能自主出口的局面，从这个角度评价“华龙一号”可说是我国核电发展历史的一个里程碑，具有划时代的意义。

国务院领导高度重视核电和核工业“走出去”，在决定核准建设“华龙一号”示范机组时，强调指出，要通过实施示范工程，形成拥有自主知识产权的关键装备与核心技术，为核电装备“走出去”开展第三方合作创造有利条件。

中核集团和中广核集团加速了“走出去”的步伐，在欧洲、亚洲、南美、非洲和中东地区开展核电和核工业国际合作的洽谈，与英国、罗马尼亚、巴基斯坦、阿根廷等国达成了合作协议。“华龙一号”将成为中国核电“走出去”的主打机型，许多国家对其有兴趣。与中核集团签订框架协议的5台机组，其中4台就是“华龙一号”。还有些国家在与中核集团谈判，随着国家领导人出访和其他各方面的推动，估计还会有更多的关于“华龙一号”走出去的信息。

核电“走出去”将带动核燃料的发展。“华龙一号”的核燃料组件是中核集团自主研发的“CF”系列燃料组件，实施核电、核燃料一体化出口，并承诺向核电进口国提供全寿期核燃料产业链的供应和服务，使单台核电机组出口可带动核燃料循环产值1000亿元人民币以上，大大提升核电出口的经济规模。

核电“走出去”还将带动装备制造业的发展。一台“华龙一号”出口，大概相当于出口30万辆汽车，可带动国内几百家大大小小的装备制造企业的生产，创造新增产值，由此可见核电出口对装备制造业的带动发展有多么大的影响。

关键要建好示范工程

“华龙一号”示范工程已在福建福清落地，首堆于2015年5月7日正式开工，核工业人怀着激动又兴奋的心情迎接这一天的到来。国家能源局副局长刘琦在现场讲话中指出：各参建单位一定要按照党中央、国务院的要求，确保安全和质量，全力以赴精心组织好“华龙一号”示范工程的建设，以高度的事业心、责任心和使命感，将示范工程建成精品工程、标杆工程。

核工业人很清楚，“华龙一号”虽然经过多年科研论证、精心设计，凝聚了两代科研人员的智慧和心血，其成熟性、安全性和经济性经过国家权威评审，一致认为可满足三代核电技术要求，设计、设备制造和运行维护等领域的核心技术具有自主知识产权，是国内可以自主出口的核电机型。但目前这些毕竟都还是在理论上和设计文件上，要真正成为可以看得见、摸得着，能够安全高效发电，创造新的生产力，可以商业推广的新型核电机组，还需要经过整体的、系统的工程建设和运行实践的考验证明，以及商业化推广的认可，才能完满实现。所以，集中优势兵力，精心建好示范首堆工程就有特别重要的意义。

应该说，中核集团福清核电对“华龙一号”示范首堆工程建设是有相当充分准备的。“华龙一号”在福清核电是第五号机组，早在2011年就计划开始负挖，后因日本福岛核事故发生的影响而搁浅。这次开工前，为确保“华龙一号”示范工程建设质量与进度，福清核电建立了完善的及时经验反馈机制，还创造性地开展了沙盘推演行动，制订出严细的风险防范措施。“华龙一号”技术创新点多，除成熟堆型建设已知的大量风险外，还有未知的众多不确定性。沙盘推演过程中，对重点环节的预警、报告、组织、沟通、领导、控制、可调动资源以及相应的制度程序等八大领域的各种风险进行测试，由此形成26项待改进项目，分别提交设计、施工单位进行讨论，并提出整改计划。目前设计方面，初步设计已经完成，开工所需图纸已经到场；设备采购方面，长周期关键设备已签订采购合同，部分设备已开工制造，设备、材料能够满足开工需要。其他现场准备工作也都能保证开工顺利进行。

中国核电深知建好“华龙一号”示范首堆工程的重大而深远意义，无论福清核电站，还是设计施工单位和设备制造、材料供应各单位一道，众志成城把首堆工程建成示范引领项目，实现“华龙一号”由技术图纸转为工程实践，引领国内、国际后续工程建设，开创我国核电发展的新纪元。

核电的优越性与发展前景

20世纪60年代，新疆罗布泊大漠深处，我国第一颗原子弹爆炸试验成功，如同一声惊雷震撼了世界；世界上最早发明火药的文明古国，从此进入了辉煌的原子时代。海内外的炎黄子孙无不扬眉吐气，欢呼雀跃。世界上各种肤色的外国人也都因此对中国刮目相看。

如今，历史又翻开了新的一页，和平利用原子能的事业已在我国悄然兴起。位于杭州湾畔的秦山核电站和南海之滨的大亚湾核电站，已经相继建成发电，二期工程也将陆续兴建。璀璨夺目的核电之光，照耀着未来中国的能源发展前景。21世纪的中国将会有更多的核电站，遍布于广东、浙江、辽宁、山东、福建、海南、江苏等沿海省份，如同一颗颗闪闪发光的明珠，把我们伟大的祖国点缀得更加绚丽灿烂。

拥有比化学能大200多万倍的能量

为什么开发利用核能是如此令人兴奋和激动呢？这要从人类文明进步和能源发展历史说起。人类最初从摩擦、击石取火，开始利用人体以外的自然能源，用的燃料是木柴，称为薪炭能源。后来发现煤炭、石油、天然气可以燃烧，就大量利用这些矿物燃料，称为化石能源。直到20世纪40年代，随着科学技术的高度发展，科学家打开了原子核的奥秘，研究建造了核反应堆，人类开始利用核能。

木柴、煤炭、石油、天然气，都是通过燃烧的化学反应来提供能量，所以又称化学能。核能则是通过核反应，即原子核的裂变或聚变链式反应而释放出来。化学反应的能量小，核能反应的能量大，两者约差200多万倍。比如1千克铀–235全部裂变放出的能量，就相当于2700吨标准煤燃烧放出的能量。1千克铀–235只有火柴盒那样一块，而2700吨标准煤堆起来则像一座小山。核能是如此奇妙，我们中国已经有能力开发和利用它，为人民造福，怎么能不令人兴奋和激动呢?

未来东南沿海地区的主要能源

利用核能发电，这是电力工业向高技术发展的选择，传统的电厂是用煤等化石燃料燃烧后放出的热能转化为电能，或者利用水能直接转化为电能，前者叫火电厂，后者称水电站。由于电能传输迅速，使用方便，并可以转换成机械能、热能、声能、光能，所以它是现代社会的生产和生活的重要物质基础，也是衡量一个国家现代化程度和人们生活水平的一个重要标志。

随着我国人口增长、经济发展和生活水平提高，对电能的需求量越来越大。到21世纪，我国电力工业必将有个很大很大的发展。然而，发展火电需要大量煤炭。我国煤炭资源集中在华北、西北，北煤南运，西煤东运，给交通运输带来了很大压力。而且煤炭是重要的化工原料，烧掉实在可惜，在燃烧过程中排放烟尘和有害气体，还会严重污染环境。发展水电受到水源地理位置的限制，不能各地普遍建设，再加上季节性的变化，丰水和枯水期水量相差很多，发电量上下波动较大。我国未来的电力结构必然是多元的。在继续发展火电、水电的同时，还要适当发展核电。特别在缺

中国21世纪核能发展报告会

乏煤炭和水力资源的东南沿海地区，更要大力发展核电。核电将逐步成为这一地区的主要能源。

安全、清洁、经济的能源

核电是安全、清洁、经济的能源。

首先是安全性。说起核电，人们很容易联想到核武器，联想到放射性。核电站会不会像原子弹那样爆炸？绝对不会！因为它们的结构和特性完全不同，其中最根本的一点是，它们用的核燃料性质不同。原子弹用的是高浓铀-235，浓度一般在90%以上，爆炸时在瞬间形成剧烈的不受控制的链式裂变反应，释放出巨大的能量，造成威猛无比的杀伤和破坏力；而核电站用的是低浓铀-235，浓度一般在2%～3%，分散布置在反应堆内，按照设计要求受控地进行链式裂变反应，把核燃料内的能量逐步释放出来，供人们生产和生活利用。而且反应堆还设有多重安全保护系统，能够确保核反应不会失控，使核电站根本不可能发生像原子弹那样的核爆炸。

核电站有放射性吗？当然有，但它全部被封闭在反应堆里边，对周围环境安全和居民健康不会构成危害。核电站放射性的源头是核燃料。为了防止核燃料裂变反应时产生的强放射性物质外逸，在核电站设计中设置了三道安全屏障。一是密封的燃料元件包壳。它把核燃料裂变反应产生的放射性物质全封闭在包壳里边。二是反应堆的压力容器和密闭的回路系统，万一燃料元件包壳破损，仍然可以把放射性控制在压力容器和回路系统内而不扩散出去。三是坚固的安全壳。它把整个反应堆和回路系统都安装在里边，不但可以限制一切可能发生的事故，阻挡放射性物质外逸，而且还可以防止飞机等外来物撞击，保护反应堆的安全。由此可见，核电站虽然有放射性，但它有几道屏障阻挡着，对外界环境和人身安全是无害的。

核电不但是安全的，而且是十分清洁的。它不会像火电厂那样，因为烧煤向大气层排放大量二氧化碳、二氧化硫、氧化氮等有害气体。它也不像火电厂那样，锅炉里不断排出煤渣，占用大块场地，灰尘四扬，污染环境。总之，由于核电站安全防护标准极高和清洁度要求特别严格，因此它处处显得特别干净、明亮，让人感到舒服、畅快。

核电经济性的特点，在于它虽然建设投资大，但燃料、运行费用低，最后反映在发电成本上比烧煤或烧油的火电都便宜。它还有一个突出的优点，就是燃料运输量极少。比如一座 100 万千瓦的火电厂，每年烧煤约 300 多万吨，需要每天有 200 节火车皮或一艘万吨货船来运输。而同等规模的核电站，每年只需补充核燃料 30 吨，包括其沉重的专用容器，用几节火车皮或几辆载重汽车就能装下。

核能的一代、二代和三代

现在世界上在建和运行的核电站，采用的反应堆虽有多种不同类型，但从物理学上划分，绝大多数属于热中子反应堆（简称热堆）。由于热中子能量低，不能使核燃料充分燃烧起来，铀资源利用率仅 1% ~ 2%，于是核技术先进的国家又设计建造了一种快中子堆（简称快堆）。快中子能量高，约比热中子高 700 多万倍。利用快中子来引发裂变反应，可以使核燃料充分地燃烧起来，并且在燃烧过程又生成了新的核燃料，使核燃料越来越多，总的铀资源利用率可提高到 70% 左右。所以这种反应堆又叫快中子增殖反应堆。

快堆与热堆相比较，技术更加复杂，工程难度也更大。从反应堆技术发展史论核电站，一般称热堆为第一代核电站，快堆为第二代核电站。我国已探明的铀矿储量，从核电近期发展需要来说，还有富余。对中期发展也可以基本保证；但从长远发展来说，则显得不足。为了充分利用有限的铀资源，保证核电长远发展的需要，我国也要在发展热堆核电站的同时，加紧研究建造快堆，预计 21 世纪初可建成快中子实验堆，然后再建快堆核电站，使我国核电技术迈上一个新的台阶。

尽管快堆可以提高铀资源利用率，但是地球上的铀资源仍然是有限的。所以科学家们早在20世纪50年代第一次实现氢弹核聚变爆炸后，就开始进行受控核聚变的研究，目标是要设计建造一种聚变反应堆。这种反应堆与热堆、快堆不同。热堆、快堆都是裂变反应堆，是利用铀等重元素的原子核，在人工控制的条件下进行裂变反应而释放能量。聚变反应堆则是利用海水提取氘和锂制造氚作燃料，在人工控制的条件下，氘氚两种轻元素的原子核进行聚变反应而释放能量。采用这种反应堆建造的核电站，就叫第三代核电站。大家知道，地球上的水，99%以上是海水，海水是永不枯竭、取之不尽的。所以这种聚变反应堆研究建造成功了，可以说人类生存和发展所需的能源问题，也就最终地解决了。

但是，实现受控核聚变的条件十分苛刻，既要把核燃料加热到上亿度的高温，变成高温等离子体，又要有效地控制其反应速度，保持一定的时间，这在技术上和工程上都非常困难。因此到实用阶段还有相当一段路程。我国跟踪世界科学技术发展趋势，从20世纪50年代末开始进行磁约束核聚变研究，建立了专门机构和实验装置，其中最大的装置是“中国环流器一号”，自1984年年底建成以来，做了很多实验研究，获得了较高的等离子体参数。与此同时，我国还开展了惯性约束核聚变研究，建成了大功率激光向心打靶装

中国实验快堆外景

置和强流电子脉冲加速器，在实验中也获得了较好的科技成果。到 21 世纪将进一步开展这两方面的核聚变研究，争取迎头赶上，能够大体与世界同步建造聚变堆核电站。

迎接即将到来的核能大发展

从现在起，到 21 世纪中叶的 50 年内，我国能源结构将发生很大变化，核能在我国能源构成中的比重将逐渐增大，核能不仅用来发电，而且还用来供热，发展区域集中供热和热电两供核电站，以供居民取暖和工厂生产用电。预计到 2020 年，我国能源构成，煤炭将降至 65% ~ 68%，水电占 8%，核电升至 10% ~ 20%，新能源占 5% 左右。这样一种能源结构趋势是合乎中国国情和历史发展规律的。

核能在我国能源构成中的比重，从目前1%多一点上升到10%～20%，也就是要比现在增长10～20倍，这是一个令人兴奋但又十分艰巨的发展任务。为完成这一任务，第一，需要大量具有高度事业心、责任感和相当业务能力的技术人员和管理人员。这是最为关键的。没有这一条，核电站建设起来也不能保证其持续安全运行。迄今为止，世界上核电站的两次最严重事故，都是由于管理不善，掌握不好，值班操纵人员知识和经验不足而造成的。

第二，需要拥有充足的铀矿资源。铀是核电站的基本燃料。铀在地球上并不稀少，但矿藏分散，品位较低，找矿难度较大。我国从20世纪50年代开始进行铀矿地质普查，目前已经探明的储量在世界上排列第7位，但按人口平均拥有量却不多，必须进一步加强铀矿地质勘查工作。我国有960多万平方公里的国土，目前已进行地面和航空普查的面积还不到总数的一半，铀矿潜在资源很大，相信今后一定能够找到更多更富的铀矿。

第三，需要建立一个与核电发展相适应的经济合理的核燃料循环工业体系，为核电和其他核能利用事业提供更多更便宜的核燃料。

第四，需要大量建设资金，除了国家增加投入外，还要运用市场经济机制，多渠道多方式筹集资金，以支持核电和其他核能事业的发展。

21世纪将是核能的世纪。目前世界上已有30个国家和地区，420多座核电反应堆在运行，核发电量已占世界总发电量的17%左右。一些工业发达国家都在研究开发新一代核电反应堆，预计到21世纪初期将有一个新的核电建设高潮。我国核电发展刚走过起步阶段，发展前景十分广阔，期待着一切有志于人类进步事业的青少年，积极投入核能开发利用这一新兴的高技术产业，奉献自己的青春和智慧，尽心尽力，建功立业，让核能发出更大的光和热，把我们社会主义祖国建设得更加光彩夺目。

【原载《21世纪的中国》，中国少年儿童出版社，1995年9月】

横跨工农医学界的核技术应用

19世纪末，X射线、放射性、电子三项伟大发现，拉开了20世纪物理学革命的序幕，一门以研究原子核的性质、结构、运动规律及其应用为对象的核科学技术，应运而生并迅速发展起来。在第二次世界大战中，这项科学技术上的最新发现和发明，就被首先用于军事目的，研究制造出了威力空前、震撼世界的原子弹。

20世纪50年代初开始，核科学技术逐步转向和平利用，揭开了它的神秘面纱，展示了它的奇妙功能。利用核能发电，为人类文明进步提供了一种新能源；利用核技术，特别是同位素与辐射技术，向医学、农业、工业、资源、环境、材料等领域渗透，形成一系列交叉边缘学科，显示了独特的功能。一门从事核燃料生产和核能、核技术开发利用的核工业体系在世界发达国家蓬勃发展起来。

中国核工业创建于1955年。40年来，从无到有，从小到大，现已跻身于世界先进行列。展望21世纪，中国的核科学技术和工业发展，必将达到更大规模和更高水平。本文着重描述核技术，特别是同位素与辐射技术在医学、农业、工业上应用的发展前景。

灵敏、高效的核医疗技术

医学是应用核技术最早的一个领域。从早期采用镭治疗癌症和利用碘 -131 进行甲状腺功能测定，发展到现在，放射性同位素和核医疗仪器设备，已广泛应用于临床诊断治疗、器械消毒和基础医学研究，成为现代医学不可缺少的技术手段和诊疗方法。21 世纪人们对疾病防治将提出更高的要求，主要要求能够早期发现和高效治疗。放射性药物和核医疗仪器设备以其高灵敏和高效率的独特功能，正好满足了这种要求。

核技术在医疗领域得到广泛应用

20 世纪 80 年代，我国曾采用放射性药物对肝癌高发区进行大面积普查，结果早期发现了一批很不容易发现的极小肝癌肿块，及时进行适当治疗，解除了病人的生命之虞。采用放射性碘治疗甲状腺功能亢进症，同样取得了显著的疗效，总治愈率高达 90% 以上。特别是高性能的核磁共振等 CT 的应用，几乎可以对所有脏器和组织，特别是对脑部进行多维多层显像，大大有助于病变早期精确发现和治疗。但是，目前由于设备昂贵，收费较高，还不能普遍使用。相信到 21 世纪初，随着科学技术的发展和人们生活水平的提高，放射性药物和核医疗仪器设备的应用必将更加普及。

医疗器械用品消毒不好，是目前造成病人交叉感染的重要原因之一。到 21 世纪全面推广辐射消毒，将可彻底解决这个问题。

目前常用的消毒方法是高温蒸煮和化学剂洗涤。前者操作简便，但是能源消耗大，消毒不彻底，往往造成病人交叉感染；后者因为化学消毒剂本身含有致癌物质，使用后残留量多了就会造成二次污染。辐射消毒是利用电离辐射，是一种新型的消毒方法。它的优点是消毒灭菌彻底，可杜绝交叉感染；不需加热，节约能源；操作简便，可以连续作业。因而受到世界发达国家的重视，大量采用这种消毒方法，并已发展成为一种新兴的高技术产业。近 10 多年来，我国也积极推广采用这种消毒方法，预计到21世纪初，可推广到全国各大中城市医院，必将给人们带来很大的福利。

到21世纪，核技术还将对基础医学研究做出更大贡献。在分子生物学、遗传工程、计划生育等生命科学发展中，同位素示踪技术将发挥其独特的作用。特别在发展祖国医学和推进中西医结合的研究方面，包括中草药药理和针灸镇痛机制等研究方面，核技术也将起到其他技术起不到的作用。

深化绿色革命的核农学

20世纪60年代，“国际水稻研究所”和“国际玉米和小麦改良中心”，利用矮化基因材料育成矮秆耐肥的高产品种，如“墨西哥小麦”和“菲律宾水稻”等，使粮食产量显著增长，部分缺粮国家达到粮食自给，在世界上称之为“绿色革命”。但由于这种高产品种还存在对病虫害缺乏抵抗力和蛋白质含量较低的缺点，以及技术上和经济上要求较高等各种障碍，因而不易普遍推广。核辐射育种，利用射线诱发生物遗传基因变异，创造出一种具有特异性状的突变体，育成新的粮食作物优良品种。如我国湖南省的科技工作者经3年4代选育定型的糯稻品种“湘早糯1号”，不仅大大提高了单位面积产量，而且米质好，抗病虫害，克服了上述矮秆耐肥高产品种的缺点。

核辐射育种深化了“绿色革命”，使粮食生产达到一种新的质量和水平。在这方面我国已为世界做出了卓越的贡献。截至1993年统计，我国利用核辐射与其他方法相结合，已在37种植物上育成突变新品种408个（其中粮食作物302个，蔬菜瓜果43个，观赏植物63个），占世界各国突变品种总数的1/4。种植面积稳定在1.35亿亩。育成突变品种数量和种植面积均居世界各国首位。预计到21世纪，我国必将育出更多新的突变优良品种，为世界农业发展做出更大贡献。

水稻新品种“浙辐802”大面积推广

核技术在农业领域的应用，不仅表现在利用核辐射育种，改良作物品种上，而且还可以利用低剂量辐射刺激生物生长，利用昆虫辐射不育技术防治害虫，利用辐照食品保鲜保藏，利用核素示踪技术进行土壤肥料、农业生态环境、畜禽生殖生长生理和疾病防治的研究，贯穿于农业生产的全过程。

比如，利用低剂量的 γ 射线或快中子辐照柞蚕、家蚕和鱼、虾的卵或幼苗，可刺激其生长和发育，提高产量 10% ~ 20%，而且质量也有提高。这项技术已列入国家星火计划重点推广技术。利用昆虫不育技术，可以控制和灭绝害虫繁殖，达到防治害虫的目的。这是一项从根本上灭绝害虫的最有效的生物技术手段，因为它不用农药，不会对环境造成污染，对人、畜也无危害。利用射线辐照食品进行杀虫、灭菌和抑制某些生理活动，可以延长食品保鲜和储藏时间。目前世界上已有 36 个国家先后批准了 80 余种辐射食品和 100 多种调味品的卫生标准和市场销售。我国也有 8 种辐照食品批准上市，另有 20 多种辐照食品通过省市技术鉴定。

总之，核技术与农业生产相结合，逐步形成了一门新的边缘学科——核农学。预计到 21 世纪，核农学在体系和规模上都将有新的发展，对改造传统农业，革新农业科学技术，发展现代化的大农业，必将产生更大的影响和作用。

在工业应用上身手不凡

核技术在工业上的应用，目前较有成效的是辐射加工、同位素仪表、核测井、核无损检测、同位素示踪、工业“三废”辐射治理等，发展很快，方兴未艾，预计到21世纪必将更加成熟、完善，向产业化规模发展，成为新兴的高技术产业群。

辐射加工，是利用电离辐射与物质相互作用所产生的化学效应和物理效应，对高分子材料实现化学加工和对固体材料进行改性处理的一种新型的化学工艺和改性技术。目前我国已能批量生产的辐射加工产品有20多种，包括热收缩材料、电线电缆绝缘层、电池隔膜、低温黏合剂、高效润滑油、高吸水性材料、隐形眼镜片等，其中交联聚乙烯热收缩材料最为引人注目。由于它具有一种特殊的“记忆性能”，加热后会自动收缩，因而成为电缆和管道的接头，以及各种要求密封、贴紧包装的理想材料。

我国固体材料辐射改性工作也有很大进展。采用离子注入工艺制作的半导体器件和电路已有40多种，其中包括核探测器、红外探测器、半导体激光器、微波器件和发光器，多数已能批量生产。在整流器生产中，采用电子束辐照工艺代替扩金工艺，使快速可控硅的成品率提高了一倍，而且操作简便，节约黄金，降低成本。

同位素仪表，一般由放射源、核探测器、电转换器和二次仪表等几部分组成，具有不接触对象、灵敏度高、适应各种现场条件、可以连续输出信号、体积小、重量轻、性能稳定可靠等特点，广泛应用于冶金、化工、石油、轻工、建材等行业生产过程的检测和控制。使用最多的是料位计、厚度计、密度计；发展最快的是核子秤。

例如，我国造纸工业采用同位素仪表控制纸张厚度和水分，可提高产量 10%。一台每天产量 150 吨的造纸机，一年可增产 4250 吨，当年即可收回安装同位素仪表的投资。水泥厂采用伽马料位计监测料位，采用 X 荧光分析自动调料系统控制生产过程，水泥产量比过去提高 30%。

核测井是利用辐射与物质相互作用产生的各种效应，或利用岩石本身的放射性，对地层物理性质进行探测的一种先进的物探技术。它包括通常说的放射性测井、核磁测井和放射性同位素示踪测井。我国石油和煤炭部门应用各种核测井手段和方法，对石油、煤炭资源进行勘探和开发，取得了很好效果。特别是由我国独立开发的碘 -131 微球示踪测井技术，由于它能准确测定油层和注入水的分布，指导分层采油和分层注水，已在全国几乎所有的油田推广使用，受到国际原子能机构专家的高度评价。

核无损探伤，就是利用放射性同位素对工业产品与部件进行内部缺陷检测的一种先进的简便的方法。在我国已广泛应用于航空、航天、船舶、兵器、机械、化工、石油等工业部门，成为飞机发动机叶片、汽轮机转子、反应堆压力容器制造和石油化工球罐安装等必不可少的一道工序，对于保证质量，消除隐患起到了重大的作用。

20 世纪 80 年代以来，射线断层显像技术向工业领域转移，应用于无损检验，其主要特点是可取得检验对象全方位的断层图像，克服了平面投影的弱点，而且灵敏度高，可以直接提供定量数据。这使核无损探伤技术发生了质的飞跃，提高到一个崭新的水平。

同位素示踪技术除了在上面已经写到的医用、测井等以外，还有许多领域可以发挥作用。诸如在水利水文工程方面，用于大江大河治理、水库坝基渗漏探测与加固、港口航道疏浚和建设等；在石油化工方面，用于石油、天然气地下管道探漏；在煤炭开采方面，用于研究煤层中瓦斯运动规律，测定地下水动态；在冶金、机械方面，用于测视高炉炉衬侵蚀情况，研究炼钢与浇铸过程的热力学规律以及金属腐蚀和机械磨损等。采用同位素示踪技术，优点在于操作简便，灵敏度高，信息准确，显示了核技术的先进性和独特性。

核技术在工业上的应用，按照过程顺序最后一项是工业“三废”辐射治理。“三废”即废气、废水、固体废物。随着人口增长和工业化进程加快，向大气、河流排放的废气、废水和向地上抛弃的固体废物越来越多，日益严重污染环境，危及人们的生存条件和身体健康。因此，有效地控制和治理“三废”，减少环境污染，改善环境质量，维护生态平衡，就成为21世纪科学技术面临的一项重大任务。

工业发达国家经过几十年的试验研究，用电离辐射治理“三废”已取得明显的效果。如用电子束辐射处理烟道废气，可同时去除二氧化硫和氧化氮，其转化物硫铵和硝铵还可作肥料，这是今后解决燃煤电厂大气污染的有效途径。用同位素辐射处理污泥和垃圾，可取代传统的填埋、投海、焚烧等处理方式，保证环境不受二次污染。目前这些新型辐射处理“三废”技术，正趋于成熟，向实用化工程示范阶段推进。我国在这方面也做了许多研究实验工作，预计21世纪初可以逐步推广。

民用核技术发展领域极为广阔，而且直接面向国民经济和人民生活。这一科技百花园里的新秀，必将在未来的年代里开得更加绚丽多彩，并结出累累的经济硕果。它呼唤着青少年投身这一美好事业的开拓，未来是属于你们的。

【原载《21世纪的中国》，中国少年儿童出版社，1995年9月】

核能、核技术与可持续发展

人类社会经历了一次又一次科技工业革命，达到了文明高度发达的程度，然而也带来了一些灾难性的问题。如何保证人类可持续发展，需要作出各种理性的选择。从技术层面来说，利用核科学技术应该是可持续发展的一种选择。

良知呼唤可持续发展

“可持续发展”这个概念最初是从生态学角度提出来的。1986 年第三世界环境保护专家们在一起开会，他们提出我们居住的地球存在十大问题，如果不采取办法解决，就会给人类生存带来威胁。这十大问题是：

（1）沙漠化日益严重，每年有大量的农田被沙海吞没；

（2）森林遭到严重砍伐，造成严重的水土流失；

（3）野生动物被大量灭杀，野生动物的生活环境遭到破坏，许多动物濒临绝种，影响生态平衡；

（4）世界人口急剧增长，估计到 2010 年，世界人口将比 1986 年增加一倍；

（5）供人饮用的淡水资源逐渐减少，人类饮水问题越来越大；

（6）渔业资源逐渐减少，盲目的海上捕鱼使世界 25% 的渔场遭到破坏；

（7）河水遭到严重污染，大量工业废水倒入河中，危害水生资源和人们的健康；

（8）大量使用农药，不仅影响农作物的生长，也给人体带来危害；

（9）近百年来，地球的平均温度上升，对赤道和非洲国家影响很大；

（10）含有毒物的工业废气造成的酸雨，给农作物和人体的健康带来危害。

以后，环保专家又提出了臭氧层空间扩大的问题，紫外线辐射量的增加造成对动植物有害的影响和人类皮肤癌的增加。

这一系列威胁人类生存的重大问题，越来越引起科学家、未来学家、社会学家和一切有识之士的高度关注。1987 年，挪威前首相布伦特兰夫人在“世界环境与发展委员会”上发表了《我们共同的未来》的长篇报告，呼吁国际社会要重视可持续发展，并把“可持续发展”界定为“既满足当代人的需求，又不损害子孙后代满足其需求能力的发展”。她的报告得到世界各国人士的普遍认可和赞同。1992 年 6 月，联合国在巴西首都里约热内卢召开环境与发展大会，全世界有 180 个国家的元首和政府首脑出席了大会，充分体现了各国政府对环境与发展问题的高度重视和对可持续发展的概念的一致认同。会议发表了《关于环境与发展的里约热内卢宣言》，号召世界各国要走可持续发展的道路，并通过了一个框架式的行动纲领《21 世纪议程》。中国领导人也在有关文件上签了字，庄严承诺中国政府将认真履行会议所通过的各项决议。1999 年 3 月 25 日，国务院常务会议通过了《中国 21 世纪议程》，把可持续发展列为中国今后经济发展的一项重大战略和必须遵循的基本原则。

可持续发展的能源选择

能源是人类赖以生存和发展的重要物质基础。在 21 世纪，随着社会经济的发展和人民生活水平的提高，对能源的需求也必然与日俱增。从可持续发展的角度来考察，自然界的哪种能源可能成为未来的主要能源呢？

现在人类利用的能源，主要是煤、石油、天然气等化石燃料。这类化石燃料是不可再生的能源，烧掉一点就少一点。随着人类社会的文明进步和工业发展，经过 100 多年的大量消耗，地球上这类不可再生的能源已经越来越少。据世界能源委员会发表的报告数据，全球探明的可供利用的能源资源储量，按1998年消费水平来进行测算，煤还可供人类利用约200年，石油和天然气分别只能供人类利用约50年和70年。可见，这类不可再生的能源资源已经十分有限，节制消耗是实现可持续发展的需要。特别是煤、石油、天然气，还是重要的化工原料，可以生产化肥、塑料等许多工业产品，如果继续被当做燃料烧掉实在可惜。不仅如此，化石燃料特别是煤，燃烧时排出的二氧化碳、二氧化硫等有害气体，会引起温室效应，使地球变暖；产生酸雨，使树木和植物枯萎。因此严重破坏人类赖以生存的生态环境，可能造成的灾难性后果不堪设想。2000年4月6日，美国公共利益研究集团发表的一份报告特别指出，大量燃烧化石燃料释放

清洁的能源，整洁的环境

的二氧化碳等温室效应气体造成地球逐渐变暖，可能是人类面临的最严重的环境威胁。过去10年地球变暖导致的异常气候和天气灾害夺走了33万多人的生命，造成的经济损失高达6000多亿美元。

由于化石燃料不可再生，资源储量越来越少，人们自然地越来越重视新能源和可再生能源的开发利用。目前唯一可以大规模利用的可再生能源是水能。利用水力发电，基本建设投资大，长期运行费用低，没有环境污染问题，总体来说是一种清洁、廉价、可持续发展的能源。目前全世界水力发电约占总发电量的20%。但是，水能资源分布不均，大多集中在河流上游，往往远离人口集中的工业中心；建设水电站往往要淹没大片土地，造成大量移民；水库蓄水可能破坏生态平衡，带来一些预想不到的后果。另外，由于季节性的关系，枯水期发电量大幅度减少，还要建大型火电厂来维持区域电网的平衡。因此水能不可能成为未来的主要能源。

风能也是可再生能源，近十多年随着风力发电技术的进步，受到各国能源专家和国际社会的关注。按理论计算，全世界的风能资源大概是水能资源的7倍。但是，风能能量密度低，而且很不稳定，时大时小，时有时无，方向也经常变化，利用风能发电，要解决调速、调向和储能等问题。而且风力发电机单机容量很小，连成一片要占土地面积很大，只有大平原才能适应，不是凡有风能的地方都能利用。

20世纪80年代，太阳能和地热能的利用，在许多国家特别是美国，一度成为未来能源的热门话题。美国出版了一本题为《能源战略：向着太阳能的未来》的书，把太阳能描述为未来的主要能源，预测到2050年美国利用太阳能将占总能耗的71%。显然，这种预测是不实际的。太阳能用来加热生活用水、住房采暖，或用太阳灶做饭、炒菜、烧水，都已是行之有效，见之不鲜。在一些特殊地方，如卫星和空间站，边远山区和海上孤岛，利用太阳能进行光电转换或热电转换产生电能，以满足设备运行和人们生活的需要，发挥了极其重要的作用。但是，太阳能不仅能量密度低，而且随昼夜、晴雨、季节变化很大，要想大规模用来发电，保持稳定供应，需要解决很多技术难题，而且工程浩大，消耗材料很多，发电成本也相当昂贵。

地热能，其中地热水为人类利用已有很久历史，可追溯到远古时代，而地热蒸气发电则是20世纪初成就的事情，经过几十年的努力，也有相当发展。但是，可供利用的地热资源不多，在未来能源结构中的比重可谓是微不足道。而且地热水和地热蒸气都含有砷和硫化氢等有害物质，还会放出天然放射性气体氡，有的地热水的含盐量很高，腐蚀性很强，这些对人类健康和生态环境都是不利的。

海洋能、生物能等，也都是可再生能源。海洋能，主要是利用潮汐、海浪、温差来发电，但是工程浩大，成本很高，在经济上是划不来的。生物能，主要是利用动物和人类的粪便以及树叶、秸秆等沤制发酵生成沼气，在农村作为燃料使用，但不可能替代农村生产和生活用电。

随着海洋环境观测和资源勘查技术的发展，苏联、美国、日本先后发现并认一种海底气体水合物（新闻媒介称之为“可燃冰”），因为含有丰富的甲烷，分布面积很广，其总量比迄今所有已知的煤、石油和天然气储量还大2倍。于是有人便认为气体水合物可能成为21世纪的新能源。但是，气体水合物的资源评价、勘查开发技术和开发利用中可能引起的环境变化和海底滑坡等问题都还有待进一步研究。目前只能算作一种潜在能源，在相当时期内还很难成为现实可靠的能源。

从以上分析可见，现有自然界的各种能源，煤、石油、天然气等化石燃料，可供利用的资源储量已经十分有限，烧完了不可再生，而且燃烧过程中排放的有害气体，对生态环境破坏造成的后果将是十分严重的。水能、风能、太阳能、地热能、海洋能、生物能等各种可再生能源，虽然可以在不同领域和不同程度地适应未来的需要，但受自然条件的限制，在技术经济上也还有一些难题有待解决，只能作为一种能源的补充。从可持续发展的要求来评价，唯一能替代化石燃料并可大规模使用的只有核能。核能是安全、清洁、经济、可持续发展的能源，选择核能作为未来主要能源是最为明智和现实可靠的。

世界核电发展的起伏

核能的和平利用，主要就是用来发电，这是核能发展的基本方向，也是核能发挥作用的主要领域。世界核电起步于 20 世纪 50 年代中期，1954 年苏联建成了世界上第一座向电网供电的奥布宁斯克核电站，拉开了核电时代的序幕。20 世纪 60 年代，核电技术趋于成熟。1961 年美国建成了第一座商业核电站——杨基核电站，与 1957 年建成的希平港核电站相比，其功率比希平港大一倍，投资却比希平港减少 40%；发电成本比希平港降低了 85%，标志着核电技术开始进入成熟期。20 世纪 70 年代，由于石油危机的刺激，核电获得突飞猛进的发展。1970 年全世界只有 15 个国家拥有装机容量共 1725 万千瓦的核电站，而到 1979 年就有 20 个国家建成装机容量共 12 711 万千瓦的核电站，不到 10 年时间核电站装机容量猛增了 7 倍，这是电力发展史上前所未有的。

然而，进入 20 世纪 80 年代以后，世界核电发展出现暂时的低潮，除亚洲国家日本、韩国、中国和欧洲的法国、苏联继续保持发展势头外，美国撤销了近百座核电站订单，西欧各国也处于停顿状态，没有新的发展。其直接原因是1979年3月美国三哩岛核电站和1986年4月苏联切尔诺贝利核电站先后发生两次震惊世界的严重核事故，使国际社会对核电的安全性产生怀疑，加上各国一些反核势力借机推波助澜，使社会公众产生恐核心理，进而盲目抵制新建核电站，甚至要求关闭现有核电站。但是，从根本原因分析，还是由于石油危机打击了西方国家经济发展，加上节能技术迅速见效，在客观上没有电力增长的需求，不仅核电没有新的发展，常规电力建设也没有很大发展。

核电是安全、清洁、经济、可持续发展的能源，这是毋庸置疑的。世界上现有32个国家约440座核电机组在正常运行，核发电占总发电量的17%左右。还有36座核电机组正在14个国家中建造。核电的发展是历史的必然，是不可逆转的。20世纪80年代以来，世界核电发展虽然处于低潮，但亚洲地区特别是日本、韩国，仍然持续快速发展。截至1994年12月的统计，日本有49座核电机组在运行，装机容量3886万千瓦，核发电占总发电量的30.7%。韩国有9座核电机组在运行，装机容量722万千瓦，核发电占总发电量的35.5%。特别是各国对核电技术的改进研究，一直没有停止，实际上正在准备着一个新的发展高潮的到来。美、日、俄、法、英等国一些主要核电供货商，在政府的支持下或与外国公司合作，根据各自技术特点和技术基础，按照用户要求条件，已开发出一些新型核电机组设计，无论是改良型或革新型，其安全性能和系统结构都比现在运行的机组更为先进，一旦有了订户需求便可很快投入建设。可以预见，新的核电发展高潮将是在新的技术基础上稳步持续的发展，而不会像20世纪七八十年代那样大起大落。

中国核电事业正由起步迈向持续发展

中国核电起步于20世纪80年代。由中国自行设计建造的、带有原型示范性质的30万千瓦机组的秦山核电站建设成功，并持续安全运行。紧接着与巴基斯坦签署合同，以秦山核电站为参考，为巴方建造恰希玛核电站。这表明中国已经全面掌握了核电设计、建造和运行技术，并且有能力成套出口为外国建造核电站，成为“南南合作”的典范。与此同时，我国还利用外资，引进外国技术设备和管理经验，在广东大亚湾建成了一座装有两台90万千瓦机组的大型商业核电站，其发电量70%售给香港，为香港经济和社会稳定发展做出了贡献。大亚湾核电站是我国改革开放的产物，是利用国内国际两种资源、打开国内国际两个市场、学会国内建设和国际合作两套本领的成功案例。

秦山和大亚湾以两种不同模式建设的核电站都取得了成功，而且投入运行后保持了良好安全业绩，尤其在环境保护方面看到了明显的效果。核电站烟囱没有浓浓的烟尘，场地没有如山的煤堆和灰堆；周围也没有运煤货车隆隆的噪音，核电机组静悄悄地为工农业生产、城乡照明和每个家庭提供着强大的动力、声光和热源。人们真实地看到核电的这些优点，增强了对核电的兴趣和信心，从而进一步为我国持续发展核电开辟了道路。

新世纪、新阶段、新任务，也给我国核电发展带来了新的机遇和挑战。中国工程院能源咨询项目组曾做了一个《中国可持续发展能源战略研究》的课题。他们测算到2050年，我国一次能源的需求量折合标准煤为34.4亿吨，考虑了各种能源生产和利用所能达到的规模，以及各种节能措施所能得到的效果之后，仍有约6.3%的缺口必须依靠核电才能解决。也就是说，核电装机容量必须达到12 000万千瓦以上，而目前我国正在运行的加上正在建设的核电装机容量才870万千瓦，可见这有多大的差距，需要做出多大的努力才能达到。

中国需要发展核电，这已成为越来越多的科技专业人员、能源主管部门和一切有识之士的共识。有关专家、咨询机构和工业部门组织了多次核电发展战略和政策研究，分别从资源保护、核燃料循环方式、反应堆技术路线、核设备国产化等方面进行了深入细致的论证和探讨，证明在我国发展核电不但是必要的，而且是有充分条件的。按以上预测，到 2050 年我国核电装机容量应有的规模，则从 2001 年起，平均每年要建成 240 万千瓦核电机组才能满足要求。其发展过程可设想分为三个阶段：一是起步阶段，秦山和大亚湾两座核电站的建设成功，标志着这个阶段的任务已经完成。二是发展阶段，大体从 2001 年到 2025 年，以压水堆为基本堆型，形成一定规模，在能源供应中发挥越来越大的作用。但压水堆是热中子引发铀核裂变，只利用了天然铀不到 1% 的资源，发展到一定规模就可能发生天然铀供不应求的问题，必须抓紧开发建设快中子增殖堆，使铀资源利用率提高到 60% ~ 70%，以适应核电进一步大规模发展的需要。三是发达阶段，大体从 2025 年到 2050 年，快中子增殖堆技术达到成熟，与压水堆组合形成核燃料铀钚再循环体系，使核电高速发展达到 2050 年预期规模，在全国能源供应结构占有更大比重，在局部地区成为主要能源。然后继续发展，逐步过渡到利用聚变能发电，从海水提取核燃料氘，形成新的核能体系。海水永远不会枯竭，从而也就最终解决了人类所赖以生存和发展的能源问题。

田湾核电站外景

核技术应用产业化向纵深发展

核技术应用除了将原子核裂变和聚变释放的大量能量，用来发电、制作舰艇动力或制造核武器外，还可广泛地应用于工业、农业、医学、环保和科研等各个领域。在工业发达国家，核技术应用已形成很大产业，在国民生产总值中占有相当份额。据美国核学会1991年统计，美国核技术应用产业的总销售额已达2570亿美元，约占其国民生产总值的3.5% ~ 4%。

核技术在工业方面的应用具有极其广阔的发展前景。微电子工业采用离子束蚀刻，已成为超大规模集成电路制备的最重要技术手段。以“奔腾”芯片为代表的半导体微处理器的复杂生产过程中约有三分之一必须依靠等离子体技术。电线电缆辐射交联、热收缩材料制备、涂层固化和表面改性、医疗用品消毒和生物涂料消毒等都已形成产业化的规模。核仪器和同位素仪表，包括X射线无损探伤、海关集装箱检查、机场反走私、危险物品探测、火灾报警，以及厂矿生产使用的料位仪、核子秤、测厚仪等，都有相当规模的市场需求。

核技术在农业方面的应用，对农业生产发展和农业科学技术进步产生了深远的影响，并已取得了明显的经济效益、社会效益和生态效益。辐射诱变育种深化了“绿色革命”，使粮食生产达到一种新的质量和水平，同时还培育了一批新的瓜果蔬菜和观赏植物，丰富了人们饮食和精神生活。使用新型生长素，使农作物和牲畜在生长过程中得到必要的微量元素，达到增加生产和提高质量的目的。

推广昆虫辐射不育技术，控制和灭绝害虫繁殖，以防治害虫成灾。利用射线辐照食品进行杀虫、灭菌和抑制某些生理活动，可延长食品和储藏时间。

核技术在医学方面的应用，主要是发展放射性药物和射线诊断治疗装置，以适应新世纪人们对疾病防治的更高要求。放射性药物，包括体内和体外的诊断和治疗药物，要增加品种，提高质量，扩大生产，满足病人的需要。射线诊断治疗装置，如各种加速器、钴源、断层扫描机核磁共振成像仪、正电子断层扫描机等等。目前，多数是从国外进口，以后应该争取全部或大部国产，从而能够更加普及装备各级医院，提高医院核医疗设施水平，实现医疗卫生现代化。

核技术在环保方面的应用，首先是充分发挥核分析技术所具有的高灵敏度、准确度和在恶劣条件下的适应性，对环境进行适时、远距离监测，对环境污染物化学种态及其效应进行分析和评价，以提高环境监测分析的效率和水平。同时要积极开发利用电离辐射技术治理废水、废气、固体废物。如用电子束辐射处理烟道废气，同时除去二氧化碳和氧化氮，其转化物硫铵和硝铵还可作肥料。用同位素辐射处理污泥和垃圾，替代传统的填埋、投海、焚烧方法，可以保证环境不受二次污染。

核科学技术的形成和发展，从 1896 年法国科学家亨利·贝克勒尔发现放射性算起，已有 100 多年的历史。100 多年来，核科学技术对人类社会的发展和生产生活方式的改变都产生了深刻的影响。第一次给人们的巨大冲击就是原子弹的爆炸，在瞬间破坏了日本广岛和长崎两座城市，夺走了 20 多万人的生命，以至谈核色变，对核武器产生无比畏惧心理。同时也因为它的巨大威力和在现代军事装备中的特殊地位，受到世界各国的普遍重视，并成为各大国之间战略平衡的重要砝码。20世纪50年代后，核技术转向和平利用，核电站的建设成功给人们带来了巨大福音，特别是在四次石油危机中使人们认识到核能是最为现实可靠、可供大规模使用的替代能源。与此同时，核技术在工业、农业、医学等各领域的应用，更使人们大开眼界，看到核技术有如此广泛和奇特的功能和作用，并有可能逐步形成一批高新技术产业群，汇入知识经济洪流。如今历史进入21世纪，核科技作为可持续发展的一种选择，必将在保护地球、保护生态环境、保护人类生存和发展中做出新的贡献，放射出更加绚丽的光彩。

【原载《微粒爆惊雷——核能技术》，北京理工大学出版社，2002年1月】

第四编

经验与精神

伟大的事业产生伟大的精神。核工业人自力更生、锐意进取，创造了『两弹一艇』的辉煌业绩，积累了开创大科学工程的成功经验，为国家和民族争得了光荣和骄傲。同时，在艰苦创业的征程中，传承发扬中华民族的伟大精神，形成了“事业高于一切、责任重于一切、严细融入一切、进取成就一切”的核工业精神。本编各篇总结了核工业建设发展的历史经验，联系实际宣讲了“四个一切”的核工业精神。

没有共产党就没有新中国的“两弹一星”事业

20世纪50年代中期，以毛泽东为核心的中国共产党第一代中央领导集体高瞻远瞩、审时度势，毅然作出了发展“两弹一星”的战略决策。这一英明决策和“两弹一星”伟大工程的成功实施，为新中国铸就了坚实的核盾牌，增强了国防实力，从根本上改善了我国的安全环境；为维护世界和平增加了新的战略支点，对国际战略格局演变产生了深刻影响；为振奋民族精神、民族自信和民族凝聚力，牵引国家全面建设发展，发挥了重要作用，大大提升了我国的综合国力和国际地位。

今天，当我们回顾“两弹一星”事业的艰辛历程和辉煌成就，就自然想到科学家、工程专家和广大科技人员，为了祖国和人民的最高利益，打破超级大国的核讹诈和核垄断，以高昂的爱国主义精神、惊人的智慧才能、高超的创造活力、卓绝的艰苦奋斗，投身于“两弹一星”事业，取得了举世瞩目的辉煌业绩。他们的光荣事迹广为流传，受到祖国和人民的高度评价和热情赞颂，这是完全应该和理所当然的。

然而，我们再往深层次观察和思考，“两弹一星”事业从无到有、从小到大的艰辛历程，每一步、每一程都离不开党的英明决策和正确领导，各级党组织的精心组织和全体共产党员的努力奋斗。其中，包括许多科学家和工程专家也都是共产党员，他们响应党的召唤，肩负国家和民族的希望，在为“两弹一星”事业的奋斗中，充分发挥了共产党员的先锋模范作用和科技人员的智慧力量。有一首歌叫《没有共产党就没有新中国》，这首歌也唱出了“两弹一星”广大科技人员和干部职工的心声。

“两弹一星”是20世纪中叶世界科学技术发展的最高成就，首先是美国，然后又是苏联、英国、法国先后在核武器研制和核技术应用方面，取得了巨大突破和发展。当时在海外的中国留学生，如钱学森、郭永怀等在空气动力学和叶企孙、吴有训、赵忠尧、王淦昌、钱三强等在核物理方面，也都做出了重要的科学贡献。他们热切希望有一天能在国内开展研究工作，施展自己的才能。但是报国无门，旧中国的积弱积贫，加上国民党政府的腐败无能，使他们的希望都落空了。

1945年，美国制造原子弹的《史密斯报告》发布后，蒋介石曾指示军政部筹划，派人去美国学习制造原子弹。军政部组织曾昭抡、吴大猷、华罗庚三位教授，各自选带两个学生，有朱光亚、李正道、孙本旺、王瑞先、唐敖庆、徐贤修6人，到美国学习考察。但是事与愿违，先期到达美国的曾昭抡得知，美国有关制造原子弹的科研机构和工厂，一律不许外国人进入。于是美梦成了泡影，他们只能分散到几个大学进修和从事研究。

与此同时，日本在“二战”期间，也曾致力于研制原子弹，先后建造了5台回旋加速器。日本投降后，这5台加速器原准备移赠中国，中国政府派机电专家顾毓琇前去接收，以便建立原子物理实验室，临行前蒋介石还接见了他。但是这回又落空了，在顾毓琇到达日本前，日本加速器却已被美国占领军破坏沉入海底了。

顾毓琇壮志未酬，于心不甘，以后又积极推动，在国防部设立了以俞大维为主任的原子能委员会，但国民党政府并没有实际投入，所以也是有名无实，始终未见其有什么行动。

国民党政府腐败无能，而且各立门户、各自为政，使本已十分薄弱的核科技力量又分散在各方，无法集中开展科研。1948年回国的钱三强有鉴于此，很想能改变一下这种状况，把各方力量联合起来，协同做些研究工作。他为此几番奔走呼号。先找了当时清华大学校长梅贻琦，梅表示钱的建议可以理解，但他无能为力。钱又去找了北京大学校长胡适，胡感叹：“门户之见，根深蒂固。几个方面的人拢在一起，目前的情势下不易办得到，还是各尽其力吧。”最后钱找到北平研究院副院长李书华，希望把北平的有关力量先联合起来，加强协作。李却表示："在一定时期开开学术讨论会是可以的，其他恐怕难以办得到。"至此，钱三强完全失望了，他苦苦思索，为什么是这样，辗转反侧，夜不能眠。

以后情况发生急剧变化。1949年1月，北平和平解放，新中国成立在即。2月上旬，北平军管会主任叶剑英派人与钱三强取得了联系，负责接管文教单位的周扬、钱俊瑞会见了他，表示欢迎他参加革命队伍一起工作。3月中旬，他得到了一个通知，党组织决定派他参加中国代表团，赴巴黎出席保卫世界和平大会。这个代表团集中了一批学者名流，钱三强想到自己是一名核科学家，能否趁这次机会，通过他老师约里奥·居里的帮助，在巴黎买些核科学仪器设备和图书资料，以便回国开展核物理实验研究。他向代表团副秘书长丁瓒提出了这个想法，并说大概要20万美元。事过三天，未见回复。他心中忐忑不安，埋怨自己太书生气，不识时务，不懂国情，解放战争还在进行，经济建设百废待兴，财政还很困难，这时候怎么能拿出大笔外汇买科学仪器设备呢？可到第四天，他便接到电话，要他到中南海，中央统战部长李维汉告诉他，中央研究过了，认为他的建议很好，清查了一下国库，还有一部分美元，决定给予支持。估计一次也用不了，准备先在代表团带的费用中拨出5万美元，供他使用。并说中央对发展原子核科学很重视，要他好好筹划。钱是代表团成员，和代表团副团长刘宁一又比较熟悉，用款时同他商量着办就可以了。这使钱三强心如潮涌，非常激动，热泪盈眶，感慨万千。心想真是新旧中国两重天，国民党腐败无能，一盘散沙，一事无成，而共产党高瞻远瞩，为国为民，真诚支持发展科学事业。他们领导人虽然穿布衣、吃小米饭，看来很穷，但是为了发展科学技术，舍得大笔投入，一举之中昭然天下，让人信服，给人希望。

这个故事充分说明了，美国等资本主义国家，他们凭借一两百年的先进科学技术，首先突破和发展了“两弹一星”技术，然而在中国这样贫穷落后的国家，要建立“两弹一星”事业那真是难上加难。在国民党统治的年代根本不可能，核科技专家的梦想完全破灭，只有到了共产党领导的新中国，才使梦想成真，实现了历史的跨越，我国已成为拥有“两弹一星”强大实力的国家而挺立于世界民族之林。

没有共产党就没有新中国，没有共产党的领导也就没有新中国“两弹一星”事业。这就是千万从事“两弹一星”事业的人们在实践经历中得到的深切体会和历史结论。

我国核工业几十年是怎么走过来的

中国核工业建设，从1955年创始，经历了20世纪50—60年代的艰苦创业和自主发展时期；20世纪60年代末到70年代由于“文化大革命”的干扰破坏，受到了挫折；20世纪80年代在中共十一届三中全会的正确路线的指引下，进入一个新的发展时期。

回顾核工业开创以来的历程，总结建设工作中正反两方面的经验，特别是关于如何坚持从中国的实际出发，走有中国特色的发展道路的经验，并从中引出一些规律性的认识，这对于我国迎接当今世界新的技术革命的挑战，充分利用对外开放、对内搞活、全面改革的有利形势，进一步发展核工业，开发利用核能和核技术，实现农业、工业、科技、国防四个现代化，是十分有益的。

卓有远见的战略决策

世界科学技术发展史表明，一项重大科学技术的研究开发需要一定的时间，而现代科学技术的更新速度却在空前加快。在这种情况下，对科学技术的发展，如果没有科学的预见和果断的决策，就会贻误时机，造成新的落后。

核工业是当代科学技术和工业发展高度结合的成果，在世界上只有四十多年历史，但无论在军用和民用方面都发展很快，现已成为衡量一个国家的军事、经济、科技实力的重要标志之一，成为国际政治斗争、军事抗衡、贸易竞争、技术较量的一个敏感领域。毛泽东、周恩来等老一辈无产阶级革命家，高瞻远瞩，在 20 世纪 50 年代初就敏锐地洞察到掌握核科学技术、建立核工业在战略上的重要性和必要性。因此，尽管当时新中国经济技术基础薄弱，百废待兴，万事草创，仍然下定决心，动员各方面的力量，积极发展我国核事业。实践证明，中央的决策是完全正确的，富有远见的。正是由于中国掌握了核技术，拥有了核武器，建立了核科技工业体系，从而打破了超级大国的核垄断和核讹诈政策，增强了国防实力，振奋了民族自信，提高了国际地位。同时也为改变世界的战略格局和力量对比，维护世界持久和平，作出了重大贡献。

中国卓有远见的核战略决策，首先在于目标的选择正确。中国是一个穷国，又是一个大国。面对霸权主义的核讹诈，中国要不要建立核工业，拥有核武器，这是一个重大的战略问题。历史经验反复告诉我们，没有强大的国防，和平建设就毫无保障。中国的强大，不仅关系中国本身的安危和国际地位，而且关系世界的战略格局和力量平衡，关系世界的和平。正是从这个战略的全局出发，中国毅然决然地作出了发展核工业的决策。在十二年科技发展规划中，在发展国民经济第二个五年计划中，都把发展核科学技术和核工业列为重要的战略目标。同时，又从中国的实际出发，根据国力的可能，选定了投资省、规模小而门类全、能够形成独立的核力量的建设方案，使战略需要和实际可能归于统一，经过努力也就能够得以胜利实现。

中国做出卓有远见的核战略决策，还在于对自己事业的正义性、社会主义社会制度的优越性、人民群众有无限的聪明智慧和创造力具有坚定不移的信念。看准了方向，把握了时机，不等条件完全具备，就当机立断，勇敢、果断地作出决策，正是这种信念的高度表现。新中国成立前的一个多世纪，中国受帝国主义的侵略、剥削、欺侮、压迫，长期凝聚起来的一种迫切要求振兴中华、根本改变中国的穷国面貌和在世界上无权地位的强烈愿望和坚定意志，一种反对核战争，打破核垄断，消灭核武器，维护世界持久和平的历史责任感，激励着从中央到地方的各级党组织和政府部门，激励着各个研究设计机构、高等院校、工矿企业以及人民解放军，激励着具有爱国主义光荣传统和勤奋刻苦钻研精神的中国知识分子和广大干部、群众，为了正义的事业，为了保卫祖国安全和世界和平，甘愿作出任何牺牲，迎着一切艰难险阻前进，百折不挠，义无反顾。正是这样一种爱国主义的精神和振兴中华的志气，在科技攻关、工程建设和生产发展中，转化为一种攻无不克、坚无不摧的物质力量，成为中国核工业建设和发展的一切成就和胜利的泉源。

正确贯彻自力更生的方针

独立自主，自力更生，无论过去、现在和将来，都是中国革命和建设的立足点。同时，坚定不移地实行对外开放，在平等互利的基础上积极扩大对外交流，也是中国既定的国策。在发展核工业的过程中，中国坚持执行了一条自力更生的方针。正确处理自力更生和争取外援的关系，在主要依靠自己力量的基础上，积极引进外国的技术和设备，并努力消化、吸收，加速建立自己的科技工业基础和体系，这是中国核工业发展的一条成功的经验。

众所周知，中国核工业建设起步的时候，曾得到苏联政府和人民的技术援助。虽然这种援助也需要我国付出相当的经济代价，但是对于核工业建设争取时间、加快速度是有益的。中国十分重视这种外来的技术援助，有计划有步骤地扩大和加深中苏两国合作的范围与内容，认真地组织广大科技人员虚心向苏联专家学习，努力消化、吸收苏联的技术知识和建设经验，力求不仅知其然，而且知其所以然。对于其他能够得到的一切外国科技情报资料，也是细心研究，从字里行间寻找线索，并同自己的实验相结合，去伪存真，吸收一切对我有用的东西。因而少走了一些弯路，建设起点比较高，技术掌握比较快，争取了时间，赢得了速度。

同时，中国又把立足点始终放在自己力量的基点上，十分重视建立自己的科研基地和工业体系，大力开展核科学技术研究和科技人才培养工作，以加强技术储备和人才储备。对外来的技术援助，积极争取而又不依赖；对别人提供的图纸资料，努力学习而又不迷信。独立自主地开展核科学技术攻关，从中国的实际出发，产品从精，条件从简，土法上马，土洋结合，逐步形成一套具有中国特色的技术路线、组织形式和工作方法。因此，当后来赫鲁晓夫领导集团完全违背苏联人民的意愿，单方面撕毁协定，撤走专家，断绝对中国的一切援助时，虽然也给中国核工业建设带来了严重的困难和损失，但是并没有难倒中国人民。在中共中央和人民政府的坚强领导下，对建设工作的部署作了一些调整后，就迅速地转移到全面自力更生的轨道上来，有效地克服了各种困难，使坏事变成了好事，整个建设不但没有因此停顿下来，而且加快了由不能全部掌握到完全独立掌握的进程，进一步建立健全了我国独立的、完整配套的核科技工业体系。

中共十一届三中全会以后，中国实行对外开放政策，在科技经济各个领域都扩大和加强了对外交往与合作，核工业发展的外部条件比过去更好了。核工业可以充分利用这种外部条件，面向世界，走向世界，积极发展同外国在核领域的贸易往来和科技合作，引进先进技术，进口必要的仪器设备，千方百计吸收外来的科技成果和建设经验，以加快我国核能事业的发展。同时，又必须清醒地估计到，在世界上，核技术有相当一部分仍然属于敏感技术，要完全靠买是买不进来的，必须加强自己的科学研究和技术开发，建立自己的核科技工业基础和体系，培养自己的核科技人才，壮大自己的核技术力量。历史经验表明，只有自己的知识丰富了、力量强大了、水平提高了，才更加有利于对外的合作与交流，有利于引进、消化、吸收外来的技术和经验，有利于跻身于世界民族之林。

高度集中领导和全国大力协同

中国发展核工业，要立足于自力更生，而自力更生的"力"就在于国家的高度集中领导和全国的大力协同。当时中国的科技力量还比较弱，工业基础也比较差，相对于要求技术密集、设备精良、耗资巨大的核工业，从全局来说是一种劣势。然而，中国依靠国家的高度集中领导，依靠社会主义社会制度的优越性，依靠全国的大力协同，适当地集中全国的科技力量和财力、物力于核工业建设，就可以在一个局部形成强大优势，有效地战胜各种困难。这就是社会主义中国之所以能够在较短的时间内研制成功核武器，掌握核技术，建立核科技工业体系的奥秘所在。

核工业是建立在整个国民经济和现代科学技术基础上的国防、能源尖端事业。它的复杂性和综合性涉及一系列国民经济和科学技术部门，必须由国家的高度集中领导和全国的大力协同，才能保证它顺利地、有效地、协调地发展。这里，高度集中领导是纵向的，由中央专门委员会作出决定，主要依靠各个行政系统，下达任务，提出要求，限期完成；或通过国家计划进行综合平衡，加以重点保证。大力协同则是横向的，由中国科学院、国防科研系统、高等院校、工业部门和有关地方、部队协同核工业部进行科技攻关和设备制造、材料生产，联合起来，拧成一股劲，共同完成任务。这样，上下贯通，左右配合，纵横交织，形成一个网络系统，有力地保证了核工业建设的顺利进行。

核工业建设中的这种高度集中领导和全国大力协同，反映了现代科学技术发展，特别是高技术发展的一种客观规律。这不但对核工业的发展是有利的，而且对于有关方面的发展也是很有利的。历史表明，在中国核工业发展过程中，一方面许多非核科研机构和基础工业部门，为核工业建设作出了重要的贡献；另一方面核工业的建设和发展，也带动和促进了这些机构和部门科研工作的展开和学术水平的提高，带动和促进了一批新的学科和专业的建立和发展，带动和促进了基础工业部门大批新型原材料、元器件、仪器仪表和大型设备的研制和生产，带动和促进了一批新的生产部门和新型产业的建立和发展。这也是尖端和基础相互作用的辩证关系。基础支撑了尖端的确立，尖端带动了基础的发展，水涨船高，根深叶茂，从而使整个国家的科学技术水平和工业生产能力不断得到发展和提高。

科学、技术、生产一体化

科学、技术、生产一体化，是现代科学技术和新兴工业发展的一个重要特征和必然趋势，核工业发展的实践证明，这是一条必由之路。

核工业是一门技术密集的新兴工业。它在中国是一门从零开始的全新事业，每前进一步都会遇到大量技术难题，因此能不能掌握核科学技术，始终是核工业建设中的核心和关键问题，各项工作部署和组织形式也必须与此相适应。核工业建设发展的过程，也是攻克科学技术难关的过程。过去是这样，今后也将是这样。从这个意义上讲，核工业部既是一个工业部，又是一个科学技术研究部，总体来说是一个科学技术研究与工业生产发展高度结合的综合部。核工业部的某些基层单位也有这个特征。比如，武器研究所，曾被人们称之谓“四不像”（不像机关、不像学校、不像研究所、不像工厂）。其实，正是这种打破了传统的分工观念和旧的体制模式，克服了人为的分割和脱节，创造了一种科学、技术、生产一体化的新体制，促进了科研、设计、设备研制、工程施工、生产各项工作相互渗透、相互促进，大大缩短了这些环节的衔接过程，从而提高了整个研制工作的效率和水平。

科学、技术、生产一体化，首要的环节是科学研究，包括基础科学和技术科学的研究。核工业本身的特点和中国的历史实践表明：只有高度重视科学研究，让科研走在生产建设的前面，才能保证核工业生产建设的顺利进行，才能使核工业发展提高有一定的技术储备，保持一种强大的后劲。中国原子弹的研制，特别是氢弹的研制，创造了世界上最快的速度，其中一条重要的原因，就是预先研究抓得比较早。氢弹的热核反应条件和热核材料性能的基础研究，早在原子弹技术攻关的同时，就开始组织进行了。而在原子弹爆炸成功后，研制原子弹的科学技术成果又应用于氢弹的研制，加上新的理论设计的探索和创造，使氢弹的研制很快出现了一个飞跃，一举爆炸成功，震撼了世界。

中国核燃料后处理厂改用萃取法工艺流程的成功，也说明了科研先行的作用。后处理厂原是苏联援建的项目，苏联提供的工艺设计是采用沉淀法。把沉淀法改为萃取法，关系后处理厂的工艺路线，是一个重大的科学技术课题，绝不能鲁莽、轻率从事。萃取法研究，从摇烧杯进行最初的观察和研究开始，经过小试验到中试验，“冷”试验到“热”试验，从实验室到中间工厂，一步一步地证明了萃取法在技术上和经济上的可行性和优越性。从而推动领导者在科研的基础上作出了新的决策，改沉淀法为萃取法，使中国的后处理技术一跃达到世界先进水平。

重视科学研究，就要重视科学研究基地的建设。核科学技术研究具有很大的综合性，因此建立一个多学科、多专业、多功能的综合性核科学技术研究基地，对于促进核工业的建设和发展，对于核科技人员的培养和提高，都是十分必要的。原子能研究所的建立和发展，就具有这样的科技特征和起到了这样的重要作用。它是科学研究、技术开发、人才培训和试验性生产的综合基地，在核科学技术发展和核工业建设中起到了开路先锋、引领发展、准备后劲和孵化、培育新生力量的“老母鸡”作用。进一步加强这种综合性的科研基地建设，充分发挥它的中心作用，带动各个相关的专业研究机构的建立和发展，形成一种伞形的辐射，对于促进整个核科学技术不断向前发展是很有意义的。

科学、技术、生产一体化，使三者更加有机地结合在一起，如同接力赛跑，前者为后者创造条件，成为后者的依据和指导，后者又不断地反馈，给前者提出新的课题。不同时期、不同任务，又有不同的侧重点，相互衔接，相互促进，一棒接着一棒，向前速跑，直达既定的目标。原子弹的研制工作就是这样的一个过程。

开始时，理论、实验、设计、生产人员集中一起，在北京围攻理论设计。当理论设计初步完成以后，就集中到西北研制基地，进行工程技术研究，搞理论的，搞设计的，搞实验的科学家和工程师，都参加模拟试验和综合试验。而当制成原子弹之后，又本着“一包到底”的原则，各方有关人员集中到试验现场，参加国家试验。实践证明，这种组织形式和工作方法，使各个环节的科技人员在工作上紧密衔接，齐心合力，协同动作，效果是非常好的。

加强科学管理

科学管理在现代科学技术和生产建设发展中具有越来越重要的地位和作用。中国在发展核科学技术、研制核武器、建设核工业的过程中，在现代化科学管理方面也进行了一些探索和实践。根据核科学技术和工业发展的固有的规律和特点，结合中国的传统和体制，采取有中国特色的组织与管理方式，取得了一些成功的经验。其中比较突出的事例，是以实现首次核试验为目标的1962年到1964年两年规划的制定与实施。

其一，两年规划是在我国原子弹研制攻关由量变转向质变的关键时刻提出来的。它有明确的目的性，就是动员核工业部内外的力量，争取在1964年，至迟1965年上半年爆炸我国第一颗原子弹。当时条件虽未完全具备，但是路子已经基本看清，工作也已开始由量变转向质变，所以还是下了决心。而当这个目标一经提出，整个系统，从核工业内部讲，从地质、矿冶、科研、基建、铀转化、铀浓缩、核部件加工到制成原子弹，前后一条龙，八个环节，环环相扣。从核工业外部讲，各个协作部门和单位，也是紧急行动，密切配合，为了一个共同的目的，加速运转。

其二，两年规划强调全局性，一切技术方案和活动安排，都要有利于按期实现第一颗原子弹爆炸的目的。对各项工作从内容到进度倒排顺排，反复落实。倒排暴露矛盾，顺排落实措施；前后衔接，左右配套；关键突出，细节周到。对于一些多路探索，还有争议的技术问题，为了不失时机，都紧急刹车，当机立断，决定取舍，从而保证全局不受影响。

其三，两年规划分层次、分系统、分阶段组织实施。不但有总的最终目标，而且还有分系统、分阶段的具体目标；不但规定了部机关要抓的工作和要为基层解决的问题，而且也规定了各系统各单位必须完成的任务。上下左右分工适当，责任明确，从而保证了整个系统有效地运转。

总体来说，在核工业初创时期，虽然大家勇气很大，热情很高，但实践的结果往往比预想的要复杂得多，说明还存在着盲目性，还处于必然王国的不自由状态。之后，经过几年的反复实践，主观认识逐步接近客观实际，才使工作达到了预期的目的，开始取得了主动权。1962 年以后，执行两年规划，各方面的工作发展比较顺利，出现了一个高屋建瓴、势如破竹、节节胜利的局面，各项工作都是按日程表进行，结果都比预期的好些、快些，证明两年规划是正确的、成功的，也是符合当今称之为系统工程的一般原理和方法的。

造就一支坚强的队伍

方针、任务、规划确定之后，队伍建设就是决定的因素。中国在创建核工业的同时，培养造就了一支核专业队伍。这支队伍政治素质好，科技攻关能力强，长期艰苦奋斗在荒野戈壁、风雪高原、深山僻壤，为建设发展我国核工业立下了不可磨灭的汗马功劳。在回顾我国核工业历史的时候，绝不能忘记曾有许多同志为核事业的发展献出了自己的宝贵生命，有许多同志积劳成疾，致伤致残，有许多同志为核事业奋斗几十年，由于年事已高，陆续退出了工作岗位。他们为建设发展我国核工业所作出的贡献和牺牲，所付出的心血和劳动，都应当记入核工业发展的史册。

队伍建设的核心，是人才的选调、使用和培养。在中共中央和国务院的直接关怀和支持下，中央和地方各级组织部门做了大量的选调工作，使核工业部各单位得以聚集了一批专业人才，其中有在学术上造诣高深、成就卓著、蜚声国内外的老科学家、老专家；有在科学技术上受过严格训练、成绩优秀、在学校是高材生，在工作岗位是骨干，思维敏捷、年富力强的中青年科技人员；有在生产上技艺高超、经验丰富的老技师、老工人。按照中央的指示精神，各单位对这批人才在政治上充分信任，在工作上放手使用，在技术业务上注意培养提高，使他们成为科技攻关和工程建设的业务指导和中坚力量，在核工业建设和发展中起到了十分重要的作用，其中多数同志以后陆续走上各级领导岗位，担负着整个工作的领导和指挥重任。

队伍建设的要害是领导班子的建设。核工业建设初期，中央下令从部队和地方抽调了一批党政领导干部，他们大都是战争年代参加革命的老干部，身经百战，出生入死，是忠诚的无产阶级战士。然而到核工业部门，面临着开创这样一个新兴事业的领导工作，缺乏必要的知识和经验，困难是很多的。他们发扬战争年代那种“从战争学习战争”的革命传统，边干边学，刻苦钻研，逐步掌握了核工业的专业知识和发展规律，在实践中增长了领导才干，有些人已成为十分内行的领导者，卓有成效地领导了核工业的建设和发展。

在队伍建设中，注意保持梯队结构，克服论资排辈的老框框和旧习惯，在充分尊重和发挥老科学家、老专家作用的同时，重视培养、选拔、使用中青年科技人员，这是核工业科技队伍迅速成长的重要因素。当时，在老一辈科技人员的带领、指导和支持下，核工业各单位都有一批三十几岁的年轻人担任了主任工程师或总工程师。他们工作努力，勤于钻研，勇于实践，在科技攻关和生产建设中发挥了很大作用。20 世纪 80 年代核工业各条战线的技术领导骨干，大都是这个时候培养锻炼出来的。历史经验表明，由于中青年科技人员年富力强，多数人至少还可以工作二三十年，许多重大科技任务需要依靠他们去完成。所以只有十分重视培养使用中青年科技人员，核工业建设发展才能后继有人。

在队伍建设中，加强思想政治工作，具有特别重要的意义。核工业队伍从组建开始，就一直强调要努力学习马克思列宁主义、毛泽东思想，学习党的路线方针政策，关心国内外形势，强调把马克思主义的普遍原理和党的路线方针政策同本单位的工作实际相结合，用《实践论》《矛盾论》的哲学思想指导科技攻关，收到了很好的效果，使广大职工提高了政治觉悟和思想水平，增强了革命事业心和政治责任感，保证了各项科技攻关和生产建设任务的胜利完成。历史经验证明，人是需要有点精神的。在大力推进物质文明建设的同时，必须不断加强精神文明建设，努力把核工业队伍建设成为一支有理想、有道德、有文化、有纪律的坚强队伍。

在队伍建设中，加强技术业务培训，同样是很重要的。核工业在中国是全新的事业，许多老专家碰到了新对象，需要接受新知识，即使学的是核专业，但也没有实践经验，需要通过科技攻关和工程建设的实践，才能真正掌握技术，增长才干。因此，从组建队伍开始，就采取各种措施，加强对职工的技术业务培训。

先是提倡向苏联专家刻苦虚心学习，或者送出国实习。后来苏联中断援助，又强调发挥集体智慧，能者为师，互教互学，或到国内相近专业有关厂矿实习。对于一切重要操作岗位，都要进行专门培训，只有经过考试合格，才能上岗操作。比如铀同位素分离工厂，由于其工艺复杂，级联庞大，设备多，管线长，生产连续性强，对于操作要求极其严格，因此，在生产准备中，特别重视抓技术培训。严格按照毛泽东的教导，“像小孩学写字，要先写正楷”，一笔一画地学，努力吃透钻深，终于较好地掌握了技术。不仅二十多年来保持了连续安全运行，而且在此基础上进行了挖潜、革新、改造，使生产能力大幅度地超过了原设计水平。

坚持质量第一和安全第一

由于核物质本身带有放射性，在核工业生产过程中又要同氟气、汞气、烈性炸药等剧毒、易燃、易爆物质打交道，搞不好就会危害人体和环境。因此，安全和质量问题，对于核工业具有特别重要的意义，归根到底是关系核工业能否存在和发展的命脉问题。中国核工业在创建之初，就特别强调必须坚持“质量第一、安全第一”的方针，始终把安全和质量工作当做头等重要的大事来抓，确保了核科研生产建设的质量与安全，确保了职工与居民健康不受危害，周围环境不受放射性污染。

坚持质量第一、安全第一，首先要在思想上高度重视，坚持高标准、严要求，每项工作都严格细致，一丝不苟，在任何时候、任何情况下都不允许有任何一点马虎和凑合。发生了质量安全事故，一定要深刻检查原因，加以严肃处理，并订出以后的预防措施，使每个职工都要由此受到教育，引以为戒。

其次要掌握好技术，在技术上精益求精，提高驾驭事物矛盾运动的能力。核工业要开发利用核能，就要同放射性物质打交道；要研制核武器就会有危险性。这是一对矛盾，要处理好这对矛盾。掌握技术与保证质量、安全有着内在的联系，是互相促进、互为因果的。坚持质量第一、安全第一的最终目的，就是要使核武器在平时最安全、最稳定、最牢靠，而用的时候又最灵敏、最有效，能够在一瞬间把巨大的能量释放出来。这里的关键是要掌握技术，掌握核武器内在的矛盾运动的规律，使核武器具备上述性能，从而也就达到了质量与安全的要求。

最后是要严格管理，建立健全一套质量安全保障系统和责任制度，步步把关，环环保证，消灭事故隐患，确保质量与安全。30 年来，我国的核试验成功率是很高的，重要大型核工程建成后都是一次投产成功，主要核产品质量始终保持了百分之百的合格，这些都同每一步工作、每一个环节都坚持质量第一、安全第一，严格把关分不开的。这种积小胜为大胜，最终保证了整体的成功。同时，各单位还不断开展事故预想预防活动，并进行反事故的演习，提高对事故的预见和处理的能力，这对保证质量与安全也起到了积极的作用。

综上所述，中国核工业建设30年，取得了成就，积累了经验，为以后的发展在物质技术方面提供了良好的基础，在决策、方针、体制、管理、队伍建设、保证质量和安全等方面提供了有益的借鉴。在新的历史时期，实行军民结合、以民为主的方针，核工业的建设和发展任务更加繁重，前景更为广阔。国家四个现代化建设需要大量能源，核能作为一种安全、经济、清洁的先进能源，将被重视开发利用；国民经济各个领域需要进行技术改造，核技术作为一种新技术，将被迅速推广应用。同时，作为核能和核技术的理论基础——核科学的研究，也必将得到进一步加强。总之，中国的核科学技术和核能开发利用都将跟踪世界新的技术革命浪潮和中国经济建设发展的实际需要，一浪高过一浪地向前发展。

【原载《当代中国的核工业》，社会科学出版社，1987年4月】

提高核安全水平　保障核能高效发展

核工业建设和核电发展中，我国一贯坚持“安全第一”的基本方针，重视核安全文化建设。在日本发生福岛核事故后，应当要进一步加强这方面工作。

第一，要健全完善核安全法律体系，以法保障核能持续发展和安全利用。多年来，我国对核能发展，从核电厂址选择、设计、建造、运行、事故应急到退役处理，以及核设备制造、核材料生产、运输、出口、防护、环保等各个环节，都制定了一套相应的安全标准、规范和监督管理法规，并积累了许多实施经验，保障了我国核电建设和运行取得举世瞩目的成就。但是事关核能发展和核安全全局的原子能基本法却长期缺位，以致于无法适应核电主体多元和扩大国际合作交流的需要，也不能更好地落实核安全国家责任。这是我国在核能利用和核安全法制建设方面的重大不足，应该尽快予以解决。

我国《原子能法》立法工作已历时 20 多年，其长期议而不决，未能确立，固然由于核能核技术牵涉面广，关系复杂，责任重大，但更主要的原因还是管理体制涉及政府各部门之间的责、权、利的划分，需要高层下决心加以协调和明确，争取在下一轮国家机关机构改革中，进一步理顺核能管理体制，尽快把《原子能法》确立起来。

第二，要做好核电中长期发展规划的调整工作。我国核电建设起步晚，又长期缺乏国家层面的统筹规划，以致“七五”上3台，“八五”停下来；“九五”上8台，“十五”又停下来；到了“十一五”，国家批准了《核电中长期发展规划》，开始批量化、规模化发展，可是遇到福岛核事故的影响，又停止了新项目审批。这种不稳定性对核电持续发展和核电安全性的提高都是不利的。

遵照国务院的决定，应抓紧编制核安全规划，调整完善核电中长期规划。鉴于核电建设周期长、涉及面广、各方接口多、投资量大，规划应该积极而审慎，要考虑到各方面的因素，注重需要与可能的平衡。

所谓中长期应该不仅是到2020年，还要有2030年、2050年的规划，并通过法律程序加以固化，以保持规划的稳定性和发展的持续性、均衡性。那种中长期规划批准才两三年，就想改变规划，发展规模翻番，来个“大跃进”，是既不严肃也不切实际的。

第三，要加强核安全科研投入，进一步提升我国核安全能力。经过美国三哩岛和苏联切尔诺贝利两次核事故，世界核电技术已有了很大改进和提高，但 2011 年日本福岛核事故又向核电技术提出了新的挑战，即如何防御这种极端自然灾害和次生灾害叠加一起引发的核事故，和发生这种核事故后如何尽量控制和减少事故的危害。这就需要提高安全设防标准和相应的技术措施，也可能因此增加核电建造成本。

为此必须加大科研投入，提升核安全综合能力，争取做到既能使核能利用更加安全可靠，又不过多增加核电建造成本。科研投入要倾斜自主开发项目，支持设计自主化和设备国产化，早日形成具有自主知识产权的中国品牌堆型，彻底改变技术设备依赖国外进口的局面，在以我为主的基础上安全高效、持续稳定地发展我国核电事业。

第四，要加强全员素质培训，夯实核安全文化根基。世界三次严重核事故究其原因都有人的因素，不是人的操作失误，便是人的处理失当，以致酿成事故和事故后的危害失控。为了从根本上消除核事故的原因，必须十分重视人员的培训，包括管理层和操作层所有人员，都必须定期培训、考核、认证和进行在线监察，并不断进行思想教育，传承弘扬“事业高于一切，责任重于一切，严细融入一切，进取成就一切”的核工业精神，提高人员的思想业务素质和安全意识，推进核安全文化建设。

在当前我国核电批量化、规模化发展的形势下，大量新人员进入核电站工作，缺乏应有的工作经验和安全素养，这方面的培训安排尤其需要和重要。

第五，要加强核科普宣传，积极应对突发公共事件。由于核的放射性看不见、摸不着，核技术又十分复杂、精细，人们对核能发电总有一种神秘感和敬畏心理，并往往把核电与原子弹混为一谈，谈核色变，十分恐惧。日本福岛核事故发生后，我国有些地方民众竟然认为碘盐能够防止放射性沾染，一时出现抢购碘盐的风潮，充分说明社会公众缺乏核能核技术的基本知识，需要核能科技界和核电建设运营单位重视和加强核科普宣传工作，通过各种媒体，解读核电的先进性和安全性，消除公众不必要的恐惧和疑虑，把公众对核能的认识引向科学理性上来，为核能发展创造更加有利的舆论环境。同时要认真落实应急预案和响应措施，一旦出现核危机及公共安全事件，就要本着对人民高度负责的精神，积极应对，妥善处理。向社会公众如实通报有关情况，并通过平面媒体和电视、网络、手机等多媒体，及时、准确、有序地进行发布，增强信息透明度，防止误传、乱传，以及偏激言论和恶意造谣，使公众了解事实真相和处理情况，从而取得公众的理解、信任和支持。

第六，要抓住历史机遇，乘势在核领域扩大对外合作交流。目前世界核安全形势严峻，福岛核事故又给世界核电发展形成冲击，而首尔核安全峰会上，国际舆论高度评价我国在核安全领域的努力和成就。这一正一反给我们造就一种历史机遇，应该乘势扩大对外合作交流，加大步伐走出去，借我国在核领域的良好声誉，不仅出国承包建筑安装工程，而且争取在亚非拉发展中国家开展包括整个机组的设计、装备、建安、调试、人员培训乃至资金筹措等项成套出口，带动我国核电产业发展壮大；同时乘一些国家“弃核”或经济危机，核电技术人员就业困难之机，引进一些技术人才充实我国核电科技力量，利用国际经验提升我国核安全技术水平和核电发展综合能力。

核能利用是能源发展不可替代的必然趋势，在确保安全的基础上还是方兴未艾，大有可为。我们应该坚定信心，加倍努力，扎扎实实把核安全和核电发展推进到一个新的境界。

【原载《电力决策参考》，2012 年第 4 期】

“两弹一星”的决策与效果影响

“两弹一星”，指的是核弹（包括原子弹、氢弹）、导弹和人造卫星，简称“两弹一星”。是新中国成立以来，在国防尖端科技方面取得的最大成果，是支撑我国成为世界核大国的主要标志。在我与海外华侨华人和留学生交谈中，尽管他们对毛泽东和国内情况有这样那样的看法，然而一谈到“两弹一星”的决策和成功，都非常兴奋激动，异口同声，毛泽东英明、正确、伟大！过去中国人在海外被人看不起，有了“两弹一星”，人家就对我们刮目相看，炎黄子孙感到扬眉吐气，引以自豪。今天我想就“两弹一星”的决策和影响给大家做个介绍，我是从事核工业的，所以主要讲核弹的情况。

中国是在什么样的历史背景和条件下做出发展原子能事业的决策的

大家知道，怎么看待原子弹，毛主席在延安时期有一段惊世骇俗的名言。他在接受美国作家安娜·路易斯·斯特朗女士采访时，说：“原子弹是美国反动派用来吓人的一只纸老虎，看样子可怕，实际上并不可怕。当然，原子弹是一种大规模屠杀的武器。但是决定战争胜败的是人民，而不是一两件新式武器。”这在当时对于消除一些干部因原子弹引起的恐核症，坚定我军依靠手中的落后武器，必定战胜一切反动派的决心和信心，起了重大作用。

毛主席历来主张“在战略上要藐视敌人，而在战术上又要十分重视敌人”的辩证思想。毛主席说原子弹是纸老虎，但他并不否认原子弹的厉害。原子弹人家有了你没有，它就是真老虎。特别是新中国成立后，美帝国主义不甘心自己的失败，在朝鲜战争、越南战争和我们炮打金门时，凭借手中核武器，耀武扬威，先后 7 次表示要准备使用核武器，对我们进行核威慑和核讹诈。

形势逼着我们不得不考虑也要研制原子弹。毛主席第一次提出我们也要搞原子弹是 1950 年元月。当时他首次访苏归来。路上，同机要秘书叶子龙和卫士长李银桥说起斯大林邀请他看的原子弹试爆纪录电影，说：“这次到苏联，开眼界哩！……看来原子弹能吓唬不少人。美国有了，苏联也有了，我们也可以搞一点嘛。”1956 年 4 月，毛主席在《论十大关系》中，更加明确地指出：“我们现在已经比过去强，以后还要比现在强，不但要有更多的飞机和大炮，而且还要有原子弹。在今天的世界上，我们要不受人家欺负，就不能没有这个东西。”

这里，毛主席说得很清楚，我们发展核武器就是为了打破美国的核垄断和核讹诈，保卫我们国家和人民的安全，制止核战争，维护世界和平。但当时毛主席并没有立即正式作出研制原子弹的决定。1952 年 5 月，在周恩来主持下，朱德、彭德怀、聂荣臻、粟裕等中央军委领导人，在研究国防建设五年计划时，研究发展新式武器就考虑到核武器，征求了竺可桢等科学家的意见。他们认为研制核武器一要有专门科技人才，二要有铀矿资源，三要有大量资金投入。当时这些条件我们都不具备。所以，首先还是要积极创造条件，从各方面进行准备。主要有三点：聚集人才、勘探铀矿、寻求支援。

聚集人才，特别是核科技人才。鸦片战争以来，中国积弱积贫，饱受西方列强欺负。现在共产党、新中国要搞核武器，维护民族独立和国家安全，体现了人民的根本利益，这是深得人心的事，当时在国外的中国科学家和留学生就特别支持，他们纷纷回国投入原子能科技事业建设。1950 年 5 月，中国科学院成立了近代物理研究所，便成为分散在国内外核科技人员的聚集中心。建所初期只有 10 几个人，到 1952 年年底就发展到 90 多人。其中包括所长钱三强，副所长王淦昌、彭桓武和赵忠尧、何泽慧、金星南、郭挺章、肖健、邓稼先、朱洪元、胡宁、杨澄中、陈奕爱、戴传曾、杨承宗、朱光亚等，他们都是为了投身新中国建设，从西欧北美各国回来。其中有不少人是冒着生命危险、冲破重重阻挠才回到祖国的。

勘探资源，就是找铀矿。铀是发展原子能事业的必备物质基础。如果没有铀资源，发展核工业，研制核武器就无从谈起。为此，地质部成立了负责铀矿勘查工作的专门机构——普查委员会第二办公室，简称普查二办，并且聘请了苏联铀矿地质专家。1954 年秋天，普查二办勘探人员在广西富钟地区第一次探到铀矿石，毛主席得知这一信息后，立即要主管此项工作的地质部党组书记、常务副部长刘杰，到中南海菊香书屋会议室给他汇报。毛主席、周总理听了刘杰汇报铀矿石的发现经过和铀矿的地质特性，显得很兴奋。当即要刘杰用探测器探测铀矿石标本，当探测器测到放射线发出嘎嘎响声时，就高兴地笑了。毛主席满怀信心地说，“很有希望，要继续找，一定会发现大量铀矿。”汇报结束后，刘杰起身离开菊香书屋到了门口时，毛主席还拉着刘杰的手，郑重地说，“刘杰呀，这个事情你要好好抓哟，这是决定命运的。”

有了核科技人才，有了铀矿，鉴于当时我们经济基础和科技力量十分薄弱，还特别需要争取外力援助。当时唯一可以取得外援的渠道就是苏联。但是，核技术是一项敏感的涉及军事的高科技，争取苏联援助也不容易。1954 年 9 月 29 日，赫鲁晓夫、布尔加宁率苏联代表团到达北京，参加中华人民共和国成立五周年庆典。10 月 3 日，中苏两国最高级会议在中南海颐年堂举行。当赫鲁晓夫询问毛泽东还有什么要求时，毛主席说："我们对原子能、核武器感兴趣。今天想同你们商量，希望你们在这方面对我们有所帮助，使我们有所建树。总之，我们也想搞这项事业。"赫鲁晓夫听到这里一下子愣住了，看得出来，他还不曾考虑过这个问题，思想上没有准备。他稍微停一下，说："搞那个东西太费钱了。我们这个大家庭有了核保护伞就行了，无须大家都来搞它。"赫鲁晓夫委婉地拒绝了，不过他表示，"建个反应堆和加速器，搞点基础研究，培养点专业科技人员，还是可以考虑。"这样，人才、资源、外援这三方面都初步有了眉目。在国际上，反对美国核战争的和平力量，对中国研制核武器也很支持。1951 年，国际杰出和平战士、法国核科学家、诺贝尔奖获得者约里奥·居里，就曾对即将返回祖国的中国放射化学家杨承宗说："你回国后，请转告毛泽东主席，你们要反对原子弹，你们就必须要有原子弹。原子弹的原理也不是美国人发明的，相信中国也能掌握原子弹的秘密。"毛主席认为此时应该可以下决心、做决策了。

1955 年 1 月 15 日，毛主席主持召开中央书记处扩大会议，听取了李四光、钱三强的讲解，和刘杰的补充汇报后，作出了发展中国原子能事业的战略决策。毛主席说，“我们国家现在已知道有铀矿，进一步勘探，一定会找到更多的铀矿来。解放以来，我们也训练了一些人，科学研究也有了一定的基础，创造了一定的条件。过去几年其他事情很多，还来不及抓这件事。现在是时候了，该抓了。只要排上日程，认真抓一下，一定可以搞起来。”毛主席问到会的中央领导同志：“你们看怎么样？”大家一致表示同意。

党中央、毛主席高瞻远瞩、审时度势，做出这个决策是很不容易的。因为与美国、苏联相比，当时我们的经济技术条件不是一般的差，而是差得很远。有些知情的人就怀疑能不能搞得起来。然而，在党中央、毛泽东主席、周恩来总理、聂荣臻元帅、张爱萍将军等老一辈革命家的坚强领导下，依靠全国大力协同和广大科技人员、干部、工人艰苦奋斗，不但搞起来了，而且我们花的代价比较小，发展速度比较快：1964 年 10 月，原子弹爆炸成功；1966 年 10 月，原子弹与导弹两弹结合试验成功；1967 年 6 月，氢弹空爆成功；1970 年 9 月，潜艇核动力装置启动成功；到 20 世纪 70 年代初，整个核工业建设已经形成完整体系。

研制核武器，美国搞了 1000 多次试验，苏联搞了 700

多次试验，而我们只搞了45次试验就达到相当水平；从原子弹到氢弹，美国花了7年4个月，苏联花了4年3个月，英国花了4年6个月，法国花了8年6个月，而我们只花了2年8个月（按原理试验成功时间计算是2年2个月），我们的发展速度超过了美、苏、英、法四国。氢弹爆炸成功后，1967年7月，毛主席在接见军训会议代表时高兴地说："新式武器、导弹、原子弹搞得很快，两年零八个月搞出氢弹，我们的速度超过了美国、英国、苏联、法国，现在在世界上是第四位。原子弹、导弹有很大成绩，这是赫鲁晓夫帮忙的结果，撤走专家逼着我们走自己的路，要发给他一个一吨重的勋章。"

"两弹一星"事业的成功对中国的安全环境和国际地位产生了什么样的影响

中国"两弹一星"事业的成功在世界上引起了很大轰动，普遍认为这是20世纪震撼世界的最有影响力的重大事件，她改变了中国，也改变了世界。具体表现为：

（1）改变了国家安全环境，为新中国生存与发展提供了安全保障；也为近30多年经济建设和对外开放奠定了稳固基础。20世纪50年代到60年代初，我们国家差不多是在帝国主义的包围之中，朝鲜战争、越南战争、台湾海峡局势，中印边界冲突，以及后来珍宝岛事件，苏联在我边境陈兵百万，虎视眈眈，都对我国国家安全构成了严重威胁。“两弹一星”搞成后，我国拥有了独立的核威慑力，成为世界核大国之一。从此世界对中国刮目相看，纷纷主动与中国改善关系。20世纪70年代初，美国总统尼克松访华、中美关系正常化、中国恢复联合国席位、苏联从珍宝岛撤兵，以及中日建交和缔结和平条约等一系列国际关系的变化，表明我国安全生存环境有了很大改善，和平经济建设有了更好的保障，从而为20世纪80年代以来的改革开放创造了良好条件。

（2）改变了世界战略格局，提高了中国的国际地位和国际影响力。第二次世界大战结束后，形成以美国为首和以苏联为首的两大阵营对垒的冷战局面，中苏国家关系恶化后，苏联沦为社会帝国主义，对中国实行军事威胁，迫使我们左右开弓，既要反帝又要反修。“两弹一星”成功后，我国国际影响空前扩大，世界力量对比发生重大转折，毛主席洞察国际形势变化的走向，提出了三个世界划分的论断，确定我国新的国际战略策略，从而推进了整个世界战略格局的转变，形成三足鼎立、比较稳定的局面。我国成为第三世界代表，成为国际举足轻重的力量。

（3）振奋了民族精神，提高了民族自信。“两弹一星”成功后，全国上下欢欣鼓舞，中华民族精神为之大振；世界华侨华人感到扬眉吐气，十分自豪。如：

著名美籍华人赵浩生在我国第一颗原子弹爆炸成功时，高兴地在报上撰文写道：“当中国第一颗原子弹试爆成功的新闻传到海外时，中国人的惊喜和自豪是无法形容的。在海外中国人的眼中，那蘑菇状爆炸是中华民族精神的花朵。那从报纸广播传出的新闻，是用彩笔写在万里云天上的万金家书。”

香港《新晚报》1964年10月18日在“夕夕谈”栏目，以“石破天惊是此声”为标题，高度评价了中国原子弹爆炸的成功，说：“这是几千年来中国人最值得自豪的一天之一。”

还有些让中国人振奋和感动的故事，如：

一位退役的国民党老将军侨居南非，南非实行种族歧视政策，有色人种乘公交车，只能坐后排的座位，前排的座位是留给白种人坐的。1964年10月17日这一天的早晨，老将军像往常一样，上了公共汽车就往后排走，司机叫住了他：“今天以后，你可以坐前排了！”老将军不解：“我是中国人。”司机回答：“我知道你是中国人，你没看报纸吗？中国昨天爆炸了第一颗原子弹，能够研制出原子弹的民族，是优秀的民族，今天以后你们可以坐前排了。”

1964年10月，全国劳模、纺织女工郝建秀带领一个青年代表团出席世界青年大会，回国途经意大利正为买不到飞机票而着急，我国第一颗原子弹爆炸成功后第二天，意大利航空公司就主动把机票送上门来，对我们表示祝贺和敬意。

（4）拉动了国民经济，促进了高科技发展。在“两弹一星”工程实施过程中，冶金系统解决了研制原子弹所需的60%、研制导弹和卫星所需的35%的金属材料。化工、石油、纺织、建材、轻工等非金属材料的科研生产系统，为核、航天等国防工业部门，先后提供了上万种新材料，上千项成果获得国家、部门重大科技成果奖。机械工业系统实现了军工配套产品基本上立足国内供应，设计制造能力不断加强，能为核工业提供关键设备，为试验基地提供大型设备，为航空航天工业提供配套产品，为舰艇配套提供专用产品，以及为电子、兵器工业提供配套产品，完成了从常规到尖端、从仿制到自行设计、从单机到成套的跨越式发展。整个国家的科学技术和工业基础有了很大发展和提高，为“两弹一星”后续发展，推进核电站建设，发射载人飞船、实施嫦娥奔月，创造了条件。可以说，如果没有当年的“两弹一星”事业的兴起和发展，就没有今天的核电和载人飞船、嫦娥奔月的发展。

总之，“两弹一星”事业的成功，为我们国家和民族的发展，为追逐强国之梦，树起了一块灿烂辉煌的丰碑。1988

年 10 月，邓小平在视察北京正负电子对撞机工程，谈到发展高科技时，深情地强调指出："如果 60 年代以来，中国没有原子弹、氢弹，没有发射卫星，中国就不能叫有重要影响的大国，就没有现在这样的国际地位。这些东西反映了一个民族的能力，也是一个民族、一个国家兴旺发达的标志。"这是对两弹一星事业成功最精辟、最恰当的评价。

我们今天回顾"两弹一星"发展的历史，纪念"两弹一星"事业的成功，就要弘扬和传承"两弹一星"精神，坚持科学发展观，大力发展高科技，为全面建设小康社会，实现社会主义现代化而更加努力奋斗。

【2011 年 9 月在宁波市直机关干部和万里学院学生大会上的宣讲提纲】

中国核事业中的科技知识分子

20世纪60年代，中国原子弹、氢弹、核潜艇相继研制成功，在全世界引起了很大的震撼。美国斯坦福国际战略研究中心主任悉尼·德雷尔为他同事斯坦福大学中国政治问题教授刘易斯和国际安全与军备控制研究中心薛理泰，在经过十多年研究后合作写成的《中国原子弹的制造》一书所作的前言说："读者很想知道一个工业、科学资源有限的贫穷落后的国家怎么能取得如此复杂的技术经济成就，而且令人吃惊的是，这一成就是在'大跃进'的严重政治动乱中和'三年困难时期'实现的。"他回答读者是：书的作者研究认为"中国的核武器计划之所以取得成功，重要的是领导人长期以来放手使用本国科学人才，发挥他们的潜力。"这是一位外国学者对中国核事业中的知识分子政策的赞誉。

知识分子的光荣和骄傲

原子弹、氢弹、核潜艇是当代科学技术发展的成果，是技术和知识高度密集的产品。党和国家深知要建立和发展中国核事业，必须充分依靠和发挥科技知识分子的作用，积极而审慎地吸收了一大批科技人员来从事这项关系国家安危的重要事业。此中有20世纪三四十年代留学欧美，造诣深厚，享有盛誉的老科学家、老专家；有新中国自己培养（包括部分留苏回来）的品学兼优，勤奋努力，年富力强的中青年科技人员；还有大量朝气蓬勃，刚从学校毕业的大学生。他们怀有强烈的民族意识和爱国精神，在党的领导下，为了打破超级大国的核垄断和核讹诈，以高度的责任心和使命感，不辞艰辛、不畏险阻，超乎寻常地忘我劳动，顽强拼搏，攻关夺隘，勇于攀登，取得一个又一个的胜利，为我国核事业作出了炳耀史册的伟大贡献。

1986年5月王淦昌（右五）、于敏（右一）
与其他获国家科学技术进步奖获奖者合影

中国核事业的成功，是中国共产党的光荣与骄傲，中国人民和海外炎黄子孙的光荣与骄傲，也是中国科技知识分子的光荣与骄傲。在这项伟大事业中，党和国家实现了既定的战略目标，改变了世界的力量对比和战略格局，世界从此对中国刮目相看；科技人员把自己的命运与国家最高利益紧密联系在一起，使自己的作用得到充分的发挥，实现了自己的人生目标，得到了国家和人民的尊敬和奖赏。

深刻的爱国历史情结

中国知识分子饱经沧桑，他们投身于核事业，有个深刻的历史情结。

近代中国，自鸦片战争以来的一百多年，屡受帝国主义列强侵略、欺负、压迫，清王朝和国民党政府腐败无能，国家积弱积贫，人民受苦受难。知识分子、特别是 20 世纪初出生的知识分子，面对深重的国难，心中产生很深的郁闷和苦恼，他们纷纷出国学习西方科学技术和发展工业经验，想走“科学救国”“教育救国”“实业救国”的道路，但都没有走通。最后还是共产党领导人民革命，推翻了帝国主义、封建主义和官僚资本主义三座大山，建立了新中国，使他们看到了民族复兴的希望，纷纷回国参加新中国的建设，把“报国”“救国”的愿望落到实处。钱三强等一批老科学家就有这种亲身经历。

钱三强1937年抱着“科学救国”的思想留学法国，1948年回国想把国内核物理人才聚集起来，开展核物理科学研究，先后找了当时清华大学校长梅贻琦、北京大学校长胡适、北平研究院副院长李书华，但都不予支持，使他碰了壁，感到很失望。1949年北平和平解放，党中央十分重视钱三强，安排他参加新中国成立前第一个出国代表团，到巴黎出席世界和平大会。他想到自己是核物理学家，又在巴黎学习和工作过11年，建议利用这个机会，带一些美元去托他的导师约里奥·居里，买一些开展核科学研究需要的仪器设备和图书资料。代表团副秘书长丁瓒问他要多少，他说要20万。丁瓒感到惊诧，他也意识到要这么多外汇可能太冒失，心中忐忑不安。可是令他没有想到的是，就在毛泽东、周恩来等中共中央领导进北平城后两三天，中共中央统战部部长李维汉就会见他，说他提的那个建议，中央研究过了，认为很好。清查了一下金库，还有这个力量。估计20万美元不是一次使用，决定先拨出5万供他使用，并说明用款时只要同代表团秘书长刘宁一商量就可以了。这件事使钱三强极为感动，心如潮涌，热泪盈眶，新旧对比，他进一步认识到共产党是真正为国为人民长远发展，高度重视科学事业的。

事业的正义性和神圣性的激励

中国科技知识分子投身于核事业，还因为这项事业的正义性和神圣性。国家有难，匹夫有责；发愤图强，无私奉献。

新中国成立后，帝国主义不甘心于他们的失败，在朝鲜战争和越南战争中，曾多次扬言要对中国使用核武器。面对帝国主义的核威胁和核讹诈，以及后来赫鲁晓夫集团的背信弃义，广大科技知识分子同全国人民一样，激于义愤，同仇敌忾，为了打破超级大国的核垄断和核讹诈，自强于世界民族之林，他们响应党和国家的召唤，纷纷投身于核事业，决心以自己的智慧和力量来报效祖国，为国争光，为民争气。王淦昌在刚发现了反西格玛负超子，蜚声于世界物理学界的时候，组织上要求他转到核武器研究上来，他毫不犹豫当即表示“愿以身许国”，以后就隐姓埋名在青海高原工作了17年，参与组织领导核武器研制，解决了一系列重大技术问题。周光召听说苏联毁约停援，撤走专家，立即与在杜布纳联合核子研究所一起工作的同志联名写信，主动请缨，要求回国参加核武器研究，并在原子弹理论计算中解决了令人困扰难解的关键数据问题。于敏素来以基础科学研究为乐，不喜欢搞应用研究，而且正在原子核理论方面有可能取得重要成果的时候，组织上突然要他改行搞氢弹理论预研，经过一番短暂的思想斗争，他欣然接受并全身心地投入，在突破氢弹原理上作出了创新成果。程开甲回国先后在浙江大学和南京大学任教，当国家核事业需要时，他即服从组织调动，秘密地参与核武器研制，后来又转到新疆核试验基地，组织领导了核试验和核测试技术工作，保证核试验成功并全面收效。总之，许多科学家和工程专家参与核事业，都有个共同的理念，这是国家的最高利益，是时代赋予的神圣使命，是强国之梦的历史责任，谁都必须尽自己的全部智慧和力量以赴命。

党的知识分子政策的感召力

科技知识分子全身心地投入核事业，还由于党的知识分子政策的感召力、亲和力和凝聚力。这就是在政治上充分信任，在工作上大胆放手，在生活上热情关怀。核工业系统的科技人员深切感受到党的重视、信任、关怀和理解，工作是努力的，心情是舒畅的。虽然有时也受到大的政治运动的干扰和影响，有的科技人员因此也受到一些委屈；但这毕竟是一时的，他们认为从总体上说，二机部执行党的知识分子政策，还是稳当的、比较好的。

（1）政治上充分信任。众所周知，研制核武器是国家的高端机密，因此对参与核事业的工作人员在政治审查上必须严之又严。世界核大国都是如此，无一例外。我国一些高中级科技人员，由于历史的原因，他们的家庭出身、社会关系，甚至个人经历，在当时的政治环境和社会条件下，或多或少都被认为有问题。怎么看待这些问题，当时二机部掌握的原则是，家庭问题看本人，历史问题看现实，只要本人已经交代清楚了，现实表现是好的，一律予以信任选用。宋任穷部长说的好，“这些人都是从旧社会过来的，要求他们各种关系都很清白是困难的。我们的党政干部和军事干部、我们的孩子政治上最纯，可是他们干得了吗？”刘杰副部长说：“金无足赤，人无完人。我们为什么、又怎么能离开社会历史条件，在纷纭复杂的社会生活中，去寻找那种完美无缺的完人呢？对科技人员的政治要求，还是应该从实际出发，只要他们爱国，又有真才实学，就要大胆选用，充分信任。”后来事实也证明，这些科技人员被吸收参加核事业，心理上充满了自豪感和光荣感，政治上没有思想负担，在科技攻关、生产建设、艰苦创业中，竭尽全力，拼搏奋斗，发挥了重大作用，作出了杰出贡献。许多人成为各级科技领导骨干，有的还成为党和国家领导人。

（2）工作上大胆使用。中国核事业起步几乎完全是一张白纸。1950 年，中国科学院将原南京中央研究院物理所一部分与北平研究院原子学所合并成立近代物理研究所时，专业人员只有吴有训、赵忠尧、李寿枬和钱三强、何泽慧等十来个人。近代物理所成立后成为我国分散在国内外的核科学工作者聚集的中心。先是彭桓武、金建中、王淦昌、忻贤杰等调来参加筹建工作。以后陆续从国外回来的科学家有郭挺章、金星南、肖健、邓稼先、朱洪元、胡宁、杨澄中、杨承宗、戴传曾等。党中央、国务院，以及科学院、二机部都十分重视这批科学家的使用，根据其专长和经历作了适当安排。吴有训任近代物理所所长，钱三强任副所长；半年后，吴有训出任科学院副院长，钱三强继任近代物理所所长，王淦昌、彭桓武任副所长。后来以这个所为基础，由苏联提供一堆（反应堆）一器（加速器），于 1958 年建成原子能研究所，又于 1984 年改名为中国原子能科学研究院。这是中国的核科学技术综合性研究基地，由此先后派生了 12 个新的科研机构，在中国核事业发展中起了“老母鸡”的作用。

当时钱三强年富力强，比较活跃，党中央高度重视，请他参加多项重要的国内外政治活动，由此在社会上颇有影响和声望。1956 年党中央、国务院提出并经全国人大审议通过，决定成立原子能事业部时（对外名称为第三机械工业部，1958 年改为第二机械工业部，简称二机部），委任他为副部长（仍兼任原子能研究所所长）、党组成员，分工主管科学技术工作。党组书记、部长宋任穷，党组副书记、常务副部长刘杰在与他合作共事中，对他十分尊重，高度信任，在科技建设和发展方面一切重大问题，都同他商量，听取他的意见，然后由党组集体讨论决定。1960 年苏联毁约停援，撤走专家；宋任穷调任中共中央东北局书记，刘杰继任二机部部长后，在选调高中级科技人员，组织我们中国自己的专家队伍，同科学院各研究所开展科技大协作，还有首次核试验的技术准备包括组建核试验技术研究机构、基地测试技术准备等，都充分发挥了他的作用。关于氢弹理论预研这样高度机密的超前战略部署，也是刘杰首先同他商量，并决定由他亲自组织实施，在原子能所先行一步。刘杰在自己写的《协同之光——中国原子弹、氢弹、潜艇核动力研制纪

原子能院四任院长钱三强、王淦昌、戴传曾、孙祖训

实》一书中，对钱三强有高度评价，说：“三强同志是我国原子能事业的开拓者和奠基人之一。长期以来，他在普及原子能科学知识，建立综合性核科研基地，引进和吸收外来技术，选调优秀科学技术专家，组织重大科技攻关和科技协作等方面，做了大量的工作，有独特的贡献，起了别人起不到的作用。”

二机部领导对其他一些科学家、专家，作为学科和工程带头人，也都委以高级技术领导重任。王淦昌、彭桓武、郭永怀等担任核武器研究所副所长，吴征铠、张沛霖、曹本熹、陈国珍、姜圣阶、吴世英、吴焕霖等分别担任扩散、冶金、化工、分析、建筑、安装等专业总工程师，负责技术指导和把关。在关键时候有他们在，大家就心里踏实，遇到困难不慌。更多的实际工作，主要依靠比较年轻一点的科学家、专家，如朱光亚、邓稼先、周光召、于敏等人，他们在核武器研制中，发挥了关键的作用。在地质、矿冶、核燃料循环各个环节，也重用了一批中青年科技骨干，担当中高级技术领导职务。他们30岁左右，年富力强，学有专长，是科技攻关的中坚力量，在第一线指挥作战，冲杀拼打，锐气十足，不怕困难，勇于创新，发挥了主力军的作用。

二机部领导对刚毕业的大学生，也注意加强培养使用，鼓励他们充分发挥自己的聪明才智，在工作实践中锻炼提高。特别是倡导发扬技术民主，形成一种平等自由的氛围，使他们能够与老科学家和老专家们平起平坐、畅所欲言地讨论技术问题，提高他们在技术攻关中的参与深度，从而促进他们更快地成长。

（3）生活上热情关怀。核武器研制基地、核燃料生产工厂、核试验场都在戈壁荒漠、深山高原，自然条件和生活环境十分艰苦。许多科学家、专家从国外回来，或从上海、北京等大城市调来，到了西北这样的地方，在工作条件和生活条件上，就出现了巨大落差。二机部领导充分理解他们的困难，要求各研究所和工厂，从多方面采取措施，创造条件，为他们工作和生活排忧解难。如1963年原子弹研制到了关键时刻，大批科技人员到青海核武器研制基地会战，基地领导就决定将新建楼房全部腾出来，给科技人员住，而基地党政领导李觉、吴际霖、赵敬璞等人，却全部住帐篷。冬季来临，寒风凛冽，楼内温暖如春，帐篷四面透风，冷暖对比，使科技人员十分感动。

特别是20世纪60年代初，全国经济严重困难时期，甘肃、青海两地粮食和副食供应紧张，核工业基地和工厂不少人患了浮肿病、肝病，刘杰、刘伟等主要领导多次向中央和有关部门请示汇报。中央领导十分关心，周恩来和聂荣臻亲自打电话，指示军队和地方调拨黄豆、鱼肉给以支持。粮食部一次就拨给西北核基地数百万斤黄豆，青海省调拨了四万只羊。商业部和解放军总后勤部还在兰州设立了二级批发站，加强对西北地区核工业工厂和特种部队的生活供应。海军和各大军区调拨一批猪肉、黄豆、鱼、海带、鸡蛋、豆油等副食品，还有各种水果。对这些东西的分配，聂荣臻还特别交代“全部分配给每个专家和技术人员。领导和行政工作人员一律不分。”各单位党政领导严格执行规定。科技人员拿到这些当时称为“科技豆”和“科技肉”的食物，都特别感谢党的关怀和照顾。

在紧张工作和艰苦生活中，二机部领导还特别强调要发扬党的优良传统，关心群众生活，注意工作方法。科技专家前来报到，部长刘杰和其他主管领导，以及研究所、基地、工厂主要领导工作再忙，也都要挤时间亲自接见或去住处看望，向他们介绍情况，嘘寒问暖，征求意见，从工作分配到安排吃住，从安全警卫到医疗保健等环节，考虑得十分细致周到。刘杰还常在节假日进行家访，同科技专家促膝谈心，谈工作、谈生活、谈家庭，彼此视为知己，互相推心置腹。在工作上，党政干部深入科研生产第一线，与科技人员和工人同甘共苦，共担风险。如原子弹、氢弹理论研究的关键时刻，党组副书记、常务副部长刘西尧就经常深入核武器研究所了解情况，指导工作。浓缩铀厂主机热处理和核部件冶炼加工厂技术攻关最紧张的时候，主管生产的副部长袁成隆，就长时间蹲点在现场，同科技人员一起，分析研究问题，帮助出主意。所有这些，使科技人员感到有领导在场，心里更加踏实，情绪更加高涨，工作更有信心。

成功的源泉与知识分子的功勋

中国核事业的成功，是党中央和毛泽东同志高瞻远瞩，英明决策，周恩来、聂荣臻等同志正确领导和亲切关怀的结果；是在党中央、国务院、中央军委的领导下，核事业广大科技人员、工人、干部和解放军指战员艰苦奋斗、共同努力的结果；是全国各地方、各部门、各行业大力协同、热情支援的结果。当时作为核事业的主管和执行部门——二机部，贯彻了党的知识分子政策，极大地调动了科技知识分子的积极性、主动性和创造性，充分发挥了他们的聪明、才智和潜力，使他们在事业成就中立了功，获了奖。1999年9月18日，中共中央、国务院、中央军委颁布关于表彰为研制“两弹一星”作出突出贡献的科技专家并授予“两弹一星”功勋奖章的决定，其中核科技专家就有于敏、朱光亚、陈能宽、周光召、程开甲、彭桓武、王淦昌、邓稼先、钱三强、郭永怀、吴自良等十一人。这是他们的崇高荣誉，也是所有参与核事业的广大科技知识分子、工人、干部和解放军指战员的光荣。

党的十一届三中全会以来，拨乱反正，大大发展了党的知识分子政策，尊重知识，尊重人才，已经蔚然成风。知识分子、特别是科技知识分子的政治地位和社会地位空前提高，这是实施“科教兴国”战略和“人才强国”战略的需要，是实现中国特色社会主义现代化的重要保证。在以胡锦涛同志为总书记的党中央领导下，中国核事业必将更好更快地发展，科技知识分子也必将在核事业发展中发挥更大的作用。

【原载《炎黄春秋》，2007 年第 11 期】

在传统和未来的交汇中不断创新

大家好！很高兴，这次有机会来海南与大家见面。你们是核电站建设者，是我国核工业的一代新人，生活在核工业的传统和未来的交汇处，承担着继往开来、不断创新、光荣而又艰巨的任务。我作为核工业的老人，给你们讲点核工业历史和精神，对你们可能是有益的。

核工业的光荣历史

我国核工业创建于1955年。那年1月15日，毛泽东主席主持中央书记处扩大会议，作出了创建和发展我国自己的原子能事业的伟大战略决策。创建伊始，有苏联的技术援助，中苏两国政府先后签了6个协定，包括核科学研究、地质勘探、矿山开采、核燃料生产和核武器研制，应该说很全面，对我们建设起步是有帮助的。但是时间不长，有效的也就两三年，到1959年6月苏联就毁约了，拒绝提供原子弹教学模型和相关技术资料，而到1960年7月，就彻底毁约，撤走在华全部专家，中止一切技术和设备供应。当时毛主席说，赫鲁晓夫不给我们尖端技术，极好！如果给了，这个账是很难还的。从此，我们就走上完全彻底自力更生道路。技术攻关、工程建设、工业生产、武器研制，不但没有停顿，反而加快了进度。1964 年 10 月，第一颗原子弹爆炸试验成功；1965 年 5 月，第一颗核航弹爆炸试验成功；1966 年 10 月，第一颗核导弹（即核弹、导弹两弹结合）爆炸试验成功；同年 12 月，氢弹原理试验成功；1967 年 6 月，第一颗氢弹空爆试验成功；1969 年 9 月，首次地下核试验成功；1970 年 7 月，核潜艇陆上模式堆建成启动达到满功率。

从 1955 年到 1970 年，就是 15 年时间，我们从零起步，先后突破了原子弹、氢弹和潜艇核动力的研制技术，并初步建立了比较完整配套的核科技工业体系，而且比早先的几个核大国花的代价比较少，发展速度比较快，起点水平比较高。以氢弹为例，是完全自力更生研制成功的，我们的研制周期比美苏英法都短。从第一次原子弹爆炸到氢弹试验，美国花了 7 年 4 个月，苏联花了 4 年 3 个月，英国花了 4 年 7 个月，法国花了 8 年 6 个月，而我们只花了 2 年 8 个月。所以毛主席说，这是赫鲁晓夫帮忙的结果，撤走专家逼着我们走自己的路，要给他一吨重的勋章。

我国打破了超级核大国的核垄断和核讹诈，研制成功了两弹一艇，拥有了独立自主的核战略威慑力，成为世界核大国之一，在世界上引起了极大的反响。从此世界对中国刮目相看，纷纷主动与中国改善关系。20 世纪 70 年代，美国总统尼克松访华、中美关系开始正常化；新中国恢复了在联合国的席位，在国际上有了话语权；苏联从珍宝岛撤兵，解除对中国的军事压力；以及中日建交和缔结和平条约等一系列国际关系的变化，表明我国的安全环境有了根本改善，和平经济建设和对外开放有了更好保障。世界战略格局发生了重大变化，我国国际地位和国际影响空前提升；中华民族的民族精神、民族自信和凝聚力大为增强。1988 年 10 月，邓小平在视察北京正负电子对撞机工程时的讲话中，就特别指出："如果 60 年代以来，中国没有原子弹、氢弹，没有发射卫星，中国就不能叫有重要影响的大国，就没有现在这样的国际地位。这些东西反映了一个民族的能力，也是一个民族、一个国家兴旺发达的标志。"这是对"两弹一星"事业成功最精辟、最崇高的评价。

回顾历史我们豪情满怀，深感光荣。但是历史总是要往前发展，在新的历史时期我们必须做出新的成绩，新的贡献，争取新的光荣和骄傲。

伟大的事业产生伟大的精神

1999 年 9 月 18 日，江泽民在表彰为研制"两弹一星"作出突出贡献的科技专家大会讲话中指出："伟大的事业，产生伟大的精神。在为研制‘两弹一星’事业进行的奋斗中，广大研制工作者培育和发扬了一种崇高的精神，这就是热爱祖国、无私奉献，自力更生、艰苦奋斗，大力协同、勇于登攀的‘两弹一星’精神。”2005 年，在庆祝我国核工业创建 50 周年大会上，中国核工业集团公司和中国核工业建设集团公司共同提出“事业高于一切，责任重于一切，严细融入一切，进取成就一切”的核工业精神。这两种精神的核心内涵是一致的，是核工业的光荣传统，体现了社会主义核心价值观，需要我们在新的时期、新的任务中，继续发扬光大，持之以恒。

热爱祖国，把个人的理想和志趣紧紧地与祖国的命运和前途联系起来，个人利益服从国家利益。这是在核工业创建和发展中，作出过突出贡献的老科学家、老专家的共同的高贵品格特征。如我国核武器研制的三大台柱王淦昌、彭桓武、郭永怀，两弹元勋邓稼先，女科学家王承书，他们都是在国外学有成就，在科技界享有一定声誉，工作生活条件也比较优越，但他们心系祖国，一心要为祖国建设发展服务，无私奉献自己一切。

王淦昌，是功德双全的老科学家。当他领导的研究小组发现了反西格玛负超子，正名扬世界的时候，组织上却要他放弃基本粒子研究，断绝与外界一切联系，隐姓埋名搞核武器研制，他毅然表示“愿以身许国”，以年过半百之身，在青海高原艰苦奋斗了17年，直到1978年他71岁才回北京任二机部副部长兼原子能院院长。

彭桓武，是双博士、名扬国际物理学界HHP（解释宇宙线的能量分布和空间分布）理论的作者之一。当有人问他，在国外干得好好的为何要回国？他就直率地回答说，回国不需要理由，相反，不回国才需要理由呐！他是第一位回国的理论物理学家，他为原子弹、氢弹、核潜艇反应堆做了大量理论研究工作，但他淡泊名利，坚持把国家给他的金质奖章放到九所，留下一副对联：“集体集集体，日新日日新”，体现了他的崇高思想境界。

郭永怀，是国际著名的空气动力学家，美国政府曾邀请他参加机密项目，他拒绝了。但他回国以后，当国家需要他参加原子弹研制工作，他立即全力以赴，在核弹武器化方面作出了突出贡献。特别令人感动的是，1968年12月5日，他为了赶时间乘飞机回北京汇报工作，因为飞机出事坠毁，不幸牺牲。在清理遗体时，发现他和警卫员紧紧抱在一起，扒开烧焦的遗体，看到其中带有绝密资料的皮包竟然完好无损。这使人太感动了，在生命垂危时刻，他和警卫员首先想到的竟然还是保护国家绝密资料，这种精神何等伟大！

邓稼先，美国普渡大学物理学博士，因为年轻娃娃脸，被戏称娃娃博士。当他接受如钱三强说的“要放一个大炮仗（原子弹研制）”任务后，就下定决心献身于这个事业。当晚对他妻子许鹿希说：“以后家里的事我就不能管了，我的生命就献给未来的工作了。做好了这件事，我这一生就过得很有意义，就是为它死了也值得。”他领导核武器研制理论部工作，以后又担任了核武器研究院院长，直到身患绝症，还向中央写出了关于加速核武器研究试验的重要建议。

王承书，女科学家，是我国铀同位素分离的理论研究奠基人。众所周知，铀浓缩是核敏感技术，国际上保密非常严格。1961 年春，当组织上要她承担这项任务，钱三强副部长找她谈话时，问她愿不愿意为此隐姓埋名一辈子，她毫不犹豫回答：“我愿意。”她真是为我国浓缩铀事业贡献了毕生精力，直到临终时，她还遗嘱要将她一生积累的技术资料、书籍全部赠给核工业理化工程研究院。

王淦昌、彭桓武、郭永怀、邓稼先、王承书这些老科学家为什么能有这样感人至深的表现？就是因为他们心中有祖国。科学没有祖国，但是科学家是有祖国的。他们深深爱着有五千年文明历史和四大发明、对人类发展曾经有过重大贡献和影响的、我们伟大的祖国。他们切肤痛感自 1840 年鸦片战争以后，中国落后了，积弱积贫，深受帝国主义的欺负和压迫，山河破碎，人民受苦。他们怀着教育救国、科学救国、实业救国的良好愿望，在国外刻苦学习，回国积极工作，一切为了祖国、为了中华民族的复兴。特别是在新中国和共产党的领导下，他们的聪明才智得到了充分发挥，看到国家日益强盛，自己的工作成果起了作用，由衷地感到欣慰、感到幸福。如从英国回来的物理学家程开甲，他在戈壁滩核试验现场工作了近 20 年，虽然工作和生活很艰苦，但他说他感到很幸福，因为他为国家核试验事业作出了贡献。

高度的事业心和责任感，把事业和责任摆在一切之上。这是老科学家、老专家和建设者们又一个高贵品格的特征。我国核工业建设几乎是在一片空白的基础上起步的。近代物理研究所成立时只有 10 来位从国外回来的科学家，还不完全是搞核科学的。当时的大学也没有核的专业。所以无论是科技人员，或是经济管理人员都是从各行各业转过来，为了一个共同的事业走到了一起。但汇集到了这个事业后，大家都把搞好这个事业作为自己的最高职责。一切为了事业，为了事业可以不计一切。

首先是不计环境艰苦，生活困难。我国第一批核工业基地，包括地质勘探、矿山、工厂，都在深山峡谷、戈壁荒漠、黄土高原，生活环境条件十分艰苦，投身核事业的建设者遇到第一个考验就是生活难关。当时酒泉原子能联合企业的职工，在戈壁滩上竖起了这样的标语牌“安下心，扎下根，戈壁滩上献青春，献了青春献终身”，以后还加了一句：“献了终身献子孙”，表达了他们的豪迈气概和坚强决心。从1958年到1964年，经过6年的艰苦奋斗，他们在方圆100公里没有人烟的戈壁滩上，建起了一座拥有当代国防尖端技术的原子能联合企业，其中包括：六氟化铀厂、核燃料后处理厂、军用生产反应堆等项目。

其次是过技术难关。苏联毁约停援时，核燃料生产各个环节，大概还有1000多个技术难关。当时各个厂就掀起了技术攻关的高潮。铀冶金厂遇到了气泡问题，经过几百次的试验，才找到一种工艺方法，解决了问题。在攻关过程中，大家日夜奋战，吃在车间、睡在车间，眼睛熬红了，甚至晕倒了，稍事休息又接着干，直到最后完成任务。核武器研究所为了计算一个压力数据，前后算了九次，日夜三班倒，花了一年多的时间，才验证了苏联给出的数据是错的。还有核燃料产品对杂质要求极为严格，比如氟的含量不能超过百万分之几，为了找到这种化学分析方法，就查了1000多份国外资料。

生活环境那么艰苦，技术难度又那么大，是一种什么力量支撑科技人员奋不顾身、坚持不懈的呢？是高度的事业心和责任感。周恩来总理曾经特别指出：你们的核工厂是全国人民的根本利益所在，也是世界人民的利益所在。这是一份多大的责任啊！老部长刘杰在纪念原子弹爆炸40周年的讲话中，讲到责任重如泰山，泰山是可以计量的，而责任是难以计量的。“文革”期间，许多党政领导一边被批斗，一边仍坚持工作。特别是一些技术领导干部，如化工专家姜圣阶、曹本熹，当时姜是酒泉联合企业的副厂长兼总工程师、曹是核燃料局副局长兼化工总工程师，因为厂长周秩、局长白文治都被打倒了，在这种特殊困难的情况下，尽管他们自己也有困难，姜的夫人瘫痪在家，曹的女儿患白血病，但他们深知自己责任重大，坚持在工地、在车间、在实验室第一线，直接领导指挥生产建设，保证各项任务的完成。

自主创新，追求卓越，也是核工业传统中高贵品格的一个特征，在历史上至少有三个实例可以说明：

一是我国第一颗原子弹。苏联毁约停援，拒绝提供原子弹教学模型和相关资料，但他们的专家曾给我们讲过一次课，讲的是钚弹。他们撤走时我们反应堆还没有建，因此不可能有钚。我们就用铀，而且采用内爆法。爆炸后，美国人分析出我们用的是铀和内爆法，这就使他们十分惊讶，由此重新估量了我们的核技术。

二是后处理工艺。苏联提供的是沉淀法，我们改沉淀法为萃取法，这样我们就一步达到当时国际水平，投资节省1/3，不锈钢材减少70%，生产成本减低20%。

三是突破花岗岩不含铀矿的红线。粤北下庄找矿，苏联专家划定花岗岩为红线禁区，我们进入了，结果发现具有工业规模的铀矿，成为我国铀矿四大类型之一，并从成矿规律总结发展了铀矿地质理论。

历史经验告诉我们：只有自主创新，才能真正把发展的主动权牢牢地掌握在自己手中；只有自主创新，才能保持不断发展的活力；只有自主创新，才能具有自己的特色，自立于世界民族之林。

在核电建设中再创辉煌

上面讲的主要是核军工的历史，下面再讲核能和平利用，主要是核电发展历史。

核电历程：世界核电最早是苏联 1954 年；发展最快是美国，20 年左右建了近百座；比例最大是法国，核电占 80%。我国核电起步较晚，酝酿于 1970 年，起步于 20 世纪 80 年代，小批量建设在 20 世纪 90 年代，“十一五”（2006 年–2010 年）开始规模化批量化。其间发生过三哩岛、切尔诺贝利、福岛三次核事故，核电在曲折中推进加快。秦山的零突破，国之光荣；二期、三期、田湾打开局面；“十一五”开始主体多元化，现在有 28 座在建，占世界在建的 42%。

日本福岛核事故是由不可抗拒的自然灾害（9 级地震、

巨大海啸）引发的超设计基准事故。事故引起对核电安全的关注和质疑，欧美核电大国都能理性对待，除德国外，美国公布新的五年能源战略规划，强调发展核能；英国计划2025年前新建8座核电站；匈、斯、捷、波四国总统支持利用核能；越南、阿联酋、约旦按计划推进核电，韩国、日本、印度等亚洲国家，也表示要继续发展核电，都没有出现像我国有些地方抢购盐和碘片的那种风波。为何那些国家这次表现那么镇定，说明这些国家的公众对核电有了进一步的认识，遇惊不慌，就像对飞机、汽车事故那样。

建好海南核电站，让海南人民放心，为海南人民造福。海南建核电酝酿于20世纪80年代末。1988年，我来海南考察时就提出过建核电，由于各方认识不一，未能立项。直到本世纪初，海南缺电问题越来越严重，并经过各种能源的比较，国家和海南地方领导才下定决心建核电站。

海南是我国最大的经济特区，面积33920平方公里，比台湾略小些，自然条件非常好。经过20多年建设，海南经济有很大发展。2009年国务院决定推进海南作为国际旅游岛建设，省里又提出“大企业进入，大项目带动，高科技支撑”的发展战略，这就使海南经济发展进入快车道。我们核电站应势而进，应运而生，既是海南经济发展的需要，也是核电发展布局的一个新点，具有十分重要的意义。你们的任务就是一定要把这个电站建设好，建成一座高水平、高质量、高安全的国际一流的核电站，让海南人民满意放心，为海南经济发展加力，为海南人民造福。

这里的核心问题是必须保证质量，保证安全，质量第一，安全第一。安全是核电的生命线，是核电企业管理的灵魂。离开了安全，一切就无从谈起。我们核工业有“质量第一，安全第一”的优良传统，几十年来没有发生过一起放射性致人员死亡的核事故，也没有发生过一起放射性污染环境的核泄漏事故，你们有责任，同时我也相信你们有能力来维护和保持这个良好的纪录。保证安全，既要靠制度建设，每一项工作、每一个环节都要有相应的安全规范、安全程序，每一个人都必须严格执行。更要靠安全文化建设，让每个人都有深厚的安全意识和强烈的安全责任感，自觉地维护和执行各项安全制度，保证安全。大的方面注意了，还要特别注意细节。实践告诉我们，细节往往决定成败。一个螺丝钉、一个垫片、一个操作的失误，都有可能导致全局的失败。核工业“四个一切”精神，其中就有一个“严细融入一切”，也就是要求我们在工作中，一切行动都要融入严格细致的作风和精神，反对任何粗枝大叶、粗心大意、马马虎虎、心不在焉。

同志们，你们都很年轻，平均年龄不到 30 岁，如早晨八九点钟太阳，朝气蓬勃，很有干劲和活力。一个人的一生中能参与核电站建设这样大型工程，这样技术含量很高、投资很大的项目，应该说是很幸运、很光荣、很有意义的。愿你们在电站建设中建功立业，锻炼成长，开创未来。未来是美好的，你们会有更多的成就感和幸福感。

【2011 年 12 月 30 日在海南核电站宣讲提纲】

要敢于和善于“吃第一只螃蟹”

核工业人从来敢于“吃第一只螃蟹”

你们三门核电站现在承担着一项光荣的任务，建设我国AP1000型第三代核电站。这是目前世界上理念新颖，技术先进，非能动安全先进核电技术，是美国人设计的，但美国自己也还没有建，我国三门是全世界第一座；同时，也是我国引进这项技术，作为国家第三代核电建设第一个自主化依托项目。你们勇于承担这项任务，并且进展不错，现在即将进入从安装到调试和运行准备阶段。人们通常把干前人没有干过的事比作吃第一只螃蟹，三门是产青蟹的地方，你们就是在吃AP1000这第一只螃蟹的人，是很勇敢、很了不起、很不简单的。这也是你们传承核工业的老传统在今天新时代的光辉体现。

我们中国核工业的建设和发展，可说就是从吃第一只螃蟹起家的。因为在这之前，中国根本没有什么核工业，完全是空白，核地质、核矿冶、核燃料、核工程、核武器、核电站，都是从无到有，在技术上一关一关地过，在项目上一个一个地建，在不长的时间建成了比较完整的核科技工业体系，突破了原子弹、氢弹和潜艇核动力技术。

从中央决策层面来说，最早是1950年1月，毛泽东主席首次访苏回来，在火车上同秘书叶子龙和卫士长李银桥说，这回在莫斯科看了苏联第一次核试验的电影纪录片，看到原子弹还真吓人，现在美国有了，苏联也有了，我们也要搞一点。之后，1954年10月，当听了广西发现有铀矿的汇报，毛主席就明确表示："我们国家也要发展原子能。"1956年4月，在中央政治局扩大会议上，毛主席更加明确表示：我们"还要有原子弹。在今天的世界上，我们要不受人家欺负，就不能没有这个东西。"

可是，当时我们国家的科技力量和工业基础十分薄弱，1950年5月，成立中国科学院近代物理研究所时，只有吴有训、赵忠尧、钱三强、何泽慧、王淦昌、彭桓武等10来位专业科技人员；1949年全国电力工业的发电机组只有185万千瓦，还不到你们现在在建的两台AP1000机组规模。而原子能是当代科学技术的尖端，集中了当代多门学科、多项技术最

在三门核电站讲核工业光荣传统

新发展的成果。在这样强与弱、先进与落后的反差下，我们敢不敢和能不能搞原子弹？当时国内外都有人怀疑的，有的担心我们科技力量太弱搞不起来，有的担心我们太穷没有财力来搞。以毛泽东为首的中国共产党中央面对这个现实，还是高瞻远瞩、审时度势，以大无畏的革命精神和敢作敢为的革命气魄，毅然决然作出了发展核工业、研制原子弹的决策，在1955年1月中央书记处扩大会议上，毛主席信心十足地说："只要排上日程，认真抓一下，一定可以搞起来。现在苏联对我们援助，我们一定要搞好。我们自己干，也一定能干好！我们只要有人，又有资源，什么奇迹都可以创造出来！"之后，1958年6月，在中央军委扩大会议上毛主席又说："搞一点原子弹、氢弹，我看有十年工夫完全可能。"历史证明了毛主席的伟大预言，从他1958年说这话后，只过了6年，1964年10月，我们就成功地爆炸了第一颗原子弹，又过了2年8个月，我们就空爆成功了第一颗氢弹。这在世界上引起巨大的轰动，世界列强从此对中国刮目相看，成为20世纪60年代震撼世界的大事。

再从执行层面来说，当时宋任穷、刘杰、刘伟、李觉等党政领导干部，他们打过仗、搞过基础工业，但都没有搞过国防尖端；钱三强、王淦昌、彭桓武、郭永怀、程开甲等老科学家和朱光亚、邓稼先、周光召、陈能宽等当时稍年轻一些科学家，他们虽有相关的专业知识和学问，但也都没有实际干过，甚至他们学的也不是核物理、核化学专业。所以，摆在这些领导干部和科技专家面前的也是一只没有吃过的螃蟹，敢不敢吃？对他们来说也是一种严峻的考验。历史告诉我们，他们吃了，而且吃得很精彩，很成功。我举三个例子：

比如铀矿地质勘探。20世纪三四十年代，曾经有地质人员在中国广西发现过铀的矿化物，但当时国民党政府并不重视，没有进一步进行地质勘探。所以到20世纪50年代我们核工业起步的时候，还是一个空白。由于铀矿形成条件比较复杂，分布很不均匀，规模品位变化很大，并且具有特殊的物理化学性质，尤其是有放射性和有规律衰变的特性，在普查勘探时，除采用一般的地质方法外，还必须采用一些专门的方法、手段和仪器。我们地质勘探人员迎着困难上，不但找到了一批铀矿点，而且突破了一些铀矿地质理论。当时苏联专家认为，花岗岩体中不可能有工业价值的铀矿，把花岗岩划为禁区，不让我们地质人员进入，而我们恰在花岗岩地区找到了铀矿，并经过深入研究，掌握了花岗岩体中铀矿的成矿规律，找到了一批又一批铀矿床，截至20世纪80年代初我们探明的铀矿工业储量，其中花岗岩型就占了41%。现在有些人担心我们发展核电没有资源保障，其实他不了解我们找矿的情况。我相信资源问题不会成为我们发展核电的障碍，我们国家不但有铀资源，而且还有大量钍的资源。钍也可以成为核电站的燃料，这方面印度已走在我们前面。

再如铀浓缩技术。这是核科技领域的重大敏感技术，因为掌握了这项技术，把铀-235富集到90%以上，就可以制造原子弹。现在美国紧紧盯着伊朗的就是这个浓缩铀。对于我们来说，当时也是明知山有虎偏向虎山行，特别在看出苏联将要毁约停援的苗头时，二机部领导采取了紧急措施，组织建工队伍抢建厂房，紧逼苏联履约交付主设备。与此同时，组织科技人员与苏联专家结成对子，1对1，2对1，3对1，像挤牛奶、挤牙膏那样，把铀浓缩技术一点一点全部学到手，结果我们不但掌握了铀浓缩的运行技术，而且经过自己研究还掌握了扩散机最核心部件——分离膜的制造技术，使扩散机能够长期稳定运行，并提高了浓缩效率，增加了生产能力。这是很了不起的。我们第一次核试验成功后，美国人开始极力贬低我们，说什么“是一个粗糙的核装置，没有什么军事意义。”后来他们的原子能委员会化验分析了我们爆炸后飘浮的放射性尘埃，发现我们用的是高浓铀和内爆方式，这就使他们大吃一惊，美国总统不得不改口，说对我们的核爆炸可“不能等闲视之”。

再如氢弹研制，这是比原子弹更先进、更厉害的核武器。如果说原子弹研制我们还受到苏联专家的一些启示，那么氢弹的研制从理论到工程则是完全靠我们自己摸索搞成的。有一种观点，世界五个核大国的氢弹，只有美国和中国是真正靠自己独立研制成功的。这就是说，我们搞氢弹，吃这第一只螃蟹，不但敢于吃，而且把它研究透了，完全独立自主地把它吃掉了，吃得很完美、很精彩，被世界核专业人士称为“世界核武器发展史上的奇迹”。

在我国核工业创建和发展过程中，像上面说的这种例子还很多，我只举三个是想说明，中国核事业的成功，就是敢于吃第一只螃蟹的成功，就是敢于决策、敢于担当、敢为人先、敢闯难关的成功，这是很了不起的，对增强我们国家的国防实力，根本改善国家的安全环境，提高我国的国际地位和扩大国际影响，振奋中华民族的民族精神和民族自信，都起到了重大的作用。1986 年邓小平在谈到“中国必须在世界高科技领域占有一席之地”时，就强调指出：“如果 60 年代以来中国没有原子弹、氢弹，没有发射卫星，中国就不能叫有重要影响的大国，就没有现在这样的国际地位。”我们今天回顾历史，就是要传承这种敢于和善于吃第一只螃蟹的精神，敢于自主开拓创新，在新的历史条件下开创核工业新的辉煌。

以身许国，事业高于一切

我上面说了核工业人敢于吃第一只螃蟹，敢于决策、敢于担当、敢为人先、敢闯难关，那么这股敢字当头的勇敢精神是从哪里来的呢？我说是源于对我们国家的爱、对我们民族的爱，把个人的前途命运与国家的前途命运紧紧联系起来，唯国家利益至上，个人利益服从国家利益。

当时，我们核工业队伍大体由三部分人组成。党政领导和管理干部大都是从军队和党政机关调来的老党员、老干部，他们对党和国家无限忠诚，同日本侵略军、同国民党反动派斗过多年，具有强烈的革命意识和斗争意识，深知不把日本鬼子和国民党反动派斗倒，中国民族不能独立，人民不能解放，国家建设和人民生活就没有根本保障。他们为之艰苦卓绝奋斗的新中国成立了，但帝国主义反动派并不甘心于自己的失败，对新中国实行军事包围、经济封锁，甚至还用原子弹来威胁中国。他们坚决地响应党的决策，要打破帝国主义的核垄断和核讹诈，保卫国家安全和民族独立，服从组织的调动，“从战争中学习战争”，积极投身于核工业建设和核武器研制工作。

第二部分就是各个技术岗位上的科技领导骨干，大都是从国外回来，如23位“两弹一星”功勋奖章获得者，就有21位是新中国成立前后从国外回来的。他们热爱祖国，深感鸦片战争以来，中国受列强欺负，屡战屡败、丧权辱国、经济凋敝、民不聊生，与国外对比真有天壤之别，一心想以科学救国、教育救国、实业救国，但是在旧中国，政府无能，都行不通。1949年中国解放了，新中国成立了，带来了无限生机和希望，也给在国外的留学生极大鼓舞。他们分别以“新中国与科学工作者”“赶快组织起来回国去”等为主题，举行了座谈，朱光亚还牵头组织起草了《给留美同学的一封公开信》，送美国各地的中国留学生传阅，到1950年2月就有53名留学生签名联署，坚决回国。当时，他们许多人在国外已有了相当的学术地位和优越的生活条件，这引起一些老外不理解。彭桓武回国的时候就有个记者问他：“你为什么要回中国去？”彭桓武很不高兴地回答：“我是中国人，回中国是不需要理由的，不回去才需要理由呢！”他们就是这样，不考虑个人的得失，坚决回国，报效祖国。而且回国以后，也不计较名利地位和工作条件，只要工作需要就义无反顾。1959年，王淦昌领导的研究小组，在世界上首次发现反西格玛负超子，把人类对物质微观世界的认识，向前推进了一大步，受到世界物理学界赞扬和重视。就在这个时候，工作需要他放弃基本粒子研究，到核武器研究所参与领导原子弹研制工作，二机部部长刘杰同他谈话时，他立即表示“我愿以身许国”，并愿意接受不与国外往来的约束。从此他就改名王京，销声匿迹，默默无闻地在青海高原核武器研制基地工作了17年。邓稼先也是这样，当钱三强同他谈话，要他参与原子弹研制“放个大炮仗”，他回家后同他爱人只说了一句“我要调动工作”，他爱人一再追问：“调到什么地方、做什么工作？”他都不说，只是最后冒了一句：“就是为它死了也值得。”可见他当时的决心有多大。

第三部分就是大量的年轻干部和刚毕业的大学生。他们在新中国成长，年富力强，风华正茂，对新中国、对共产党、对社会主义充满着美好的理想和真挚的热爱，对赶上搞原子能、搞国防尖端，能为国家强盛作一番贡献，都满怀自豪感和光荣感，特别兴奋，热情很高，干劲十足，拼搏在第一线，不怕苦不怕累，做了大量的工作。从某种角度来说，核工业创建时期在第一线干具体工作的主要就是依靠中青年这股力量，他们对核工业的发展作出了不可磨灭的贡献，历史不会忘记他们。在创业实践中，他们也同事业一起成长，很多人后来都成为各单位的领导骨干和科技骨干。如秦山核电站第一批操纵员现在都成了新的核电站的一二把手，这是我们事业发展的可喜现象。

就这样三部分人，党政领导和管理干部、科技知识分子、中青年干部和大学毕业生，他们各有不同的历史文化背景和对国家兴衰存亡的认识，但他们有一个共同的特点，都深深地爱我们国家，希望国家强大，不再受人欺负，要为国争光、为民争气，奉献自己的全部智慧和力量，在任何艰难险阻面前都敢于担当，勇往直前，义无反顾，无怨无悔。

严字当头，责任落实于每项工作

吃第一只螃蟹不但要敢于吃，而且要善于吃。严字当头，责任重于泰山，就是要把责任落实在每项工作上。二机部老部长刘杰，在庆祝核工业50周年的大会上，根据自己的切身体会说道："天下最重的东西莫过于责任。责任重于泰山，泰山是可以测量的，而责任是无法计量的。"他领导核工业建设和发展13年，始终如履薄冰，兢兢业业，极端负责，唯恐哪个地方工作不到位，哪个环节考虑不周全，给事业发展造成损失。他提出的"自力更生，过技术关，质量第一，安全第一"的方针和口号，已成为核工业的光荣传统和历史经验，保证了我国核工业50多年来，在核燃料生产、核武器研制、核电站建设等一些重要环节，都没有出过重大质量事故和核安全事故。

这种良好的质量安全记录靠的是事业心和责任感，靠的是一套严字当头的组织、制度和作风。当年周恩来总理根据核工业的特点，提出二机部的工作要有"高度的政治思想性、高度的科学计划性、高度的组织纪律性"的三高要求和"严肃认真、周到细致、稳妥可靠、万无一失"的十六字方针，从部机关到厂矿院所各基层单位都贯彻始终，成为指导工作、执行任务、实务操作必须遵循的规范，严肃认真、严格细致、严密周到、注重细节、精益求精，反对任何粗枝大叶和马虎、凑合、将就。我举两个例子：

一个是，1959年，兰州铀浓缩厂在建设中受当时“大跃进”的影响，有一批厂房屋面板质量有点问题，凑合将就的话也可以用，但当时部领导宋任穷、刘杰、刘伟等认为，基本建设百年大计，绝不能凑合，下决心推倒重来，硬是把70几块钢筋混凝土屋面板和屋架子砸碎重做，并且明确承担领导责任，不追究下属的过错，这使现场干部职工受到很大震撼和教育，从此质量第一的理念深入人心，谁也不敢在质量问题上有任何马虎。铀浓缩厂建成已经50多年，至今机器设备已经更新换代，厂房依然十分牢固，可以继续利用。

再一个是，在核试验中如何保证雷管的质量问题。雷管是核武器的关键部件，是核武器起爆的“火种”，雷管是否可靠直接影响武器的成败。因此，负责雷管挑选、鉴定和组装的人负有重大的责任。他们执行了一套严格的程序和方法，先是选批号，然后对选定批次的雷管逐个检查、挑选，再对选定的雷管进行内部透视照相检查，最后进行编号、登记，并与组合件插座试装。罗布泊试验现场夏天很热，帐篷里的温度高达40度以上，他们穿着工作服、戴着手套操作试装，反复装、反复拆，相互检查，互相督促，常常是汗流浃背，彻夜难眠。总是担心万一出个差错，将成千古罪人。直到试验成功，这才石头落地，激动得落了眼泪。我们总共做了45次核试验，没有一次因为雷管问题而导致失败的。

锐意进取，吃透钻深，占领制高点

核工业是高端技术产业，系统庞大复杂，技术高度密集，要确保质量与安全，除了需要极端负责的工作精神和认真细致的工作作风，还需要丰厚的业务知识和精湛的操作技能。这样才能把吃螃蟹的精神贯彻始终。所以，核工业创建之初就特别重视技术业务学习和培训。当时许多老专家，虽然他们学识渊博，经验丰富，但搞核工业毕竟是遇到了新对象、新课题，所以他们一进入核领域也非常重视调研掌握新知识。即使是专门学习核专业的科技人员，他们只有在学校学的书本知识，也没有实践经验，特别需要通过科技攻关和工程建设的实践，学习掌握实际才干，提高工作能力。对于党政管理人员来说，更是特别需要学习掌握一些核科学技术和工程管理的基本知识，否则他就没法工作，更谈不上领导和管理。当时整个环境学习技术和钻研业务的气氛很浓，在技术攻关中，为了摸清工艺原理、工艺条件、技术参数、设备性能、操作程序，科技人员夜以继日，刻苦钻研，反复试验，边干边学，吃透钻深，直到不但知其然，而且知其所以然，完全彻底掌握。

比如，浓缩铀铸造出气泡问题，当时铀浓缩厂已生产出合格的高浓铀，原子弹研制已是胜利在望，可是到了铸造成型这个环节卡壳了，铸件气泡问题老解决不了，从部到厂上下都很关切，车间主任祝麟芳、铸造组长张同星和工人一起吃在车间、睡在车间。祝麟芳因为劳累过度，晕倒在车间，医生要他在医院多休息几天，他却住院一天就偷偷跑回车间，同大家一起继续奋斗；张同星日以继夜，连续作业，眼睛熬红了，睡在梦里还叫喊“气泡、气泡”。这样经过一个多月的艰苦奋斗，才找到了问题的关键，弄清了机理，彻底掌握了技术。

又如兰州铀浓缩厂，有几千台扩散机，工艺回路特别精密，几十万个接点、几千立方米容积，在运行中要求保持真空，每昼夜空气漏量超过了规定就可能发生临界事故，技术十分复杂。他们边干边学，建成学会，到 1964 年 1 月 14 日首次取得高浓铀合格产品后，应该说已经完全掌握了运行技术。但他们并没有因此满足，而继续提出了要吃透钻深，彻底掌握的要求。结果不但安全运行了几十年，而且经过长期努力，挖潜、革新、改造，提高了主机流量，提高了分离能力，提高了级联效率，降低了生产成本，花了不到建厂总投资 10% 的革新改造费，实现了一厂变两厂的目标。

核工业精神“事业高于一切，责任重于一切，严细融入一切，进取成就一切”，这四个一切，是核工业光荣传统和历史经验的高度概括，也是核工业核心价值观的根本体现。它有机集成，内涵丰富，其中也包含了技术的因素。技术是重要的，核工业创业初期，二机部提出了“自力更生，过技术关，质量第一，安全第一”的16字方针，把“过技术关”列为指导方针的重要内容，可见掌握技术也是保证质量和安全的前提条件。你们现在实际上也遇到了这个问题。你们所从事的是我国第三代核电技术AP1000的第一个自主化依托项目，AP1000核电技术是当前世界核电技术发展的制高点，确实有许多先进的地方，如非能动安全设计理念、系统设计简化、模块化建造技术，等等，需要你们继承和发扬光大核工业的光荣传统和历史经验，把AP1000技术吃透钻深，消化吸收，彻底掌握，占领这个技术制高点，在建设中建功立业。外来先进技术只有吃透钻深，消化吸收，不但知其然，而且知其所以然，融化成为我们自己的技术，才能实现自主化。否则，自主化只能是一句空话。希望寄托在你们身上。

我前面说了，你们建AP1000型核电站，是吃第一只螃蟹，我真诚地祝愿你们建设成功、调试成功、运营成功，成为吃第一只螃蟹的胜利者。

【2012年5月8日在三门核电站演讲提纲】

后 记

本书的编纂酝酿于我进入80岁之后，经过近几个月对文稿的搜集、复核、修订、整理，现在终于告成，值此行将付梓之际，我要特别感谢年已期颐103高龄的原二机部老部长刘杰言传身教，助我成长，并不辞年迈，为本书挥毫题词；特别感谢原国防科工委副主任、中将怀国模，多年来对我的指导和关心，并特为本书作序；特别感谢中国社会科学院副院长、中华人民共和国国史学会会长朱佳木为本书再版致辞，给以认可和鼓励。感谢中核集团新闻宣传中心领导的支持，文化事业部牵头和编辑部同志们一起为本书校核查证、设计版式、配置图片；感谢中国原子能出版社策划本书再版；感谢中核集团保密委员会同志进行保密审查；感谢核工业老同事汪兆富、傅济熙、牟维强、郑庆云等同志帮助审阅、校正；还要感谢《纵横》杂志博士后记者潘飞和我的老同学殷辂在文字上的修饰和规范；感谢我的老伴竺芝兰相濡以沫、多方照顾、全力支持，外甥女乌灵帮助复印扫描。可以说，本书的出版和再版凝聚了许多人的心血和劳动，是大家共同努力的成果。正是由于他们的辛勤付出，本书才得以顺利而圆满地同读者见面。

李鹰翔